UNA ELECCIÓN NADA CONVENIENTE

© Hilda Rojas Correa, 2019

Diseño portada: Pamela Díaz Rivera
Imagen de portada: Period Images / Freepik
Corrección: Pamela Díaz Rivera
Revisión: Julia Pinto

Primera edición, agosto 2019
©Editorial Pamela Díaz Rivera E.I.R.L
Briones Luco 0910, La Cisterna
Santiago, Chile

Safe Creative 1903150293935
ISBN: 9789569752476

Una elección nada Conveniente

Hilda Rojas Correa

El destino no es cuestión de suerte. Es una cuestión de elección. No es una cosa que se espera, es una cosa que debe lograrse.

William Jennings Bryan

Capítulo I

Londres, 28 de enero de 1819.

Angus Moore, noveno conde de Corby, y décimo vizconde Hudswell, caminaba por Wentworth Street buscando entre los puestos de ropa en Petticoat Lane, un camafeo. No era una pieza particularmente sobresaliente o costosa, pero su valor sentimental era incalculable para su adorada tía Iris, duquesa viuda de Ravensworth.

El día anterior, el camafeo desapareció, casi por arte de magia, desde su joyero junto con unos aros de perla —esos sí eran muy costosos—. Iris lo notó de inmediato y, armando un escándalo digno del juicio de la década, buscó al sirviente «manos largas» culpable del delito. No tardó demasiado en quedarse sin doncella, quien, confesó entre lágrimas, su crimen. ¿Su móvil para cometerlo? Solo ambición por tener un dinero extra, asunto que molestó a la duquesa más que el robo en sí, pues su salario era más que justo.

Y ahí estaba Angus, buscando el camafeo en medio de una incontable marea de personas que vendía y compraba ropa y chucherías de segunda mano. Una maldita aguja en un maldito pajar. Su misión era casi imposible de cumplir.

Ya llevaba más de una hora en aquel lugar plagado de colores, texturas y aromas. Angus suspiró, probablemente, el camafeo ya no estaba ahí. Miró la hora en su reloj de bolsillo; eran las dos de la tarde. Dio media vuelta para volver a su hogar, cambiarse e ir al Parlamento. Pero para su desdicha, un hombre chocó de lleno con su pecho, haciendo que el pobre sujeto cayera aparatosamente.

—Oh, perdón, señor. Mil disculpas, no fue mi intención —se lamentó Angus, ofreciéndole la mano—… Permítame ayudarle.

Los ojos azules del hombre se clavaron en él como si fuera una especie de espeluznante aparición, la bufanda que ocultaba su rostro resbaló y reveló sus facciones.

Para Corby, el hecho habría pasado del todo inadvertido, como un simple accidente, y olvidado de la misma forma, si no fuera porque el tipo se apresuró demasiado en cubrirse el rostro.

—Gracias, milord —balbuceó el desconocido al incorporarse y, acto seguido, se alejó como si Corby fuera el portador de la peste negra.

Esos ojos, esa voz, esa cara… a pesar de estar llena de cicatrices, esas facciones le eran familiares para el conde. Sabía que lo había visto antes, su cerebro trabajó frenético buscando un recuerdo con qué asociar ese rostro.

Cartas, un juego de *piquet*[1], señoritas de moral distraída, y mucho, mucho alcohol.

Frank Smith, marqués de Somerton.

Todo el mundo lo daba por muerto, se encontraba desaparecido desde hacía unos cuantos meses, dejando —literalmente— a su esposa e hijos en la calle. Era un ser despreciable; ludópata, despilfarrador, egoísta, cruel, lascivo, y Angus podía seguir y seguir enumerando cualidades que nadie querría en un amigo.

Cualidades que él mismo poseía, pero, no todas, no era un santo. Sí, podía aceptar ser catalogado como un granuja libertino, pero tenía principios y reglas que nunca quebraba.

Los límites siempre eran buenos.

Miró hacia la pared y vio un cartel rasgado de «SE BUSCA». Lo había visto infinidad de veces mientras caminaba en Wentworth Street. Era el anuncio que puso Bow Street[2] para atrapar al autor del brutal asesinato de Alexander Croft, conde de Swindon.

—¿Serán la misma persona?… —susurró, sintiendo un aciago escalofrío recorriéndole la espalda.

Sus ojos se convirtieron en dos rendijas escrutadoras, su instinto le decretaba que debía asegurarse. Si confirmaba que aquel sujeto era Somerton, entonces, el crimen sería resuelto y un buen

---

1 El piquet es un juego francés cuyos orígenes se remontan al siglo XV. Se conocía como el cent, de donde deriva su nombre español de «juego de los cientos». Desde el siglo XVI está considerado como el mejor juego para dos personas.

2 Los Bow Street Runners (los corredores de Bow Street, en inglés) fue el nombre por el cual se conoció popularmente al cuerpo de policía existente en Londres, entre 1749 y 1838.

hombre quedaría fuera de toda sospecha por parte de la sociedad. El principal acusado del asesinato de lord Swindon era Michael Martin, marqués de Bolton. A juicio de Angus, sería una injusticia que su nombre quedara manchado por un execrable delito que no había cometido.

Y Angus no toleraba las injusticias.

Decidido, enfiló sus pasos siguiendo al hombre, conservando una cierta distancia para no ser descubierto. Objetivo bastante difícil de lograr, debido a su altura. Si el sujeto miraba hacia atrás, vería su cabeza castaña oscura sobresalir del resto.

Se encorvó, alzó las solapas de su levita y continuó su persecución, esquivando prendas de vestir colgadas y transeúntes distraídos. Entró en una calle estrecha y maloliente, y notó que en la esquina opuesta el hombre giraba hacia la izquierda.

—Condenación —blasfemó entre dientes.

Apuró sus pasos hasta llegar a la esquina, y dio vuelta hacia la izquierda.

Ni bien avanzó dos pasos, y sintió que con fuerza lo tomaron de la ropa. El hombre estaba esperándolo y, gracias al factor sorpresa, lo empujó con brutalidad hacia la pared, haciendo que se golpeara duro en la cabeza.

Desorientado y adolorido, Angus intentó enfocar su vista. ¿Eran uno o dos hombres?

Parpadeó. No, solo era uno.

—No debiste husmear, Corby. —El hombre se descubrió el rostro, mostrándose con enferma altivez y orgullo.

¡Era él! Ahora Angus estaba completamente seguro, se trataba de Frank Smith, marqués de Somerton. Era el despiadado asesino de lord Swindon.

Corby abrió la boca, pero antes de que las palabras salieran de ella, sintió dos estocadas rápidas en el costado derecho de su abdomen. Todo sucedió demasiado rápido, apenas dos segundos, como para notar que lo iban a apuñalar.

Se llevó la mano al costado, la sangre se le escurría entre los dedos. De pronto, el peso de su cuerpo descansó abrumador en sus rodillas. Miró desesperado en todas direcciones.

Nadie.

Somerton se había ido.

Angus sintió que iba a morir, un ominoso frío bajó por su espalda, erizándole la piel. Vaya momento para arrepentirse de ser un hombre soltero. Justo en ese mortal segundo se le vino a la cabeza Trevor, su primo y el siguiente heredero si él moría sin dejar descendencia. Ese infeliz malcriado y petulante iba a acabar con todo el patrimonio del título en menos de un año, así como estaba vaciando las arcas de su herencia.

—Tenías tanta razón, tía Iris. He sido un verdadero idiota. — Corby rio sin ganas ni fuerza, pero lo suficiente para hacerle sentir una punzada intensa—. Demonios, duele.

Iba a morir, sin duda. Pero no iba a irse de este mundo sin luchar y, si salía vivo de aquella prueba, se iba a casar con la primera mujer que tuviera cerebro, se convirtió en su único requisito. Estaba desesperado, pero no tanto como para sacrificarse y pasar todo lo que le quedaba de vida con una persona que solo podía hablar del clima.

Sí, una mujer inteligente, no pedía más.

Inspiró hondo, necesitaba ayuda si pretendía sobrevivir, y empezó a recorrer el camino de vuelta a Wentworth Street. Desplomarse moribundo en una calle concurrida era un buen plan. Caminaba despacio, intentando a duras penas respirar, y mantener la maldita calma para no perder más sangre.

Paso a paso avanzó, se sentía débil, sus piernas perdían fuerza. Tenía la sensación de estar dentro de un eterno túnel oscuro, por más que caminaba, no llegaba a la luz.

—Falta poco, Corby… Hazlo por tu futura esposa y tu tía Iris —se animaba mascullando cada palabra—. No permitas que Trevor se instale en Pearl Palace. No permitas… que… Dios…

Sus palabras murieron, al fin había llegado, Wentworth Street. Dio dos pasos más y se desplomó en la húmeda calle de tierra.

Miró el cielo, parpadeó lento como si el tiempo transcurriera lánguido. Las nubes oscuras anunciaban que pronto iba a llover. Entornó sus ojos, sentía los parpados pesados. No debía dormirse.

Abrió de nuevo los ojos… una mujer. Las hebras rubias sueltas de su peinado danzaban sobre sus ojos.

—¡Ayuda! ¡Necesito ayuda!

Su voz… era preciosa, angelical. En su interior esbozó una sonrisa, al menos iba a morir en los brazos de una hermosa mujer. Estaba conforme, era una bonita despedida.

—¡Con cuidado, por favor! —pedía Katherine con amabilidad, mientras guiaba a los tres hombres que cargaban al hombre moribundo hacia la casa de su padre—. Falta poco, muchas gracias, señores.

Katherine se adelantó unas pocas yardas, hasta llegar a un pequeño local, una botica, cuyo letrero decía «Thompson & Rivers».

—¡Padre!... ¡Padre! —llamó entrando al interior y, para su alivio, lo halló detrás del mostrador terminando de atender a una anciana.

—Y aquí está su cambio, muchas gracias —le dijo a la mujer dándole un chelín. Desvió de inmediato su atención hacia su hija y rodeó el mostrador para ir a su encuentro—. Kathy, ¿qué haces aquí? —preguntó más que intrigado.

—Es mi día libre, me lo adelantaron —explicó lacónica—. Pero eso no es lo importante. —Salió por la misma puerta por la cual había entrado y le hizo señas a los hombres que le estaban ayudando—... ¡Aquí! ¡Aquí! —Volvió al interior y suspiró—. Venía a visitarte, pero un hombre herido se desplomó ante mis pies... Está mal, no me pude quedar sin hacer nada... ¿Puedes ayudarme, padre?, no podemos dejar que una persona muera.

—Hace años que no toco una herida... no sé si...

—Tú puedes, padre, confío en ti —aseguró Katherine—. En la guerra viste cosas peores.

El padre de Katherine, el señor Adrien Thompson, no alcanzó a esgrimir ninguna excusa. En ese momento, tres hombres entraron al lugar cargando a un caballero —era obvio, sus ropas lo delataban—, dejando a su paso, un rastro de sangre.

—Lo llevaremos a mi habitación —decretó Katherine, subiendo por una estrecha escalera al segundo piso—. Por acá, por favor.

Adrien se quedó estático mirando cómo los hombres subían al herido con cierta dificultad. Parpadeó desconcertado.

—¡Padre, rápido, por favor! —demandó su hija desde el segundo piso.

Las piernas de Adrien cobraron vida propia, se dirigió a la puerta del negocio, volteó su letrero anunciando el cierre de la botica y fue a buscar su viejo maletín que estaba juntando polvo en un rincón de la pequeña bodega.

Subiendo de a dos peldaños, llegó en cinco segundos a la habitación de Katherine, aquella que usaba cada vez que tenía un día libre de su trabajo de sirvienta en la casa de lord Tauton.

—Señores, muchas gracias por asistir a mi hija y al caballero —agradeció Adrien a los hombres que se quitaban sus gorras en señal de respeto—. Si gustan, mi hija les puede dar una pequeña recompensa por sus servicios.

Los hombres se negaron en silencio, mirándose con incomodidad unos a otros. Querían salir lo más pronto posible, porque el hombre herido, tenía pinta de exhalar su último suspiro en cualquier momento.

Katherine les dirigió una sentida mirada de agradecimiento, pero no estaba para seguir perdiendo el tiempo. Sin remilgo ni decoro, comenzó a quitarle el abrigo al hombre desconocido. Dios, era pesado.

Desistió, no debía seguir moviéndolo de esa forma, ya era suficiente con el trayecto hasta su casa. De su mesa de noche sacó unas tijeras y comenzó a hacer pedazos la ropa del hombre para despejar el área que su padre iba a suturar.

En medio de los sonidos de tela rasgándose, los hombres, sin decir más palabras, se retiraron haciendo un gesto hacia el padre de Katherine, quien respondió con un leve asentimiento, mientras se dirigía hacia el herido.

La sangre estaba empezando a manchar la cama. Katherine había desnudado lo suficiente el torso del hombre. Cansada y sudorosa, se quedó a la espera de las órdenes de su padre, quien abría su maleta y empezaba a buscar entre su instrumental quirúrgico, aguja e hilo.

—Trae láudano, whisky, una vela y agua caliente —indicó Adrien a su hija sin mirarla—. Dios, guía mis manos, haz tu voluntad —murmuró mientras escuchaba los pasos de Katherine bajando rauda la escalera—. Veamos… —Comenzó a examinar la herida, de inmediato notó que eran dos, separadas por una pulgada, eran medianamente profundas, tal vez la hoja no era tan grande, una pulgada y media de ancho como mucho, y las gruesas capas de ropa del hombre ayudaron —en apariencia— a que el cuchillo no llegara a algún órgano interno. Pero eso, solo el tiempo lo diría. Mientras tanto, debía detener la hemorragia.

Los pasos ligeros de Katherine se escucharon subiendo la escalera. Adrien suspiró, su hija era muy competente.

—Aquí tengo todo, menos mal que tenías agua calentándose —señaló trayendo lo solicitado en una bandeja.

—Me iba a tomar una tisana cuando llegó la anciana —explicó—. Necesito que ejerzas presión en la herida, hija, y que taponees las heridas. En mi armario hay sábanas limpias, haz vendas con ellas, rápido. No debemos perder tiempo.

—De inmediato.

El señor Thompson, con eficiencia, encendió la vela, se lavó las manos en la palangana de agua caliente y las sacudió para sacar el exceso de agua. Tomó una aguja y la puso sobre la llama.

El sonido de la sábana rasgándose distrajo por unos segundos a Adrien.

—Dame un trozo, por favor —pidió a su hija.

Katherine obedeció, y Adrien lo empapó en whisky para limpiar el hollín de la aguja, luego, procedió a empapar el hilo.

Mientras Adrien enhebraba la aguja, Katherine taponeaba la herida con un trozo de tela e hizo presión para detener la hemorragia, arrancándole en el proceso un quejido ronco a Angus en medio de su inconsciencia.

—¿Es muy grave, padre? —interrogó mientras hacía presión y la tela se manchaba de sangre.

—Pues, el corte no es demasiado profundo, pero fueron dos estocadas y ha perdido mucha sangre. Quizás cuanto tiempo ha estado herido.

—No lo sé, solo llegó a mis pies. —Katherine se puso a pensar, en cuanto terminaran con el hombre, iría al lugar donde lo encontró y buscaría el rastro de sangre. De ese modo, se haría una idea de la situación.

—Pues debió ser mucha, dado que está inconsciente. De momento, no necesitaremos el láudano. Muy bien, hija… debes ir cambiando el apósito —señaló Adrien—. No dejes de presionar.

—Sí, padre.

—Procederemos a suturar.

Katherine vio cómo su padre se transformaba ante sus ojos. Nunca lo había visto actuar de esa manera, tan seguro, tan eficiente, con la sangre fría. Él hacía eso todos los días, en la guerra, era ayudante de los cirujanos en sus operaciones. Adrien vio infinidad de soldados heridos, sangrando por heridas de bala, bayonetas, amputaciones, muerte… sobre todo, muerte.

Y por eso mismo, cuando volvió, jamás quiso cambiar el oficio que había abandonado al partir a la guerra. Lo suyo eran las yerbas, las medicinas, emplastos y potajes.

—Creo que tres puntos por herida es suficiente —dijo al cabo de quince minutos—. Al menos la hemorragia ha terminado, veamos si sobrevive. —Se secó el sudor de la frente con el antebrazo, tomó la botella de whisky y bebió un largo trago.

—Padre… —suplicó Katherine—. Otra vez, no.

Adrien miró la botella y luego los ojos de su hija. Era un casi un acto reflejo cuando tenía en sus manos el líquido ambarino. Por eso Katherine se las escondía… de hecho, no sabía dónde estaba esa botella, y su hija la encontró con facilidad.

—Ayúdame a vendarlo —ordenó para cambiar el tema.

Katherine, sin palabras, obedeció. Entre los dos vendaron la herida, rodeando el sólido abdomen del hombre para que los puntos hicieran su trabajo.

—Tendrás que vigilarlo para no permitir que se siente si vuelve en sí, sino la herida volverá a abrirse. También hay que darle agua de a poco, si perdió mucha sangre, necesitará recuperarla —determinó lavándose las manos—. Y oremos para que recobre la consciencia, de lo contrario, tendremos que dar muchas explicaciones porque, sin duda alguna, este hombre no es del barrio.

Katherine miró al hombre herido y asintió, sabía que Adrien no podía hacerse cargo de él, tenía un negocio que atender y, a veces, solía emborracharse en los momentos menos oportunos. Amaba a su padre, pero la confianza ante ese tipo de hechos, solía tambalear en una cuerda floja. Ella había traído al hombre y era su responsabilidad atenderlo y, lógicamente, no iba a recuperarse en un par de horas… si es que lo hacía.

Suspiró resignada, definitivamente, iba a perder su trabajo.

Capítulo II

Angus entreabrió sus ojos, todo estaba en penumbras, el dolor no se iba. Sentía sus extremidades laxas y sin vida. Jamás se había sentido tan cansado en toda su existencia. Su boca estaba seca, como si hubiera comido tierra.

—No se mueva, por favor —susurró una dulce y familiar voz femenina.

Sintió que alguien, con delicadeza, le inclinaba un poco la cabeza, un frío metal se posó con suavidad sobre sus labios, una cuchara… agua.

Uno, dos, tres sorbos…

¡Por los clavos de Cristo!, solo deseaba seguir durmiendo.

— Yo me quedaré a su lado. Descanse, señor —ordenó la voz.

Y así lo hizo…

Katherine despertó en medio de la noche con la espalda adolorida. Hacía mucho frío, el fuego de la chimenea eran solo brasas que apenas emitían calor. No podía seguir durmiendo en la incómoda silla. Miró la cama donde estaba el desconocido descansando. Pensó que, ya que iba a estar pendiente de él, no iba a sacrificar su comodidad.

No era una mártir y no iba a empezar a serlo en ese momento.

Después de todo, su reputación no estaba en juego, su padre dormía, el hombre estaba inconsciente, medio desnudo y herido de muerte, ella estaba vestida, necesitaba dormir, descansar y estar entera para atender al hombre.

Si es que sobrevivía.

Se acercó a la cama, la respiración de él era tranquila.

—Señor, si no le importa, me acostaré a su lado —anunció en un susurro. Le tocó la frente, el torso. Su temperatura estaba un poco más baja de lo normal.

Katherine se acomodó de costado en la orilla izquierda de la cama, dándole la espalda al desconocido. Se tapó con la frazada y cerró los ojos.

—Buenas noches, señor —murmuró antes de quedarse dormida, en medio del leve aroma a sándalo y a hombre.

Angus sintió un cuerpo tibio al lado del suyo. No se sintió capaz de abrir los ojos, ni de moverse, solo sabía que se sentía bien escuchar la respiración suave y regular.

—No se muera —balbuceó la voz femenina, impregnada de sueño.

La cama crujió y se movió, ¿o habrá sido ella, la dueña de esa dulce voz? No alcanzó a hacer más conjeturas, un brazo tibio rodeó su pecho.

Angus tomó su mano, era pequeña, cálida.

Sí, se sentía muy bien.

—Señor Langley, ¿puede hacerme un servicio? —preguntó Katherine a su vecino que trabajaba como cochero de carruajes de alquiler.

—¿En qué le puedo ayudar, señorita Katherine? —replicó el hombre quitándose su sombrero.

—Quisiera saber si puede ir a Bagshaw House, y le dé este mensaje al mayordomo de lord Tauton. Aquí tiene seis chelines como pago… me temo que no tengo más.

—No se preocupe, señorita Katherine. Quédese con su dinero. En cuanto pase por Green Street, le dejaré su mensaje. ¿Necesita que espere alguna respuesta? —preguntó solícito.

—No es necesario —respondió vacilante—. Muchísimas gracias.

Sin embargo, tres horas después, el señor Langley le entregaba una nota a Katherine. En perfecta caligrafía, estaba escrita la respuesta que ella esperaba, pero que no quería leer...

«No serán necesarios sus servicios. Está despedida.»

Katherine, suspiró, esbozó una sonrisa triste y musitó su agradecimiento al señor Langley. Descorazonada, entró a la botica.

Ahora tenía un solo trabajo, atender y mantener vivo al desconocido.

—Buenas tardes, señor sin nombre —murmuró Katherine sentándose a la orilla de la cama, sabiendo que no habría respuesta. Era la tarde del segundo día. Se había quedado dormida al lado del hombre, necesitaba una pequeña siesta. Durante la noche despertaba a ratos, comprobaba si estaba vivo, si tenía fiebre, le daba agua.

Durante el día, se repetía casi la misma rutina; lo alimentaba, verificaba su temperatura, cambiaba su pañal... Estaba inconsciente, pero sus necesidades básicas y naturales continuaban. Eso era bueno, todo era normal. El cuerpo desnudo del hombre no le provocaba ninguna reacción adversa a su remilgo femenino. Ya había visto las partes pudorosas de uno, las de un anciano enfermo, por lo que cambiar al desconocido, solo era una tarea un poco más agradable de realizar.

Pero, de todos modos, estaba cansada. Necesitaba dormir, al menos, seis horas seguidas.

Miró por la ventana, afuera llovía intensamente. Se quedó un momento quieta, escuchando el relajante sonido de la lluvia, casi olvidando que tenía los músculos adoloridos. Pensó en lo que debía hacer; se levantaría, calentaría el caldo del almuerzo, se lo daría al hombre y lo alternaría con el agua...

Le tocó la frente, el pecho, la temperatura era normal. Ya era habitual tocar la piel masculina, el aroma a sándalo ya se había desvanecido. Sonrió con un poco de timidez, independiente de su estado, el hombre era atractivo. El anguloso y aristocrático rostro masculino ya tenía la sombra de una barba áspera, pero lo más remarcable eran sus labios, carnosos, en completa y viril armonía. Había pasado tantas horas con él, que ya se sabía sus facciones de memoria. No tenía dudas, pasara lo que pasara, nunca lo olvidaría.

—Gracias, Dios, no tiene fiebre. —Katherine se restregó la cara, sintió un olor extraño—. Santo Dios —blasfemó, sabía que no era correcto tomar el nombre del Señor para algo tan banal, pero no había otra forma de expresarse—. Debo cambiarme la ropa, esto huele a…

—Agua —intervino una voz masculina y rasposa—… Agua…

—¡Jesucristo! ¡Despertó! —exclamó Katherine con emoción. Se levantó de la cama de un salto y observó al hombre que le devolvía la mirada—… Azul —susurró. Los ojos de él eran azules, intensos como el cobalto—… Agua… sí, ahora mismo. —Tomó el vaso que estaba sobre la mesa de noche y una cuchara—. Por favor, no trate de sentarse o su herida se volverá a abrir —indicó levantando un poco la cabeza del hombre.

De a poco le dio las cucharadas de agua que él bebía con avidez. Estaba sediento.

—Suficiente… Gracias —dijo cansado, cuando ya estuvo saciado—… gracias…

Katherine se quedó mirándolo con una sensación de felicidad. Desde que lo encontró había estado inconsciente y, con el tan solo el hecho de escucharlo hablar, le llenaba el corazón de esperanza.

—¿Dónde… estoy? —preguntó el hombre, cada palabra la decía como si hiciera un esfuerzo descomunal.

Y era así.

—Esta es la casa de mi padre… abajo está su botica. Estamos en Crispin Street, en Whitechapel —detalló Katherine—. Usted cayó herido ante mis pies en Wentworth Street. Alguien lo apuñaló, perdió mucha sangre y ha estado inconsciente desde entonces. Mi padre trató su herida —explicó.

—¿Qué día… es hoy? —preguntó, mirando de soslayo la pálida luz que entraba por la ventana, en ese momento fue consciente del sonido de la lluvia.

—Sábado… treinta de enero —respondió Katherine.

—Dos días… ¡Demonios! —Sin saber de dónde, sacó fuerza, tomó la frazada e intentó incorporarse—. ¡Oh, diablos! —maldijo al sentir una punzada de dolor agudo que lo hizo volver a acostarse.

—¡Le dije que no se moviera! —increpó asustada y molesta, ignorando las imprecaciones del «caballero». A juzgar por su vocabulario, tal parecía, que no lo era tanto—. ¡Cielo santo! —Abrió la frazada y comenzó a revisar el vendaje, paseando sus manos sobre él —. Creo que no se rompieron los puntos… Mi padre dice que podrá moverse en unas dos semanas… Después de darle de comer, le cambiaré las vendas y limpiaré la herida para evitar que se infecte. Todavía no sabemos si va a sobrevivir… No, si sigue moviéndose así —afirmó, estudiando el vendaje con el gesto ceñudo. Con alivio notó que no estaba manchado de sangre.

Silencio.

El hombre estaba mirando el techo.

—No sabe si voy a sobrevivir… Le voy a dar la razón en eso, tampoco lo sé… Necesito que me haga un favor enorme —pidió en un tono demasiado aciago.

—No se esfuerce demasiado, señor… Perdón, no le he preguntado su nombre… Supongo que sabe cuál es…

El hombre asintió en un gesto casi imperceptible.

—Angus… Moore —respondió.

—Angus… —susurró Katherine—. Señor Moore.

—Y… ¿su nombre es? —preguntó Angus con curiosidad.

—Sí, perdón… Mi nombre es Katherine Thompson.

—Gracias, señorita Thompson… por todo lo que ha hecho por mí… Si logro salir de esta… mi deuda con usted y su padre será eterna… —aseveró convencido. La mujer estaba despeinada, con ojeras y, aparentemente, no se había cambiado de ropa desde que lo encontró. No lo conocía, y así y todo lo ayudó sin importar quién era.

—No ha sido nada… Necesitaba auxilio y nosotros se lo dimos, es lo que debemos hacer —contestó sintiendo un leve rubor en sus mejillas.

—Pudo haber dejado que… me desangrara… Era más fácil.

—No es agradable cargar con la muerte de alguien sin siquiera intentarlo… —afirmó suavizando el gesto—. Dígame, ¿qué favor necesita que haga por usted?

—En el bolsillo interior de mi abrigo… debe haber una bolsa de dinero… necesito que alquile un carruaje… y vaya al cuartel general de Bow Street… contacte al agente Marcus… Marcus Finning y tráigalo… es urgente, de vida o muerte —pidió respirando con dificultad.

—Está bien, señor Moore… Pero primero tengo que revisar su herida y cambiar su vendaje. Después iré a buscar al señor Finning… lo suyo también es de vida o muerte —declaró determinada.

—Usted manda… señorita Thompson —accedió Angus.

Adrien subió las escaleras con una bandeja, llevaba sopa y pan. Katherine había salido hacía una hora y estaba preocupado. Afuera llovía a cántaros, se avecinaba una tormenta, el dolor de sus huesos se lo decía. Abrió la puerta de la habitación de su hija, la cual estaba iluminada por un par de velas.

En el centro de la cama estaba el señor Moore y, al parecer, dormía.

Dejó la bandeja en la mesa de noche, y verificó la temperatura… era un milagro, era normal.

—Señor Moore, debe comer algo —señaló amable para despertarlo.

Los ojos de Angus se movieron bajo sus párpados, y abrió los ojos al cabo de unos segundos. No dormía profundo, solo una duermevela que le permitía estar consciente de todo.

—¿Señor Thompson? —El padre de Katherine asintió confirmando su identidad—. Muchas gracias.

—Permítame ayudarle, intente no hacer fuerza. Déjeme acomodar las almohadas para que pueda comer algo sólido.

Adrien logró inclinar el cuerpo de Angus en una posición un poco más cómoda para poder recibir la comida.

—Kathy hizo esta sopa de zanahorias y patatas. Siempre, le queda deliciosa —elogió Adrien, orgulloso de su hija. Le ofreció una cucharada a Angus, quien pensó en negarse a ser alimentado. Pero pronto se dio cuenta de que no tenía fuerzas ni siquiera para alzar su brazo, por lo que, sin más remedio, abrió la boca.

En silencio, Adrien alimentó a Angus, cada tres cucharadas de sopa, le daba un trozo de pan. Corby debía darle crédito al señor Thompson, la sopa estaba deliciosa y su estómago celebraba por recibir algo más sólido

—La señorita Thompson… me dijo que usted regenta una botica —señaló Angus para conocer más a sus salvadores.

—Así es, desde hace más de veinte años… —afirmó Adrien amable. Su rostro no correspondía al de un padre de una hija bastante mayor. Su cabello era rubio oscuro, y se notaban algunas canas en las patillas, lo que más evidenciaba su edad, eran algunas patas de gallo en las esquinas de sus ojos castaños.

—¿Ella trabaja con usted? —preguntó Angus interesado en su salvadora.

—No, ella es demasiado inquieta para estar todo el día tras un mostrador —mintió a medias. La verdad era que si ella se quedaba atendiendo, él se emborracharía, algo de lo cual no se sentía orgulloso—. Es… era sirvienta en la casa de lord Tauton.

—¿Era?

—No quiero que se sienta culpable, pero, cuando mi hija lo encontró, era su día libre y no volvió a trabajar, pues era más importante atenderlo a usted. Sus empleadores no quisieron darle más días libres y la despidieron.

—Tauton… —Se quedó pensativo unos minutos, no lo conocía, tal vez era un hombre decente—. Ya veremos cómo solucionamos su situación… Es lo menos que puedo hacer por ella —aseguró—… Si es que sobrevivo —agregó alzando una ceja. Al menos estaba recuperando su humor. Uno bastante negro.

Adrien esbozó una sonrisa.

—Creo que usted sobrevivirá, si se siente de ánimos para bromear de ese modo —sentenció Adrien partiendo un trozo de pan.

Angus, sonrió y siguió comiendo hasta que sació su hambre, sentía que su fuerza volvía de a poco a su cuerpo. Su orgullo le exigía que, al menos, para la próxima comida pudiera alzar una cuchara con sus propios medios.

—Bien, me alegra que esté tolerando la comida —afirmó Adrien sincero—. Por lo que me ha comentado mi hija, no ha visto rastro de sangre en sus deposiciones y eso es muy alentador.

A Angus se le descompuso la cara… la señorita Thompson se había hecho cargo de sus… ¡Oh, infiernos! Solo en ese momento lo notó, ¡tenía puesto un pañal!

¡Tenía veintinueve años y tenía puesto un maldito pañal!

¡Infiernos y condenación!

—No ponga esa cara, señor Moore, sé que no es lo más decoroso, pero ella está acostumbrada a ese tipo de tareas —explicó Adrien con naturalidad—. En la casa de lord Tauton, tienen a un anciano con apoplejía y mi hija lo aseaba y lo atendía... Pobre hombre, mi hija era la única que hacía ese trabajo sin tratarlo mal... Bueno, me retiro —anunció poniéndose de pie y tomando la bandeja con el plato vacío—, descanse, y si necesita algo más, me avisa tocando la campanilla que está en la mesa de noche —indicó mirando de soslayo el objeto señalado.

Angus, mortificado, asintió. Esa mujer le había visto sus partes pudorosas... Bien, no era la primera vez que una mujer lo veía de esa manera, pero el contexto era diferente y a él no le gustaba la idea de estar inválido a tal extremo, ni que ella se ocupara de una labor tan desagradable e indecorosa. Se sentía desnudo y expuesto de una forma que no le gustó, le hacía sentir vulnerable, humano, sin máscaras.

Angus pensó que, con lo que se había enterado, se le quitarían las ganas de hacer cualquier cosa por semanas. Al menos debía intentarlo, para no ser sometido al tormento de ser cambiado de pañal por la señorita Thompson.

Debía reunir fuerzas, para poder comer, levantarse e ir a un maldito orinal.

Suspiró mortificado, cerró sus ojos. El sueño se apoderó de él con demasiada facilidad, ni siquiera el pudor fue lo suficiente para mantenerlo despierto y, sin más, se quedó profundamente dormido.

Una mano fría y delicada sobre su pecho... Ella.

«No te vayas...». Antes de terminar ese pensamiento, atrapó la muñeca con fuerza... Gracias a Dios, al fin sentía que tenía algo de energía.

Angus abrió sus ojos; cabellos rubios, aroma a flores, humedad... Esos ojos, tan exóticos y extraños, azul, verde y dorado, únicos.

—Está empapada. —Fue lo primero que se le ocurrió decir, era bastante obvio que ella ya lo supiera. Los labios de Katherine se curvaron un poco, dándole una beatífica sonrisa.

Sed, otra vez esa sensación de tener la boca seca. Dolor, maldito dolor…

—¿Qué le pasó, señorita Thompson? —continuó Angus, se maldijo, la pregunta era verdaderamente estúpida. Tal parecía que haber perdido tanta sangre había afectado su intelecto.

—Afuera llueve. —Katherine respondió sin perder esa leve sonrisa, miró de soslayo la ventana y Angus hizo lo mismo—… Hice lo que me pidió, vine con el señor Finning.

Finning… Bow Street… Somerton…

—Finning… Gracias al Todopoderoso… Gracias, señorita Thompson, le estaré eternamente agradecido por sus servicios —dijo Angus con convicción, su deuda era enorme. Pero algo dentro de él le decía que no era una carga, que podría pagarla. La mano de ella sobre su pecho empezaba a cobrar calor.

—No hay de qué…. Si me disculpa, los dejaré a solas, debo cambiarme —señaló Katherine ruborizándose, ella también sentía el calor, la piel suave… sus dedos actuaron con vida propia y se encogieron dando una leve caricia.

—Pierda cuidado… me sentiría horrible si enferma por mi causa. —Y era cierto, vida por vida. Sus pensamientos lo sorprendían, ella sabía su nombre, pero no conocía su posición en la sociedad, su poder, su título… o su fama.

Se preguntó cómo sería la reacción de ella al enterarse de que él era un conde. No le agradó la idea de ver en esos ojos multicolores el brillo de la avaricia.

Perdido en sus pensamientos, sintió que ella intentaba deshacerse del contacto.

—Si me dispensa, señor… —murmuró Katherine alzando su muñeca. Su rubor se intensificó.

«La necesita para irse, estúpido», se reprendió mentalmente. ¡Condenación! Su cabeza era un caos. Primero es lo primero.

La dejó ir, la mano de ella se deslizó de su agarre con suavidad, como si fuera una última caricia. Los dedos y el pecho de Angus sintieron cómo el calor se desvanecía, trayendo solo un gélido frío.

Debía acostumbrarse a esa sensación. Esa noche también iba a sentir frío, ahora que estaba consciente, ella no dormiría a su lado.

No era correcto… sin embargo…

Capítulo III

Katherine bajaba las escaleras cansada, se notaba por sus pasos pesados y lentos. Adrien, al escucharla, salió de la cocina a su encuentro, sus miradas se encontraron y esbozaron una sonrisa de satisfacción.

—Estoy calentando agua en la olla para que te bañes, Kathy —avisó Adrien con preocupación—. No quiero que te enfermes.

—Gracias, padre. —Su sonrisa se borró por arte de magia, cambiando su expresión a la mortificación—. Ay, no, ¡qué torpe soy! —exclamó y se dio un golpecito en la frente con la palma de su mano—. No saqué ropa seca de mi habitación.

—Puedes ocupar la ropa de Rachel —sugirió Adrien, intentando aparentar naturalidad. Su hija era idéntica a su difunta esposa. Habían pasado cinco años y todavía no se acostumbraba del todo a su ausencia. A veces, era una tortura ver a su hija. Era lo único que le quedaba de la familia que había formado, dos hijos muertos, una esposa muerta...

—Oh, padre... ¿estás seguro? —preguntó Katherine con cautela.

—En este momento tú la necesitas más —respondió sintiendo un nudo en su garganta junto con las ganas de disolverlo en alcohol, tosió para aclararse la voz y continuó—: Sé que son ropas anticuadas y tal vez te queden grandes, pero servirán. Mientras subes el agua, buscaré algo para ti.

—Muchas gracias, padre.

Katherine se dirigió a la cocina, una olla grande de agua estaba calentándose en la chimenea. La cantidad era suficiente para bañarse rápido. Con cuidado de no quemarse, tomó la olla y la subió al cuarto de su padre, quien ya había encontrado un camisón, enaguas, medias y un vestido.

—Dejaré esto sobre la cama, puedes secarte con esas sábanas viejas —indicó Adrien—. No te demores para que no enfermes. Estaré preparando una tisana de manzanilla y miel para ti.

Katherine asintió con una sonrisa. Amaba mucho a su padre, siempre fue un hombre preocupado por su familia, sobre todo por su madre, al punto de la devoción, con lo cual se ganaba bromas pesadas por parte de sus vecinos, tildándolo de «perrito faldero» de su mujer. A Adrien nunca le importó, era un hombre feliz. Pero cuando Rachel murió repentinamente, su padre se volvió un hombre taciturno. Si no fuera por la botica, estaría en la calle emborrachándose.

A Katherine no le costó demasiado detectar que, cuando su padre recordaba a su madre, intentaba ahogar el recuerdo y la pena. Por ese mismo motivo, ella permanecía alejada de él, porque sabía que era igual a su madre, e intentaba mantenerlo ocupado. La única forma que halló, era que él se hiciera cargo por sí solo de la botica.

Ella suspiró, se desnudó con dificultad por la ropa húmeda. Tiritando de frío, se metió en la pequeña bañera, se agachó para no salpicar demasiado el suelo, con un jarro sacó agua de la olla y se mojó todo lo que pudo de su cuerpo. Tomó una bola de jabón de flores y se enjabonó rápido la piel y el cabello. Terminó el baño enjuagándose con cuatro jarros más de agua. Todo el proceso no duró más de cinco minutos.

Envolvió su cuerpo con la sábana vieja y luego secó su cuerpo y cabello con vigor. De a poco, sintió que comenzaba a entrar en calor y se vistió. La ropa no tenía mal olor, sino todo lo contrario, su padre, al igual que ella, siempre ponía ramitas aromáticas o flores secas en los armarios, y entre las prendas, siguiendo fielmente las costumbres de su madre.

Inspiró hondo, se sentía limpia, fresca y con aroma a flores. Renovada.

Se miró al viejo espejo y su reflejo le mostró a su madre, un poco más joven de lo que la recordaba, y sonrió. Katherine prefería recordarla viva, amorosa, bondadosa… la mejor. Alisó una arruga inexistente en el vestido, y lo lució con gracia. Hacía mucho tiempo que no se miraba en uno, en la casa de sus patrones, los evitaba, no solo por el hecho de ganarse una reprimenda si la sorprendían, sino que su uniforme de sirvienta le recordaba que era solo un ente sin identidad dentro de la mansión, prescindible, descartable. No es que se consideraba una persona demasiado especial, pero tampoco era muy diferente a quienes se hacían llamar «nobles de sangre azul».

No le molestaba ser sirvienta, no le molestaba trabajar, no le molestaba la gente rica; le molestaban aquellas personas que, aun siendo de la aristocracia, se comportaban de una manera mezquina e intentaban, incluso, emular el estilo de vida del mismo Príncipe Regente.

Eso no lo toleraba… Al menos, ya no tendría que seguir soportando a lord Tauton y a su familia, ya no tenía trabajo. Solo le dio lástima el anciano enfermo, ella siempre procuró hacerle sentir que todavía era un ser humano y no un lastre.

Decidió no seguir pensando en ello, y se atusó el cabello húmedo y le sonrió a su reflejo. Esperaba que, cuando su padre la viera, no se pusiera triste al punto de buscar la botella que ella había escondido.

El vestido era sencillo, de color burdeos, no importaba si era anticuado, le quedaba bien y ya no sentía frío. Adrien, al tener un negocio propio, les pudo proporcionar a ella, hermanos y su madre, algunas comodidades y ropa de mejor calidad, aunque fuera de segunda mano, y Petticoat Lane era su principal proveedor.

Katherine cepilló su largo cabello rubio. Cuando iba en la mitad de su labor, oyó que alguien bajaba la escalera a paso veloz, seguramente era el señor Finning que ya se iba. Con curiosidad, se dirigió a su habitación, donde estaba el señor Moore. La puerta estaba entreabierta y pudo ver cómo él, serio y abstraído, miraba el techo.

Golpeó la puerta para anunciar su presencia y entró.

—Noté que el señor Finning ya se fue —comentó Katherine para iniciar la conversación.

Angus la miró y asintió.

—Debía irse rápido. Finning es un agente muy capaz… sé que, con la información que le he dado, va a atrapar a quien me apuñaló —explicó Angus en voz baja, si alzaba la voz el dolor se acrecentaba.

—¿Conocía a su atacante? —interrogó Katherine sorprendida y horrorizada. Acercó una silla al lado de la cama y se sentó cerca de Angus para que él no forzara su tono de voz—. ¿Por qué lo hizo?

—Es una historia larga, pero se la puedo resumir… —se interrumpió— ¿Me puede dar un poco de agua? Estoy sediento…

Katherine asintió, tomó el vaso de agua y, sin palabras, anunció que no usaría la cuchara. Ayudó a Angus a incorporarse lo suficiente para que él pudiera beber a placer.

Sorbos largos le saciaron la sed en cuestión de segundos, vació el vaso y exhaló con satisfacción.

—Muchas gracias, lo necesitaba… —dijo Angus al tiempo que Katherine lo dejaba en su posición original—… Bien… ¿en qué estaba? —se quedó unos segundos en silencio, intentando recobrar el hilo de su relato. ¡Oh sí, desde el principio!—. ¿Se enteró de los pormenores del juicio de lord Swindon y lord Bolton?

Katherine asintió con interés y se inclinó levemente hacia adelante. Todo el mundo conocía ese escándalo; Swindon apostó a su esposa e hijos en un juego de cartas, Bolton ganó la apuesta y tiempo después cobró su premio. Ahora lady Swindon era su amante y lord Swindon entabló un juicio civil para recuperar a su esposa e hijos, además de una compensación por diez mil libras. Se decían tantas barbaridades respecto a ello, todas contradictorias, en unas Bolton era un santo, y en otras, el mismo demonio amoral y pervertido. Katherine pensaba que nunca sabría la verdad de los hechos.

—Como bien debe saber —continuó Angus—, el día del juicio, Swindon apareció muerto.

—Mucha gente dice que lord Bolton fue el culpable —intervino Katherine.

—Él no fue, apenas puede matar una mosca… cuando le conviene y, definitivamente, no le convenía a Swindon muerto. El culpable fue el mismo hombre que me atacó, lo hizo porque lo descubrí. Era un aristócrata que cayó en desgracia… Y ahora es un mendigo.

—¡Cielo santo! —Katherine ahogó un gritito y se llevó las manos a la boca.

—Por eso mismo era perentorio entregarle esa información al señor Finning… —Angus hizo una mueca de dolor—. Confío en que él hará lo posible por atraparlo… Muchas gracias por ir a buscarlo, su servicio ha sido de gran ayuda.

—Debo insistir en que era mi deber.

—No era su obligación… sin embargo, usted me ha salvado y, probablemente, va a salvar muchas vidas más. Somerton está fuera de control.

Se quedaron en silencio, Katherine estaba impactada por lo que el señor Moore le acababa de relatar. Angus hizo un gesto de dolor, y ahogó un quejido ronco.

—Creo que se ha esforzado demasiado, señor. Debe descansar… ¿Le duele mucho la herida?

Angus quiso negarse, pero era inútil, su rostro lo delataba.

—Voy a bajar a buscar láudano, no le dimos antes porque estaba inconsciente, pero ahora, creo que será lo mejor para que duerma tranquilo. —Katherine se levantó de la silla y enfiló sus pasos hacia la puerta.

—Odio la idea de estar narcotizado… pero creo que me ayudará a pasar mejor la noche… y a usted también —pronosticó Angus a propósito, provocando que Katherine diera media vuelta con curiosidad.

—¿Por qué lo dice? —interrogó volviendo sobre sus pasos. En el mismo instante en que terminó de formular su pregunta, sintió que fue una muy mala idea. El señor Moore la miraba de un modo que la ponía nerviosa.

—Podrá dormir tranquila y segura al lado de un hombre que se encuentra profundamente dormido… Sé que hemos compartido la cama, su aroma la acaba de incriminar —acusó sin mala intención, se sentía cómodo y en confianza con esa mujer, al punto de traspasar la delicada línea del impersonal decoro que transformaba a dos extraños en amigos. Ella lo trataba con respeto, pero no con pleitesía. Aquello le gustaba, le dio un golpecito al costado izquierdo del colchón, como una invitación.

El rostro de Katherine fue invadido por el color carmín, y se cubrió el rostro con ambas manos y gimió contrariada.

—No se preocupe… su reputación está a salvo —tranquilizó Angus, sonriendo socarrón. Ah, era un desalmado, descubrió que disfrutaba demasiado mortificando a la señorita Thompson.

—La silla era incómoda —argumentó Katherine sin atreverse a mirar al señor Moore, a quien su timidez le pareció algo adorable y refrescante. A la señorita Thompson no le provocaba ningún remilgo mudarlo, pero sí ser descubierta en su pequeño y sucio secreto.

Sí, era el peor del mundo, le fascinaba ponerla en aprietos.

—Indudablemente es incómoda, pero le confesaré algo; haber compartido la cama ha servido de mucho, señorita Thompson. Me habría muerto de frío de no ser por su calor. Creo que, de haber fallecido, lo habría hecho feliz teniendo el cálido cuerpo de una mujer a mi lado.

Katherine pensó que no podía tener el rostro más encendido, pero, amargamente, descubrió que sí podía.

—Usted, señor, no es un caballero —declaró airada descubriendo su rostro—. Iré por el láudano. —Dio media vuelta, evadiendo la mirada divertida del señor Moore.

—Señorita Thompson… —llamó Angus, alzando más la voz, con un tono solemne y dejando las bromas de lado. Katherine detuvo sus pasos en el umbral de la puerta—. Le juro por lo más sagrado que tengo, que usted y su padre cuentan conmigo para lo que sea.

Katherine no dijo nada, solo se limitó a asentir y dejó a Angus a solas.

—Padre —dijo Katherine al entrar en la cocina, Adrien estaba sentado a la mesa con la vista perdida. Miró a su hija y le sonrió con tristeza.

—Te ves hermosa, hija —elogió viendo a Rachel en Katherine. Por un segundo, pensó que le dolería ver más a su hija con las ropas de su esposa, pero se dio cuenta de que solo le invadía una profunda nostalgia—. Preparé una tisana —señaló, haciendo un gesto hacia una taza servida.

—Gracias, padre. —Katherine se acercó a Adrien, y le dio un beso en la mejilla y se sentó—. Eres el mejor del mundo, te quiero mucho.

—Yo también te quiero mucho, mi pequeña —aseguró acariciando la suave mejilla de Katherine—. El señor Finning salió como alma que lleva el diablo. Apenas se despidió. ¿Qué le habrá dicho el señor Moore?

Katherine tomó un sorbo de su tisana, era delicioso el sabor de la manzanilla mezclada con la miel. Nada más reconfortante que las tisanas de su padre. Dejó la taza sobre el platillo y cortó una rebanada de pan.

—Él conocía la identidad del hombre que están buscando, el asesino del conde de Swindon, y también fue quien lo apuñaló —resumió Katherine lo revelado por Angus, sintiendo que la cara se le quemaba con tan solo recordar a ese hombre indecoroso. Podía haber mantenido la boca cerrada. ¿Acaso no conocía el refrán de que un «caballero no tiene memoria»? ¡Claro que no!, si el señor Moore era de todo, menos un caballero.

Adrien, ajeno a los belicosos pensamientos de Katherine, miró hacia el techo, la habitación de su hija estaba justo por sobre sus cabezas.

—Vaya lío en el que estaba involucrado nuestro invitado —ironizó—. Afortunadamente, para el señor Moore, pudo vivir para contarlo.

—¿Crees que mejorará pronto?

—Es un hombre joven, sano y fuerte. La herida, hasta el momento, no da muestras de infección, por lo que me atrevo a vaticinar que pronto estará de vuelta a su vida normal… Si hubiera estado en el campo de batalla, no habría sobrevivido ni siquiera un par de horas.

—Vivimos en días más pacíficos. Me alegro por la buena suerte del señor Moore. —Suspiró relajada—. Padre, ¿me podrías prestar unas mantas para dormir en el suelo? La silla es demasiado incómoda —explicó Katherine con naturalidad, intentando no volver a sonrojarse. Recordó la sonrisa burlona del señor Moore, era un desvergonzado.

Adrien la miró con preocupación, su hija podía enfermar si dormía en el suelo, pero tampoco ella podía descuidar a un hombre que se encontraba convaleciente de un par de puñaladas.

—Hablaré con el señor Langley, debe tener algo de alfalfa seca, le compraré un poco para improvisar un colchón. Y subiremos más leña para la chimenea y temperar la habitación toda la noche. Está haciendo demasiado frío.

—Gracias, padre.

Un haz de luz atravesó las delgadas cortinas de la ventana de la cocina, un trueno reverberó a lo lejos. Katherine siguió tomando su tisana impasible. Ella, a diferencia de su madre, no le temía a las tormentas.

Adrien sonrió, al menos no tendría que escuchar grititos aterrorizados por parte de su hija.

—Será mejor que vaya ahora mismo a hablar con el señor Langley —determinó Adrien poniéndose de pie, se estiró un poco, lanzando un quejido y soltó todo el aire. El día había sido provechoso.

—Espero que te vaya bien. —Bebió un último sorbo y anunció—: Le daré un poco de láudano al señor Moore, le duele mucho la herida.

—Disminuirá con el paso de los días, no te excedas con las gotas, no más de treinta… Mmmm… aunque pensándolo mejor, que sean treinta y cinco, el señor Moore es muy alto —aconsejó y luego se retiró de la cocina.

Katherine se quedó pensativa y bebió lo que quedaba de su tisana. Tenía solo una misión más antes de terminar el día. Una sonrisa malévola cruzó su rostro.

Si al señor Moore le gustaba ponerla en situaciones incómodas, ella podría tener su pequeña revancha. Antes de darle láudano, lo iba a torturar.

Angus observó cómo Katherine entraba en la habitación con una bandeja cargada de objetos que no quiso saber para qué eran, porque ninguno de ellos parecía ser el láudano. La sonrisa de ella era cínica, un ominoso relámpago, seguido de un trueno, fueron el anuncio de que algo no iba bien.

Al menos, no para él.

—Va a sentir un poco de frío, señor Moore —anticipó Katherine con voz sedosa, antes de alzar las frazadas con brusquedad, exponiendo el cuerpo semidesnudo del señor Moore a su escrutinio.

—¡Maldita sea! —blasfemó Angus al tiempo que intentaba cubrir con torpeza sus partes pudorosas.

—Esa lengua, señor —amonestó Katherine frunciendo el ceño, pero por dentro, luchaba con sus ganas de no reír—. Debo cambiar su pañal. No está en condiciones de levantarse para hacer sus necesidades.

—Está seco, muy seco —replicó Angus. Era mentira, hacía un rato había sucumbido a la traicionera naturaleza.

—Permítame dudarlo, hay cosas que no puede ocultar, como el nauseabundo olor que su cuerpo expele. Cielo santo, usted sí que necesita un baño.

—Lógico que necesito uno, hace tres días que no me aseo… Su padre podría reemplazarla en esta indecorosa… labor para una señorita como usted —propuso Angus, hizo una mueca de dolor—. ¡Maldita sea!

—Mi padre está ocupado, usted necesita un baño y debe descansar… y deje de blasfemar en mi presencia —exigió Katherine poniendo las manos en las caderas—. O yo dejaré de ser una señorita educada con usted y lo empezaré a tratar con juramentos dignos de un tabernero. Elija, mientras menos me tarde, será mejor para los dos. Estoy cansada y quiero dormir.

Angus, impotente, no tenía demasiadas alternativas, estaba sin fuerzas suficientes para levantarse, el dolor lo estaba matando y el maldito pañal ya le estaba provocando escozor. También debía admitir que olía a muerto.

—Soy todo suyo —accedió lacónico. Su cara no era la de un hombre feliz.

Katherine sonrió triunfal.

—Muy bien, manos a la obra —anunció con voz cantarina.

Angus decidió cerrar los ojos para pasar la vergüenza más grande de su vida adulta. Solo podía escuchar cómo Katherine canturreaba mientras abría el pañal. Lo ponía nervioso.

—¿Podría dejar de hacer eso? —espetó Angus mortificado, sin abrir los ojos.

—¿Qué cosa? —preguntó inocente—. ¿Puede hacer el intento de levantar un poco las caderas? —solicitó al tiempo que dejaba al descubierto la alicaída masculinidad de Angus.

«Bueno, es solo un poco más grande que la del anciano», pensó ella encogiéndose de hombros mentalmente.

Él, con gran esfuerzo, apenas pudo hacer lo solicitado, pero fue suficiente para que ella quitara el pañal mojado.

Impertérrita, continuó con su labor, mecánicamente sumergió un trapo en el agua caliente y lo estrujó. Angus sintió la humedad sobre él y ella volvió a canturrear. Concentrada, pasó el trapo por los rizos masculinos y los enjabonó produciendo un poco de espuma, lo suficiente para esparcirlo en su miembro y testículos, evitando tocar directamente con sus manos, solo sentía a través de la tela —debía reconocer que era un asunto bastante más agradable de ver y manipular que el de un anciano con apoplejía—.

—«¡Oh! ¿Dónde encontraré mi amor verdadero?... Decidme vosotros, marineros joviales, decidme la verdad...[3]» —cantaba Katherine con voz baja y diáfana.

Para Angus aquello era un suplicio. El aseo que ella le estaba prodigando, comenzaba a demostrarle que estar apuñalado no impedía que las zonas íntimas de su cuerpo fueran inmunes al toque de la señorita Thompson a través de la tela.

—Por favor, deje de cantar. —Volvió a pedir Angus.

Katherine se quedó en silencio, no porque él se lo había pedido, sino porque había sucedido algo poco habitual.

Angus reaccionaba muy diferente a un anciano con apoplejía. Su miembro comenzaba a alargarse, engrosarse y endurecerse.

Katherine blasfemó mentalmente ante ese tan inesperado acontecimiento.

—No me concentro si no canto, ya casi termino en esta parte —respondió intentando no transmitir el nerviosismo en su voz—... «Si mi dulce» miembro... ¡William!... «William navega entre la tripulación...»

—Perdón, creo que la palabra miembro no va en la letra. No recuerdo que «Susan de ojos negros» sea particularmente obscena —provocó Angus como venganza hacia la señorita Thompson.

—Usted habla demasiado para ser un hombre moribundo... intente girar hacia su costado izquierdo. —Angus, con dolor, dio media vuelta con ayuda de Katherine, acto seguido y, con eficiencia, ella limpió sus nalgas y luego la espalda.

Había sido una mala idea su venganza, el señor Moore tenía un cuerpo digno de ser esculpido, claro que una estatua de él sería una bastante impúdica, una hoja de parra apenas cubriría su «espada».

Lo instó a que volviera a su posición original y él seguía con los ojos cerrados, por lo que Angus no pudo ver la expresión de Katherine al ver su miembro en todo su erecto esplendor. Ella, en un arranque de pudor, puso un trapo seco sobre esa flagrante «cosa» para poder abstraerse y terminar con su labor indemne.

—Gracias a sus cuidados, estoy recobrando mi vigor a pasos agigantados, ¿no lo cree? Si fuera católico, la llamaría «Santa Katherine de los pobres hombres apuñalados» —continuó Angus

3 Letra de la canción « Black-Eyed Susan » de 1723, canción popular hasta la era de la Regencia

guasón, sabiendo y sintiendo que estaba excitado por el maldito baño seco proporcionado por las finas manos de su salvadora—… ¡Ay, maldita sea! ¿Por qué me presionó ahí? Es doloroso —recriminó ya no sintiéndose tan mortificado por la extraordinaria e indecorosa situación a la cual estaba siendo sometido por la maliciosa señorita Thompson.

Ya dudaba que fuera una «señorita», propiamente tal. Era una bruja.

—Más le vale guardarse sus comentarios desagradables y blasfemias. Levante sus caderas —ordenó, Angus dio un quejido y obedeció. Katherine puso un pañal seco debajo de él—. Terminaré aquí cuando su «amigo» vuelva a dormirse —anunció ella esbozando una maléfica sonrisa, le tocó una muñeca—. Intente alzar sus brazos.

Angus, sorprendido de su súbita fuerza, alzó sus dos brazos sin problema alguno. Katherine susurró un «gracias» y limpió las axilas masculinas, repitiendo la misma tarea que en su pubis. Lógicamente, sin ninguna sorpresa indecorosa, por lo que fue mucho más sencillo, para ella, llevar a cabo la limpieza en esa zona.

Prosiguió con su labor lo más rápido que pudo con los brazos, torso y piernas. Por fortuna, para Katherine, el «amigo» del señor Moore volvió a la normalidad, lo que le permitió terminar de poner el pañal, y finalizó su tarea con éxito. Asear al señor Moore consciente se había transformado en un martirio. Un martirio que volvería a repetir solo por volver a ver la cara de mortificación de él.

Lo cubrió con las mantas y se limpió la capa de sudor que estaba empezando a perlarle la frente.

—Ya puede abrir los ojos —instó Katherine—. ¿Ve que no fue tan terrible?

—Veo que para usted no lo fue.

—No fue nada del otro mundo —mintió descarada—. Mi padre va a improvisar un colchón, dormiré en el suelo esta noche. —Tomó una botella pequeña de láudano, y procedió a verter gotas en una cuchara. Se quedaron en silencio, él observaba la cara de concentración de ella, quien contaba mentalmente—… Treinta y cinco… Listo, tómese el láudano, señor Moore.

Angus abrió la boca y recibió la cuchara con su amargo contenido, que pronto le quemó la garganta y le hizo toser, arrancándole un malsonante juramento de dolor.

Katherine lo miró con reprobación, pero de inmediato suavizó el gesto. Toser con una herida en el abdomen no debía ser algo grato.

—Intente descansar, señor Moore.

—Creo que soñaré con brujas torturadoras.

—Gracias por el halago —dijo sin sentirse ofendida—. Me gusta ser una bruja, así mantengo alejados a los hombres que le temen a una mujer con demasiado poder sobre sí misma.

—Yo no le temo —replicó a la defensiva.

—Permítame disentir, pero yo no fui quien estuvo con los ojos cerrados durante toda la limpieza —contraatacó con suficiencia.

—*Touché...*

Touché. Por primera vez, Angus quedó sin poder dar una respuesta ingeniosa o mordaz. Lo que más le sorprendía era que no le molestó perder esa pequeña brega de voluntades.

La señorita Katherine tenía cerebro, temple, voluntad y valentía. Y, maldición, infiernos y condenación, eso le atraía.

Capítulo IV

Iris, duquesa viuda de Ravensworth, no había dormido bien, se notaba en las ojeras que lucía bajo sus ojos verdes. Desde hacía tres noches que no tenía noticias de su sobrino. Angus jamás había salido de casa sin avisar, ella siempre sabía si iba a pasar la noche fuera de Pearl Palace, o no.

Se sentía culpable, no debió pedirle a Corby que buscara en un barrio bajo su camafeo robado. Pero estaba tan descorazonada por perder el primer regalo que le dio su difunto esposo, Charles Montague, duque de Ravensworth, cuando empezó a cortejarla. Y Angus no dudó en llevar a cabo su misión.

Corby siempre le daba en el gusto, la consentía y la mimaba como si fuera su madre y, de hecho, casi lo era, Iris se hizo cargo de su sobrino cuando su hermana mayor falleció al dar a luz a gemelos, quienes tampoco sobrevivieron siquiera un día. El muchacho, solo tenía cuatro años.

El conde de Corby de ese entonces, no era un hombre dado a las muestras de cariño, por lo que solo visitaba a Angus una vez al mes, y el niño no lamentó mucho el fallecimiento de su padre, apenas dos años después que su madre, producto de un accidente a caballo. El duque de Ravensworth, su tío, se transformó en su tutor, figura paterna y un referente de persona, pero, lamentablemente, falleció cuando Corby apenas tenía diecisiete años.

Charles alcanzó a inculcarle la responsabilidad y valores, pero el joven conde seguía siendo influenciable y cayó en una vida de inmoral libertinaje. Iris, era una mujer fuerte, sin prejuicios e independiente, y mantuvo a raya los excesos de su sobrino, lo suficiente para que no despilfarrara su patrimonio, ni sucumbiera ante alguna enfermedad sexual, recalcando sin tapujos, los consejos que alguna vez le dio su esposo a su sobrino.

Para Angus, su familia era sagrada. Siempre volvía a casa.

Iris se quedó con la vista perdida en las llamas de la chimenea del salón matinal, su santuario. Apenas había bebido su té y mordisqueado un pastelillo. Su desayuno tardío no era atractivo para su sombrío estado de ánimo.

El sonido de unos nudillos golpeando suavemente la puerta le anunciaron que Buttler, el mayordomo, estaba solicitando su entrada. Iris concedió la entrada sin dilación, había exigido que nadie la molestara a menos que fueran novedades relacionadas con Angus.

Alzó una breve plegaria al cielo para que fueran buenas noticias.

—Una mujer llamada Katherine Thompson solicita una audiencia con usted, su excelencia —informó Buttler con su tono de voz pomposo que solo le provocaba gracia a Corby—. Dice que trae un mensaje del señor Angus Moore, y que solo debe entregarlo en sus manos…

—¿Angus? Hágala pasar de inmediato —ordenó Iris impaciente, el mayordomo no se movió—. ¿Qué sucede Buttler? ¿Está sordo?

—Le advierto que no es una «señorita» de las que frecuenta el amo, su excelencia… pero tampoco es una dama de alcurnia.

Iris alzó las cejas intrigada.

—Con mayor razón, hágala pasar… dígale a la señora May que nos traiga otra taza de té y que nadie nos interrumpa —ordenó con suavidad.

—Como usted diga.

Buttler se retiró, Iris se removió de su asiento, estaba ansiosa por recibir el mensaje de su sobrino. Al menos, tenía la certeza de que Angus continuaba con vida, lo que le proporcionó un alivio enorme a su atribulado estado de ánimo.

Unos segundos después, apareció la señora May portando una bandeja. En silencio dejó una taza y más pastelillos. Iris agradeció su servicio y la mujer la dejó a solas nuevamente.

La duquesa bebió un sorbo de té, y en ese instante hizo su entrada al salón una joven humilde, ataviada con un viejo vestido cuyo modelo no veía desde hacía diez temporadas atrás, pero que no opacaba la exquisita belleza de la mujer, la cual poseía unos ojos que demostraban determinación y seguridad.

—Buenos días, lady Ravensworth —saludó Katherine haciendo una respetuosa inclinación—. Me presento, soy Katherine Thompson, y he traído un mensaje del señor Angus Moore.

A Iris le sorprendió que la muchacha se refiriera a su sobrino como el señor Moore y no como el lord Corby, pero no la quiso sacar de su error, prefirió callar y no poner a su sobrino en evidencia… todavía.

—Por favor tome asiento, ¿desea una taza de té? —ofreció Iris solícita ocultando sus ansias por saber de Angus.

Ahora fue el turno de Katherine de estar sorprendida, nunca, un aristócrata le había invitado tomar asiento en el mismo salón y mucho menos a beber una taza de té. Decidió no desairar a lady Ravensworth rechazando su amabilidad, hizo un leve gesto de cabeza y se sentó en la poltrona que estaba en frente de la duquesa.

Iris sirvió té en la fina y delicada taza de porcelana china. Katherine dudó un segundo, no se atrevía a tocar esa pieza tan elegante. Pero se convenció que debería disfrutar del atípico momento, era probable que jamás volviera a tomar el té rodeada de tanta elegancia.

—¿Azúcar?, ¿leche? —preguntó Iris.

—Dos terrones, sin leche, por favor —respondió Katherine.

Iris terminó de servir y le ofreció la taza a Katherine, quien la tomó con cuidado.

—Dígame, señorita Thompson, ¿de dónde conoce a mi sobrino? Debo decir que me extraña que tenga relación con alguien de su clase, y no me refiero a su posición social —se apresuró a decir—, sino que sus amistades suelen ser de un tipo que no apruebo del todo, y se nota que usted es de origen humilde pero decente.

—Quizás, antes de contestarle su pregunta, será mejor que lea el mensaje de su sobrino. —Katherine dejó su taza de té y de un bolsillo sacó un sobre lacrado, pero sin ningún sello. Se lo entregó a la duquesa y ella, en el acto, abrió el sobre; la letra era la de Angus, pero los trazos eran débiles, erráticos…

«Adorada tía Iris:

»Antes que nada, te suplico que no pierdas la cabeza por lo que te voy a contar, lo más importante que debes saber es que estoy bien, vivo y entero.

»Hace tres días fui víctima de un ataque perpetrado por el marqués de Somerton, me apuñaló dos veces. La mujer que tienes en frente, me salvó la vida; junto a su padre, atendieron mis heridas y me han tratado más que bien en mi recuperación. Lamentablemente, no puedo salir de aquí, perdí mucha sangre y debo estar en absoluto reposo por unas dos semanas para que mis heridas se sanen del todo. El padre de la señorita Thompson, asegura que no es aconsejable someterme a un traslado durante mi recuperación, pues se podrían reabrir mis heridas y retrasar mis avances... incluso podría ser mortal.

»Sé que nada te impedirá venir a cerciorarte de que estoy en buenas manos, por eso mismo, te pido que seas discreta en tus visitas. No creo que lo más sensato sea llamar la atención con un carruaje y ropas elegantes. La señorita Thompson vive en Whitechapel y no sabe que soy un conde (tal vez, este sea el momento de que se entere, esa mujer no tiene un pelo de tonta y tarde o temprano lo deducirá). Me ha cuidado con diligencia y respeto, y tiene un temperamento estimulante (si entra en confianza, tiene respuesta para todo, te caerá bien).

»También quiero pedirte un favor, ella trabajaba en la casa de lord Tauton como sirvienta, pero, por auxiliarme, la han despedido. Me siento muy culpable por ello, y sería de mucha ayuda que le consigas un trabajo cuando yo esté del todo recuperado, pues en este momento, se está dedicando en exclusiva a mis asuntos y cuidados. La conozco poco, pero sé que tiene orgullo, y si se lo ofrezco, se negará rotundamente (es una bruja, que no te engañe su rostro adorable e inocente y sus ojos bonitos).

»Tu sobrino favorito (porque soy el único que vale la pena).

»Angus Moore, conde de Corby.»

—Vaya, vaya, vaya... —dijo Iris al finalizar la lectura de la carta de su sobrino, y suspiró aliviada. Miró a Katherine quien, apacible, bebía té. Pero a ella no la engañaba, en su aparente tranquilidad, la muchacha intentaba contener su curiosidad. Se notaba en las breves miradas de soslayo que le daba mientras leía la carta—. Primero que nada, permítame agradecerle por salvarle la vida a mi querido Angus, hubiera sido una terrible desgracia para el condado de Corby perder a su señoría... es el único conde apropiado. El siguiente en la sucesión es su primo papanatas y despilfarrador.

Katherine se atragantó de una forma escandalosa y poco femenina con el té. ¿Había escuchado bien? ¿Conde? ¿Corby? ¡Dios santo!

—¿Se encuentra bien, señorita Thompson? —interrogó Iris con un tinte de malicia, su sobrino la había autorizado para revelar su verdadera identidad. La explosiva reacción de Katherine le había causado gracia.

—Mis disculpas, su excelencia —dijo Katherine apenas recuperándose de su exabrupto—. El señor... lord Corby no me había revelado que era un conde. —«De lo contrario, no lo habría aseado... es un descarado», pensó molesta mientras limpiaba su boca con una servilleta.

—Mi sobrino, suele olvidar que tiene un título sobre sus hombros. Debió haberse casado hace mucho, pero se ha dedicado a malgastar su tiempo, me debe un sobrino nieto a quien mimar. No sé cuál es peor, mi hijo mayor o mi sobrino —reveló Iris haciendo un leve puchero.

Katherine sonrió, la tía de lord Corby era una mujer que le hacía sentir cómoda sin importar su abismante diferencia social.

«Al igual que ese granuja, lo voy a matar».

—Perdón, ¿a quién va a matar, señorita Thompson?

Katherine no había notado que lo había dicho en voz alta... ¡Infiernos!

—Lo siento mucho, no fue apropiada la expresión que utilicé —se disculpó—, pero lord Corby sabe cómo agotar la paciencia de las personas —contestó con la verdad.

—Lo sé, mi estimada señorita Thompson. Pero eso mismo lo hace encantador y popular entre las damas. Quisiera ir a verlo de inmediato, ¿es eso posible? —preguntó destilando amabilidad.

—Las puertas de la casa de mi padre, siempre están abiertas, su excelencia —afirmó Katherine en el mismo tono.

—¡Espléndido! —Se levantó intempestivamente y tocó una campanilla. Ni bien pasaron cinco segundos, y hacía su aparición el estirado mayordomo—. Buttler, por favor, que preparen la berlina negra, saldré ahora a... Perdón, ¿dónde vive, señorita Thompson?—preguntó mirando a Katherine.

—Vivo en el 34 de Crispin Street... en Whitechapel —respondió con prestancia.

—Muy bien, Buttler, dele esa indicación a Roger. Muchas gracias.

—Como diga, su excelencia. —Buttler asintió de un modo imperceptible y desapareció.

Iris le dedicó una sonrisa beatífica a Katherine.

—Espéreme aquí, señorita Thompson. Iré a cambiarme de ropa y me acompañará a ver a Angus. Supongo que no es un problema para usted.

—Será un placer, su excelencia —respondió Katherine, devolviéndole a la duquesa la misma sonrisa.

Angus esperaba el retorno de Katherine bebiendo una tisana preparada por el señor Thompson. Esa mañana despertó un poco atontado, pero con energía suficiente para poder comer por su propia cuenta, en cambio, la bruja despertó muy temprano y de muy mal humor por tener el cuerpo adolorido.

De mal humor o no, ella le dio un inusual desayuno abundante, huevos, té, unas tostadas y arenques ahumados. A él no le gustaban los arenques, pero se los comió igual, a sus anfitriones no les sobraba el dinero y debía ser un hombre agradecido, porque era probable que le estuvieran dando los mejores manjares que tenían.

Por eso mismo, le pidió a la señorita Thompson lo necesario para escribir una carta y que se la entregara a su tía. Ella sabría compensar todas las molestias que estaba ocasionando.

Se quedó ensimismado mirando un punto indeterminado de la habitación de la señorita Thompson, pensando en lo vivido y en el futuro. Estuvo a punto de morir y, en los minutos más angustiantes de su vida, se dio cuenta de que los últimos diez años había desperdiciado tiempo, dinero y energía. Estaba a punto de cumplir treinta años, a esas alturas de su vida ya debería estar casado, tener hijos, seguir con el legado de su linaje y, para ello, necesitaba una esposa.

Una con cerebro.

Tenía que buscar una, pero debía ser cauto, no quería una horda de madres presentando a sus hijas como si se tratara de una subasta de caballos, por eso odiaba la temporada. Las debutantes y los ardides que algunas personas inescrupulosas eran capaces de llevar a cabo para provocar un escándalo, y forzarlo un matrimonio…

No, no quería nada de eso. Podían juzgarlo de muchas formas, pero detestaba que su valía fuera medida de acuerdo a su renta anual. Y, lamentablemente, la mayoría de las mujeres de su círculo social estaban al tanto de ello.

Estaba empezando a ponerse selectivo, necesitaba una esposa con cerebro y que lo viera a él como persona…

—¡Demonios! —blasfemó Angus revolviéndose el cabello—. ¿Dónde estás, Corby, el granuja despreocupado? —se preguntó frustrado, miró al cielo raso y alzó una ceja—. Debes estar retorciéndote de la risa, ¿verdad, tío Charles?

Su difunto tío, el duque de Ravensworth, fue un hombre afortunado. Se casó con Iris sintiendo un profundo amor por ella, y así fue hasta el fin de sus días. Siempre le decía a él y a su hijo que, si iban a pasar el resto de sus días con una sola mujer, debían elegir muy bien. Un matrimonio debía ser una sociedad perfecta, construida sobre los pilares de la confianza, el respeto y el amor.

¿Cómo iba encontrar algo así? ¡Su tío estaba loco!... y más loco estaba él, porque ahora todo tenía sentido.

Y la primera candidata que se le vino a la cabeza, para conformar esa sociedad perfecta, era nada más y nada menos que esa bruja voluntariosa.

Pero no podía, eran de clases opuestas…

¡Ah, pero le gustaba tanto esa condenada mujer! Tenía lo principal, cerebro; y, además, era muy agradable a la vista, él disfrutaba mucho sostener esas batallas dialécticas y compartían ese sentido del humor tan retorcido y negro. Por alguna enferma e inexplicable razón, sabía que podría vivir el resto de sus días con una mujer como la señorita Thompson, porque ella tenía todo su respeto, confianza y admiración.

Sabía que, incluso, podría serle fiel.

Pero daban lo mismo sus fantasías. Ella volvería cambiada después de visitar Pearl House, guardaría las distancias, porque se enteraría que es un conde, y aunque a él se le ocurriera la inconveniente idea de querer cortejarla para saber si todo funcionaría entre ellos, ella lo enviaría a freír espárragos al África.

Eran de mundos diferentes, a ella, la alta sociedad le haría la vida imposible, la despreciarían, sería una constante humillación y, además de ello, estaba el molesto asunto de la fama que él ostentaba, la cual lo precedía… su horrenda y libertina fama. Al menos, una cuarta parte de las viudas de Londres había pasado una noche con él.

La señorita Thompson, ni por todo el té de China lo aceptaría, era una mujer demasiado inteligente, ella no sacrificaría su libertad por dinero y posición. Katherine ganaba lo suficiente con su trabajo y, si tenía suerte, hasta podría seguir con el negocio de su padre… No necesitaba un hombre, no necesitaba lujos. Él jamás había visto una mujer tan cómoda con su lugar en el mundo. Se le notaba en la voz, en sus gestos, en su forma de mirarlo; sin timidez, sin bajar la vista avergonzada. Lo trataba como un igual, y lejos de sentirse ofendido ante ese atrevimiento, aquello le gustaba.

Ella era de esa clase de persona que no aceptaría una unión por conveniencia, era demasiado íntegra para eso. Era de aquellas mujeres que solo aceptaría un matrimonio por amor…

Y él, bueno, ni siquiera conocía el real significado de esa palabra. Solo sabía sobre la atracción, el deseo, la pasión…

¿Qué demonios iba a hacer?

—Eres un idiota, Angus —susurró—. No tienes ninguna posibilidad.

Capítulo V

Un lacayo abrió la puerta del coche y le tendió la mano a Katherine, quien, un poco incómoda con tanta ceremonia para bajar de un carruaje, aceptó con una sonrisa forzada. Tras ella iba Iris, cubierta de pies a cabeza con una capa de terciopelo negro. Katherine pensó divertida que, si la duquesa pretendía pasar desapercibida con aquella prenda, estaba totalmente equivocada, pero tal parecía que la tía de Angus era aficionada al drama.

Pero le simpatizaba mucho.

—Si es tan amable de seguirme, su excelencia —solicitó Katherine, dirigiéndose a la entrada de la botica y le abrió la puerta.

—Muchas gracias, señorita Thompson —agradeció Iris entrando al local.

Adrien estaba concentrado detrás del mostrador sacando unas cuentas. Al notar la presencia de su hija y de una dama muy elegante, dejó de lado su labor y se acercó a recibirlas.

—Bienvenida a mi humilde establecimiento, lady Ravensworth —saludó Adrien con una regia y varonil inclinación.

Katherine parpadeó dos veces, miró a su padre como si le hubiera salido un tercer ojo en la frente, estaba muy sorprendida por aquel saludo propio de un aristócrata. No tenía idea de que él podía comportarse con la pompa de un caballero educado. ¿Dónde estaba su padre? Por un segundo pensó que estaba borracho, pero lo descartó al instante, no sentía el aroma del alcohol en el ambiente.

—Muchas gracias, señor Thompson —respondió Iris con una digna reverencia, descubrió su cabeza y miró a su alrededor con aprobación—. Veo que tiene muy surtido su local.

—Intento tener de todo, en esta parte de la ciudad hay muchos inmigrantes, por lo que debo tener productos especiales y cubrir la demanda —explicó con una afable sonrisa—. Permítame guardar su capa.

—Muy amable de su parte. —Iris se quitó la capa y reveló un sencillo vestido color lavanda —. Muchas gracias.

—Un placer —replicó recibiendo la prenda y se quedó unos segundos en silencio, observando con interés a la duquesa—. Disculpe mi impertinencia, pero su rostro me es familiar, ¿usted tiene alguna relación con la familia Cross en Brockenhurst, en el condado de Somerset?

Iris, al escuchar la pregunta, alzó sus cejas con sorpresa y sonrió espontáneamente, su postura se relajó por arte de magia.

—Son mi familia por parte paterna —respondió con nostalgia, estudió el rostro de Adrien y sonrió con una felicidad jovial—. Entonces, usted… ¡Por supuesto, eres de la granja, nuestros vecinos! ¡¿Cómo no te reconocí?! ¡Tú eres…! —exclamó con emoción.

—¡Qué pequeño es el mundo! —interrumpió asintiendo feliz—. Veo que tu vida ha cambiado mucho, de la aristocracia rural a la capital. Estás grande, pequeña Iris —saludó cambiando su trato de inmediato. El paso de los años había sido benevolente para su amiga, sus cabellos negros apenas lucían unos hilos de plata y su rostro ostentaba una belleza madura que no tenía nada que envidiarle a la imagen que él recordaba.

—¡Oh, cielo santo, no me digas pequeña, Adrien! Recuerda que soy un poco mayor que tú —respondió Iris sin que se difuminara su gran sonrisa, le tomó las manos con familiaridad—. ¡Sabía que estabas bien! ¡¡Amigo mío, cómo es que vives en Londres?!

—La vida nos lleva a todas partes… Vaya, vaya, eres una duquesa… —comentó incrédulo, pero feliz.

Katherine miraba alternadamente a lady Ravensworth y a su padre. Él nunca hablaba de su vida antes de conocer a su madre, y ahora resultaba que era un amigo de la juventud de la duquesa. Estaba anonadada, su padre le debía una muy buena explicación.

—Eso no te lo puedo discutir —continuó Iris—, tú lo has dicho, la vida nos lleva a todas partes… Oh, tenemos tanto de qué hablar, ¿cuántos años han pasado?

—Tal vez un poco más de treinta, creo que he perdido la cuenta —contestó con cariño—. Pero dejemos eso para otro día, después de todo, me has encontrado y sabes que vivo aquí, asumo que vendrás a ver a tu sobrino todos los días.

—Por supuesto. Y no dudes en que tenemos una conversación pendiente. Una muy larga —advirtió Iris con auténtico cariño.

—No quiero seguir entreteniéndote, tienes cosas más importantes que hacer. —Soltó las manos de Iris, no sin antes darles un apretoncito—. Kathy, por favor, guía a lady Ravensworth para que vea al señor Moore.

Katherine se dio cuenta de que estaba con la boca abierta y la cerró en el acto.

—Enseguida, padre —respondió aún atontada por la conversación que acababa de presenciar—. Es en el segundo piso, sígame, por favor.

Iris sonrió a Adrien y siguió a su hija. En pocos segundos, estaban frente a la puerta de la habitación. Katherine la golpeó con suavidad para anunciar su presencia, mas no esperó la venia del conde, solo abrió y con un gesto, conminó a que la duquesa entrara.

—Estaré abajo en caso de que necesite cualquier cosa —murmuró Katherine y los dejó a solas.

Iris asintió con un gesto, miró hacia la cama y ahí estaba su sobrino cubierto hasta el cuello con frazadas y recostado sobre unas almohadas. La habitación era pequeña, pero estaba limpia y bien temperada. Sin duda, los Thompson sabían cómo cuidar a un hombre herido.

Su sobrino la iba a matar del susto. Sus emociones contenidas la superaron al cruzar sus miradas.

—¡Angus, querido! —exclamó entre lágrimas. Se acercó a la cama a paso veloz y lo abrazó con cuidado—. No vuelvas a asustarme de ese modo, muchachito —reprendió con cariño, le dio un beso en la mejilla y se separó del contacto para tomarle la mano—. Estaba preocupadísima por ti... ¡Cielo santo, estás hecho un desastre!

—Gracias, tía Iris, yo también me alegro de verte —respondió Angus contento, el rostro de ella estaba ojeroso y cansado—... Jod... —interrumpió su blasfemia y su tía alzó una ceja reprobadora—. Esto duele —rectificó, ella lo hacía sentir como un niño—. Perdón, tía... Ni siquiera me atrevo a estornudar.

—Eso no lo dudo, querido… y cuida ese vocabulario, hasta donde sé, no he criado a un pirata —amonestó con el ceño fruncido, pero luego sonrió, se sentó a su lado y le arregló el cabello—. ¿La señorita Thompson te ha tratado bien? —preguntó en un tono de secretismo.

—No me puedo quejar, ella es como el duque de Wellington hecho mujer —respondió fingiendo que no era tan terrible ser atendido por la muchacha.

—Vaya, ¿quién lo hubiera imaginado con esa cara de hada que tiene? La señorita Thompson me cae muy bien, tiene carácter.

—Es simpática cuando está de buen humor, y eso no sucede muy a menudo —replicó Angus desviando la mirada hacia la ventana.

—Entonces, ¿estarás dos semanas aquí? —Iris cambió de tema con brusquedad, conocía muy bien a Angus, estaba ocultándole algo, ya se enteraría de qué.

—Diez días como mucho. De verdad, esto no es para tomárselo a la ligera. El señor Thompson ni siquiera se atreve a ponerme un camisón, cualquier fuerza mal hecha podría reabrir mi herida, no queremos arriesgar mi recuperación.

—Me parece que es lo más sensato. Muy bien, entonces haré los arreglos para que no falte nada aquí. Tampoco podemos abusar de la hospitalidad de los Thompson.

—Muchas gracias, tía Iris… En primer lugar, me gustaría que le digas a Harrison que venga todos los días a ayudarme con mi aseo personal, no quiero seguir arruinando la inocencia y el decoro de la señorita Thompson —reveló con un leve tono sarcástico.

—Oh… vaya suplicio para ella —contestó con el mismo tono—. Pierde cuidado, querido. Harrison se encargará de ello, él también estaba preocupado por ti.

—Es el mejor ayuda de cámara que se puede tener… —coincidió—. ¿Has sabido algo de Gregory?

—Ayer, precisamente, recibí una carta de él. En unos días debería estar de vuelta en Londres. Ese es otro que no deja de darme dolores de cabeza. Yo me pregunto cuándo será el día que sienten cabeza. Mi hijo mayor y mi sobrino son unos rufianes desalmados —se quejó con dramatismo.

—No niegues que nosotros te damos las mejores fiestas de cumpleaños.

—Indudablemente, pero ustedes ya están en edad de merecer, mírate, estuviste a punto de morir. Si eso hubiera sucedido... No quiero ni imaginar, Trevor está a punto de quedar en la bancarrota, el otro día me enteré que tiene deudas de juego por treinta mil libras. —Iris suspiró hondo—. Pobre Eugene, tu tío no lleva más de un año muerto y su hijo ha tirado a la basura todos sus años de trabajo.

—Mi tía Eleonor mimó mucho a Trevor, y mi tío Eugene no ayudó mucho a la hora de poner disciplina —agregó Angus con acritud.

—La única salida decente que tiene ese mentecato es convertiste en un cazafortunas y sentar cabeza —decretó Iris en su gran sabiduría.

«Tal parece que la respuesta a todos los males del mundo es el matrimonio, ay, tía... Estoy viejo, te estoy encontrando la razón». Angus se aclaró la garganta, y una punzada de dolor le recordó que no debía hacer eso. Reprimió una palabra malsonante hacia Somerton y a todas las ramas de su árbol genealógico.

—Lo sé, tía... —dijo al cabo de unos segundos—. Estos días he pensado mucho sobre el matrimonio, y debo admitir que tienes razón, es hora de que me ponga serio.

—No estas bromeando, ¿cierto? Mi corazón no está para que me ilusiones en vano —dramatizó Iris poniéndose la mano en el pecho.

—No, no, es verdad —aseguró Angus vehemente. Sí había sido un mal y cruel sobrino.

—Entonces, ya sabes lo que tienes que hacer. Apenas te recuperes del todo, empezarás a buscar a una dama para que se convierta en la condesa de Corby... Oh, estoy tan feliz de que hayas reflexionado sobre eso.

—Un par de puñaladas hacen que cualquier persona reflexione y replantee sus prioridades —convino alzando sus cejas.

—Espero que te dure tu determinación, querido, porque no será fácil encontrar a alguien que te soporte a ti, tu humor y tu reputación... Bien, me pondré manos a la obra respecto a tu estadía para que sea lo más cómoda posible, y después veremos qué hacer sobre tus aspiraciones matrimoniales. —Iris se puso de pie, tenía mucho trabajo que hacer.

—Muchas gracias, tía... Ah... y sobre el favor que te pedí...

—No te preocupes, déjalo en mis manos.

—Solo debes considerar que ella no tenga que cuidar a ancianos con apoplejía, y que tampoco tenga que lidiar con hombres con malas costumbres, ni con damas que confunden la palabra «clase» con «humillar por deporte»…

—Buscaré a alguien que pueda necesitar sus servicios y que cumpla con tus exigentes requisitos. Te advierto que no será nada fácil. —Le dio un beso en la frente—. Enviaré a Harrison en cuanto llegue a Pearl Palace. Mañana vendré a visitarte. —Iris le sonrió de un modo maternal e hizo el ademán de dirigirse a la puerta.

—Muchas gracias, tía… te quiero mucho, lo sabes, ¿cierto? —Iris detuvo sus movimientos, lo miró con ternura. Angus estaba aprendiendo mucho en tan solo unos pocos días.

—Siempre lo he sabido, pero me llena el corazón que me lo digas… Yo también te quiero mucho, mi muchacho. —Volvió al lado de Angus, le acarició la mejilla de ese modo que solo las madres pueden hacer, transmitiendo todo su amor en un solo gesto—. Obedece a la señorita Thompson, no le hagas la vida imposible.

—Lo intentaré, pero no te prometo nada, ella no colabora lo suficiente —accedió socarrón.

—Con que lo intentes me basta… Adiós, cariño.

—Adiós, tía.

Angus se quedó solo, de pronto le pareció que la habitación había quedado demasiado vacía, la única compañía era el aroma de las flores secas. Le quedaban diez largos días de recuperación.

Matrimonio…

Tenía que pensar mucho al respecto.

Katherine cerró la puerta de la botica y miró a su padre con un gesto acusador. Adrien tenía una sonrisa dibujada en la cara, una que Katherine jamás había visto.

—¿Somerset? —Fue la única palabra que emitió ella con la que pretendía hacerlo hablar.

—Es una historia muy larga y antigua —respondió Adrien relajado. Habían pasado tantos años que ya había olvidado esa parte de su vida. Su infancia y juventud eran un recuerdo vago y lejano. No se había dado cuenta de que ya no sentía tanto rencor hacia su familia—. Lo único que puedo decirte, por el momento, es que no siempre fui un boticario.

—Creo que tengo tiempo para escuchar —replicó con una sonrisa tirante y sin humor. A ella no le gustaba sentir que le ocultaban información importante.

—Después tendrás tiempo, cuando le des de comer al señor Moore.

«Señor Moore, ¡já!».

—Conde de Corby, querrás decir, padre. ¡Ese embustero es un conde! —explotó recordando esa flagrante y artera omisión.

—Shhhhh, hija, te va a escuchar —rogó Adrien en voz baja. Su hija estaba perdiendo el control. Algo muy inusual en ella.

—¡Que me escuche! —alzó más la voz—. ¡Estoy molesta!

—Cuando un caballero está en uno de los peores barrios de Londres no puede andar gritando a los cuatro vientos que es un conde, los ladrones lo desplumarían en dos segundos —explicó Adrien lo que consideraba más lógico—. Si es que no lo matan primero… —Hizo una mueca irónica—. Tuvo mala suerte, de todas formas casi lo mataron.

Katherine resopló, su padre era un mar de calma, y tenía razón. Su mal humor se negaba a remitir, pero ya no se sentía furiosa.

—Parece que sabes mucho de eso…

—Solo sé lo que tengo que saber, soy un hombre viejo. —Esbozó una sonrisa benevolente—. Creo que necesitas descansar, te estás alterando con mucha facilidad.

—Lo sé. —Inspiró hondo, necesitaba respirar, encontrar las palabras—… Lo siento, padre. Sabes que no soy así… Solo es que… Lord Corby, pudo habérmelo dicho antes… ¿Acaso no hemos dado más que suficientes muestras de confianza? —espetó dolida. Al fin podía identificar ese extraño sentimiento que la embargaba.

—La confianza es algo que se construye de a poco, no se lo recrimines, no todas las personas actúan y piensan de la misma manera —continuó Adrien, ajeno a la batalla interior que se libraba en la mente y corazón de su hija.

Katherine no tenía argumentos para rebatir esa afirmación, ¿por qué estaba actuando de esa manera tan infantil? Ni siquiera ella misma se estaba soportando. Su lado práctico le decía que era absurdo sentirse de esa manera. Después de todo, eran tan solo un par de extraños. Sin embargo, sus emociones más irracionales estaban gobernando sus actos.

Debía tranquilizarse, era lo mejor.

—Tienes razón… Bien, iré a prepararle la sopa a lord Corby —decidió de mejor humor—. ¿Me prometes que me contarás de dónde conoces a lady Ravensworth?

—Te lo prometo, mi niña curiosa… Intenta darte prisa, me está dando hambre a mí también —apremió con cariño.

Katherine asintió, no debía tomarse tan a pecho a lord Corby. A la postre, él desaparecería de su vida en tan solo unos días más y todo volvería a la normalidad. Ella tendría que buscar un trabajo nuevo y él se dedicaría a… a lo que sea que se dedique un conde.

Capítulo VI

Katherine entró en la habitación portando, con sumo cuidado, una bandeja con el almuerzo para Angus.

—¿Tiene hambre, milord? —preguntó con amabilidad.

—Mucha —respondió con honestidad. La miró suspicaz por unos segundos, no se creía la actuación—. ¿No me va a golpear? A juzgar por sus gritos de hace un momento, pensé que, por lo bajo, me castraría.

—Barajé esa posibilidad, no lo dude. Pero no hay ningún beneficio, para una plebeya como yo, en golpear a un par del reino —afirmó subrayando en un tono acusatorio las palabras «par del reino», mientras dejaba la bandeja sobre la mesa de noche—. Después de todo, solo se quedará unos cuantos días más. Usted y yo seguiremos con nuestras vidas. No lo juzgaré por omitir ese detalle. —Se encogió de hombros como si aquello no importara.

A Corby esa aseveración le pareció que era lo más lógico y sensato, pero se negaba a aceptarla. Estaba perdiendo la cordura. La actitud de ella lo tenía desconcertado, primero escuchó los airados gritos, que evidenciaron lo molesta que estaba con él por haber ocultado deliberadamente que era un conde. Jamás imaginó que el enojo sería su primera reacción. Pero ahora que la señorita Thompson estaba más calmada, lo seguía tratando como siempre, incluso se le percibía más irreverente respecto a su título. Lo trataba como si aquello no existiera.

Era extraño, la actitud de ella podría catalogarse como insolencia, y asombrado, sintió que, lejos de establecer una distancia entre ellos, se acercaban.

Katherine acomodó las almohadas de Angus para que estuviera medio sentado, ambos pudieron percibir la tibia cercanía. El leve perfume de flores secas inundó los sentidos de Angus, lo apaciguaba; cuando ella estaba cerca, solo sentía calma. En cambio, Katherine sintió que sus pulmones se llenaban del indescriptible aroma masculino y sin perfumar de la piel desnuda de Angus. No era desagradable, era solo él, y, por alguna descabellada razón, ella sentía ganas de permanecer a su lado, lo cual era ya era una locura en sí.

Locura o no, Katherine sabía que ese aroma tan singular y natural quedaría grabado en su memoria por el resto de su vida.

Inquieta, le dejó la bandeja sobre el regazo y ella se sentó a su lado para hacerle compañía.

Angus probó la sopa, era una comida sencilla pero muy buena; papas, zanahorias, cebolla, ajo, y entrañas. Había otros sabores que no supo identificar, pero el resultado era delicioso… Tal vez ella, como la bruja que era, le ponía yerbas especiales y aromáticas. Lo estaba hechizando… intentó no reír, la imaginó revolviendo un caldero hirviente dando risotadas guturales y malignas.

—Entonces, después de mi recuperación, ¿volverá a trabajar de sirvienta? —continuó Angus con la conversación.

—¿Qué otra cosa puedo hacer? —interpeló, pensando que le hubiera gustado nacer hombre para poder ser lo que quisiera. Por ejemplo, haber estudiado para ser abogado, científico, médico… Siendo mujer, con suerte, podía aspirar a continuar con el oficio de su padre, el que ya conocía a la perfección, pero no le apasionaba—. Pero no se preocupe, lady Ravensworth me prometió que me daría una carta de recomendación, e iba a consultar entre sus amistades si hay algún puesto de trabajo disponible para mí.

—Yo también le puedo dar una carta de recomendación —ofreció pensando que aquello era muy poco por todo lo que estaban haciendo por él—. Mientras más, mejor, ¿no? Le prometo que exaltaré todas sus cualidades. Nadie podrá negarse a darle empleo —aseguró guasón pero convencido y siguió comiendo gustoso.

Katherine sonrió agradecida, suave y natural. A Corby le pareció que su sonrisa era la más linda que había visto en su vida, una perfecta curva que resaltaba los labios rosados y levemente carnosos. No era un gesto calculado y artificioso, no era para seducir… Solo era la señorita Thompson siendo ella misma, nada más y nada menos.

—¿Va a exaltar mis cualidades? —cuestionó Katherine, sin dejar de sonreír—. Desde que abrió los ojos, hemos estado como el perro y el gato, dudo que usted pueda enumerar alguna.

—Tiene muchas, usted es un desechado de virtudes si la comparo conmigo. A decir verdad, pienso que es la antítesis de mi persona.

—¿La antítesis? —preguntó con curiosidad, esa palabra no la había escuchado antes, pero no le avergonzaba su ignorancia, siempre podía aprender algo nuevo.

—Todo lo contrario a mí —explicó lacónico.

—Ya veo… No sea tan duro consigo mismo, milord. Entre tanto defecto, algo bueno tiene que tener. —Volvió a reír y Corby solo pudo emitir risa débil y grave, las punzadas le obligaban a no hacerlo con más ganas. Katherine lo miró, el conde tenía mejor aspecto, a pesar de estar desaliñado con su barba crecida y su cabello despeinado. Era lindo—. Veamos… Hay una virtud que puedo mencionar, y que nadie me la podrá rebatir, ni siquiera vuestra merced; usted es un hombre que posee una voluntad de acero.

—¿En serio? —interpeló alzando las cejas con sorpresa—. Nunca me han dicho algo así, le pido que me ilumine con su fundamento.

—A la mañana siguiente de su ataque, fui al lugar donde lo encontré. Todavía quedaba el rastro de su sangre sobre la tierra y pude constatar que caminó dos manzanas… Ver aquello fue… —Se aclaró la garganta, si él hubiera muerto en esa instancia, no le hubiera afectado tanto. Pero ahora que lo conocía un poco más, un aciago sentimiento la asedió ante esa idea—. Fue muy valiente, hubiera sido más fácil morir y dejarse arrastrar por el seductor sopor del desangramiento —declaró bajando el tono de su voz—… Bien, siguiendo con otra cualidad —repuso con un tono más alegre y ligero para deshacerse de esa sensación—, también puedo decir que es un buen sobrino. Es bien sabido que, cualquier hombre soltero que posee una posición como la suya, no vive con su tía, y usted lo hace. Jamás hubiera imaginado que usted compartiese su mansión con lady Ravensworth.

—¿Cómo sabe que no me he casado? —interpeló siguiendo el buen humor de ella. Para él no había pasado por inadvertido el repentino cambio de tono de voz de ella al relatarle lo que vio en la calle.

—Usted, al igual que su primo, hace sufrir a su tía con su soltería, y ella no repara en clamarlo a quien tenga oídos.

—Me declaro culpable de ser un soltero empedernido y ser un buen sobrino. —Alzó sus manos en señal de rendición—. Yo detesto vivir solo y adoro a mi tía, por eso vive conmigo en Pearl Palace. Ella tiene dos hijas más, pero están casadas y Gregory, a pesar de ser un duque, prefiere rentar un apartamento y hacer su vida a sus anchas. Pero estoy seguro que algún día caerá.

«Como yo».

—Ese es el gran y único problema que tienen los hombres como usted, están obligados a casarse —señaló con cierta empatía—. De usted dependen muchas personas, tal vez si fuera el hijo menor, no lo estarían presionando para contraer nupcias.

—¿Y a las mujeres no las presionan? No es muy auspicioso el destino de una mujer soltera, sin un esposo que le dé protección. La vida siempre es cuesta arriba… ¿usted considera que sea antinatural ser soltera? A mí me lo dicen todo el tiempo, si no me caso, me amenazan con que lideraré una horda de simios en el infierno como castigo.

—Que todo el mundo considere una ignominia la soltería, tanto para hombres como para mujeres, no significa que sea malo… Tengo veintitrés años, si me caso será pura suerte, sé que soy demasiado voluntariosa en algunos aspectos, y los hombres no lo consideran como una virtud para una esposa ideal y perfecta. Creo que, el hecho de haber estado sola con mi madre atendiendo la botica, mientras mi padre estaba en la guerra, me hizo cambiar mi visión sobre lo que quiero en un matrimonio. Fuimos muy independientes durante años. No deseo un dueño, sino alguien que me quiera y que sea un compañero, que nos apoyemos mutuamente. —Rio ante el imposible—. No existen hombres así, es casi una quimera, al menos aquí en Whitechapel o dentro del servicio de las casas en las que he servido…. ¿Que si mi vida será difícil estando sola? Indudablemente, y sería peor si yo fuera una damita que solo sabe tocar el piano y bordar cojines. Puedo y sé trabajar, no tengo problema en retirar orinales, limpiar pisos y hacer camas o atender enfermos.

—¿Y el negocio de su padre? Asumo que él es viudo, no he oído mencionar a ninguna señora Thompson… Si no tiene hermanos, hay formas de que él se lo legue antes de morir.

—Asumió bien, mi madre falleció hace cinco años, apenas unos meses después de que mi padre volviera de la guerra. Tuve dos hermanos menores, pero fallecieron hace muchos años, enfermaron de fiebre y ni siquiera llegaron a ser unos muchachitos… —Sonrió triste, ya sentía cierta resignación a tener una familia diezmada—. Prefiero tener a mi padre vivo muchos años más, en vez de anhelar lo que le ha costado toda la vida construir… De todos modos, estoy ahorrando para mi vejez, creo que si lo hago unos veinte o treinta años más, podré estar tranquila mis últimos días, ¿quién sabe?

—Quién sabe…

Se quedaron en silencio, acababan de tener la conversación más profunda, honesta y civilizada de sus vidas, y estaban sorprendidos. La comodidad y familiaridad obtenida en unos cuantos días era inusual, al menos para Angus; tenía familiares con los cuales no soportaba estar tres minutos en la misma habitación. Por parte de Katherine, hablar de ese modo con un hombre que no fuera su padre, era tan extraño como ver un elefante bailando en el palacio de Buckingham.

Ella se aclaró la garganta.

—Me simpatizó mucho su tía. La duquesa es tan dramática y sencilla, se nota que lo quiere mucho —continuó Katherine animada, desviando el tema de la soltería, matrimonio y el futuro—. Es una mujer que está llena de vida. Es admirable.

—Admirable es poco, imagínela criándome.

—Ahora es mi heroína. Por eso es tan dramática.

—Ella es la mejor…

Ambos rieron de buena gana, se quedaron con sonrisas dibujadas en sus labios, mas no dijeron nada. El mundo se desvaneció de sus sentidos y se quedaron ensimismados mirando los ojos del otro; los de él, azules como el cobalto; los de ella, tan peculiares que Angus no podía definir qué color predominaba, si era el azul, el verde o el dorado.

Ellos eran los únicos en ese diminuto universo.

Y, el momento pasó…

Katherine, desconcertada y con el corazón acelerado, desvió su mirada sintiendo un tibio calor en sus mejillas.

Angus se sintió huérfano, como si en una brutal fracción de segundo lo hubiera perdido todo, su mundo, su vida, su corazón, su alma. Reprimió un suspiro para recobrar la respiración y se dedicó a comer.

El sonido de golpes en la puerta fue recibido con alivio por parte de ambos y, al unísono, dijeron: «adelante».

La puerta se abrió, era el agente de Bow Street, Marcus Finning, quien dio una leve inclinación.

—Buenas tardes, lord Corby, mis dispensas por interrumpir vuestro almuerzo —saludó quitándose el sombrero—, señorita Thompson, un placer verla de nuevo. —Le dedicó una leve sonrisa a Katherine que a Angus le agrió la sopa. Ella también le sonreía.

—No se preocupe, señor Finning —desestimó Angus con un gesto—. ¿A qué debo el honor de esta visita?

—Vengo por varios motivos. ¿Está en condiciones para darme sus declaraciones respecto a su ataque?

—¿Declaraciones? —preguntó intrigado.

—Estoy terminando el informe para el magistrado —explicó—. El caso del marqués de Somerton ha sido cerrado. En una arriesgada jugada, secuestró al marqués de Bolton junto a lady Swindon en su propio carruaje. Gracias a su oportuno aviso, pudimos darle caza sin perder tiempo.

—¿Lo capturaron? ¿Va a ir a la cárcel? —preguntó sorprendido ante la efectividad de Bow Street.

—Lord Somerton hubiera ido a la horca, pero falleció al resistirse al arresto.

—Dios… —Angus jamás imaginó que todo terminaría de ese modo. Somerton no era santo de su devoción, pero, irónicamente, no le deseaba la muerte… bueno, tal vez un sufrimiento supremo—. Vaya, no me lo esperaba. Bolton y lady Swindon, ¿están bien?

—Lady Swindon salió ilesa, en cambio, el marqués recibió una puñalada, pero está fuera de peligro. La Divina Providencia del Señor ha sido benevolente para ambos —señaló—. Veo que con usted también ha sido generosa.

—Indudablemente, me puso en el camino de los Thompson. La señorita, aquí presente, ha sido crucial en mi recuperación. —La miró de soslayo, descubriendo que ella también lo hacía y, de inmediato, volvió su atención al agente—. Bien, supongo que necesita que le detalle cómo sucedieron las cosas.

—Así es, lord Corby, si fuera tan amable. —Marcus sacó una libreta, su carboncillo y se preparó para tomar notas relevantes.

Angus le relató todo, desde el motivo que lo trajo a White-chapel, hasta el instante en que recobró la consciencia y le pidió a Katherine que buscara al agente. Ella escuchaba con atención lo sucedido, el conde no le había contado mucho, y era un misterio para ella que él estuviera en un lugar al cual no pertenecía.

«Sin duda es un buen sobrino para venir a este barrio a buscar un camafeo», pensó ella sintiendo admiración. Maldito, debía reconocer que le iba a extrañar cuando se fuera.

Solo esperaba no extrañarlo demasiado.

—Muchas gracias por su colaboración, lord Corby —finalizó Marcus satisfecho—. Espero que, si nos volvemos a encontrar otra vez, sea por motivos más felices —deseó con sinceridad y se guardó su libreta en el bolsillo interior de su chaqueta—. Señorita Thompson, gracias a usted también por su colaboración. —Hizo una leve inclinación para ambos.

—Lo acompaño a la salida —ofreció Katherine solícita.

—No se preocupe, conozco el camino. Que tengan buenas tardes.

Marcus los dejó a solas, el silencio reinó. Katherine miró el plato de Angus, estaba vacío.

—Me llevaré esto de aquí —anunció levantando la bandeja del regazo de Angus.

—Oh, sí. Muchas gracias, estaba delicioso —elogió espontáneamente—. Le hubiera pedido otra ración, pero prefiero ser prudente.

—No se preocupe, esta noche cenará lo mismo —advirtió como si fuera una tortura—. Si se porta bien, le daré pan y queso también.

—Espléndido. Ya estoy esperando la cena.

—Con tanto halago de su parte, ya me está convenciendo de apiadarme de usted para no ponerle cianuro a su sopa esta vez... —bromeó para provocar una repuesta sarcástica de parte de él... Volver a ser el perro y el gato.

—Ya sabía que algo raro tenía la comida —replicó mirando el plato de reojo—. Y yo que pensaba que era buena cocinera, no contaba con que su ingrediente secreto fuera el cianuro.

—Le aconsejo que nunca confíe en una mujer que se ha criado en una botica.

Katherine sonrió maléfica como despedida y lo dejó solo.

Angus miró por la ventana, y suspiró.
Era tarde para las advertencias, él ya confiaba en ella.

Capítulo VII

—Lady Ravensworth dijo que parecía un mendigo, pero debo admitir que esta vez no exageró —dijo Harrison con seriedad mientras afeitaba a Angus con pericia—. No quedará tan prolijo como es habitual, pero algo es algo.

—Al menos no huelo como pordiosero —replicó Angus—. Me han mantenido limpio.

—Al menos —convino Harrison, deteniendo brevemente su tarea para mirar a su amo, al tiempo que alzaba sus cejas.

—¿Por qué no viniste ayer? —interpeló Angus, aprovechando que no tenía una navaja sobre su mejilla.

—Porque lady Ravensworth no me encontró en Pearl Palace —explicó haciendo el ademán de volver a afeitar.

—¿Y se puede saber por qué? —preguntó antes de verse en la obligación de quedarse quieto y callado.

—Había ido a buscar sus botas nuevas —respondió como si aquello fuera una obviedad—. Imaginé que su desaparición se debía a un nuevo capricho femenino, tal como sucedió con aquella actriz… ¿Cómo se llamaba? —Se quedó pensativo cinco segundos, mirando hacia el cielo—. ¡Eso!, fueron tres días… Roberta Mancini. —Harrison llevaba diez años al servicio de Angus, conocía, prácticamente, todo su historial de conquistas.

Su amo era un hombre peculiar, no se involucraba con damas solteras, y menos que fueran vírgenes. Prefería mujeres viudas o casadas que acordaban vidas separadas de sus esposos. Visitaba burdeles solo por las decadentes fiestas, no solía contratar el servicio de profesionales.

Esa vida tan disipada lo hubiera condenado a morir de esas enfermedades que se contagian por contacto carnal, pero Angus, desde muy joven, usaba un condón. Un adminículo bastante insalubre, a juicio de Harrison, pero muy efectivo para evitar el contagio de enfermedades y dejar bastardos por doquier. Su amo no se confiaba de los métodos que las mujeres utilizaban para evitar un embarazo no deseado. Si tenía que cortar por lo sano, prefería sacrificar parte de su propio deleite.

De las cosas que se enteraba por ser ayuda de cámara.

—Fueron dos días —refutó Angus.

—Pero a la mañana del tercero usted se aburrió… o tal vez, ella se aburrió de su sentido del humor —replicó riendo discretamente, pero esa risa se esfumó en cuanto recordó la herida de su amo, gracias a una ahogada queja de dolor del conde. Harrison se aclaró la garganta y se atrevió a preguntar—: ¿De verdad está usando pañales?

El semblante de Angus se volvió una máscara de la mortificación. Harrison se aclaró la garganta y continuó.

—No es necesario que responda, milord... No se mueva, es lo último. —Deslizó la navaja por la garganta de Angus—. ¿Debo cambiar eso yo? —preguntó temiendo lo peor y limpió la hoja afilada en un trapo que tenía en su hombro.

—¿Quieres que lo siga haciendo la señorita Thompson? —replicó Angus apenas abriendo la mandíbula, apelando al pudor femenino como excusa. Aunque ese pudor en aquella pequeña bruja brillara por su ausencia.

—Mi problema no es ver y manipular sus... partes. El problema es mi aversión a los desechos humanos —argumentó Harrison sintiendo la antesala de una náusea en su boca.

Intentando deshacerse de esa idea demasiado vívida, limpió los restos del jabón de la cara de Angus y estrujó una toalla que estaba en agua muy caliente, para luego dejarla sobre el rostro de su amo.

—Gracias por ponerlo en términos tan decorosos, Harrison —continuó Angus hablando bajo la toalla. Era vivificante la sensación de tener el rostro limpio—. Pero no deseo seguir sometiendo a una señorita a tales menesteres. Vas a tener que soportar con estoicismo. Si accedes, te daré un bono extra en tu próximo sueldo. Y cuatro días libres adicionales.

—Usted sabe cómo convencer a sus empleados, y su oferta es muy seductora. Pero mi límite son los pañales. Si la señorita Thompson tiene estómago y la habilidad para esa tarea, no veo el impedimento para que siga haciéndolo.

—¿La tendré que contratar a ella como ayuda de cámara? —interpeló Angus como una velada amenaza.

—Hasta usted tiene sus límites, y no la va a contratar como ayuda de cámara. Sería un escándalo innecesario, no para usted que tiene su reputación mancillada sin remedio, sino para ella. La señorita Thompson no merece ser sometida a ese tormento.

—¿Pero sí merece que me mude y me limpie?

Touché.

Harrison no lo soportó más y puso los ojos en blanco. Su amo podía ser muy hábil en dar vuelta una situación a su favor.

—Oh, está bien, usted gana. Pero le advierto que la señorita Thompson deberá enseñarme a hacer aquello y yo podría vomitar sobre vuestra merced en el proceso.

—Me arriesgaré. Además, solo serán un par de días. Pronto estaré en condiciones de poder levantarme con ayuda e ir a un maldito orinal.

—Asumo que, para ese entonces, no necesite asistencia de la señorita Thompson para que le afirmen su… masculinidad.

—Qué desagradable eres, Harrison. La señorita Thompson es decente… y tal vez tiene agua en las venas —masculló.

—¿Así que ella no ha sucumbido a sus encantos? Vaya, eso sí es inusual. Bueno, puede ser porque usted no se relaciona con señoritas castas y puras. En este momento, las viudas aburridas de todo Londres deben estar preguntándose por usted.

—Y seguirán preguntándose. Me voy a casar.

—¿Ah, sí?, ¿quién es la afortunada? —interrogó incrédulo.

—La afortunada no sabe que es la afortunada. Ni siquiera sabe que se casará conmigo.

—Será un matrimonio concertado… no imaginé que estuviera tan desesperado —comentó quedando pensativo—. Aunque tampoco puedo imaginar que sea del estilo romántico. ¿Sabía que están muy en boga los matrimonios por amor?

—No seas ridículo, por supuesto que no será por conveniencia, a lo que me refiero es que me pondré a buscar una esposa con la que, al menos, me agrade conversar algo inteligente.

—Tampoco imaginé que fuera del estilo intelectual… Vaya, milord, usted es un hombre lleno de sorpresas.

—¡Oh, eres imposible, Harrison! —Angus se quitó la toalla de la cara, harto de la insolencia de su ayuda de cámara.

—Soy el único que le dice las cosas en su cara —replicó mirándose las uñas impolutas.

—Por eso mismo no te he despedido. Mejor, ve a buscar a la señorita Thompson para que te enseñe a cambiarme.

El rostro de Harrison fue un poema.

Katherine bajaba la escalera con una sonrisa que era similar a la de un gato que se ha tomado un tazón de leche. Tenía un delicioso sabor a triunfo al tener a dos hombres totalmente desarmados y cohibidos bajo sus órdenes. Lord Corby aún no se acostumbraba a que lo cambiara dos veces al día y, la única arma que tenía para defenderse, eran sus bromas indecorosas para provocar su pudor —por cierto, bromas totalmente inútiles, ella era inmune a toda la artillería verbal del conde— y Harrison, ¡oh, pobre hombre! Él sí le dio lástima, casi vomita dos veces sobre lord Corby. Katherine jamás había presenciado un espectáculo de esa naturaleza, fue hilarante.

Sabía que debía sentirse mal por el pobre señor Harrison, pero fue tan divertido, entre los juramentos de lord Corby, las arcadas de asco de su ayuda de cámara y ella intentando explicar —sin matarse de la risa— cómo hacer el bendito cambio de pañal y la limpieza.

No pudo aguantar más y se rio a carcajadas. Pero al llegar al primer piso, las risas se desvanecieron, notó que la botica estaba cerrada. Extrañada —y con un muy mal presentimiento—, se dirigió a la cocina, rogando al cielo que su padre no estuviera bebiendo.

Al abrir la puerta, se encontró con su padre compartiendo una taza de té con lady Ravensworth, ambos reían y conversaban animados. Katherine no pudo reprimir un suspiro de alivio, el cual se transformó en una calidez que le llenó el corazón de felicidad. Desde que su madre murió, eran pocas las ocasiones en las que veía a su padre reír con ganas. No quiso interrumpir ese instante íntimo. Sin embargo, en ese preciso segundo, la duquesa alzó la vista y notó su presencia, la cual era muy bienvenida.

—Sin duda te casaste con una verdadera joya, mi querido Adrien —señaló Iris dando una mirada aprobadora—. Tu hija es preciosa.

El padre de Katherine se volteó y vio a su hija que esbozaba una sonrisa tímida.

—Tú lo has dicho Iris, Rachel era una joya… y mi niña también —concordó recordando a su esposa—. Kathy, entra, acompáñanos con una taza de té —invitó Adrien alegre.

—No quisiera interrumpirlos, ustedes tienen mucho de qué hablar —se negó Katherine sin perder la sonrisa.

—Treinta años no se recuperan en una tarde, querida —desestimó Iris—. Ya tendremos tiempo con Adrien. Ha sido hermoso volver a encontrarme con el mejor amigo que tuve cuando era niña. ¡Ah, cómo pasa el tiempo!

—Indudablemente, ha pasado muy rápido —convino Adrien bebiendo un poco de té—. Está muy bueno, acompáñanos —insistió.

Katherine se negó otra vez, con suavidad.

—Padre, si te parece bien, necesito ir a comprar al almacén algunas cosas que nos faltan. Prefiero que ustedes aprovechen esta visita a solas y, además, lord Corby está siendo atendido por el señor Harrison.

—Bueno, mantener la despensa llena también es importante… —determinó Adrien—. Ve, tú sabes qué hay que comprar. El dinero está donde siempre.

—Muy bien, tengo una lista donde tengo todo anotado —señaló Katherine—. Nos vemos en un par de horas…

—Señorita Thompson —intervino Iris—. Por favor, le ofrezco mi carruaje para que vaya a comprar. Por lo que veo, no tiene carabina, al menos permítame la tranquilidad de que estará segura bajo la protección de mis lacayos.

—Lady Ravensworth, es muy amable, pero no hay nece…

—Insisto, querida. Me sentiré más tranquila.

—Muy bien —accedió Katherine—. Entonces, nos vemos en un rato, tardaré menos gracias a la generosidad de su excelencia —anunció contenta y, haciendo una reverencia, se retiró de la estancia.

Un largo silencio se cernió entre los amigos, Iris tomó un sorbo de té y miró de soslayo a Adrien.

—La nieta de lord Grimstone no debería andar sola en las calles de Londres —murmuró Iris, ganándose un gesto reprobador de Adrien—. Oh, lo siento, querido. Pero no podrás renegar toda la vida de ello.

—Ya no reniego de nada… —declaró Adrien tranquilo—… Así que mi padre sigue con vida. Increíble.

—Al menos, hasta el verano pasado, gozaba de muy buena salud. Tiene tantos años como Matusalén. —Iris enmudeció por unos segundos, pensando si estaba hablando demasiado, no obstante, a esas alturas, ya daba lo mismo—… Pero no puedo decir lo mismo de tus hermanos mayores.

Adrien miró a Iris con sorpresa, lo cual fue una señal inequívoca para ella. Era verdad lo que le había dicho su amigo, él había cortado toda comunicación con su familia en Brockenhurst.

—Cedric, tu hermano mayor, falleció hace unos seis años… Se cayó del caballo y, para desgracia de tu padre, nunca se casó. Elmer falleció hace un año, sufrió un corte en su pierna y la herida se le infectó, estuvo agonizando por una semana.

Adrien, quien no veía a su familia desde hacía veinticinco años, bajó la vista. No importaba que hubieran pasado décadas, lamentaba profundamente la muerte de sus hermanos mayores.

—Sabía que era una posibilidad que Cedric nunca se casara… pero pensé que, independiente de sus preferencias, al final, cedería a las presiones de mi padre. Y Elmer… qué triste. —Suspiró, no sospechó que Iris estuviera enterada de lo que sucedía en Brockenhurst, el pueblo de donde provenían. Fue un iluso—… Nunca imaginé… en fin, lord Grimstone todavía tiene la sucesión asegurada.

—Creo que el vizconde no puede cantar victoria si solo quedan Wilfred y tú —señaló Iris con cautela.

—Eso no me preocupa. Wilfred siempre fue un hombre fuerte —dijo Adrien pensando que era un cínico. También sentía un atisbo de preocupación.

A veces, el castigo de Dios llegaba más tarde que temprano.

—Sí, sigue siéndolo —convino Iris, ignorante de los pensamientos de su amigo—. Se ha casado dos veces, y tiene siete hijas, dos de ellas están casadas. Sé que el título de tu padre es muy especial, si hereda Wilfred, el título pasa a su hija mayor hasta que tenga un varón —afirmó Iris—. Pero nunca se sabe…

—Sería toda una ironía de la vida si yo llegase a ser el único heredero de mi padre. El mal hijo que deshonró el vizcondado de Grimstone casándose con una simple institutriz, una hija ilegítima, proveniente de una familia sin abolengo, sin conexiones —parafraseó a su padre imitando el autoritario tono de voz de él. Fue horrible para Adrien, en ese momento, se dio cuenta de que tenía la misma voz que lord Grimstone. Perturbado, se aclaró la garganta y continuó—: No me arrepiento de nada, Iris. Mi vida junto a Rachel fue difícil, pero inmensamente feliz.

—Oh, Adrien, no te juzgo en lo absoluto… Ni siquiera me atrevo a imaginar cómo hubiera sido mi matrimonio con Charles sin sentir amor, te entiendo a la perfección… —aseguró Iris tomándole la mano a su amigo, y él se la apretó como respuesta—. Katherine… ¿no sabe nada?

Adrien negó con la cabeza y no emitió palabra alguna.

—Cielo santo… Pero, Adrien se pondrá furiosa si se llega a enterar. Le estás negando su verdadero origen.

—Katherine no se va a enterar, porque yo no tengo nada que ver con Grimstone —dictaminó severo—. He dejado muchas cosas en el pasado, no tengo resentimientos con mis hermanos y lamento mucho saber que ya he perdido dos… Pero no importa si yo he olvidado el agravio de mi padre hacia la mujer que elegí, no volveré a Brockenhurst a presentarle a mi hija a un hombre que solo la insultará y ultrajará el recuerdo de su madre.

—¿Y Wilfred? ¿Acaso no tiene derecho a conocer a su sobrina, que al menos sepa que tú estás bien?… Ellos te han buscado a espaldas de tu padre…

—Las cosas están bien, así como están… —interrumpió alzando la voz, y se arrepintió en el acto. Entornó los ojos y se pellizcó el puente de su nariz—. Iris, por favor… te ruego que no insistas.

La duquesa sabía cuándo dejar de lado el drama, y ese instante era un muy buen momento para hacerlo. Inspiró y dio por perdida esa batalla.

—Está bien, lo dejaré, solo porque te quiero mucho… —claudicó volviendo a ser la de siempre.

—Gracias.

—La han educado muy bien —señaló cambiando levemente el cariz de la conversación—. Hicieron un muy buen trabajo tú y tu esposa, Katherine es toda una dama.

—Procuramos hacerlo con Rachel, ella tenía experiencia educando, no iba a hacer menos con su hija… Aunque aquello no sirva de mucho en nuestro estrato social. Pero, aun así, lo hicimos, estábamos plenamente conscientes de que mi Kathy estaba destinada a tener una vida dura. No soy iluso, siempre he sabido que mi hija pretende hacer más en la vida que casarse y tener muchos hijos, y, mujeres como ella, están destinadas a la soledad. Con su educación solo intentamos darle las armas suficientes para que pueda defenderse sola cuando ya no estemos… Mi Rachel partió antes y yo no viviré para siempre.

—Pues eso no lo voy a permitir, Adrien —decretó Iris poniéndose de pie, estaba entusiasmada, su mente ya estaba tramando un plan, ¡era perfecto!—. Ahora no estás solo, podemos darle a tu hija el lugar que debe tener por derecho. Tal vez, si ampliamos su mundo, podrá encontrar a un hombre que sea ideal para ella.

—¿Y cómo se supone que le vas a dar ese lugar sin que Katherine se entere de que es nieta de un aristócrata? —interpeló incrédulo.

—Muy fácil, querido. La señorita Thompson —subrayó—, será mi dama de compañía.

Capítulo VIII

—¿Dama de compañía?, ¿acaso has perdido el juicio, Iris? —interpeló Adrien, intentando no elevar el tono de su voz para que Angus no oyera—. Katherine no va a aceptar esa propuesta —susurró mirando subrepticiamente el techo.

—Por supuesto que lo hará —aseguró Iris—. Será un trabajo remunerado, querido.

—Pues haces que suene como si Katherine fuera una mercenaria… y, además, es la primera vez que escucho que se le paga a una dama de compañía. Estaré alejado de algunas normas sociales, pero recuerdo muy bien que tener una dama de compañía siempre se trata de un acto de caridad hacia las solteronas que no tienen un lugar donde vivir. Y mi hija no es eso… solterona sí, pero no es sujeto de caridad. ¿Cómo le explicarás a lord Corby la presencia de Katherine en Pearl Palace?

—Bueno, nadie cuestiona mis deseos y, en estos momentos, lo que más quiero es una dama de compañía. Adrien, es muy simple, tu hija necesita un trabajo y yo tengo uno perfecto para ella. Sabes muy bien que no estamos hablando de cualquier persona, Katherine es una señorita de escasos recursos, pero muy bien educada —argumentó convencida.

Adrien no recordaba lo obcecada que era su amiga cuando tomaba una decisión. Se refregó la cara, y resopló sin quitarse las manos de encima.

—¡Está bien, hazlo! —autorizó arrastrando las manos por su rostro hasta descubrirlo. Sabía que daba lo mismo su consentimiento, aquello era algo vano cuando se trataba de Iris.

—No estaba pidiendo tu permiso, solo te estaba informando mis planes. —Y ahí estaba la confirmación de los pensamientos de Adrien—. Me queda absolutamente claro que la señorita Katherine toma sus propias decisiones… Y si se niega… pues, puedo ser muy persuasiva.

—Quiero ver cómo lo intentas, pequeña Iris —provocó Adrien en un pobre intento de tener la última palabra.

—Observa y aprende, querido «renacuajo».

Sí, también había olvidado que ella le decía así antes de quedarse con la victoria…

—Padre, ¿me podrías contar tu historia con la duquesa? —preguntó Katherine mientras cenaban.

Adrien se tensó por unos segundos, dejando la cuchara de sopa en el aire. En el acto, recordó su reveladora conversación con Iris. Después de dos segundos, se la llevó a la boca y, a la postre, bebió un largo sorbo de vino.

Katherine estaba a la expectativa, tenía curiosidad por saber más del pasado de su familia, solo conocía hechos vagos y aislados. La presencia de la duquesa, alimentó el atávico instinto de saber algo más de los orígenes de su pequeña familia.

—Nos conocemos desde que éramos unos niños. La duquesa, es mayor que yo por unos… tres años, si no mal recuerdo. Vivíamos en el pueblo de Brockenhurst, en el condado de Somerset, ahí estaba la propiedad de su padre, un barón, llamado Emmet Cross. Yo vivía en la granja de la propiedad que colindaba la de ellos. —Comenzó a relatar con naturalidad, pero en su fuero interno, intentaba generalizar la existencia de sus hermanos, su padre, el título, las tierras. El nombre de la casa señorial, La Granja, era perfecto para ocultar el cariz de su pasado.

—Entonces imagino que se llevaban muy bien, a juzgar por el cómo se tratan. Es envidiable, creo que cuando están juntos se ven más jóvenes —aseveró Katherine con entusiasmo, ávida por más información.

—Éramos inseparables. Al punto que ella decía que nos íbamos a casar para estar siempre juntos, y aunque a mí me parecía una buena idea, a la vez lo hallaba descabellado porque yo era más joven. ¡Un imposible! —Rio con nostalgia de aquellos dorados días—. ¿Te imaginas? En ese entonces tenía diez años. A esa edad, la diferencia era enorme y creía que un hombre no debía ser menor que su esposa… cosas inocentes de la infancia.

—¿Y qué pasó después? —continuó con el interrogatorio.

—Cuando Iris cumplió dieciocho, la enviaron a Londres con una tía para introducirla en la alta sociedad. Era una gran oportunidad para que lograra un matrimonio ventajoso, tal como lo había hecho un año antes su hermana mayor, Rose, la madre de lord Corby. —Pausó su relato unos instantes, recordando esos días que se volvieron solitarios, dolorosos y fríos. Con el pasar del tiempo, las cartas fueron más distantes unas de otras, y ella solo hablaba de un tal Charles, el título jamás lo mencionó, esas cosas nunca fueron importantes de mencionar—. Nunca más volví a ver a Iris… Bueno, supongo que ella, en algún momento, fue de visita a la casa de sus padres, pero yo ya no vivía en Brockenhurst. —También supuso que le siguió enviando cartas por un tiempo, pero él nunca le escribió a su amiga, quien, sin querer, podría revelar su paradero a su familia.

—Entonces, ¿en Brockenhurst conociste a mi madre?

—Sí, me enamoré sin remedio de ella cuando tenía diecinueve años e, irónicamente, ella era mayor que yo por tres años… —afirmó, sonriendo con melancolía y reviviendo los hermosos momentos junto a su esposa—. El resto de la historia ya la sabes. Cuando cumplí veinte años, mi padre se opuso a que me casara con Rachel, por lo que esperé un año para ser mayor de edad y reunir dinero. Hui a Londres con ella y nos casamos. Montamos este negocio gracias a los conocimientos de tu madre, ella fue hija ilegítima de un médico quien también sabía mucho de botánica. Todo lo que sé, ella me lo enseñó —concluyó su historia sin poder evitar que sus ojos se humedecieran. Avergonzado de su debilidad, parpadeó rápido, y se aclaró la garganta, intentando disimular sus emociones.

—Sus destinos cambiaron mucho al separarse, son… ¿Cómo dijo lord Corby?... Ah, sí, la antítesis del otro. —A Katherine no le pasó inadvertida la reacción triste de su padre, continuó con la conversación imperturbable, para no darle la sensación a Adrien de que ella sentía lástima por él.

Porque Katherine nunca sintió lástima por su padre, siempre deseó consolarlo. Pero nunca halló el modo de hacerlo del modo apropiado, sin hacerle daño a causa de su extraordinario parecido con su madre. Esperaba que, con el tiempo, pudiera dejar de sentirse culpable por ello.

A ella también le dolía su partida, la extrañaba todos los días, pero ella vivía su duelo de otra forma, porque fue su hija, porque agradecía haber tenido una madre como Rachel y honraba ese legado en cada acción que realizaba.

Pero, a veces, pensaba que su padre nunca se resignaría a la muerte de su madre. Katherine se aferraba a la esperanza de que la presencia de Iris, ayudara a mitigar el dolor de la pérdida de Adrien.

—De eso se trata la vida, hija mía. Nada es inmutable, aunque existan pequeñas rutinas que nos dan una cierta ilusión de tranquilidad, ahí está la vida que, de golpe, nos somete a cambios inexorables —afirmó con sabiduría, pero pensando que la vida lo sorprendió con la guardia baja cuando le arrebató a su esposa. No obstante, sentía que, gracias a los últimos acontecimientos, recién sentía la fuerza suficiente para levantar cabeza.

—En eso tienes razón. Creo que, el que te hayas reencontrado con lady Ravensworth, te ha hecho muy bien, padre —dijo Katherine con esperanza. Los cambios en Adrien eran evidentes para ella, solo deseaba que fueran permanentes.

—Me ha hecho bien conversar con ella, me hacía falta hablar —reconoció, volviéndose a abrir con su hija, quería verla con otros ojos, no como si fuera una especie de fantasma de su esposa—. Con tu madre pasábamos todo el día juntos, y eso es lo que más extraño de ella.

—Espero que ustedes no se vuelvan a separar cuando se mejore lord Corby —deseó de corazón. Le sonrió a su padre y le tomó la mano, él respondió a ese gesto y le besó los nudillos.

—Creo que no tendrás que preocuparte de ello, será imposible que suceda, Iris es la mujer más determinada del mundo.

«Que Dios te oiga».

Los días pasaron y la recuperación de Angus avanzó de un modo más que favorable y, contra todo pronóstico, al sexto día pudo usar un orinal sin asistencia para levantarse.

Aquello fue su triunfo más feliz desde que ganó cinco manos de *piquet* seguidas.

Adiós pañales, adiós desnudez, adiós a los incómodos momentos con la señorita Thompson. En lo relacionado a su higiene personal, solo la necesitaba para que le ayudase a levantarse de la cama y Harrison lo asistía en su baño diario en la diminuta bañera que poseían los Thompson.

No se habían vuelto a repetir momentos como los vividos hacía unos días atrás. Durante las comidas, ella mantenía conversaciones ligeras y divertidas, no faltaban las chanzas y el humor negro entre ellos. Pero había algo que a él le molestaba, esa cordial distancia que él percibía cuando ella evitaba mirarlo a los ojos, o cuando intentaba llenar el silencio hablando nimiedades. Al lograr un poco más de autonomía para sus necesidades, Angus obtuvo como consecuencia que Katherine pasara más tiempo abajo, atendiendo la botica junto a su padre. Ahora Harrison o su tía le hacían compañía, jugando a las cartas, hablando banalidades o leyendo los libros que le traían de Pearl Palace.

Cuando estaba solo y se aburría de leer el periódico, miraba el techo, las paredes, los muebles. Ya había memorizado cada detalle de esa austera habitación.

Y así transcurrieron cinco días más.

Era un imbécil, esperaba todas las noches para que ella se fuera a dormir en el improvisado colchón de paja, que cada mañana era escondido bajo la cama. Aquello era el mejor momento del día, era como la celebración de un ritual. Katherine entraba en la habitación, se desvestía tras un ajado y viejo biombo, y salía con un grueso camisón que la cubría por completo. Se sentaba frente a un antiguo tocador, desarmaba con pericia su recatado peinado, para luego cepillar las ondas de su frondoso, salvaje y largo cabello rubio, que despertaba su lúbrica imaginación.

Al final, volvía a confinar su cabello en una trenza floja. Todo lo hacía en silencio, uno que él respetaba —haciéndose el dormido—. Como acto final de ese ritual, ella arrastraba el colchón escondido, daba un largo suspiro y apagaba la vela.

Lo que ella no sabía, era que la luz que irradiaba el fuego de la chimenea, lograba que se transluciera su perfecta figura a través del camisón. Ese era el exquisito momento por el cual él esperaba. El culmen de su fantasía.

Sí, era un imbécil.

Era un libertino redomado, un cínico respecto a cómo se relacionaba con las mujeres, solo intercambiaba placeres, instantes carnales que le daban una efímera y vacía felicidad. Nunca quiso aferrarse a ninguna de ellas, no porque no fueran vírgenes o no fueran aptas para ser su esposa —en el caso de las viudas—, sino que, simplemente, no deseaba casarse, perder su libertad. Era cómodo, fácil, y aquello le gustaba. Sin embargo, ahora se sentía como un adolescente cuando la espiaba en ese momento cotidiano, inocente y, a la vez, íntimo. Como si nunca hubiera visto un cuerpo femenino, como si nunca hubiera recorrido curvas sinuosas y tibias hasta arrebatar gemidos de éxtasis.

Como si fuera la primera vez.

Era, sin duda alguna, el imbécil más grande de todos. Hasta hacía algunos días, pensaba que tenía toda una vida por delante, y ahora se daba cuenta que no, que podía morir en cualquier instante, y que su paso por este mundo sería pronto olvidado sin dejar ningún vestigio, nada que atestiguara por él. Una breve y estéril anotación en su árbol genealógico. No había amado, no lo habían amado. Apenas había vivido, ni siquiera sentía que había sido realmente feliz.

Un hombre inútil con una vida inútil.

Lo que antes no tenía importancia, ahora era indispensable para su vida.

De pronto, oyó un inusual murmullo... Angus se concentró en escuchar mejor. ¿La señorita Thompson estaba hablando sola?... Intentó concentrarse en su dulce voz... No, ella estaba rezando.

—Señor Todopoderoso, agradezco de corazón que lady Ravensworth haya aparecido en la vida de mi padre...

«¿Cómo?, ¿de qué habla?», pensó él muy intrigado.

—... Hace varios días que no bebe, solo el vino de la cena, incluso se le ve más contento... También quiero agradecer por la rápida recuperación de lord Corby, espero que pronto pueda volver a su... —Katherine se interrumpió. En medio de los claroscuros solo podía ver su espalda recortada por la danzante luz, solo podía escuchar cómo se sorbía la nariz.

«¿Está llorando? No llores, Katherine». Angus estuvo a punto de hablar, quería consolarla, aunque no entendía por qué ella se encontraba tan emotiva. Pero se contuvo, ella pensaba que él dormía. Esta vez no quería iniciar una discusión, por mucho que disfrutara provocar a la señorita Thompson.

—Espero que él vuelva a su hogar y que tenga una vida muy larga y muy feliz. En el fondo, es un buen hombre. —Otro sollozo.

Pasaron unos cuantos segundos de silencio y se escuchó un largo suspiro entrecortado—. Lo último que te pido, Señor Todopoderoso, es que me permitas encontrar un trabajo, donde pueda estar en paz… Necesito trabajar o moriré de tristeza… Te lo imploro, amén.

«Amén, Katherine. Todavía no sé cómo me puedes considerar un buen hombre, sabiendo lo que sabes».

Se preguntó si algún día se armaría de valor para hablar en voz alta y decirle lo que sentía, porque al hacerlo lo haría real, casi tangible. Tenía un miedo atroz hacia un muy posible rechazo, tan solo la idea de escuchar la palabra «no» saliendo de esos labios rosados, le hacía sentir como el hombre más desolado y miserable de la tierra.

Nunca, nadie, lo había rechazado. Nunca había puesto su corazón en juego.

No quería perderlo… O tal vez, ya era muy tarde.

Lo había perdido.

Lo iba a extrañar, definitivamente, lo iba a hacer. Su padre le anunció hacía algunos días que Angus podría irse un poco antes de lo esperado.

Lo intentó, Dios sabía que lo había intentado.

Pero ya era tarde, estaba ocurriendo, en cada latido, en cada mirada furtiva. Un sentimiento hermoso a la par de doloroso.

Primero trató de encontrarle todos los defectos posibles. Lord Corby era un desvergonzado, un canalla malhablado, imprudente, un granuja, un jugador, un mujeriego… un libertino.

Se enteró de su fama por uno de los pasquines de cotilleos que trajo Harrison, cuando salió a la luz el crimen de lord Somerton, y el papel que jugó lord Corby en su captura.

Esa fue la punta del iceberg.

Haciéndose la desentendida, le pidió a Harrison más ejemplares antiguos del pasquín, y descubrió una infinidad de rumores, que lo cataloga al conde como un ser vicioso y depravado del todo inconveniente para cualquier dama decente.

Al principio estaba furiosa, luego, se sintió ridícula, después, se dio cuenta de que era tarde.

Sí, era muy tarde. Porque si bien él era un libertino, también era un buen hombre. Nunca le arruinaba la reputación a jovencitas, solo se relacionaba con mujeres que tenían la libertad de decidir si entregarse o no. Él nunca intentó nada contra ella, teniendo infinitas oportunidades para hacerlo desde que podía moverse, era más alto y mucho más fuerte que ella, tenía los medios para someterla. Pero jamás intentó tocarla, jamás la ofendió ni trasgredió esa ínfima línea que separaba la cotidiana intimidad, de tomar atribuciones que no le correspondían.

Lamentablemente, para ella, había conocido primero al irreverente Angus Moore, y luego al libertino conde de Corby.

Si solo hubiera sido Angus Moore, tal vez habrían tenido una mínima oportunidad. Porque ella notaba que existía algo recíproco entre ellos. Una chispa. Algo que podía provocar algo más grande que permitiría equilibrar aquello que sentía.

Pero él era el conde de Corby, y esa mínima luz de esperanza, estaba extinta antes de nacer. Era una batalla perdida, antes de ser peleada.

Porque ella, tenía dignidad, dignidad que no perdería ni por dinero, ni por posición, ni por amor… Era lo único que tenía, era su tesoro.

Porque una mujer como ella, nacida y criada en Whitechapel, solo podía aspirar a una sola cosa. Era una soberana ridiculez pensar que un conde podría involucrarse con una sirvienta, porque eso era, una sirvienta. Y las sirvientas no son cortejadas, ni mucho menos se casan con condes.

Las sirvientas solo son amantes de los condes.

Y las amantes se usan, se disfrutan, se desechan. Traen bastardos, perpetuando la pobreza.

Necesitaba rezar, aferrarse a algo, tener algún consuelo… ¿No lo iba a ver nunca más?… No sabía si eso era mejor o peor para su corazón...

Él dormía profundamente.

—Dios, te lo suplico… No dejes que esto crezca —balbuceó bajito, apenas ella misma se podía escuchar—. Dame fuerza, no me permitas flaquear… Sé que pido demasiado, y he olvidado agradecerte… Señor Todopoderoso, agradezco de corazón…

Capítulo IX

A la mañana del décimo segundo día después del ataque, Iris y Katherine esperaban afuera del dormitorio a que Adrien saliera a dar su diagnóstico final. No sabían por qué él tardaba tanto, y la duquesa comenzó a dar golpecitos nerviosos con su pie.

Al cabo de un minuto, Adrien abrió la puerta y, en silencio, las conminó a bajar la escalera para comunicarles su veredicto, ganándose un indecoroso resoplido doble por parte de las dos mujeres.

—¿Y bien? —preguntó Iris impaciente, al llegar al primer piso.

—Es todo un deleite comunicarles que la herida ya está cerrada por completo —sentenció Adrien—. Lord Corby puede tolerar perfectamente un viaje en carruaje hasta su hogar.

—¡Maravilloso! —exclamó Iris aplaudiendo rápidamente—. ¡Oh, qué felicidad! No sé cómo agradecerles todo lo que han hecho por mi sobrino.

—No ha sido nada, Iris —desestimó Adrien—. Pero su recuperación no ha terminado. Que la herida esté sana y le permita hacer su vida con relativa normalidad, no significa que lord Corby no deba tener precauciones —advirtió severo—. Tal como le señalé al conde, para que su sanación sea óptima, hay que evitar que haga cualquier tipo de esfuerzo físico durante los próximos treinta días, nada de montar a caballo y también debe evitar golpes directos en la cicatriz.

Iris asentía a cada recomendación de Adrien, pero tenía ciertas dudas.

—¿Cuándo podrá estar apto para asistir a algún baile? —interrogó con sumo interés.

—¿Un baile? —Adrien, la miró extrañado por semejante pregunta, pero pronto entendió, la temporada estaba en pleno apogeo—. Oh, ya veo. Creo que, si él se siente capacitado, podrá asistir en una o dos semanas, siempre y cuando no se extralimite con las danzas. Algunas suelen ser bastante vigorosas. Tampoco puede emborracharse.

—Vaya, no pensé que el alcohol afectara en la herida.

—No, pero las personas ebrias cometen errores estúpidos, como involucrarse en una pelea o algo peor.

—Oh, Adrien, eres imposible, pero tienes razón. Entonces, ¿puede volver ahora?

—En efecto, pequeña Iris, puedes llevarte a tu sobrino a Pearl Palace. De hecho, el señor Harrison lo está asistiendo para poder partir en un rato más.

Y el momento que Katherine tanto temió durante los últimos días, llegó.

Como acto reflejo, recibió el abrazo lleno de gratitud de Iris con una sonrisa, mientras que su alma sufría. ¿Cómo podía sentirse tan fragmentada? Felicidad y aflicción convergían con violencia en su corazón.

—Oh, estoy tan feliz… —Iris se separó del abrazo, pero no rompió del todo el contacto, le tomó las manos a Katherine y les dio un leve apretón—. Querida señorita Thompson, ¿podría hacerme el favor de ir a visitarme la próxima semana, el miércoles, para tomar el té? Enviaré el carruaje por usted a las cuatro de la tarde.

Katherine, un poco aturdida por sus perturbados sentimientos, apenas escuchó como un eco aquella inesperada invitación, y no pudo responder enseguida. Se quedó mirando a la duquesa por más tiempo de lo debido.

—Oh, perdón… mil disculpas, querida. Estoy invitándole y ni siquiera he preguntado si puede. Además, le debo una carta de recomendación. No crea que lo he olvidado.

«Carta de recomendación… trabajo, trabajo, ¡trabajo!».

—No se disculpe, lady Ravensworth —rechazó Katherine recobrando de a poco la compostura—. Por supuesto que puedo ir a visitarla. Será todo un honor.

—¡Maravilloso!

Lentos y pesados pasos se escucharon desde la escalera. Adrien, Iris y Katherine alzaron la vista. Angus, vestido informal, bajaba con dificultad junto con Harrison, debido a la estrechez de los peldaños. Bajo sus ojos lucía unas ojeras que le conferían un aspecto cansado, e incluso se notaba que había perdido algo de peso, pero aquello no le restaba atractivo alguno.

Durante un largo minuto solo se oyó el quejido de la vieja madera por el peso de los hombres. Era casi un milagro que aquel desconocido que entró desangrándose, ahora saliera caminando y no dentro de un cajón.

Angus, al llegar al primer piso, solicitó sin palabras a su ayuda de cámara que lo soltara. Aguantando la molestia en su costado derecho, intentó enderezar un poco más su postura, esbozó una sonrisa y dirigió su atención hacia Adrien.

—Señor Thompson, estaré eternamente agradecido de su bondad y hospitalidad. Muchas gracias por salvarme la vida. Prométame que, si se encuentra en cualquier problema y necesita ayuda, recurrirá a mí. Estaré encantado de retribuir, de algún modo, todo lo que han hecho por mí.

—Es inútil insistir en que no ha sido nada, milord. Pero le prometo que, si se da el caso, le tomaré su palabra —accedió Adrien, solo por darle el gusto a Angus—. Espero que le vaya muy bien y no se meta en problemas. —Dio una leve inclinación y Angus respondió ofreciéndole la mano. Se dieron un firme apretón que selló el pacto.

Angus, sintiendo una inesperada congoja, miró a Katherine. Su hermoso rostro esbozaba una tímida sonrisa que se ensanchó aún más cuando sus ojos se encontraron, pero que no llegaba a iluminar sus ojos. ¿Estaría triste, o ansiaba que él se marchara pronto?, ¿lo extrañaría? La única certeza que tenía era que él sí lo haría. Y mucho.

La noche anterior reflexionó y estaba decidido. Pero debía ser paciente, porque no sería nada fácil.

Primero, debía asegurarse de que aquel inefable sentimiento que le aceleraba el pulso, era real y no algo forzado por las circunstancias. Había una triste posibilidad de que él estuviera obnubilado por la belleza de la señorita Thompson y su refrescante manera de ser.

Tal vez era algo pasajero, y tal vez no. Debía ser sensato, no era solo su corazón el que estaba en juego. Si él se atrevía a pedir la mano de la señorita Thompson —en el caso de que ella lo aceptase— y luego se daba cuenta de que sus sentimientos eran débiles, solo le haría daño a su corazón y a su reputación, y él no quería eso.

Alejarse era lo mejor, por el momento.

Y el tiempo —no demasiado— le diría si estaba enamorado o no.

—Señorita Thompson, para usted es lo mismo. Si tiene algún problema, le exijo que recurra a mí. Las puertas de Pearl Palace siempre estarán abiertas para vuestra merced —aseguró Angus dando una respetuosa inclinación ante ella.

—Muchas gracias, milord. Que Dios lo bendiga siempre —respondió Katherine haciendo una digna reverencia.

Ella no quiso decir nada más, temía que su voz se le quebrara si articulaba una palabra más y, si eso sucedía, no podría contener las lágrimas. No quería ni debía exponerse de ese modo. Iba a ser su perdición si evidenciaba sus verdaderos sentimientos al conde.

—Entonces, adiós, señorita Thompson.

—Adiós...

Angus no supo qué más decir. Lo sintió como si fuera el final de ese capítulo de su vida. Retrocedió un paso, se contuvo de tomar su femenina mano, se contuvo de abrazarla, se contuvo de volver hacia la escalera y subir al dormitorio. Se obligó a ofrecer su brazo a su tía, para dirigirse hacia la salida.

Se obligó a no mirar atrás.

Iris se despidió alegre, Harrison iba tras ellos. Subieron al carruaje y todo quedó en silencio.

—Bien, creo que eso es todo —señaló Adrien poniendo sus manos en jarras. Estaba conforme, habían cumplido con su misión—. Voltearé el cartel para abrir la botica.

—Iré a mi habitación, padre. Tengo que arreglar el desastre que dejó lord Corby —anunció Katherine fingiendo malestar—. Al fin podré dormir en mi cama.

—Oh, cierto. Ve, hija, no te distraigas.

—Bajaré en cuanto termine —anunció con falsa felicidad.

Katherine reprimió las ganas de correr por los peldaños y subió con premeditada calma y dignidad. La puerta estaba abierta, traspasó el umbral y la cerró tras de sí. En el momento en que sintió que la cerradura hizo clic, sus lágrimas cayeron gruesas, calientes y pesadas por sus mejillas.

No tuvo fuerzas para seguir sosteniendo su peso y su espalda se arrastró lentamente a lo largo de la puerta hasta llegar al suelo. Se abrazó a sus rodillas para ahogar sus sollozos, y se permitió llorar, gemir y lamentar por su corazón roto, por ese amor que nunca podría ser. Su pecho dolía, sus lágrimas quemaban su piel, su cuerpo convulsionaba.

Su alma estaba lacerada.

Jamás la palabra «imposible» había tenido un significado tan cruel. Iba a ser difícil desterrar ese sentimiento de su corazón. Katherine temió que tal vez nunca lo iba a lograr, que le faltaría vida para acostumbrarse a ese vacío que sentía en su pecho.

Solo tenía un mísero consuelo, en esos días había aprendido mucho sobre sí misma. Aprendió que ella podía sentir con una fuerza que jamás imaginó; aprendió que no necesitaba demasiado tiempo para amar, pero sí mucho para olvidar; aprendió que nunca se casaría sin amor…

Y que, tal vez, ella se quedaría sola, porque nadie era como Angus Moore.

Pero prefería llorar por lo que no fue, había un camino más terrible que el tormento que ya estaba viviendo y, transitarlo, solo la dejaría peor de lo que ya estaba.

Y ella todavía sentía suficiente amor por sí misma como para no arrojarse a los brazos de Corby y rogarle ser su amante. Katherine sabía perfectamente lo que iba a pasar, solo ella sentiría amor, él, una mera pasión, y cuando la pasión se extinguiese, lo único que quedaría sería su virtud mancillada, su cuerpo ajado y su corazón pisoteado. Y sola, si llegase a tener la suerte de encontrar un método efectivo para no traer un hijo bastardo. La vida después de ser la amante de un conde, se limitaba a vender su cuerpo a quien estuviera dispuesto a pagar.

Con ese pensamiento, se puso de pie y limpió su cara sin importar que se volviera a humedecer. Caminó hacia su cama, y como si se tratara de un rito para sanar, quitó las frazadas y las sábanas. Con mucha fuerza de voluntad, reprimió el impulso de aspirar el aroma de él en el algodón que alguna vez fue blanco. Sacó los pesados colchones de lana y los acercó a la ventana para ventilarlos. Estaba sudorosa y acalorada por el esfuerzo. Y todavía lloraba.

Eliminar todo rastro de la presencia de Angus de su habitación iba a ser todo un *vía crucis*.

Desde la ventanilla del carruaje, Londres era el mismo. Angus había transitado por esas calles infinidad de veces, mas sentía que todo era diferente. Miraba con otros ojos las lujosas propiedades, los jardines perfectamente cuidados, el ajetreado ir y venir de las personas en las calles.

Todo había cambiado y le costaba reconocer todo lo que había afuera. Ya no era el mismo.

—¿Te duele mucho, querido? —preguntó Iris a su sobrino. Estaba preocupada, Angus había estaba serio y callado durante la mayor parte del trayecto.

Él centró su atención en su querida tía y forzó una sonrisa.

—Duele, pero es tolerable. No te preocupes, tía Iris. Solo necesito descansar en cuanto llegue a Pearl Palace.

—Muy bien, querido. Todo está dispuesto. Aguanta un poco más, le pedí a Roger que mantuviera una velocidad moderada para tu comodidad.

—Gracias, tía. Tú siempre piensas en todo.

Angus volvió a mirar hacia el exterior, pero a Iris no la engañaba. Conocía a su sobrino desde que era un bebé, la expresión de él no era de dolor físico, sino de algo más profundo.

No quiso preguntarle nada, ya lo averiguaría, pero estaba convencida que esa cara de melancolía tenía que ver con cierta señorita de cabellos rubios.

Quince minutos más tarde, estaban en Knightbridge, frente a la robusta fachada pintada de blanco de Pearl Palace. Un nombre demasiado ostentoso para una construcción que no alcanzaba a las dimensiones de un verdadero palacio, según el criterio de Angus. Él pensaba que era más apropiado un nombre como Pearl House. Sin duda, se consideraba menos arribista que sus antepasados, quienes deberían estar revolcándose en su tumba por esa clase de ideas descabelladas por parte del conde.

La construcción databa desde hacía setenta años, tres pisos, quince habitaciones, biblioteca, salón de juegos, salón de baile, salón matinal, sala de música. El salón infantil se ubicaba en el tercer piso, donde también estaban las habitaciones de los sirvientes. Un invernadero, caballerizas y una enorme cocina.

Cruzaba la calle y estaba Hyde Park. La ubicación era extraordinaria.

Pero ahora, al mirarla desde afuera, a Angus le pareció una enorme, fría y triste cáscara vacía.

¡Condenación! Su ánimo estaba absolutamente sombrío. ¿Qué demonios le había hecho esa bruja? Prefería mil veces estar en esa estrecha casa, en ese minúsculo dormitorio, durmiendo sobre ese duro colchón, aspirando todo el santo día el aroma a flores secas.

No habían pasado más de treinta minutos y ya añoraba a la señorita Thompson y todo lo que la rodeaba.

—No te esfuerces demasiado, querido —advirtió Iris mientras subían los peldaños de la escalinata.

Harrison tocó la aldaba y, en el acto, abrió Buttler, quien solo abrió un poco más sus ojos, evidenciando su sorpresa al ver a su amo en esas paupérrimas condiciones.

—Es un placer tenerlo de vuelta, milord —manifestó el flemático mayordomo.

—Es bueno estar de vuelta, Buttler —mintió con un tono demasiado alegre—. Por favor, que me preparen un baño de tina.

—En seguida, milord, ¿desea algo más?

«Una pequeña bruja».

—Nada más de momento —respondió lacónico.

—Muy bien, milord. —Buttler miró a la duquesa y esbozó una imperceptible sonrisa—. Lady Ravensworth, le informo que su hijo, lord Ravensworth, la está esperando en el salón matinal. Llegó hace cinco minutos.

A Iris se le iluminó el rostro de alegría. Angus pensó que la visita de su primo era como caída del cielo, perfecta para no pensar en Katherine y no extrañarla.

—¡¿Gregory?! Oh, ya verá ese granuja. Debió haber llegado la semana pasada —masculló aparentando estar enojada. Ah, el drama, en el fondo estaba aliviada, pero no debía ser blanda con su hijo mayor—. Buttler, ayude a Harrison, iré de inmediato a recibir a mi ingrato hijo.

—Como diga, su excelencia. —Buttler relevó a la duquesa y asistió a Harrison para llevar a Angus a su habitación.

—Tía, cuando termines de torturar a mi primo, lo envías a mis aposentos. Tenemos mucho de qué hablar —solicitó contento. Había pasado mucho tiempo desde que lo vio por última vez en

Richmond, desde el cumpleaños de su tía a principios de diciembre.

—Si es que sobrevive —señaló Iris alzando sus cejas.

—Bueno, envía lo que quede de él.

Angus rio, pobre duque, más le valía estar preparado.

Capítulo X

—Al fin llegas, pequeño granuja. —Fue el cariñoso y maternal saludo de Iris al entrar al salón matinal—. ¿Acaso el duque tiene los dedos quebrados que no fue capaz de enviar una nota para avisar que llegaría más tarde de lo presupuestado? —ironizó casi sin respirar.

—Oh, madre, no empieces —suplicó Gregory poniéndose de pie—. Ni siquiera he ido a mi departamento por pasar a verte primero. —Abrazó y le dio un beso en cada mejilla a su madre, quien no se resistió a su muestra de cariño. Iris adoraba los abrazos y besos de su hijo mayor, tan parecido a su Charles, alto, apuesto, cabellos negros y hermosos ojos verdes, un poco corpulento para los cánones de belleza masculina actuales que podían catalogarlo como tosco, pero no importaba. Era un seductor.

Pero a ella no la seducía del todo con su encanto y labia.

—No lograrás convencerme, muchachito… —advirtió volviendo al ataque. Se liberó del cálido contacto y frunció el ceño—. Estoy muy molesta contigo. Como se suponía que estabas en camino, no tenía cómo informarte que Angus fue herido. Casi murió, de no ser porque todavía existe bondad en el mundo.

Para Gregory, esa noticia fue como un balde de agua fría, su máscara de encantadora indolencia se transformó en auténtica preocupación.

—¿Dónde está, madre? —interrogó serio —. ¿Angus se encuentra bien?

—Acabamos de llegar, estuvo casi dos semanas recuperándose de un apuñalamiento para lograr subirse a un carruaje y volver a casa.

—¿Dos semanas?, ¿cómo ocurrió?

—Pero si incluso fue noticia en periódicos y pasquines... supongo que tampoco los has leído —masculló molesta—. ¿Por qué te has retrasado tanto?

Gregory se cuestionó si debía revelarle el verdadero motivo por el cual demoró más de la cuenta. Pero era orgulloso, sabía que solo lograría una dura reprimenda de su madre, seguida de un brutal recordatorio de sus responsabilidades como duque.

Suspiró hondo, a esas alturas de su vida, estaba harto de que insistieran tanto en lo que debía hacer, tenía casi veintiocho años, y desde hacía cuatro empezaron los sermones por parte de su madre.

Él, hasta hacía unos meses, disfrutaba de la vida, de sus privilegios, de su libertad. Delegaba su tediosa carga a sus administradores, los cuales lo mantenían al día en sus detallados informes. El ducado de Ravensworth funcionaba como un perfecto sistema de relojería suizo. Sus preocupaciones, en ese instante de su vida, eran otras mucho más importantes que el matrimonio.

—Madre, no he leído los periódicos. Estuve muy ocupado —declaró con sequedad.

—¿Muy ocupado? Solo espero que tus «ocupaciones» no hayan dejado consecuencias. No soy tonta, conozco bien el tenor de la frase «estuve muy ocupado» dicha por un hombre y aunque es «habitual» —subrayó irónica— que ustedes, por naturaleza, tengan sus deslices morales, no significa que los apruebe, y mucho menos que los celebre. No eres un niño, Gregory, eres un adulto.

—Por favor, no sigas. Sé que no he dejado hijos ilegítimos regados por toda Inglaterra como estás insinuando —afirmó, sintiendo que el enfado comenzaba a recorrer sus venas. Detestaba ser tratado como un niño.

—Nunca se sabe —replicó incrédula—. Así como tu primo no vio venir que no tenía su vida asegurada. Lo bueno de toda esta horrorosa experiencia, es que ha sido suficiente estímulo para que él le pusiera fin a sus excesos, y así empezar a reorganizar sus prioridades.

—Pues dudo que le dure mucho, y te recuerdo que yo no soy Angus, madre —respondió sintiéndose atacado.

—No, no lo eres. Nunca los he comparado, ni voy a empezar a hacerlo ahora —declaró firme—, a pesar de tener idénticas aficiones, son diferentes en muchas cosas y los amo por igual, con sus virtudes y defectos. Entiende que estoy preocupada por ti, por tu futuro, por tu felicidad y por el legado de tu padre. Tus hermanas se casaron bien, son felices, tienen sus propias familias. Eres el único que no se ha tomado en serio la vida…

—Madre, no sigas. He escuchado suficientes veces esta conversación. Déjalo, no insistas. Es mi vida, no la tuya —sentenció con dureza y brusquedad.

Iris se quedó en silencio, Gregory jamás le había dicho algo así. El masculino rostro severo de su hijo era el indicativo que estaba empecinado en seguir tal como estaba, y que nadie le haría cambiar de opinión.

Tal vez, era mejor que la misma vida le diera las lecciones que le faltaban por aprender.

Y la vida no era indulgente, solía ensañarse con los alumnos desobedientes. Esperaba que él aprendiera antes de perder demasiado… o todo.

Iris, sin nada más que agregar a aquella ominosa demanda, calló. Hizo una digna reverencia a su hijo y lo miró a los ojos.

—Que así sea, su excelencia. No me inmiscuiré más en vuestros asuntos. Angus lo espera en sus aposentos.

Salió del salón matinal dejando a Gregory impactado por la silenciosa y fría reacción de su madre. Esperaba el drama, más sermones, que le recordara que él era el heredero de su padre.

El silencio de Iris, le dejó la inquietante sensación de que había traspasado un límite que no debió infringir. Sabía que debía sentirse satisfecho por lograr que su madre lo dejara en paz, pero, en vez de ello, escuchaba una insidiosa voz que le repetía con malicia «lo estás haciendo todo mal».

Katherine se limpió el sudor de su frente. Las lágrimas se habían secado. Tomó una honda bocanada de aire y la expulsó con serenidad.

Había terminado de asear su habitación. Con vigor se había mantenido ocupada por una hora y, como consecuencia de ello, había logrado calmar —en parte— su dolor.

Seguía ahí, intenso. Pero no debía darse por vencida, todavía tenía mucho trabajo que hacer. Hacer el almuerzo, lavar y remendar su ropa, asear la cocina, la sala de estar, la habitación de su padre. Quería dejar todas sus labores adelantadas pues, al día siguiente, se pondría a buscar trabajo. Esperaba tener suerte, con la temporada en pleno apogeo, era muy probable conseguir un puesto, aun sin una carta de recomendación.

Suspiró. Recordó que había prometido ir a Pearl Palace a la semana siguiente. Si, para ese entonces, tenía la mala fortuna de no conseguir nada, le vendría muy bien la carta de recomendación que le ofreció Lady Ravensworth.

Se preguntó si vería a lord Corby… Katherine sacudió su cabeza. Por supuesto que no, seguramente iba a estar ocupado…

—¡Basta! ¡Ya se fue, Katherine! —se reprendió en voz alta—. Ese día será la última vez que visitarás Pearl Palace, después conseguirás un empleo con o sin carta de recomendación. Y después, estarás tan ocupada que te olvidarás de él en poco tiempo —se arengó para animarse—… Y si tengo suerte, tal vez conozca a una buena persona que no le moleste que yo sepa leer y hacer cálculos mentales, que me interesan los libros, que me respete y no me haga callar, que se ría de las mismas cosas que yo… y que me quiera. —Amargamente, Katherine notó que una nueva lágrima humedeció su mejilla. La limpió, tal como lo hizo con las miles que derramó—. ¿Es que nunca dejan de caer? —Rio sin ganas y se sorbió la nariz—. Creo que tengo que dejar de intentar animarme de este modo, o jamás dejaré de llorar.

Recogió las sábanas sucias que estaban sobre la cama, pero sus movimientos fueron interrumpidos gracias a un papel doblado que estaba sobre su tocador.

—¿Qué es esto? —murmuró intrigada.

Desplegó la hoja, la caligrafía era impecable, trazos firmes y fluidos, no se distrajo más y leyó…

«*A quien corresponda:*

»*Es para mí un inmenso placer recomendar los impecables servicios de la señorita Katherine Thompson para cualquier labor que estime conveniente en encomendarle.*

»*Si la contrata como su sirviente, no dude que encontrará en la señorita Thompson a una persona incansable, eficiente, discreta, valiente, leal, y con gran fuerza de voluntad. No le teme al trabajo duro, ni es una mujer que se asusta con facilidad.*

»Adicionalmente, tiene la gran capacidad de reaccionar de buen modo ante situaciones que requieran tomar decisiones importantes y extremas, gracias a su innegable agilidad mental, temple y dotes de liderazgo. La cual la hace ser mejor que varios hombres juntos.

»Estoy completamente seguro que, independiente del trabajo que le asigne a la señorita Thompson, lo hará a la perfección.

»Esperando que vuestra merced tome la decisión correcta, me despido.

»Atentamente.

»Angus Moore, conde de Corby.

»Post Scriptum: Si desea más antecedentes sobre el desempeño de la señorita Thompson, no dude en contactarme, con gusto le concederé una entrevista.»

Katherine sonrió y negó con la cabeza, recordó aquella conversación, recién en ese momento se dio cuenta de que él no bromeaba. «Le prometo que exaltaré todas sus cualidades», rememoró la grave voz de él. Se preguntó si de verdad el conde veía todas esas cualidades en ella, o eran solo alabanzas vacías para lograr un fin específico.

—Eres el idiota más encantador de la tierra, Angus Moore.

Guardó la carta en uno de los cajones del tocador. Después decidiría si usarla o no, lo único que sabía, era que en ese momento prefería conservarla solo para ella, no tenía el valor de mostrársela a alguien más. Era un bonito recuerdo.

Angus miraba con la vista perdida, algún punto indeterminado de la gran habitación. Estaba acostado sobre la cama esperando a que le prepararan el baño de tina. Desde donde estaba, se podían escuchar los sonidos ahogados de las sirvientas que vaciaban los primeros cubos de agua caliente a la tina.

Imaginó a Katherine haciendo ese esfuerzo, subir la estrecha y empinada escalera de servicio con un pesado cubo lleno de agua hirviendo, el alivio de bajar más liviana. Volver a subir, volver a bajar… una y otra vez. Haciendo su trabajo casi a escondidas, como si servir fuera algo que no debe ser visto. Antes de conocer a la señorita Thompson, jamás se preguntó lo que costaba tener una tina llena de agua caliente, lo pedía y al cabo de un rato ahí estaba. Cuando terminaba, solo se retiraba dejando su pequeño desastre. Probablemente, si se le antojaba volver a su cuarto de baño, todo estaría impecable, como si nada hubiera pasado.

No quería que ella trabajara así… es más, no deseaba que nadie trabajara más allá de sus posibilidades, porque ahora era consciente, y en cada sirvienta estaba viendo un reflejo de la dura vida de Katherine y aquello no le gustó.

Debía hacer algo, y debía empezar por su casa. Tenía que mejorar las condiciones laborales de sus empleados, eran casi esclavizantes.

Alguien golpeó su puerta interrumpiendo bruscamente el hilo de sus pensamientos. No alcanzó a preguntarse quién era, Gregory asomaba su negra cabeza con cautela. Al notar que él estaba despierto, sonrió y entró.

—Te ves horrible —saludó el duque acercando a la cama la silla que estaba frente a un escritorio y se sentó.

—No me veo nada mal, considerando que casi muero en medio de Whitechapel.

—Veo que mi madre no exageraba. ¿Cómo estás?

—Podría estar mejor. Pero no me voy a quejar, todavía respiro… —Se quedó mirando a su primo por unos segundos, tal parecía que había adquirido poderes sobrenaturales, lograba notar que a él algo le pasaba. Cada vez que su tía Iris los torturaba con la perorata de las responsabilidades y el matrimonio, solían salir indemnes, pero ahora, el semblante de su primo decía lo contrario—. ¿Sucedió algo con mi tía?

—Lo de siempre —admitió—. Pero creo que esta vez me excedí.

—Ella siempre tiene razón —señaló Angus—. Espero que no seas como yo, y tengas que estar a las puertas de la muerte para entenderlo.

Gregory entrecerró sus ojos e hizo un gesto de franca incredulidad.

—¿Dónde está mi primo?, ¿quién eres, impostor? —interpeló con fingida severidad—. ¿No me digas que buscarás una esposa? ¡Horror! —exclamó y largó una risotada poco caballerosa.

—A decir verdad, sí. Buscaré una esposa —reconoció Angus impertérrito, aunque, cada vez que lo decía, solo podía pensar en una sola mujer.

Gregory dejó de reír, su primo no reía con él. ¡Ese granuja estaba hablando en serio!

—¿Vas a buscar a una niñita sosa que solo sabe hablar de muselinas y el tiempo? —interpeló suspicaz—. Dudo que una mujer así te entretenga lo suficiente.

—¿Desde cuándo te volviste tan desagradable? —O quizás, Angus no había notado ese defecto en su primo. No solo había recibido un par de puñaladas, tal vez el golpe en la cabeza le dio una claridad que antes no tenía—. Para empezar, si me voy a casar, no es para pisotear la dignidad de mi esposa teniendo amantes. Por lo tanto, si voy a pasar el resto de mi vida con una mujer, tiene que ser inteligente. Si va a tener que soportar mi fama, tiene que ser valerosa y debe confiar en mí. Y, si va a ser la madre de mis hijos, tiene que ser fuerte. No me casaré por conveniencia, tampoco por lo haré impulsado por la pasión. He estado con la cantidad suficiente de mujeres, para saber que los matrimonios sustentados por aquellos motivos son efímeros y están destinados al fracaso —declaró con una pasmosa convicción.

—Entonces, ¿lo harás por amor? ¿Has perdido el juicio? Te recuerdo que Troya ardió por amor.

—Troya ardió por la pasión… —rebatió—. A mi juicio, Paris solo estaba encaprichado por Helena… No sé si me casaré por amor, pero sí quiero hacerlo sintiendo un profundo respeto, cariño y confianza en la mujer que será mi esposa.

—Estás hablando como mi padre —señaló Gregory comenzando a sentirse de mal humor—. Él tuvo suerte al casarse con mi madre por amor.

—Indudablemente, la suerte estuvo de su lado. Digamos que he tenido mucho tiempo para reflexionar. Estar dos semanas sin levantarme me hizo replantear todas mis convicciones…

—Sigo sin creer que estoy hablando contigo, Angus —dijo intentando bromear y cambiar el cariz de la conversación—. Mejor cuéntame cómo diablos terminaste herido en Whitechapel.

—Todo comenzó con el robo de un camafeo…

Angus le relató todos los pormenores del intento de asesinato por parte de lord Somerton y de cómo llegó a la casa de los Thompson —omitiendo los escabrosos detalles del baño seco y otras situaciones vergonzosas que Corby prefería guardar en el más absoluto secreto—. Intentó no hablar demasiado sobre Katherine y mucho menos acerca de los sentimientos que ella le provocaba. Por algún motivo que el conde no alcanzaba a vislumbrar, sentía un irracional recelo hacia su primo, el cual tenía tendencias caprichosas respecto a las mujeres y, si bien, seguía las mismas reglas que él de no involucrarse con mujeres casaderas, bien podía despertar su curiosidad, cosa que él no quería.

Gregory lo escuchaba con atención, no interrumpió en ningún momento en el relato. Estaba impresionado por cómo sucedieron los hechos y sus repercusiones. Más le valía ponerse al día en los periódicos si quería tener algún tema de conversación. Pero, a pesar de todo lo sucedido, Gregory todavía pensaba que Angus solo había tenido mala suerte y que no debía cambiar su estilo de vida, por una jugarreta del destino. A su primo se le estaba contagiando el dramatismo de su madre. Entendía que era serio el asunto, pero no como para tener un ataque de redención y querer ser un miembro respetable de la aburrida sociedad.

—Vaya, ha sido toda una odisea tu experiencia. Al principio pensé que mi madre exageraba —concluyó el duque—, pero ahora comprendo su acalorada reacción al no tener noticias mías.

—Y tú, ¿no se suponía que volverías la semana pasada? —repitió Angus la misma pregunta que su tía.

Gregory puso sus ojos en blanco. Otro más que lo cuestionaba.

—Los caminos estaban espantosos, no dejaba de llover y estaba demasiado frío para viajar. Preferí pasar unos días más en los brazos de una cálida y afable señorita que trabajaba en la posada «El pato borracho» —explicó con demasiada ligereza.

—Muy pintoresco el nombre, imagino que también estabas como el pato.

—A veces.

—Supongo que sabes que ya empezó la temporada parlamentaria.

—Lo sé, pero no notarán mi ausencia.

—Claro que no la notarán. Ni siquiera vas a las votaciones —reprendió con una mirada acusadora—. Gregory, no es la idea inmiscuirme en tu vida personal, pero estás descuidando los asuntos del ducado, y eso ya es diferente. Tus tierras, tus inquilinos, tu familia dependen de ti. Hace poco tuve que despedir a uno de mis administradores porque me estaba estafando. Sus informes eran impecables, pero estaba comenzando a abultar las cifras. Una guinea por aquí, una corona por acá. No deseo que te suceda lo mismo.

—Ahora tú... —Gregory se levantó de su silla con cierta indignación—. Creo que mi visita termina aquí, ya tuve suficiente con los sermones de mi madre, para que comiences tú con tu recién descubierta autoridad moral y paternalista. Que hayas estado a punto de morir no te da la potestad para opinar sobre mi vida, creo que es un poco cínico de tu parte. Sé muy bien cómo manejar mis asuntos... Nos vemos otro día.

Angus no dijo nada. Era inútil, su primo ya estaba a la defensiva y cualquier argumento que él esgrimiese no sería escuchado.

Gregory, ante ese silencio, resopló ofuscado. Mejor se iba a su departamento, tenía el súbito impulso de tomarse un par de vasos de whisky e ir a descansar.

Capítulo XI

Eran las cinco en punto cuando Katherine bajó del carruaje que le envió lady Ravensworth. El día estaba frío y cubierto de nubes densas, pero el viaje había sido muy cómodo, incluso le habían facilitado una cobija de piel para cubrirse y entrar en calor. Ella alzó la vista, Pearl Palace era enorme, le hacía sentir nerviosa, pequeña. La última vez que había visitado ese lugar no se distrajo en admirar el lujo y elegancia del palacio, pero ahora, el haberse fijado en la fastuosidad reinante, le aumentaron los nervios al punto de sentir las piernas flojas.

«Solo es un té, entablas una cordial conversación, recibes la carta y te vas…», se repetía como una letanía incesante. Quería acallar cualquier esperanza de ver, aunque fuera un instante, a lord Corby. Si las alimentaba, su decepción al no verlo solo aumentaría su melancolía. Siempre era mejor imaginar el peor escenario.

Durante esa larga semana, lo extrañó atrozmente. Lloraba en las noches, se levantaba al alba, salía a buscar trabajo, volvía derrotada a su casa, pues no se atrevía a usar y perder la carta de recomendación que le había dejado Angus. En las tardes, ayudaba a su padre en la botica, cenaba, subía a su habitación, lloraba y dormía.

Un lacayo le abrió la puerta de entrada a la opulenta mansión y la recibió el mayordomo. Katherine se quitó el sencillo bonete y su viejo *spencer*[4] y se lo entregó a un sirviente que lo recibió y lo colgó en un perchero.

---

4 *El spencer es una chaqueta corta, con doble botonadura y con cruz en la cintura. Solía ser de lana ajustada justo por encima del nivel de la cintura, o, en estilo Imperio, hasta la línea del busto, y adaptado en líneas idénticas al vestido.*

—Lady Ravensworth la espera, sígame, por favor —señaló Buttler.

—Muchas gracias —susurró.

Katherine lo siguió de cerca. Atravesaron el amplio vestíbulo, el cual podía ser del mismo tamaño que el primer piso de su casa. El sonido de sus pasos hacía un incómodo eco, que resonaba en toda la estancia.

Buttler se detuvo ante una puerta, dio dos golpecitos y la abrió.

—La señorita Thompson, su excelencia —anunció solemne.

Iris estaba sentada leyendo un libro y, al ver a Katherine, lo cerró dejándolo de lado. Se levantó con premura de su poltrona para recibirla.

—Qué bueno que pudo venir, señorita Thompson —saludó la duquesa con efusividad y le tomó las manos—. ¿El viaje fue de su agrado?

—Fue más que cómodo, muchas gracias, lady Ravensworth —respondió Katherine sonriéndole a la afable e inigualable mujer. Ah, cada vez le tenía más aprecio.

—Por favor, tome asiento, querida —invitó, indicando la poltrona que estaba al lado de la de ella—. Por favor, Buttler, que traigan té y pastitas.

—Como ordene, su excelencia —dijo el mayordomo solemne y, discretamente, las dejó a solas.

Iris miró a Katherine, esa muchacha le hacía sentir una agradable sensación de familiaridad.

—Cuénteme, ¿cómo está Adrien? —preguntó para iniciar la conversación con un tema neutral.

Katherine sonrió de inmediato, evidenciando lo contenta que estaba.

—Está muy bien y, debo confesarle, que solo es gracias a usted.

—¿A mí?, ¿por qué lo dice? —preguntó con sorpresa.

—Desde que mi madre falleció, ha sido muy difícil para mi padre sobrellevar su pérdida, y ahora que usted ha vuelto a su vida, ha sido como un soplo de aire fresco para su melancolía —confesó con la esperanza de que la duquesa no dejara de visitar a su padre. El cambio en él era alentador.

—Oh, querida, qué halagador. Pero todo es porque entiendo a Adrien a la perfección. Hay momentos en los que también

sucumbo al dolor y añoro a mi Charles… Por eso intento mante-
nerme ocupada siempre. Él no hubiera querido que me marchitara
por llorar su ausencia. —Sus labios se curvaron casi de un modo
imperceptible y parpadeó rápido para disipar las incipientes lágrimas—… Para mí también ha sido una inmensa alegría volver a
encontrarme con mi más grande y preciado amigo. Somos la prueba viviente de que un hombre puede ser amigo de una mujer y
que se pueden mantener actividades y conversaciones en común,
sin intentar asesinarse mutuamente o ignorarse como si el otro no
existiera.

Katherine intentó ahogar una risita imaginando a la duquesa
y a su padre intentando asesinarse en un duelo de esgrima.

—Me hubiera gustado tener un amigo así… o alguna amiga.

—¿No tiene amigos, señorita Thompson?

Katherine negó moviendo su cabeza con suavidad.

—Mis padres siempre nos protegieron a mí y a mis hermanos
del contacto con los otros niños de Whitechapel. Lamentablemente, no es un buen lugar para crecer y tampoco tengo tíos o primos.
Me temo que no había más alternativa, dadas las circunstancias.
Mamá nos educaba en casa y bastaba de nuestra compañía para
jugar… Pero mis hermanos enfermaron y fallecieron siendo unos
niños.

—Una gran lástima y un inmenso dolor para ti y tus padres,
querida. Lo lamento mucho.

—Yo también… —Katherine inspiró hondo, miles de recuerdos se sucedieron en apenas unos segundos—. En fin, ¿cómo ha
estado lord Corby? —preguntó intentando cambiar de tema, era
el momento preciso para saber de él sin parecer demasiado desesperada. Se felicitó a sí misma por su tono de voz natural y casual.

—Oh, su recuperación ha sido impresionante. Ha empezado
a hacer de a poco su vida normal. Está usando un bastón para no
esforzarse en exceso y, si todo sale bien, en un par de semanas em-
pezará a asistir a unos importantes bailes para buscar una esposa.

Katherine no anticipó una noticia de esa magnitud, por poco
logró reprimir un gritito. Fue un esfuerzo supremo conservar la
calma y el temple, y que su rostro no reflejara su hondo pesar.

En ese instante, entró una sirvienta trayendo consigo el té.
En silencio y con eficacia, dejó en la mesita todo lo pedido por lady
Ravensworth. A Katherine le pareció de lo más oportuna la inte-

rrupción, le dio tiempo para recuperarse del golpe emocional que acababa de recibir de lleno en el corazón.

La muchacha se retiró, lady Ravensworth preparó el té y le sirvió tal como la última vez a Katherine, quien revolvió la aromática infusión y bebió un sorbo. Nada mejor que un buen té para aplacar su turbación.

—Espero que tenga éxito en su empresa. No creo que a lord Corby le cueste encontrar una esposa adecuada —dijo Katherine con un tono de voz alegre, actuando a la perfección.

—Yo no lo veo tan fácil como usted, señorita Katherine. La reputación de mi querido sobrino lo precede, y dudo que las matronas permitan que él corteje a cualquier dama casadera —refutó Lady Ravensworth, acto seguido, bebió de su té y comió una pastita—… Pero tiene la voluntad y eso es un gran paso para él. Lo sucedido le ha ayudado para sentar cabeza.

—Me alegro mucho por él. Si ha decidido enmendar su vida, es posible que le perdonen su anterior conducta. Es bien sabido que a los varones se les dispensa con facilidad de sus errores, independiente de su gravedad.

—En eso tiene, razón querida —convino Iris—. Pero así y todo no puedo pecar de ingenua, mi sobrino es un hombre complicado.

—¿Complicado? —terció Katherine extrañada ante esa declaración.

—¿No lo cree? No suele contener su humor negro que puede espantar a cualquier damita inocente, y no tolera que sean tan remilgadas y que no demuestren su ingenio. Por eso siempre se ha inclinado a relacionarse con mujeres experimentadas —reveló sin preocuparse por la sensibilidad de su interlocutora. Iris se reprendió por su torpeza, pero Katherine era una mujer peculiar, le hacía sentir que era más experimentada y mayor de lo que era en realidad—. Oh, perdón, querida. No ha sido mi intención hablar más de la cuenta.

—No se preocupe, lady Ravensworth. A decir verdad, siendo sirvienta, estoy habituada a escuchar sobre ciertos temas de un modo más desinhibido, por lo que mi sensibilidad femenina es escasa. Y, respondiendo su pregunta, sí, lord Corby posee un sentido del humor más que negro, pero a mí no me asombró aquello, solo provocaba que le respondiera de peor modo —confesó despreocupada.

—Ay, querida. Lo que pasa es que usted es muy especial. No ha sido contaminada por la excesiva mojigatería que reina en la aristocracia. Sí, es bueno tener modales y normas de comportamiento y moral, pero ciertas damas no tienen límites. Por ello mismo me cuesta tanto lidiar con ellas en las reuniones sociales y bailes a los que asisto.

—Veo que es de familia —comentó Katherine con un cierto tinte irónico—. Pero no creo que sea un defecto, precisamente.

Iris rio ante aquel insolente comentario, pero eso era lo que le gustaba de Katherine. Ah, sin duda era perfecta para ejecutar su plan.

—A eso me refiero, pero tal parece, que para la gran mayoría resulta ser una ignominia. —Bebió un poco más de té, y rogó al cielo obtener una respuesta positiva—. Por eso mismo, señorita Thompson, tengo una propuesta laboral para usted.

Katherine quedó con su taza de té a medio camino y miró con interés a la duquesa. Decidió no beber té y dejó la taza sobre el platillo, para no repetir el mismo exabrupto de la visita anterior, y asintió para conminarla a que hablara.

Iris se aclaró la garganta y la miró con cierta expectación.

—Verá, señorita Thompson, últimamente, me cuesta más y más congeniar con cierto tipo de personas. Pero ello no debería ser impedimento para faltar a mis compromisos sociales que son muy importantes —comenzó a explicar con tranquilidad—. Con frecuencia, me aíslo o me aíslan de las conversaciones, cuando no están presentes algunas de mis amistades, quienes son afines a mi manera de actuar y pensar, lo cual conlleva a que una velada se transforme en un verdadero suplicio. Lamentablemente, debo codearme con estas personas ya que estoy persiguiendo un fin superior, el cual es apoyar un ambicioso proyecto de educación femenina impulsado por lady Rothbury. A raíz de esto, necesito estar en la palestra social para conseguir difundirlo y, es por ello, que me gustaría… no, mejor dicho, necesito —subrayó— tener una compañía permanente, idealmente, la de una señorita como usted.

Katherine no dijo palabra alguna por cinco segundos, intentando entender lo dicho por la duquesa. No era posible que fuera lo que estaba pensando, era una locura. Pero mejor le preguntaba directamente, si seguía especulando iba a quedarse callada por una hora.

—Creo que no he comprendido bien —dijo Katherine al fin—, ¿usted quiere que yo sea su dama de compañía? —interpeló con incredulidad.

—Exactamente —confirmó segura. Katherine abrió la boca para replicar, pero Iris se lo impidió alzando su dedo índice—. Pero, no me malinterprete, es un trabajo lo que le estoy ofreciendo, no se trata de caridad. Su labor será acompañarme a todos los eventos sociales a los cuales yo tenga que asistir y a las tertulias que suelo organizar. Usted cuenta con educación y modales, solo le falta pulirse un poco más para que brille. De ese modo, no me aburriré mortalmente y usted podrá tener mejores conexiones para el futuro. Nunca se sabe.

—Pero, lady Ravensworth… no es posible —intentó negarse Katherine. Estaba en un dilema, le estaban ofreciendo una gran oportunidad de trabajo, pero, por otro lado, tomarlo sería un tormento; no sabía si soportaría ver a lord Corby casándose con otra mujer—. No podría, no soy de su clase, si antes la aislaban, gracias a mi presencia lo harán más…

—¡Bah! Puedo decir una mentirijilla, querida. Por ejemplo, que usted es hija de unos queridos amigos de Somerset, y que es mi protegida. Dentro de mi círculo es aceptado hacer ese tipo de actos de bondad —replicó la duquesa con seguridad, sabía que Katherine ofrecería resistencia—. Además, no es tan falsa esa historia, solo omitiré algunos hechos.

Katherine estaba perpleja, ¿por qué la duquesa la estaba sometiendo a esa tortura? Se sentía tan contrariada, no sabía a quién obedecer, a la razón o al corazón, ambos tiraban de ella en direcciones opuestas.

—Pero es imposible, lady Ravensworth, ¿cómo la voy a acompañar? Míreme, usted y yo somos muy diferentes —insistió Katherine en sostener su postura, alguien debía imponer algo de sentido común en esa conversación.

—Yo veo una hermosa mujer educada que solo necesita unos buenos vestidos para verse igual de refinada que una aristócrata —declaró Iris, intentando echar abajo cualquier argumento negativo por parte de la señorita Thompson.

—Y, ¿qué opina sobre esto, lord Corby? —preguntó Katherine, intentando encontrar cualquier traba, por mínima que fuera, y tener un real impedimento lógico para aceptar.

—Pues mis decisiones las tomo yo y no le pido la opinión a nadie. En todo caso, dudo que mi sobrino se oponga, él me consiente en todo y su salario saldrá de mi bolsillo —declaró firme.

En ese momento golpearon la puerta, Katherine dio un respingo y, a la vez, sintió un alivio inmenso al ser interrumpida otra vez, y se concentró en su taza de té. Necesitaba pensar un poco, antes de dar una respuesta.

—Adelante —autorizó Iris, quien observaba con atención a Katherine, casi podía escuchar cómo su cerebro trabajaba.

La puerta se abrió e Iris sonrió.

—Oh, hablando del rey de Roma, pensé que dormías, mi querido Angus —saludó la duquesa afable.

Al escuchar el nombre del conde, el corazón de Katherine comenzó a martillear a un ritmo frenético. Contuvo el impulso de voltearse de inmediato para verlo. Se repetía hasta el cansancio que debía aparentar que él no le afectaba, que eran apenas dos personas conocidas, sin nada más en común que el retorcido destino que los unió.

—Necesitaba estirar las piernas, tía —respondió Angus—. No sabía que tendrías visitas. Señorita Thompson, es un placer verla —saludó Angus, quien agradecía internamente no poder moverse con toda la libertad que quería. Habían pasado siete días y la había extrañado horriblemente. Apenas podía conciliar el sueño, recreaba una y otra vez en su memoria esas noches en que ella dormía cerca de la chimenea. Pero nada se igualaba a la realidad.

Se adentró más en el salón, sosteniendo su peso en el elegante bastón. Katherine dejó su taza de té y se levantó para saludar al conde como era debido.

Angus notó en el acto que el rostro de ella estaba levemente más delgado y tenía unas tenues ojeras bajo sus preciosos ojos multicolores, pero eso no le impidió admirarla de pies a cabeza. Probablemente, ella estaba usando su mejor vestido, que era muy antiguo. Sin embargo, a él le era indiferente ese hecho, aunque ella estuviera vestida con andrajos, sentiría el mismo primigenio impulso de querer abrazarla.

—Buenas tardes, lord Corby —saludó Katherine, haciendo una reverencia digna, ocultando la gran emoción que sentía al verlo. Era una estupidez, pero se le antojaba más atractivo que la semana anterior—. Me da un enorme gusto constatar que se siente mucho mejor.

Y así era, estaba contenta por verlo más repuesto. Él vestía de un modo cómodo e informal, su aspecto relajado le hacía verse más terrenal, como si el título no fuera más que una palabra sin sentido, no el abismo social e implacable que los separaba en la realidad.

—Cada día es un avance, sin duda —respondió con una sonrisa amable, y se quedó en silencio, le preocupó el aspecto cansado de ella. No obstante, no sabía qué excusa inventar para poder quedarse, al parecer, ellas estaban hablando temas privados—. Bien, creo que he interrumpido vuestra entrevista y no me gusta estar donde no me llaman.

—Usted no pierde su don de la oportunidad —apostilló Katherine, alzando sus cejas. No pudo evitar el impulso, necesitaba provocarlo, sentir esa especie de lazo familiar que los unía a través de la ironía.

—No sería yo si no lo hiciera, es un deporte de alto riesgo irrumpir en la vida de los demás, sobre todo la suya —respondió Angus esbozando una sonrisa—. Envíele mis saludos a su padre —dijo haciendo una leve inclinación de cabeza.

—En vuestro nombre, milord —respondió con una reverencia.

Angus las dejó a solas de nuevo. Iris bebió un poco más de té y Katherine se volvió a sentar. Necesitaba calmarse, en momentos así, lo odiaba. Tan amable, tan encantador, tan… él.

—Bien, volviendo a la propuesta —continuó Iris imperturbable—. Lógicamente, tendrá que vivir aquí. Pero, si nuestra agenda lo permite, podrá visitar a su padre todas las mañanas, y tendrá un día libre a la semana. Por lo general, las actividades sociales se dan después de la hora del almuerzo. Su salario será de cincuenta guineas anuales…

—¡Cincuenta! —exclamó Katherine. Lo que le ofrecía lady Ravensworth era más de tres veces que su salario anterior en casa de lord Tauton.

—No me gusta ser tacaña con las personas que trabajan para mí, es solo un poco más alto que un chef francés —acotó Iris como única explicación—. Se le dará vestuario adecuado para que pueda cumplir sin problemas con su labor. ¿Qué me dice?, ¿acepta o necesita pensarlo unos días para decidir?

Si anteriormente el dilema de Katherine era grande, ahora era colosal. El tipo de trabajo, las condiciones y el salario eran demasiado tentadores y, además, le tenía mucho cariño a la irreverente duquesa. Su gran piedra de tope era su corazón.

Una parte de ella, ansiaba ver al conde, seguir viviendo ese inefable sentimiento de amarlo; la otra parte, le exigía olvidar a punta de dolor poniendo la mayor distancia posible. ¿Qué hacer? Independiente de su decisión, su corazón sufriría de todos modos.

Debía escuchar a la razón.

De todas las alternativas que tenía sobre la mesa, solo una le daba algún tipo de beneficio, si era capaz de soportar. Si aceptaba, tal vez se iba a convertir en una mártir de su amor, pero, definitivamente, era peor ser una mártir sin dinero... debía ahorrar, pensar en el futuro, y otra oportunidad de obtenerlo —sin tener que soportar las inconveniencias de la servidumbre— no iba a tener jamás.

Y si él se casaba, al menos tenía la esperanza de que la duquesa se fuera de Pearl Palace para no importunar a la nueva condesa.

Sea como sea, Katherine estaba segura de que iba a morir soltera, debía pensar en su futuro.

—Está bien, acepto —resolvió Katherine, sintiendo que al terminar esa frase había entrado a una especie de fantasía, un mundo alterno e imaginario donde todo podía suceder. ¿Por qué se sentía así?—. ¿Cuándo desea que empiece a trabajar para usted?

—¡Oh, maravilloso! —Aplaudió Iris contenta. A juzgar por el rostro de la señorita Thompson, la duquesa pensó que sería más difícil convencerla y tendría que presionarla más—. ¿Cuánto tardará en dejar sus asuntos en orden con Adrien?

Katherine pensó en sus pendientes, que no eran muchos. Lo que más le gustaba de todo, era que podría visitar a su padre mucho más seguido, incluso podría hacerlo con la duquesa.

—Puedo empezar el lunes. Si le parece bien.

—Espléndido. Entonces, no hay tiempo que perder, señorita Thompson, necesitamos ir a la modista de inmediato. El taller de *madame* Collier está cerca. —Iris se puso de pie emocionada.

—¿Ahora? —interpeló desconcertada, jamás pensó en esa alternativa... al menos, no para esa tarde.

—Por supuesto, debe tener un guardarropa completo y eso tomará algo de tiempo. En unas semanas empiezan los compromisos importantes de esta temporada y necesito que esté presentable. Si nos van a apartar de sus aburridos grupitos de conversación, hagámoslo con estilo.

—¡Maldición! —masculló Angus. Con dificultad y algo de dolor se alejó de la puerta e, intentando caminar rápido, se dirigió a la biblioteca que estaba en el extremo opuesto de donde se encontraba el salón matinal.

A sus espaldas oyó que la puerta se abría y la voz de su tía se escuchaba con más claridad. No quiso mirar atrás, logró alcanzar el pomo de la puerta y entró.

Expulsó el aire de sus pulmones con alivio, al tiempo que sentía una punzada en su herida. Entreabrió la puerta y vio que su tía salía con la señorita Thompson. Las dos conversaban animadas y, aparentemente, no sospechaban que él estaba espiando.

—Se supone que eres un adulto, Angus —se amonestó y cerró la puerta—… Dama de compañía, ¿qué demonios estás tramando, tía?

No tenía respuesta para ello, solo sabía que tener a la señorita Thompson bajo su mismo techo, sería una prueba a su autocontrol, era la tentación hecha mujer. Y él todavía tenía algo de honor, ella no merecía ser seducida por él, no era un cerdo desalmado, sabía que había algo entre ellos que flotaba en el aire, una especie de atracción que no podía negar. Si llegaba a esa instancia, si no soportaba y caía en las redes de la pasión, no le quedaría otra alternativa más que desposarla y hacerla su condesa.

Suya, de nadie más.

—¡Por los mil infiernos!, me está volviendo loco.

Capítulo XII

Sí, esa sensación de estar dentro de una fantasía todavía no se esfumaba. Katherine estaba acostada en su cama después de un ajetreado día, lleno de emociones. De hecho, todavía en su interior se bregaban por tomar el control de su corazón, la euforia y la incertidumbre.

Emoción porque sentía que estaba viviendo algo muy parecido a un cuento de hadas. Se sentía como una princesa; nunca le habían tomado medidas para que le confeccionasen vestidos de diario, de fiesta, abrigos, camisones. Jamás había tenido un bonete nuevo, guantes, ridículos[5], abanicos. Casi siempre se había vestido con ropas usadas, lo único que compraban nuevo eran los zapatos, que siempre fueron de calidad. Adrien siempre decidió que era mejor ahorrar en vestuario y darle prioridad a la comida. «Un cuerpo bien alimentado, no enferma», era su refrán desde que sus hijos menores fallecieron.

Katherine podía darle la razón en ello, casi nunca enfermaba, el trabajo no la debilitaba. Era una mujer fuerte.

Se preguntaba si iba a ser lo suficientemente fuerte, he ahí la incertidumbre. ¿Iba a llegar a la instancia en que ese amor que sentía, se esfumase?, y si eso no sucedía, ¿sería capaz de soportar todo lo que se avecinaba?

Al menos tenía el consuelo de que, si llegaba el día del arrepentimiento, este sería por las cosas que hizo. Nunca se recriminaría por ser cobarde.

---

5 *El ridículo es un pequeño bolso de mano utilizado por las mujeres como complemento. Con forma de bolsa pendiente de unos cordones y similar a un portamonedas o una limosnera, solía llevarse prendido o atado a la muñeca*

El ansiado día lunes llegó. A las ocho de la mañana, y después de haberse lavado y vestido, Katherine preparó una bolsa con sus artículos personales y bajó a desayunar. Su padre estaba inquieto, ella lo sabía, él la miraba de soslayo una y otra vez mientras fingía leer el periódico y tomando, ocasionalmente, un sorbo de té.

Katherine soportó estoica el velado escrutinio durante quince minutos, y cuando tragó el último bocado, bajó con su dedo índice el periódico de Adrien para llamar su atención. Estaba harta de la situación.

—¿Qué es lo que te preocupa, padre? —preguntó Katherine.

Adrien, sin tener más opciones —ni escondites—, suspiró hondo y plegó el periódico.

—¿Estás segura de ir a trabajar con lady Ravensworth? —preguntó Adrien al fin. Tenía un solo temor, y ese era, que Iris revelara su pasado sin mala intención. No quería perder a su hija por una mentira sostenida por tantos años.

Sin embargo, Katherine no lo interpretó de esa manera, pensó que su padre había descubierto sus sentimientos no correspondidos hacia el conde. Sonrió, le tomó la mano a su padre, y se la apretó.

—No tendré oportunidad de obtener un trabajo como este, padre, y lo sabes. Debo ahorrar dinero para mi futuro —explicó natural y decidida, necesitaba convencerlo, y convencerse de que era lo mejor.

—Pero, no necesitas esforzarte tanto, hija. Tienes esta propiedad, ¿a quién crees que se la voy a legar si no a ti?

—¿Y cómo lo harás? Soy mujer, no me la puedes heredar. La ley es clara.

Adrien sonrió.

—Tengo todo preparado. No creerás que te dejaré sin nada, he legalizado un documento en el cual te he «vendido» esta casa y el negocio, el cual usufructo hasta el día de mi muerte. Cuando eso suceda, todo esto será tuyo —reveló Adrien, no había tenido oportunidad de informárselo a su hija. Sin duda, ese era el mejor momento.

Katherine parpadeó asombrada... y, de inmediato, recordó las palabras del conde de Corby, «hay formas de que él se lo legue antes de morir». Y sí, Adrien había encontrado un modo.

—Padre… —Ella no pudo decir más, sus ojos se anegaron en lágrimas, ambos eran lo único que tenían como familia. Y ella era, probablemente, el último vestigio, después no habría nadie más—. Gracias… —susurró emocionada.

—Eres mi hija, debo protegerte. Confío en tu juicio y en lo que harás cuando ya no esté —aseguró Adrien besándole los nudillos a su hija.

—No digas eso, no quiero pensar en cosas tristes, padre. —Katherine le acarició la mejilla con cariño—… En muchos, muchísimos años más, cuando estés en el cielo junto a mi madre y mis hermanos, yo estaré aquí, viviendo tranquila de mis ahorros que reuní con años de trabajo… —Rio y una lágrima testaruda cayó—. Estaré tan vieja y mañosa que no tendré paciencia para atender la botica… Por eso necesito trabajar y ahorrar todo lo que pueda ahora que soy joven.

Adrien sonrió, su hija pensaba en todo y era tan obstinada, que sería imposible convencerla de hacer lo contrario. Y él, jamás sería como su padre, lord Grimstone, quien obligaba a sus hijos a hacer su voluntad, amenazando con el repudio, la deshonra, y quitarles todo apoyo económico.

Él sobrevivió muy bien haciendo su vida, sin ser sometido. Su hija también lo iba a lograr, ya tenía, al menos, un techo asegurado. Suspiró, quizá no era tan terrible si ella se enteraba de la verdad, ella era una mujer generosa e inteligente.

Pero todavía no estaba preparado para ello.

—Está bien, hija. Haz lo que creas que es lo mejor para ti.

—Gracias, padre. Te prometo que vendré tan seguido como pueda.

En ese momento tocaron la campanilla. Katherine lo supo, era el carruaje de lady Ravensworth que venía por ella. Sin querer analizar el súbito sentimiento que apenas podía describir, le dio un beso a su padre, tomó sus cosas y salió.

A partir de ese momento, nada volvería a ser como antes.

Iris miraba subrepticiamente a Angus por sobre su taza de té. Él estaba parapetado tras el periódico, el cual sostenía con una mano, al tiempo que tamborileaba la mesa con sus dedos.

—¿Hay algo interesante en las noticias? —interrogó la duquesa, provocando que Angus dejara sus dedos quietos en el acto.

—Ninguna digna de mención —respondió Angus sin desviar la vista del periódico—. Es más divertido ese pasquín que lees.

—¿El «Susurros de elite»? —interpeló Iris y Angus murmuró un «ajá»—. Sin duda, es más emocionante, pero ya sabes que prefiero las noticias de política… A propósito de ello, ¿cuándo volverás al Parlamento?

—Pienso en volver hoy —respondió Angus inclinando su cabeza para mirar a su tía, luego regresó su atención a su lectura—. Probaré si soporto la jornada completa, los Tory[6] suelen ser muy obstinados y tediosos cuando es su turno de hablar.

—Un suplicio, sobre todo para un apasionado Whig[7] como tú, querido. Tu tío estaría orgulloso de ti —declaró y le dio una mordida a su bollito.

Angus sonrió detrás de su periódico, el recuerdo del antiguo duque se le venía constantemente a la cabeza. Para ser más preciso, desde el día que casi muere, y se dio cuenta que estaba echando todo por la borda. Había olvidado todas sus enseñanzas y, solo en los últimos días, podía admitir que él siempre tuvo la razón en todo.

—Eso espero, tía. —Angus se quedó en silencio unos segundos y bebió un sorbo de té—. ¿A qué hora llegará tu dama de compañía? —preguntó como si estuviera hablando del clima, pero, en el fondo, estaba ansioso.

Iris, quien estaba a punto de comer otro bollito, alzó las cejas y miró a Angus con sorpresa, entrecerró sus ojos y, con su dedo índice, bajó el periódico de su sobrino, descubriendo una sonrisa sardónica por parte de él.

—¿Cómo lo sabes, muchachito impertinente? —interpeló con desconfianza.

—Solo fue atar cabos, mi señora —mintió con descaro—. El miércoles saliste con la señorita Thompson y volviste tarde. Buttler me comentó que fueron al taller de *madame* Collier. Luego, asumí que lo que compraron no era para ti, pues averigüé que la insana cantidad de cajas que trajiste, y las que llegaron durante estos días,

---

6 *Nombre con el que se denomina a quien pertenece o apoya a la facción conservadora en Inglaterra.*
7 *Nombre con el que se denomina a quien pertenece o apoya a la facción liberal en Inglaterra. El término dejó de usarse a mediados del siglo XIX*

están en el tercer piso, en la antigua habitación de la niñera. Entonces puedo suponer si mandaste a hacer vestidos nuevos junto con la señorita Thompson, y dejaste tus compras en una habitación de servicio, eso quiere decir que ella trabajará para ti como dama de compañía. La última semana te has quejado demasiado de las señoras que no congenian con tus pensamientos —explicó ufano.

—Deberías estar bajo el servicio de Bow Street, querido —señaló Iris.

—¿Pretendías que me enterara solo cuando la señorita Thompson llegara? —preguntó Angus sin que se le quitara la falsa sonrisa de su rostro.

—¿Hay algún problema con que la señorita Thompson sea mi dama de compañía? —replicó a la defensiva.

—Siendo honesto, no me molesta en lo absoluto, creo que debe ser una de las pocas personas que te entiende, tía. Pero lo que me preocupa es que algunas personas le hagan pasar malos ratos a la señorita Thompson por su origen humilde —evidenció Angus con seriedad.

—Ella se sabe defender muy bien, querido. En todo caso, para ahorrarnos las molestas explicaciones, solo diremos que es mi protegida y que su familia es de unos amigos de Somerset —explicó la duquesa con ligereza.

—Veo que tienes todo fríamente calculado.

—En efecto, querido. Así no me aburriré en algunas reuniones sociales. Así como tienes a tus Tory en el Parlamento, yo tengo a mis señoras remilgadas, clasistas y mojigatas.

—Creo que tú tienes un peor enemigo que el mío... —aseveró imaginando a matronas regordetas respingando sus narices ante el aroma de la pobreza. Sí, eran peor que los Tory—. ¿Por qué me lo ocultaste?

—¿Quieres que te diga la verdad?

—La verdad y solo la verdad.

—Pues solo por el placer de ver tu cara de impresión al ver a tu antigua cuidadora. Sé que son como el agua y el aceite, y, la verdad, me divierten mucho sus ácidos intercambios verbales.

—¡Condenación! ¿Lo has hecho solo por eso? ¿Te han dicho que eres una persona sádica?

—Tu tío, infinidad de veces. —Rio de buena gana y Angus junto con ella. Iris extrañaba mucho a su esposo. A veces se preguntaba si volvería a amar o si solo viviría del recuerdo de los días felices. Pero no se mortificaba demasiado con ese pensamiento, prefería vivir el momento y sorprenderse de lo que le deparase el destino.

—Me siento manipulado, eres insufrible —resopló—. ¿Es un trabajo remunerado o es caridad?

—Un trabajo, por supuesto. La señorita Thompson tiene orgullo.

—No esperaría otra cosa de ella. —Y sintió un súbito orgullo por ella—. Muy bien, entonces yo pagaré su salario.

—No, lo haré yo.

—Tía, en eso no quiero discusión. Me prometí que le encontraría un trabajo, por eso te lo encomendé, porque confiaba y confío en tu criterio.

—Y por eso mismo trabajará para mí, tus condiciones eran demasiado específicas. Es perfecta como compañía.

—Su excelencia —interrumpió Buttler—. Ha llegado la señorita Thompson.

—¡Maravilloso! —exclamó la duquesa—. Ponte de pie, querido, acompáñame a recibirla.

—Esto no ha terminado, tía. —Angus se puso de pie, tomó su bastón que tenía apoyado a un lado de la mesa, y le ofreció el brazo a su tía.

Avanzaron hacia el vestíbulo, y Corby tenía la inquietante sensación de que su vida había cambiado tanto, que ya no recordaba cómo era antes.

Ni tampoco la extrañaba.

Katherine esperaba en el vestíbulo mirando la punta de sus zapatos. No podía negar que estaba muy nerviosa, pero, al mismo tiempo, estaba tranquila. Tenía la sensación de que había traspasado un punto al que no podía retornar. Tomó una honda bocanada de aire, estaba entregada a su destino y a recibir lo bueno y lo malo.

Aunque prefería solo recibir lo bueno.

—¡Aquí estás, querida! —saludó Iris con alegría.

Katherine alzó la vista, la duquesa estaba acompañada por lord Corby, no pudo evitar mirarlo fugazmente a los ojos. Lo que más le iba a costar, era no sonreír cada vez que viera al conde. Pero solo porque la duquesa la recibía con tanta alegría, se lo iba a permitir. Sonrió feliz, de un modo deslumbrante

—Es todo un placer estar aquí, lady Ravensworth… Lord Corby —hizo una reverencia. La duquesa y el conde respondieron con elegancia.

—Sin duda, es un sentimiento correspondido por mí y por mi sobrino, señorita Thompson.

—Temo que he de disentir, querida tía. Yo no siento ningún placer con la presencia de la señorita Thompson. Solo me trae vergonzosos recuerdos que quisiera olvidar —terció Angus esbozando una maliciosa sonrisa—. Sea muy bienvenida, señorita —saludó solemne—. El criterio de mi tía es impecable a la hora de elegir compañía.

—Muchas gracias, lord Corby. Y es inmenso mi lamento por su incapacidad de dejar atrás las experiencias traumáticas —señaló con franca ironía.

—Tener encuentros cercanos con practicantes de brujería, es algo imposible de olvidar —replicó Angus alzando las cejas.

—Veré si entre mis pociones mágicas encuentro algo que pueda ser útil. Lo más rápido que le puedo recomendar es «varita de olvido».

—¿«Varita de olvido»? —interrogó muy intrigado, pensando en alguna yerba medicinal.

—Su uso es sencillo, milord, por favor, permítame su bastón —indicó Katherine con seriedad

Angus, más intrigado todavía, se lo entregó sin vacilar.

—Primero, debe tomar la vara con las dos manos —explicó Katherine al tiempo que hacía su demostración con seriedad—, lo alza por sobre sus hombros para tomar impulso y, luego, se golpea fuerte en la cabeza. —Katherine detuvo en seco su movimiento a tan solo unas pulgadas de la frente de Angus y devolvió el bastón, esbozando una leve sonrisa burlona—. No garantizo que olvide todo para siempre, pero, por lo menos, lo hará por unos cinco minutos mientras está inconsciente.

Iris estalló en carcajadas —muy poco elegantes— y Corby estaba estupefacto al notar que esa bruja le estaba tomando el pelo.

—Oh, Corby. Todavía eres inocente para algunas cosas —se burló Iris entre carcajadas—. Señorita Thompson, usted es terrible, ¡me encanta!

Angus intentó no reír, pero, finalmente, cedió dando carcajadas graves y alegres. Él debía admitir que había sido una muy buena jugada por parte de Katherine.

Touché.

—Después no se queje cuando la diosa Némesis haga de las suyas, señorita Thompson —advirtió Angus de buen humor.

—¿Vengativo, milord? —interpeló Katherine sonriendo.

—Siempre, querida. Usted ha lanzado el guante y yo lo he recogido. Le advierto que debe esperar lo peor de mí. —Angus le guiñó el ojo, del modo que sabía hacer tan bien, como todo un seductor. Katherine no esperaba esa respuesta, que solo le provocó un insólito impulso por aferrarse a él de una forma que no comprendía—. Bien, señoras, las dejo para que atiendan vuestros asuntos.

Angus se inclinó con exagerada pompa y se retiró a paso indolente.

—Vamos, querida, le mostraré su cuarto. —Iris tomó del brazo a Katherine y empezó a caminar hacia las escaleras—. Está en el tercer piso, donde está la habitación infantil, y las instalaciones para la servidumbre. Pero claro, su habitación no está ahí, ocupará la que era de la niñera que es la mejor. Es muy espaciosa. ¡Oh, creo que esto es el comienzo de algo maravilloso!

Capítulo XIII

Aquel primer día fue intenso y ajetreado para Katherine. Después de instalarse y de que le hicieran un recorrido por todo Pearl Palace, le presentaron a todo el personal de servicio. Cuando concluyeron, lady Ravensworth la llevó de nuevo al taller de *madame* Collier para ir a buscar los vestidos de día que ya habían sido confeccionados para ella, y probarse otros que necesitaban ser ajustados. Luego de ello, fueron a una zapatería elegantísima, después fueron al salón de té Gunter's a comer unos bocadillos y, finalmente, volvieron a Pearl Palace. Antes de cenar, la duquesa comenzó a quejarse de un dolor de cabeza, por lo que prefirió acostarse temprano, Katherine cenó sola en su habitación.

No tuvo tiempo ni fuerza para pensar en nada, ni siquiera en Angus, lo cual fue muy bueno para su mente y corazón. Estaba tan cansada que, apenas puso la cabeza en la almohada, se durmió.

Angus cenó esa noche en el White's. Al llegar a Pearl Palace, se encontró con un silencio cercano al sepulcral, por lo que, tomó una palmatoria y subió las escaleras para ir a su habitación, pero, en vez de detenerse en la segunda planta, continuó su ascenso y llegó hasta la habitación de Katherine. Alzó su mano para golpear la puerta y se quedó estático, no entendía el motivo por el cual estaba ahí.

—Estás encaprichado, Corby, déjala en paz —se reprendió en voz baja.

Con esa premisa en mente, retrocedió.

Debía proteger a Katherine de sí mismo, de su parte primitiva y elemental. Primero debía ponerse a prueba, exponerse a la tentación. Y, si al final, sentía que las demás mujeres no eran capaces de opacar lo que Katherine provocaba en su cuerpo y alma, solo entonces, estaría seguro de que estaba verdaderamente enamorado de ella.

Solo entonces, se atrevería a avanzar más allá.

Y así pasaron veinticinco intensos días, la duquesa la instruía en asuntos de protocolo y etiqueta. La actualizó con información sobre algunos miembros de la aristocracia, salían temprano a Hyde Park, donde Katherine recibía clases de equitación, asistían a reuniones informales para irla introduciendo poco a poco con las damas que simpatizaban con lady Ravensworth, compraron algunos libros de moda, visitaban a Adrien para tomar el té. Todos los días había algo importante que hacer. Estaban tan ocupadas que apenas veían al conde, quien ya estaba asistiendo regularmente a sus funciones en el Parlamento.

Esa mañana, Katherine desayunó junto a la duquesa, quien, desde el primer día, insistió con vehemencia en que debía acompañarla en la mesa. Corby no solía desayunar con ellas, pues siempre se levantaba muy temprano para atender los asuntos del condado encerrado en la biblioteca, lo cual fue un alivio a medias para Katherine, vivían en el mismo lugar, pero no se veían, lo extrañaba tanto o más que cuando vivía con su padre.

—¿Por qué tiene esa cara, querida? —preguntó Iris de pronto. Katherine estaba ensimismada.

—Oh, disculpe, su excelencia —dijo ella parpadeando rápidamente—… ¿Me decía?

—No tiene importancia. Si ya ha terminado su desayuno, necesito encomendarle una tarea —anunció la duquesa esbozando una sonrisa.

Diez minutos después, Katherine estaba frente a una montaña de sobres de distintos tamaños y formas. Lady Ravensworth le pidió organizar las invitaciones para revisarlas y definir a qué eventos acudir. La temporada había comenzado hacía dos meses y las actividades sociales estaban a la orden del día.

Ambas mujeres estaban sentadas frente a frente en el escritorio que se encontraba en el «Salón Verde», lugar donde Rose, la madre de Angus, solía escribir cartas, leer y pintar, y que Iris tam bién usaba con ese fin —excepto pintar porque no poseía aptitudes plásticas—. Era una estancia que contaba con el ya mencionado escritorio, tres sillas, una pequeña biblioteca, una *chaise longue*[8] y un par de poltronas. En las paredes, estaban colgados algunos cuadros que Rose pintó. Los tapices, el papel mural y el cortinaje eran, como era de esperar, de color verde en diversas tonalidades. Se podía pensar que aquella habitación no era un lugar apto para una mujer, pero, en realidad, era hermoso y muy luminoso. La luz entraba a raudales por enormes ventanales y le confería al lugar un aura de tranquilidad.

—Bien, señorita Thompson… empecemos —exhortó Iris con una sonrisa —. Usualmente espero hasta esta instancia para asistir a los eventos de la temporada. Como ambas sabemos, el Parlamento está de lleno en sus sesiones y la agenda social está absolutamente ligada con la política. Aquí —señaló tres grupos de sobres— están todas las invitaciones que usted ha organizado en cenas, bailes, y actividades varias. Revisaré cada invitación y usted irá anotando a cuáles asistiremos.

—Estoy lista, lady Ravensworth. —Katherine, entusiasmada, acercó una hoja de papel y tomó una pluma. Jamás había visto una con punta de acero, solo había usado las de ganso. Esperaba que fuera fácil acostumbrarse a ella, tal como había logrado habituarse a ese mundo que era representado por la duquesa.

Iris comenzó a leer las invitaciones, descartó varias de la pila de cenas, otras tantas de los bailes, murmurando la palabra «aburrido», «idiotas», «Tory»…

—Este —dijo al fin—, anota, querida. —Katherine entintó la pluma y se quedó a la espera—. Esto será el día jueves veinticinco, a las nueve de la noche, cena en Peony House, casa de los vizcondes Rothbury. Me encanta lady Rothbury, tiene una horrenda reputación, pero eso no es lo importante, es una gran persona. Ella es la que está poniendo en marcha un proyecto educativo junto a varias damas. Necesita apoyo y, lógicamente, las matronas pondrán en entredicho su idea solo porque su virtud no llegó inmaculada al matrimonio. Es la madre del hijo ilegítimo del antiguo conde de Felton, fue una verdadera lástima, estaban a una semana de casarse cuando él falleció —explicó—. Que la crucifiquen por ello es una soberana estupidez —agregó desdeñosa.

---

8 *Es un tipo de sofá que posee una prolongación lo suficientemente larga, en forma de L, como para soportar las piernas, muy similar a un diván.*

Katherine alzó sus cejas sorprendida, mas no permitió que aquello la distrajera y escribió la fecha, hora y lugar del compromiso. En su fuero interno, jamás imaginó que la duquesa pensara de ese modo tan, tan… «Liberal». Pero aquello no le molestaba, es más, ella encontraba injusto que una mujer fuera tratada tan duramente si tenía la osadía de poseer la misma moral que un hombre. Solo ellos podían tener amoríos, dejar hijos ilegítimos regados por todas partes, tener amantes y no ser juzgados por ello, mientras que una mujer, por poco y no era apedreada.

Los hombres exigían virtud en una mujer, y moldearon el mundo para que aquello fuera el único tesoro que ellas poseyeran. Para las ricas, el símbolo de su pureza. Para las pobres, prácticamente la única dote que podían ofrecer.

—El viernes veintiséis de marzo, a las nueve de la noche, baile en Morland Hall, los marqueses de Oswestry… —continuó la duquesa, ajena a las cavilaciones de Katherine, quien escribía con afán. Tomó otra invitación, y ahora fue el turno de Iris para alzar las cejas—. Vaya, esto sí que es inusual, iremos solo porque me causa una profunda curiosidad. Será el sábado veintisiete, a las diez de la noche, en Rockford House, el conde de Felton ofrecerá un baile. Ese muchacho es en exceso reservado, apuesto que su madre lo obligó para hallar un buen partido, su hermano desapareció hace unos meses. Ay, esa familia está manchada por la desgracia…

Katherine anotaba las fechas y lugares con pulcra caligrafía, recordando las breves acotaciones de lady Ravensworth, quien seguía revisando y dictándole más reuniones. Era interesante el entramado social, era como un pueblo pequeño, todos se conocían, algunos de un modo más superficial que otros, pero era difícil pasar desapercibido. Todo se sabía, no existía secreto que fuera guardado por mucho tiempo, antes de que fuera de dominio público.

Al cabo de una hora, Katherine pudo constatar que, durante las semanas siguientes, hasta finales de abril, iban a asistir a ocho tés, diez tertulias y seis bailes, pasearían por Vauxhall Gardens, irían a la ópera y al Museo Británico.

—¡Maravilloso! —exclamó Iris aplaudiendo emocionada—. ¿Sabe qué es lo mejor de tenerla como dama de compañía, señorita Thompson?

—Que usted no irá sola a sus compromisos formales —ironizó Katherine.

—Ay, sus bromas son como las de Angus. Es lógico que no iré sola… Lo mejor de todo, es que no tendré que rogarle a ese muchachito para que me acompañe, era agotador.

—El estilo de vida de lord Corby, difería mucho del vuestro, ¿o me equivoco?

—Exactamente… Sus prioridades solían ser otras.Esta temporada ha sido la verdadera prueba para mi sobrino y sus buenas intenciones de enmendar su camino. Las tentaciones son grandes. Hasta el momento ha salido indemne. La última vez que se refirieron sobre él en un pasquín de cotilleos, fue para mencionar que se estaba reformando. Espero nunca más leer que es un depredador de viudas.

Katherine no dijo nada, se quedó abstraída pensando en que la duquesa tenía razón. Si él volvía a su vida llena de amoríos, juerga, juegos y alcohol, sería una gran decepción para ella, quizás era lo mejor, así moriría su amor y admiración.

—Señorita Thompson, ¿usted sabe bailar? —interrogó a la duquesa, sacando de sus cavilaciones a Katherine.

—La verdad es que sé bailar, pero no he tenido oportunidad de practicar mucho —respondió la joven teniendo un mal presentimiento.

—¡Cielos!, no, no, no, no. ¡Cómo pude pasar por alto algo tan importante! Usted debe estar completamente preparada, no creerá que se quedará a mi lado toda la noche, mirando cómo los demás se divierten. Yo también bailo y, probablemente, usted también tendrá que hacerlo. Hay que remediar esto en el acto, tenemos una semana para que aprenda algunas cosas nuevas y practique las que ya sabe.

—No es necesa…

—Lo es, querida —interrumpió abruptamente, dejando a Katherine con la palabra en la boca—. No puede desairar a nadie rechazando una invitación a un baile a menos que tenga la pierna quebrada… empezaremos ahora para ganar tiempo. —Iris se levantó de su silla apresurada, vaciló en qué dirección ir, pero pronto decidió—. Espéreme aquí.

Katherine se quedó atónita, la duquesa era un verdadero huracán. Suspiró. Ahora tenía que tomar clases de baile, situación que nunca se le pasó por la mente. Sí, había asumido que la iba a acompañar, pero no que también debía ser partícipe activa en todo, no le gustaba la idea de ser observada.

No pasaron demasiados minutos e Iris ya estaba de nuevo frente a ella y, alegremente, le tomó del brazo conminándola a que la siguiera.

Entraron a un salón muy espacioso, todo era blanco, casi etéreo, con ventanales de suelo a cielo que daban hacia un hermoso y extenso jardín. El piso era de frío mármol blanco con vetas grises. No había duda alguna, estaban en el salón de baile. Había candelabros cubiertos de sábanas por doquier y, al fondo, un pianoforte.

Y él.

Sonriéndole de ese modo que siempre la ponía nerviosa, una mezcla entre malicia y seducción. Katherine no sabía si lo hacía a propósito o si era un gesto natural en él.

Maldito.

—Aquí tienes a tu alumna, querido —señaló Iris entregándole a Katherine. Angus, con seguridad, tomó su mano y la guio al centro del salón. Las manos de él estaban tibias, era inapropiado que ninguno de los dos tuviera puesto un par de guantes, tal como dictaba el decoro para el contacto físico, pero ese hecho carecía de importancia entre ellos, ya habían atravesado por situaciones que atentaban contra todo recato, un par de guantes no ofrecía ningún tipo de protección. Sus corazones se aceleraron al mismo tiempo, intentaron aparentar que el toque no les afectaba en lo absoluto. Ambos usaban la máscara de la indiferencia.

—¿Con qué vamos a empezar, tía? —consultó Angus todavía sintiendo cierto desconcierto. Todo había sucedido muy rápido, primero estaba atendiendo unos asuntos en la biblioteca y, dos segundos después, estaba de pie en el salón de baile a la espera de la señorita Thompson.

Admiró a Katherine, disimulando con maestría que le prestaba atención a una pelusa invisible sobre su hombro; apenas había tenido oportunidad de verla con su ropa nueva. Si antes se veía hermosa con sus vestidos anticuados, ahora era la viva imagen de una vestal; mística, pura, casta... prohibida para ese indigno mortal.

Exquisita.

—Pues, la señorita Thompson necesita práctica con cotillón, danza española y escocesa —respondió la duquesa frotándose las manos—, pero me pregunto si será demasiado agitado para ti. Llevas casi dos meses de recuperación. Sugiero que comencemos con algo suave. ¿Qué tal el vals? —propuso Iris, quitando la sábana que protegía el pianoforte y se sentó frente a él.

—¿Francés? —Iris asintió—. Es una excelente opción, aunque atrevida —afirmó Angus—. Es ideal, empezaremos lento y gradualmente llegaremos a la parte que es más vigorosa.

—Lo llevarás bien —aseguró mientras tocaba las teclas para calentar los dedos—, empezaremos con que le enseñes las dos primeras partes; la marcha y el vals lento, para que la señorita Thompson aprenda los pasos básicos. Sabes muy bien que el vals se está volviendo muy popular, a pesar de la opinión de algunos detractores. Yo siempre lo he encontrado elegante si se baila con decoro.

—«Ese sucio e inmoral baile» —parafraseó Angus a las matronas más conservadoras, llevándose la mano al pecho en un gesto burlón—. Tía, nos llevarás al camino de la perdición. Muy bien, señorita Thompson, prepárese para el escándalo —ironizó alzando sus cejas, arrancándole una risita nerviosa a Katherine—. Si me permite el atrevimiento, debo decirle que ese vestido le sienta muy bien. Definitivamente, el celeste es su color, combina con sus ojos.

—Todo combina con mis ojos —replicó desenfadada, intentando apaciguar su corazón. Un simple halago por parte de él le hacía temblar.

—Tiene razón, jamás había visto algo así. Azul, verde, dorado… No sabría definirlo.

—Son la herencia de mi madre.

—Notable, la hacen única —elogió, y ambos se perdieron mirándose el uno al otro.

No dijeron nada más.

Iris interrumpió oportunamente el silencio, cuando comenzó a tocar el vals de Carulli. Una tonada lenta, ideal para empezar. Angus recuperó la compostura y comenzó a explicarle a Katherine sobre la posición de los pies y las diferentes fases de la danza. La primera parte era la marcha, que consistía en el avance de la pareja para tomar posición. Fue un mero trámite de aprender, solo un breve preludio.

—Ahora, señorita Thompson, debe interiorizarse en el ritmo. Le aseguro que es bastante sencillo y no se requiere de mayor talento —explicó Angus. Le tomó las manos y la instó a seguir el lento ritmo de «un, dos, tres», describiendo un círculo como si fuera una ronda.

Katherine intentaba no mirarlo, ocupaba su mente en contar los pasos y seguir el ritmo. Pero llegó un momento en que ya no fue necesario. Solo bastó un segundo de debilidad y ya estaba en blanco, sumergida en los ojos cobaltos de él. Angus, con suavidad y, sin dar un paso en falso, la guio para que ella pusiera su mano izquierda en su cintura, al tiempo que él imitaba esa postura con firmeza. Katherine podía sentir el calor de él, propagándose en su piel dejando su huella indeleble. Acto seguido, Angus alzó su mano izquierda sobre ellos y, con la mirada, le indicó que debía hacer lo mismo, y formaron un arco con sus dedos se entrelazados.

Unidos. Mirándose, tocándose y meciéndose en esa lenta danza como si el tiempo y espacio no existieran. Y, en ese instante, Katherine comprendió por qué la gente se escandalizaba y horrorizaba con el vals; era un baile tan íntimo, no se quitaban los ojos de encima, sus manos estaban en lugares que no debían. Angus no le hablaba, salvo para darle instrucciones, pero su voz, a veces, era apenas un susurro trémulo, grave y contenido.

¡Infiernos!

Era una tortura, una deliciosa, sensual y erótica danza, hecha para que una mujer como ella, cayera rendida ante ese hombre. Sentía que su voluntad se debilitaba, sabía que, si él se propusiera avanzar más, ella podría ceder, entregarse… ¡No, no debía! Debía volver a sus cabales. Debía ser fuerte.

Y Angus, hasta la noche anterior, ya lo había intentado todo para convencerse de que estaba encaprichado por la señorita Thompson. Evitaba cualquier contacto para no provocar su ruina. Pero, era inútil, siempre cedía a la tentación de espiarla. Obtuso, había asistido a interminables bailes las últimas semanas. Le presentaron jóvenes e inexpertas debutantes, conversó y flirteó con algunas viudas experimentadas dispuestas a algo más que al intercambio de palabras. Pero nada resultó, todas, sin excepción, eran insulsas, aburridas, hermosas y vacías. Ni siquiera se sentía capaz de hablar del clima o de invitarlas a bailar… No le hacían sentir nada que se pareciese en lo más mínimo a esa atávica y estimulante sensación que le embargaba cuando estaba con Katherine.

Y ahora la tenía entre sus brazos.

Angus, quien no podía contar cuántas veces había bailado vals —incluso, de un modo más provocativo—, sintió que ya no era capaz de bailarlo si no era con Katherine porque, perderse mirando su rostro sonrojado y sus ojos tan singulares, era una experiencia que aplastaba todas las demás… ¿Por qué?

¡Condenación! ¡¿Por qué?!

¿Qué le estaba haciendo esa bruja?

Su hechizo lo estaba doblegando, lo estaba poniendo de rodillas, sin siquiera hacerlo a propósito.

¿Qué iba a hacer?

Que Dios lo amparara, pero él se iba a casar con ella, tenía que hacerlo o enloquecería. Nadie más la tocaría como él lo estaba haciendo. Le quebraría las manos y las piernas a quien osara bailar el vals con ella.

Jamás había sentido celos, y ahora la simple idea de que otro hombre posara sus asquerosas manos sobre ella, lo enajenaba, reduciendo su razón a la nada.

Como un acto reflejo, Angus la acercó más hacia él, arrancándole a Katherine un leve y femenino jadeo de sorpresa. Y sus ojos multicolores la delataron, la máscara desapareció. Angus se dio cuenta de que él no le era indiferente, sino todo lo contrario. ¡Ella sentía lo mismo que él e intentaba ocultarlo, y casi lo había logrado! Se sintió estúpido, había perdido tanto tiempo, pero eso ya no importaba. Aquel sentimiento sin nombre le llenó el corazón y el alma.

Ahora tenía esperanza… y mucha.

Una mujer común, sin pretenderlo, había cazado al libertino.

Un libertino en redención, sin querer, había cautivado a la mujer virtuosa.

¡Pero qué historia más trillada y repetida! Como aquellas novelas románticas que leen las jóvenes y virginales debutantes. Sin embargo, para él, todo era nuevo.

Debía hacerlo bien. Debía cortejarla. Debía enamorarla aún más. Seducirla. Atarla a él, del mismo modo que ella lo estaba haciendo. En todos los sentidos posibles, de todas las formas imaginables.

Pero también, debía darle su lugar ante todo el mundo, porque ella no había nacido en una cuna de oro, porque no era noble. ¡Nobleza! Esa mujer lo era más que cien aristócratas juntos.

Debía protegerla, blindarla, porque todo el mundo hablaría de ella, no la dejarían en paz. Y aunque a él no le importaba en lo absoluto poseer una reputación impoluta, a ella sí le costaría caro. Su única dote era su decencia, su humildad, su humanidad, pero esas increíbles cualidades no contaban en su clase social para un matrimonio ventajoso...

¡Borregos, todos borregos mojigatos que se creen dueños de la verdad y la moral!

En ese instante, recordó un consejo que le dio su buen amigo, lord Bolton, apenas unos días atrás cuando celebraba su matrimonio, «mientras más inapropiado e indecoroso sea, mejor». Pues, casarse con una mujer de clase baja que trabajó retirando orinales era bastante inapropiado, indecoroso e inconveniente. Era más que suficiente, según la premisa de Bolton.

Y ya no le importaba el resto, si él lograba hacerla su esposa, si ella lo aceptaba...

Que todos se fueran al infierno, ellos serían felices.

Sí, debía hacerlo bien. Katherine lo merecía.

Capítulo XIV

—¿Va a llevar esto, milord? —preguntó Harrison sosteniendo un sobre de papel.

Angus lo miró detenidamente, luego volvió su atención a su reflejo en el espejo y a su pañuelo de seda.

—No, Harrison. Deséchalo, por favor —respondió con indiferencia.

—¿Está seguro? —interpeló el ayuda de cámara, sin disimular su sorpresa—. Hace poco que lo compró, no lo ha usado, pero debería estar en buenas condiciones.

—Y nuevo se quedará. Deséchalo.

Harrison miró de soslayo a Angus con cierta incredulidad y desconcierto. Por primera vez su amo no iba a llevar ese insalubre e inmoral adminículo. Corby puso los ojos en blanco, no iba a explicarle que no volvería a usar un condón porque no lo iba a necesitar nunca más… a menos que fuera imperativo no embarazar a su futura esposa.

Futura esposa…

—¿Qué está tramando, milord? —interrogó Harrison con suspicacia.

—Nada —contestó lacónico.

—¿Y por qué sonríe de esa manera?

Angus no había notado que lo estaba haciendo. ¡Infiernos!

—Ah, nada en particular —rechazó serio.

—Como diga, milord. —Harrison se aclaró la voz y quitó una pelusilla de la impecable levita azul marino del conde—. Por favor, sea moderado con su renovada la vida social —sugirió, insistiendo con su ruego cada vez que Corby salía de noche a algún baile.

—No te preocupes, Harrison —desestimó Angus ajustándose el intrincado nudo de su inmaculado pañuelo de seda blanco—. Mi recuperación ha sido rápida, pero no exageraré. Para tu tranquilidad, esta vez, solo acompañaré a la duquesa y a la señorita Thompson a su primer baile, beberé limonada, me aburriré mortalmente portándome de un modo diligente, y volveré en cuanto las damas lo deseen.

—Entonces, lo espero despierto.

—No es necesario, podré desvestirme solo sin problemas. Sobrio es más fácil —bromeó Angus.

—Indudablemente, milord.

Angus, tomó una bocanada de aire, estaba tenso y nervioso.

Después de ese revelador vals días atrás, las clases de baile no fueron lo que Angus e Iris esperaban. Katherine, en realidad, no necesitaba demasiada práctica. Su talento en la danza era algo innato, era grácil, elegante y natural. Por lo que, en apenas unos cuantos días, ella aprendió y recordó lo que necesitaba. Para Corby, aquellas lecciones fueron una gran oportunidad para estar cerca de ella y observarla a conciencia para medir sus posibilidades.

Descubrió que, lo que había visto en sus ojos, no eran imaginaciones, ella le correspondía, y luchaba en contra de ese sentimiento. Era lógico, después de todo, ¿qué aristócrata se involucra con alguien de un rango más que inferior? Solo podía contar con los dedos de una mano, el resto, apenas daba el indigno título de amante.

Sí, debía hacerlo bien... Esa noche, tendría que convencerla de a poco, darle señales. Estaba seguro de que, si se lo decía todo de golpe, sin insinuar nada, ella no creería que sus intenciones eran honorables...

Y todo el mundo debía ver que así era, que esos infelices, se dieran cuenta de que Katherine era la elegida y que no había nada inapropiado en su elección. Iba a demostrar que se comportaría con ella, que la respetaba como si fuera cualquier jovencita debutante del más refinado linaje.

Por todos los medios quería evitar una boda apresurada con licencia especial. No quería que nadie osara sembrar un rumor sobre ella.

Estaba determinado a revelarle sus sentimientos. Pero el tiempo, sus responsabilidades y circunstancias, se convirtieron en su enemigo. Durante toda la semana, cualquier tipo de contacto con la señorita Thompson y su tía, se redujeron a coincidencias, a algo involuntariamente distante. Entre la agitada agenda social de la duquesa y la propia, el momento adecuado no llegó nunca.

Las sesiones del Parlamento se extendían desde un poco antes de las cuatro de la tarde, hasta altas horas de la noche, por lo que, al terminar, Angus cenaba en el White's y solo llegaba a dormir a Pearl Palace. Al día siguiente, se levantaba muy temprano y desayunaba solo, atendía sus asuntos, y de vuelta al Parlamento.

Apenas la había visto en una semana, y si antes extrañaba a esa bruja, ahora era peor. En los momentos más inesperados la recordaba, añoraba… y la deseaba.

Era un idiota.

—Y, ¿cómo me veo? —preguntó Angus a su ayuda de cámara.

—Si fuera mujer, caería desmayado de la impresión —declaró Harrison categórico, su tono de voz era solemne.

—¡Ridículo! —Rio animado. El humor de Harrison era muy especial—. Gracias por el buen trabajo, que descanses y tengas buenas noches.

—Siempre es un placer, milord. Que disfrute su velada.

—Eso espero.

Angus bajó animado al primer piso, muy atrás estaban los días en que usaba el bastón; el dolor de su herida era casi imperceptible. Solo quedaba como recuerdo la cicatriz que estaba tomando un color rojizo y comenzaba a inflamarse. Pero no le preocupaba, el señor Thompson le había advertido que algunas personas desarrollaban ese tipo de marcas. Mientras no hubiera fiebre o dolor intenso, no debía ser de cuidado.

Se quedó al pie de la escalera, sacó el reloj de su bolsillo y miró la hora. Las ocho y cuarto.

Angus resopló, no le gustaba llegar tarde a ninguna parte, si la invitación decía a las nueve, deseaba estar entrando al baile a esa hora. Comenzó a pasearse impaciente, miró de nuevo la hora. Las ocho veinte.

¡Condenación!

Blasfemó mentalmente sobre el excesivo tiempo que se toman las damas al momento de vestirse. Aunque debía reconocer —basado en su vasta experiencia— que sus prendas eran complicadas de quitar y poner. Y sus peinados tan enmarañados y adornados. Era una pena que confinaran sus cabellos en horquillas y complicadas trenzas y rizos. Él prefería una larga cabellera suelta y salvaje.

Sobre todo una rubia. Todavía podía recordar las largas hebras onduladas de cabello de Katherine, que eran una verdadera cascada de seda.

Se aclaró la garganta, jamás había estado dos meses célibe y ya estaba sintiendo sus duras consecuencias. Ser un devoto de «Santa Katherine de los pobres hombres apuñalados» era, a veces, un verdadero martirio. Él debería ser declarado un santo. Volvió a mirar el reloj. Las ocho y media.

¡Dios bendito! ¿Hasta cuándo debía esperar?

El murmullo de voces y risitas femeninas hicieron que cesara su parrafada mental. Iris y Katherine bajaban las escaleras animadas e inmersas en su propio mundo.

Angus no fue capaz de emitir palabra alguna, y su cerebro tampoco pudo formular ningún pensamiento coherente.

Estaba acostumbrado a ver la belleza, elegancia y sofisticación en las mujeres al ir a un baile de la aristocracia. Pero lo que sus ojos vieron fue algo que sobrepasaba cualquier cosa.

O, tal vez, la estaba viendo a través del prisma de ese sentimiento inefable, al cual todavía no se atrevía ponerle nombre.

La señorita Thompson, no necesitaba artificios, plumas, rizos y fastuosidad. Ella, ataviada con un sencillo pero evocador vestido de algodón blanco y bordado con delicadas flores doradas, era la más pura perfección. Su sinuosa figura se delineaba voluptuosa, gracias al halagador cinto rojo de seda que vislumbraba la estrechez natural de su cintura, convirtiéndola en un verdadero reloj de arena. Y, oh, aquel escote, era un verdadero suplicio. Si la señorita Thompson fuera una debutante, las matronas le arquearían las cejas con reprobación. Era osado, pero halagador para una señorita segura de sí misma, que estaba traspasando la frontera entre soltera y solterona.

Condición que él esperaba resolver a la brevedad.

Ah, bendita sea la moda. Y también, maldita fuera, ya no tendría que solo quebrar manos y piernas, también arrancaría los ojos de esos buitres que osaran mirarla por más de diez segundos.

Parpadeó, debía cerrar la boca y cambiar su cara bobalicona, antes de que su tía y la señorita Thompson advirtieran de ello.

Por fortuna, para el inquieto espíritu del conde, Iris y Katherine no repararon en la presencia de él hasta que llegaron al final de la escalera.

—Estamos atrasados —señaló Angus severo a su tía.

—Oh, querido, salir quince minutos tarde no es gran cosa. A la hora que lleguemos estará lleno de carruajes y…

—Y hubiéramos llegado quince minutos antes, tía.

—No seas aguafiestas. En eso no le pierdes pisada a tu tío Charles —rezongó Iris frunciendo el ceño—. No sigas perdiendo tu tiempo regañándonos y mejor escóltanos al carruaje.

—Pobre Roger, se debe estar congelando —continuó Angus con sus reclamos.

Iris miró a Katherine, que observaba a Angus con un gesto de sorpresa. Para la muchacha era extraño ver al conde molesto.

—No te preocupes, querida —susurró a su oído—. Angus terminará con su perorata en cuanto estemos dentro del carruaje. Es inofensiva su molestia… ¡Oh, gracias, Lois! —exclamó Iris sonriéndole a su doncella, que traía las pellizas de ella y Katherine.

Cuando todos estuvieron listos para capear el frío londinense, pudieron, al fin, subir al carruaje.

No fue un trayecto largo, pero fue suficiente para que Katherine, en vez de torturarse mirando el gallardo y varonil porte de lord Corby, pudiera admirar el entorno para distraerse.

Desde que empezó a trabajar en casas elegantes, rara vez tenía la oportunidad de pasear; su rutina era trabajar y visitar a su padre. No podía negar que todo aquello era hermoso, pero, a la vez era vacuo. Ser sirvienta de familias acaudaladas le sirvió para aprender que el dinero y posición no traía felicidad. Ver jovencitas llorando en el día de su boda, por no querer casarse con un extraño; escuchar los golpes recibidos de las damas de alta alcurnia propinados por sus esposos; sirvientas, como ella, siendo seducidas —o abusadas— por sus señores, para luego ser desechadas, como un pedazo de carne sin valor.

En medio de aquellas calles hermosas y elegantes, se ocultaban realidades horrendas, tanto o peores que vivir en un barrio bajo como lo era Whitechapel. No obstante, lo irónico era que, en ese lugar, la miseria humana estaba a plena luz del día, transitando en las calles de barro, a vista y paciencia de todo el mundo. Y, a pesar de todo ello, también existía la bondad y solidaridad.

La riqueza y la pobreza estaban llenas de claroscuros, y Katherine estaba consciente de ello. En sus venas no había ni una gota de frivolidad, ella no concebía actuar como muchas mujeres de su edad que, deslumbradas por la opulencia, eran capaces de hacer lo que fuera por obtener una pizca, una migaja, de esa realidad que ella estaba viviendo solo por ser una dama de compañía.

Debía tener los pies bien puestos en la tierra.

—Menos mal que los coches están avanzando rápido —señaló Corby con un tono menos ácido que minutos atrás—. Tal vez, la señorita Thompson lanzó un conjuro para que el tráfico sea expedito, logrando que mi humor mejore…

—Oh, Corby, deja en paz a la señorita Thompson —terció Iris harta de la actitud belicosa de Angus.

—Pierda cuidado, lady Ravensworth. Si sigue así, le prometo que convertiré al conde en un sapo, será más agradable escucharlo croar que rezongar —replicó Katherine mordaz.

—Solo espero que, cuando se apiade de mi viscosa alma, y me quiera liberar del sortilegio, no lo haga azotándome contra la pared, como en aquel cuento alemán. Yo preferiría un beso —declaró Angus atrevido, obteniendo un cambio en el rostro de ella, despojándolo de esa divertida malicia—, pero usted es una señorita, me conformaré solo con algo que sea menos violento.

—Si continuas así, yo te azotaré contra la pared, muchachito. Deja de importunar a la señorita Thompson —advirtió Iris molesta.

En ese instante, el carruaje se detuvo, interrumpiendo el intercambio verbal que comenzaba a caldearse entre la duquesa y el conde.

El frío del exterior que penetró en la cabina del carruaje, terminó por enfriar la situación, en cuanto un lacayo abrió la puerta.

Angus bajó en primer lugar, asistió en su descenso a su tía y luego a Katherine, a quien le sostuvo la mano un poco más de lo permitido. Ella lo miró fugaz, intentando descifrar el significado de esa señal, pero se convenció de que no era algo importante.

El conde se situó en medio de las dos mujeres, y les ofreció el brazo y avanzaron lento, pero seguro, hacia la entrada de Morland Hall, hogar de los marqueses de Oswestry. Al llegar, los anfitriones les dieron la bienvenida de rigor y, acto seguido, un sirviente tomó sus abrigos. La asistencia de la duquesa y el conde fue anunciada por el maestro de ceremonias, tal como dictaba el protocolo.

Traspasaron el vestíbulo, internándose en la fastuosa mansión, y ese momento fue onírico para Katherine. Todo era cálido, brillante y dorado, a causa de centenares de velas que iluminaban cada rincón. ¿Cuántas personas habría en aquel lugar?, ¿cien?, ¿doscientas? Para ella era difícil de determinar.

En tan solo unos minutos, se vio arrastrada por una marea de personas que iban de aquí por allá. Por impulso, Katherine se aferró al brazo de Angus, quien, al notar la tensión, la miró de soslayo.

—Respire profundo, querida —le susurró al oído—. Siempre es abrumadora la cantidad de personas en estas reuniones.

—Puedo darle la razón en ello. Esto no se asemeja en nada a las tranquilas y apacibles cenas y tertulias —respondió Katherine tensa. Sentía que todos la miraban y, ante un contacto visual accidental, hacía leves inclinaciones de cabeza.

—No se preocupe. Esta desagradable situación es solo al comienzo, en un par de horas, ya habrá menos personas —animó Angus para que Katherine se relajara.

—Sé que, al menos, los caballeros encontrarán algo más divertido que hacer en vez de estar en un aburrido baile —respondió con un tinte de ironía, recordando al mismo tiempo, la época en que sus patrones hacían fiestas. Era habitual para la servidumbre sorprender a improvisadas parejas retozando en cuanta habitación estuviera disponible.

—La mayoría de los caballeros se van a fumar, beber y apostar al salón de juegos —especificó Angus, sabiendo a qué se refería Katherine por su tono de voz—. No todos son libertinos. Y yo soy uno reformado. —Angus se sintió obligado a dejarlo en claro—. No me separaré de ustedes a menos que sea en extremo necesario.

—¿No se dedicará a buscar una esposa? —replicó Katherine sin poder evitar alzar una ceja inquisitiva—. Le recuerdo que este es el lugar más propicio.

Angus estuvo tentado de decir que ya la había encontrado, pero sería una crueldad de su parte, no quería que ella se mortificara pensando que él se casaría con otra. Necesitaba esperar un poco más para revelarle sus intenciones. Había que ser el estúpido más grande del mundo para cometer el error de romperle el corazón a esa adorable brujita.

—Ahora debo darle la razón, querida, sí, este es el lugar más propicio, aunque no sea de todo mi agrado —reveló acercándose un poco más, lo suficiente para que ella sintiera su tibio aliento—. No obstante, hoy mi misión es otra.

Un ominoso escalofrío recorrió la espalda de Katherine y su piel se erizó. Se atrevió a mirar al conde, pero él ya tenía la vista al frente y estaba saludando a un par de damas de edad que lo miraban con reprobación. Había cierto regocijo en su semblante, probablemente, estaba gozando con escandalizar a las grandes matronas de Londres.

—¡Oh, al fin! —intervino Iris con alegría, ignorante del breve intercambio de su sobrino con su dama de compañía—. Vamos para allá, donde está lord Hastings conversando con Julia.

Katherine suspiró. Ya conocía al duque de Hastings y a la condesa viuda de Wexford, congenió de inmediato con ellos en la cena de la noche anterior. Sin embargo, en algunos aspectos, le estaba costando habituarse al ritmo acelerado de vida de su nuevo trabajo. Al principio, era más fácil ser dama de compañía, cuando iban a pocos eventos en la semana, pero los últimos días solo descansaba en su día libre. Le parecía más sencillo servir en un baile que estar como invitada y, si le daban a elegir, se sentía mucho más cómoda en actividades más serenas como un té o una tertulia, que estar rodeada de más de cien personas.

Volvió a suspirar, la noche todavía era joven. Muy, muy joven.

Capítulo XV

—Necesito ir al servicio de damas —susurró Katherine a lady Ravensworth, quien conversaba animada con un grupo de amigos. Ya habían pasado dos horas, y el pronóstico de Angus se cumplió. El salón ya no estaba abarrotado de personas, pero el calor seguía siendo apenas tolerable.

—¿Necesita compañía, querida? —interrogó Iris en el mismo tono.

—No será necesario, su excelencia.

—Muy bien, no tarde demasiado —indicó con una sonrisa—. He visto un par de caballeros que no le quitan los ojos de encima —advirtió con picardía—. Ya sabe qué hacer si se le acercan.

—Pierda cuidado, lady Ravensworth —aseguró Katherine poniéndose de pie—. Si me disculpan. —Hizo una reverencia y enfiló sus pasos hacia el servicio de damas.

Angus, quien fingía estar pendiente de la conversación que dirigía la condesa viuda de Wexford, vio de soslayo cómo Katherine se mezclaba entre los invitados y se preocupó. Se dispensó del grupo con el pretexto de ir a buscar limonada fresca. Era el segundo vaso de la noche, por lo que a nadie le extrañó, ese súbito anuncio.

Siguió a Katherine entre la gente, y en ese momento agradeció su altura, la divisó hablando con una sirvienta, quien le señaló una dirección. Intentó mantener una distancia prudente, no deseaba ser descubierto. Pasó por el lado de la mesa donde estaban servidas las limonadas y tomó un vaso sin dejar de caminar. Katherine entró sin problemas al servicio de damas.

Angus, se apoyó en una columna de mármol, tomó un sorbo de limonada y esperó.

Katherine estaba detrás de un biombo concentrada en su asunto, cuando escuchó a dos mujeres que hablaban, y no les prestó mayor atención hasta el momento en que mencionaron a Angus. Alzó sus cejas, e intentó no evidenciar su presencia mientras finalizaba con su labor.

—… Pensaba que solo eran rumores, pero, al parecer, es cierto, querida. ¿Lo has visto esta noche? —decía una voz femenina de timbre grave.

—No se separó de la duquesa. Eso es muy impropio de él, a estas alturas ya estaría detrás de una falda —respondió otra voz, que era lo contrario, bastante chillona—. Cuando lo vi llegar esta noche, pensé que esta vez sería mi turno. Hemos coincidido en varios bailes, pero aparte de intercambiar palabras no hace nada más, ¡hasta bosteza! Esta noche no será diferente, ya sé que nada sucederá. —Hizo una pequeña pausa—. Pero todavía queda temporada —agregó con malicia.

Katherine puso sus ojos en blanco. No tenían idea de nada… Aunque el conde quisiera, no estaba en condiciones de tener alguna aventura si deseaba casarse con una dama. Estaba empecinado en enmendar su camino, prácticamente, su nombre no aparecía en los pasquines de cotilleos.

—¿Será por esa mujer?

—¿La joven rubia que acompaña a la duquesa?, ¿la conoces?

Katherine se tapó su boca sorprendida, reprimiendo un jadeo. En ese momento se dio cuenta de que no había pasado inadvertida. Estaba completamente segura de que ella era casi invisible entre tanta fastuosidad. Ilusa.

Un poco complicada, a causa de sus enaguas, finalizó lo que estaba haciendo y comenzó a adecentar su ropa.

—Jamás la había visto en mi vida… —continuó la voz grave—. Pero no creo que ella tenga que ver, según averigüé, se trata de la dama de compañía de lady Ravensworth. Y por más hermosa que sea, Corby jamás se involucra con jovencitas inexpertas. —Ambas mujeres rieron burlonas.

—Tienes razón —convino la voz chillona—, es posible que esa muchacha desconocida haya capturado la atención del conde, pero no para el matrimonio, de eso no hay duda alguna. Seguramente, él está tanteando el terreno, ¿ya tendrá alguna candidata para cortejar?

—Pues todavía no le ha pedido ninguna pieza de baile a ninguna de las debutantes. De hecho, no lo he visto hacerlo en los bailes en los que hemos coincidido.

—¿Y si no busca una debutante? ¿Tendrá una viuda en mente?

—Cielo santo, dado su historial, puede elegir a cualquiera.

Ambas mujeres volvieron a reír. Sus carcajadas se fueron apagando y la puerta se cerró.

Katherine, quien ya había terminado, salió de detrás del biombo, francamente, aliviada. Con pudor, le entregó el *Bourdaloue*[9] a la doncella que se encontraba ahí para vaciar el recipiente y atender a las damas. Katherine le sonrió y agradeció a la muchacha en voz baja, y se dirigió al aguamanil para lavarse las manos.

Suspiró al salir del servicio. Necesitaba algo de aire fresco y ordenar sus emociones. Caminó hacia una ventana que estaba abierta y se asomó para poder respirar con tranquilidad.

Y comenzó a analizar sus emociones respecto a la reciente experiencia.

Por algún extraño motivo, estaba tranquila. Cualquier cosa que pudieran decir del pasado del conde, solo le causaba curiosidad, tendría que ser cínica si dijera que no le importaba. Pero solo eso, curiosidad, ni celos, ni ira, ni nada que se le pareciera. Le sorprendió más, el hecho de ser, en parte, el blanco de la conversación. Sin embargo, eso no le importaba en lo absoluto. Era raro, sentirse así, las especulaciones de aquellas mujeres eran inofensivas para ella.

Más repuesta, pero todavía inmersa en sus cavilaciones, dio media vuelta para dirigir sus pasos hacia el lugar donde se encontraba la duquesa. Sin querer, pasó a llevar el brazo de un joven caballero.

—Santo cielo, no fue mi intención. Mis disculpas, milord —manifestó Katherine mortificada.

---

9 Era un recipiente con forma de bote con un borde levantado en un extremo y un asa en el otro, similar a una salsera, se usaba para orinar.

—No se preocupe… —El hombre se quedó en silencio, escrutándola con descaro y luego sonrió—. Dispense, creo que no nos han presentado. Es la primera vez que la veo.

—Es la primera vez que asisto a un baile —respondió, más por amabilidad que por desear hacerlo—. Si me permite… —Katherine hizo una rápida reverencia y avanzó un paso.

—No parece ser una debutante —intervino el hombre tomándola con suavidad del brazo para evitar que ella se escabullera. Katherine lo miró con cara de pocos amigos—. Se nota que es un poco mayor para serlo.

—No quisiera ser descortés, pero debo volver con mi señora —insistió Katherine intentando conservar la calma, pero su rostro ya delataba que su paciencia se estaba reduciendo a la nada misma—. Le pido con suma humildad que me deje ir.

—¡Vaya atrevimiento, señorita! —exclamó burlón—. Su expresión me anuncia que estoy a punto de recibir, en cualquier momento, un golpe propinado por sus delicadas manos.

—Y créeme que es capaz de dejarte el ojo morado —interrumpió Angus severo. Su rostro pétreo evidenciaba su molestia—. Greg, deja a la señorita en paz —exigió—. O dejaré que ella te haga pasar la peor vergüenza de tu vida dándote un buen derechazo. Tu madre será la más feliz de saber que alguien te ha puesto en tu lugar.

—¡Oh, por favor, Corby! —exclamó Gregory frustrado y, con delicadeza, soltó el brazo de Katherine, quien comprendió en el acto, quién era ese hombre—. Tan serio que estás últimamente. Justo iba a escoltar a la dama hacia… —Dirigió su atención hacia la misteriosa señorita, quien estaba con una gélida expresión en su rostro—. Perdón, no alcancé a preguntarle, gracias a la inoportuna intromisión de mi primo.

Katherine esbozó una maléfica sonrisa.

—Si tiene la amabilidad, puede llevarme ante su madre, lord Ravensworth —solicitó haciendo una reverencia, sin dejar de sonreír—. Creo que ella estará feliz de verlo.

El rostro de Gregory se descompuso. Inspiró hondo y miró a Angus, quien apenas podía contener la risa.

—Lo estás disfrutando, ¿cierto?

—No sabes cuánto —admitió Angus—. Lord Ravensworth, tengo el inconmensurable placer de presentarle a la señorita Katherine Thompson, quien es la dama de compañía de vuestra madre. Mi querida señorita Thompson, le presento a mi primo, Gregory Montague, octavo duque de Ravensworth.

—Ahora sí es un gusto, milord —afirmó Katherine haciendo una reverencia digna—. Su madre me ha hablado infinidad de veces sobre usted.

—Ya imagino sobre qué tema en particular le habló de mí, señorita Thompson.

—Podría enumerar muchas cosas, milord. Pero, principalmente, su tema central es sobre su aversión a la sagrada institución del matrimonio —señaló Katherine regocijándose de hacerle pasar un mal momento al impertinente duque—. Creo que aceptaré su proposición de que me escolte hacia dónde está mi señora.

—Creo que, por esta ocasión, le cederé a mi primo el honor de escoltarla —rehusó Gregory, no se sentía preparado para enfrentar a su madre. Desde aquella discusión que tuvo con ella, no había vuelto a pisar Pearl Palace y evitaba cualquier contacto.

—Cobarde —masculló Angus, al tiempo que le ofrecía el brazo a Katherine—. Vamos, señorita Thompson, antes que cambie de opinión y lo lleve a rastras frente a mi adorada tía.

—Que tenga buenas noches, lord Ravensworth —dijo Katherine con un tono triunfal, tomando el brazo de Angus.

—Creo que me iré temprano, esta noche. Sigan disfrutando de la velada —se despidió, casi dándose a la fuga. En cuestión de segundos, el duque se perdió entre los asistentes al baile.

—Idiota orgulloso —volvió a mascullar Angus—. Mi preocupación fue en vano, acabo de constatar que usted puede defenderse sola.

—¿Acaso lo dudó? Yo no temo montar un escándalo si es por defenderme de caballeros «insistentes». La mayoría de las damas temen mucho del qué dirán, por eso se quedan calladas y aceptan con sumisión lo que se les impongan. Yo no tengo nada que perder.

—En eso tiene razón. Lamentablemente, pesa más la versión de un hombre frente a la de la mujer, al momento de juzgar. —Angus escuchó que la orquesta terminaba de interpretar una cuadrilla—. Señorita Thompson, ¿me concede la siguiente pieza?

—Por supuesto, milord —accedió ella sin pensar y, de inmediato, se arrepintió. Fue un acto reflejo, en sus prácticas de baile con Angus, siempre empezaban con esa frase. Afligida, reconoció que no había vuelta atrás.

—Según el programa es un sucio vals. ¡Qué osados son los marqueses de Oswestry! —Angus apoyó el dorso de su mano sobre la frente, con gran dramatismo.

—¡Un vals! —exclamó ella, intentando seguirle el juego al conde.

«¡Infiernos y condenación!». Katherine intentó ocultar su consternación lo mejor que pudo. Necesitaba una excusa válida para evitar esa cercanía que le hacía perder la razón y, para su fortuna, la halló.

—Oh, cielos. Me he dado cuenta de que no puedo, debo ir con lady Ravensworth, le prometí que volvería pronto y ya he tardado demasiado —justificó su rechazo.

—No se preocupe, señorita Thompson, le avisaremos a mi tía apropiadamente. —Angus, con aquella sentencia, derribó toda vana esperanza y, en su recorrido hacia el salón de baile, hizo un pequeño desvío hacia la *chaise longue* donde estaba la duquesa.

Y la duquesa, sonriente, les dio su bendición.

Nerviosa, Katherine dejó que el conde la guiara hacia el salón de baile, donde había un número considerable de parejas alistándose para comenzar a bailar.

Los acordes del «un, dos, tres» comenzaron. Angus, relajado, tomó entre sus brazos a Katherine, y centró su atención en sus peculiares ojos.

Y el baile comenzó.

Katherine, sin más consuelo que solo disfrutar ese celestial y, a la vez, martirizante momento, se dejó llevar.

—Usted ha sido la gran sorpresa de la noche—afirmó Angus sin perder el ritmo—, ¿no lo cree, querida?

—¿A qué se refiere, milord? —interpeló, tratando de ignorar que esa era la tercera vez en esa noche que él la llamaba «querida», jamás lo había hecho. Katherine se reprendió por contar las veces que él usaba esa palabra para hablarle. Se estaba convirtiendo en la reina de la autoflagelación.

—Muchos caballeros la han estado acechando con la mirada, mas su carnet de baile está en blanco. ¿Por qué cree que nadie la ha invitado a bailar? —preguntó Angus, evidenciando con descaro que algo ocultaba.

Katherine optó por hacerse la desentendida.

—Asumo que es porque este lugar está abarrotado de jóvenes damas de alta alcurnia, que son mucho mejor partido que la desconocida dama de compañía de lady Ravensworth —respondió Katherine con un tono de voz monocorde.

—Excelente respuesta, querida. —Cuarta vez «querida»—, pero he de confesarle que, si no la han invitado, es porque yo no lo he permitido. A propósito he impedido que se acerquen esos buitres a vuestra merced.

—No era necesario que hiciera eso —espetó empezando a sentir molestia, recordó la conversación de esas mujeres en el servicio de damas—. No es mi deseo llamar la atención, y con esta actitud usted va a lograr todo lo contrario.

—Usted llama la atención sin proponérselo, señorita Thompson. Creo que aquella cualidad es su principal característica y, a la vez, es su maldición.

Katherine se quedó en silencio, no quiso responder. No se había dado cuenta de ello, hasta ese instante en que Angus se lo hizo notar. A su mente llegaron innumerables recuerdos que le daban la razón a Corby. Como un par de patrones que intentaron subirle las faldas porque sí.

—Es por eso mismo, señorita Thompson… Katherine —rectificó, logrando que ella entreabriera levemente su tentadora boca y arqueara sus cejas. Era la primera vez que él se tomaba la flagrante libertad de decir su nombre de pila—, es por eso mismo que esta noche, aquí, ahora, quiero enviarle una señal clara a todos en este salón y, especialmente, a usted.

—¿Una señal? —balbuceó, no podía hilvanar una frase más coherente que esa.

Angus dejó de bailar, tomó de la mano a Katherine y se la llevó del salón de baile, logrando que demasiados testigos voltearan sus cabezas con curiosidad, conjeturando el destino de la pareja. Ella no ofreció ninguna resistencia, estaba desorientada, no se atrevía a pensar.

Corby buscó, con desesperación, un lugar para poder hablar con ella, pero que no pusiera en entredicho su reputación. Salieron al enorme balcón de la mansión, había otras parejas refrescándose pero que buscaban algo de privacidad. Había una exótica planta ornamental que brindaba un discreto espacio. Era ideal, Angus recorrió el lugar con la mirada por última vez, los demás estaban pendientes de sus propios asuntos.

Angus tomó ambas manos de Katherine. Era el momento, era el lugar, no deseaba dejar pasar la oportunidad.

—Katherine… —Apretó levemente los dedos de ella, quien todavía lo miraba con incredulidad—. Esta noche, no bailaré con nadie más que usted. Quiero reclamar mi derecho a ser el primero en pedirle autorización para visitar a su padre y pedir su mano.

Katherine no tuvo la voluntad de reprimir un jadeo de sorpresa. Su corazón comenzó a aporrear las paredes de su pecho. Intentó convencerse de que estaba teniendo un sueño demasiado fantasioso y vívido como para estar viviendo de verdad ese instante. Su garganta estaba cerrada, repentinamente, había perdido su capacidad de emitir palabras. Lo miraba y lo miraba, su masculina expresión era seria, solemne, no había indicio de ser una cruel broma que transformara el sueño en pesadilla.

Angus, ante ese ominoso silencio, sintió miedo. ¿Ella lo estaba rechazando? La desesperanza se derramó sobre su entusiasmo como una lluvia negra. Una horrible sensación de vacío engulló su corazón. ¿Acaso ella no le creía? ¡Por supuesto! ¿Quién podría creer que un libertino se podía reformar?

—Perdón si este no fue el momento más adecuado… —logró decir Angus, sin tanta seguridad como al principio. No le quedaba más que seguir adelante, hasta obtener una respuesta. Necesitaba con toda su alma, un «sí» o un «no», de lo contrario, no podría descansar—. Pero, simplemente, no se me ocurrió otro modo más decente de pedírselo. Ir a hurtadillas a su habitación, en medio de la noche, para hablar de esto, no es algo que sea catalogado como decoroso. Usted merece mucho más que eso. Tengo que demostrarle que no soy el mismo hombre de hace dos meses, que deseo ser mejor de lo que fui, hacerlo bien… Solo quiero que me confirme lo que sus ojos me dicen tan claramente, que usted siente lo mismo que yo y que no son solo imaginaciones mías. —Angus dejó de hablar. Estaba sucediendo, ese sentimiento estaba arrasando con su cordura, y se volvió tangible cuando dijo—: Katherine, le amo… fervientemente… tanto, que estoy seguro de que no quiero pasar el resto de mis días con otra que no sea usted… no me siento capaz de mirar al resto de las mujeres como antes. De pronto, solo dejaron de existir, y usted se ha convertido en la única mujer sobre la tierra, es mi Eva.

»Si usted me acepta, le prometo que no cambiaré, porque no necesito hacerlo, hasta el momento, tolera con facilidad toda mi idiosincrasia… Pero, si no siente nada por mí, haré todo lo posible por liberar su carga de soportar mi presencia, me las ingeniaré para no coincidir ni importunar con su trabajo. Sé que es muy importante para usted.

Katherine, con el corazón colmado de burbujeante dicha, todavía seguía pensando que estaba soñando. Él la amaba, tanto como ella a él, jamás imaginó escuchar palabras tan llenas de sentimientos. Era el sueño más hermoso de su vida y, por eso mismo, se atrevió a decir con emoción…

—Sí… acepto, porque es el único hombre en la tierra para mí. Yo también le amo con todo mi corazón, usted es mi Adán.

Corby entornó sus ojos con inenarrable alivio y besó los dedos de esa adorable bruja.

Era suya.

Si hubiera una palabra para describir lo que Angus sentía en ese instante —aparte del alivio—, probablemente, sería «felicidad» y, aun así, se quedaba corta. La había experimentado en efímeras instancias, pero no se acercaba ni siquiera a una pulgada de aquella inefable sensación que no lo abandonaba y llenaba cada rincón de su alma. Sin esperar un segundo más, la abrazó fuerte contra su pecho, necesitaba sentirla, tanto como respirar.

Se quedó unos segundos disfrutando del tibio contacto, la mujer que había salvado su vida, lo había hecho de otras formas que no había dimensionado hasta ese instante.

Con sus manos, enmarcó el delicado rostro de su querida señorita Thompson. Admiró sus ojos, si antes había vislumbrado que ella le correspondía, ahora que se habían declarado sus sentimientos, estaban llenos de amor, ya no había nada que la reprimiera.

—Angus…

Katherine, quiso cerciorarse de que no era una fantasía lo que acababa de suceder… Sus palabras habían salido de su boca tan libremente, que fue como un golpe de realidad. Una pérfida duda se cernió sobre ella. Quería confirmar que, de verdad, estaba viviendo ese momento. Y si tenía la horrible suerte de despertar, que fuera de un solo modo. Se empinó sobre la punta de sus pies y le dio un casto e inexperto beso a Angus.

Aquel cándido y leve toque, redujo la voluntad del conde a cenizas. Ella le acariciaba la boca con sus labios, lo hacía con avidez, por instinto, y él reprimía todas sus ganas de profundizar más ese beso, mostrarle el camino de la sensualidad.

Katherine era tan pura, tan inocente y, al mismo tiempo, tan pasional. Ese beso era más que prometedor, a Angus solo eso le bastó ese primigenio roce para saber que ella era un alma de fuego. Intentó no imaginar cómo sería su primera vez, pero fue en vano. La sola idea de ver sus singulares ojos velados por el deseo, fue demasiada tentación.

Con un último vestigio de sentido común, Angus puso fin a ese ansiado contacto que estaba arrancándole la razón a jirones.

—Katherine… ve con mi tía, te lo suplico —rogó Corby, respirando agitado.

—¿No te gustó? —preguntó con la inseguridad carcomiendo su ánimo. Sabía que ella no sabía mucho sobre la pasión y que él estaba acostumbrado a besarse con mujeres experimentadas… Pero podía aprender, él podía enseñarle… él la amaba.

—¡Infiernos! No pienses eso. —La besó fugaz en la frente—. Me fascinó, mi adorada bruja, pero si me quedo un instante más a tu lado, le haré honor a mi indecente fama. No deseo seducirte, no aquí, no ahora… Pero, eventualmente, lo haré el día de nuestra boda.

—¡Oh! —Katherine, quien tenía como única experiencia sensual el reciente beso, sí tenía mucha teoría y sabía perfectamente a qué se refería la advertencia del conde, de hecho, la prueba de su pasión se le estaba incrustando impúdico en el vientre. Angus tenía razón, no era el momento, ella también estaba empezando a sentirse febril—. Entiendo… Iré con lady Ravensworth, no tardes… o te volveré a convertir en sapo.

—Mientras me vuelvas a quitar el embrujo con un beso, feliz esperaré a que uses tus artes oscuras.

Katherine le sonrió, sin más, retrocedió un paso y dio media vuelta. Se internó en la mansión, a paso digno y calmado, y se perdió en medio de los invitados.

Algunos la miraron con mucha atención, la dama de compañía de la duquesa viuda de Ravensworth no había estado demasiado tiempo a solas con lord Corby, al menos, no lo que se requiere como para especular que hubo algo más que una conversación… y, además, no había una sola arruga en su vestido, y estaba perfectamente peinada. Solo un leve rubor en sus mejillas.

La señal que envió Angus fue fuerte, pero no fue tomada en serio, pues, ¿qué conde libertino corteja a una dama de compañía?

Ninguno.

Pero eso no importaba, solo ellos dos lo sabían. Y era más que suficiente.

Capítulo XVI

Después de ese beso, Angus volvió al grupo que se había formado al inicio de la velada y, como si nada hubiera pasado, siguió compartiendo y conversando. Se situó detrás de Katherine, quien aparentaba una beatífica serenidad esperando que lady Ravensworth no notara la explosiva felicidad que sentía en su interior.

Intentó abstraerse de aquel sentimiento, y se concentró en todo lo que sucedía a su alrededor y, solo en ese momento, notó que varias mujeres la miraban con descaro y luego hablaban detrás de sus abanicos, algunas reían con burla en sus ojos, otras solo evidenciaban celos y furia.

Acerca de las que reían, a Katherine le importaban bien poco sus comentarios, que eran cualquier cosa, menos halagadores. Y sobre las otras, solo le preocupaba una en particular, una que en sus ojos no reflejaba bondad alguna.

Un roce tibio en su nuca la sacó de sus cavilaciones. Katherine sintió el impulso de mirar hacia atrás, pero eso sería delatar a Angus y a ella misma antes de tiempo.

Otro roce, Katherine se aclaró la garganta para disimular el escalofrío que le recorrió la espalda.

Maldito. Angus la estaba provocando, se estaba comportando como un real libertino, tentándola con sus discretas caricias. ¿Cómo iba a resistir hasta la boda? Angus era peligroso, demasiado. Lo peor de todo, es que a ella le estaba empezando a gustar ese juego.

Katherine no soportó más, miró al conde quien tenía la vista al frente, con curiosidad, ella dirigió sus ojos en esa misma dirección. Un joven caballero hacía el intento de acercarse al grupo de lady Ravensworth y la miraba decidido. No obstante, al poco andar, desvió su rumbo sin razón aparente. La respuesta a ese inexplicable comportamiento, llegó en cuanto ella volvió a alzar la vista y se encontró con el semblante de Angus rígido, fulminando con la mirada y negando levemente con la cabeza.

He ahí el sentido de la frase «si no la han invitado, es porque yo no lo he permitido».

Con suma reserva, Katherine llamó la atención de Angus, quien puso su cálida mano sobre su hombro y se inclinó para escucharla.

—No debes preocuparte de mantener a los caballeros alejados, sin embargo, ¿tengo que preocuparme por esa dama que me mira con furia asesina? —interpeló en un susurro, mirando directamente a la mujer en cuestión.

Angus, sin disimulo, también miró.

—No, mi querida bruja, no debes preocuparte de nada. Es la reacción natural por saber que ya no tiene ninguna oportunidad conmigo, ni en esta vida ni en la otra.

Katherine asintió de un modo imperceptible, y le acarició levemente la mano a sabiendas de que la mujer no les quitaba la vista de encima. Angus, al tiempo que se erguía, esbozó una sonrisa de satisfacción. Dio una repasada al salón, necesitaba confirmar que no había ninguna otra dama con la que se hubiera visto involucrado en el pasado.

Ninguna, solo ella. Angus siempre la evitó y ahora miraba a Katherine como si quisiera arrancarle los ojos con las uñas. No iba a perder su tiempo y atención con ella. Si en el pasado no tuvo alguna posibilidad, ahora menos.

El resto de la noche continuó con normalidad para Katherine, salvo por las caricias furtivas que él le prodigaba en secreto; otro roce en la nuca, el fugaz jugueteo de sus dedos con los rizos sueltos de su cabello. Era una exquisita tortura estar separados por una pequeña y decorosa distancia. Tan lejos y tan cerca a la vez.

Angus quería hacer todo bien con Katherine, pero, durante el transcurso de esa noche, se resignó a aceptar que había costumbres que no iba a poder desarraigar nunca, como el hecho de intentar seducir a la mujer que había elegido. Era casi increíble cómo había cambiado su forma de sentir y de pensar. En aquel lugar, había un buen puñado de mujeres listas y dispuestas a cualquier señal de él, pero solo deseaba y amaba a Katherine. Solo a ella quería como esposa, como su condesa, con la única con la que deseaba perpetuar su estirpe.

A la única que quería seducir una y otra vez.

Ella era la indicada, lo sabía, más allá de cualquier razonamiento, era la mujer de su vida.

Angus estaba nervioso frente a la puerta de la habitación de su tía. La noche anterior, después del baile de los Oswestry, apenas pudo dormir y despertó temprano. La ansiedad le estaba carcomiendo el temple.

No quería seguir aplazando el avance de sus planes. Tocó la puerta con un poco más de fuerza de lo apropiado. Esperó un tiempo prudente para obtener respuesta, pero no hubo señal de vida.

Volvió a golpear…

Nada.

—¿Por qué demonios tiene el sueño tan profundo? —masculló perdiendo la paciencia. No quería esperar más. Golpeó otra vez y, sin esperar respuesta, puso la mano en el picaporte y giró.

Abrió la puerta sin hacer ruido. Mentalmente, Angus felicitó a su tía por mantener los asuntos domésticos en orden, una bisagra bien engrasada era una que no evidenciaba su presencia. Sonrió bobalicón… El buen funcionamiento y administración de Pearl Palace, pasarían a ser tareas de Katherine en un tiempo más...

Emocionado ante esa idea, entró a la habitación de Iris, quien aún dormía. Angus, volviendo a ser un niño, en silencio se acostó al lado de ella.

—Tía… despierta —susurró—. Tía… Tía Iris… Me voy a la India… —bromeó.

—Sobre mi cadáver, mocoso —balbuceó Iris, entre sueños.

—No lo harás, me iré a la India… con Katherine… —siguió con su broma.

Aquel nombre provocó que Iris frunciera el ceño y empezara a despertar. Parpadeó perezosa y de inmediato sintió la presencia de Angus al lado de ella. Se estiró sin pudor hasta sentirse reconfortada.

—¿Qué haces aquí, Angus? —preguntó extrañada, con la voz ronca por trasnochar.

—Necesito hablar contigo —respondió intentando conservar la calma.

—¿No pudiste esperar?, ¿qué hora es? —interrogó al tiempo que se sentaba y se restregaba los ojos.

—No, no pude esperar más y son las diez de la mañana —Angus contestó ambas preguntas.

—Oh, muchacho, todavía es temprano —rezongó Iris haciendo el amague de volver a acostarse. Angus detuvo sus intenciones al tomarla de la mano.

—Tía, esto es importante. —Se quedó unos segundos callado, Iris lo escrutó suspicaz—… Me voy a casar.

El gesto de Iris fue una rara mezcla de incredulidad y sorpresa, entrecerró sus ojos y miró fijo a su sobrino, como si le hubieran salido ramas por las orejas.

—¿Me repites, por favor, lo que acabas de decir? Estoy recién despertando y creo que…

—Me voy a casar con Katherine —reveló para no darle más vueltas al asunto.

—¿Katherine? —interrogó alzando sus cejas—. ¿Mi Katherine? —especificó para no prestarse a confusiones.

—Ya no es tu Katherine, ahora es mi Katherine —confirmó lord Corby con suficiencia.

—Oh, Angus, tus bromas se están extralimitando —reprendió Iris empezando a molestarse.

—¡Es verdad, tía! —refutó alzando su voz, casi desesperado.

—Pero si ustedes apenas se toleran. Pensé que estaban a un paso del odio. Fue uno de los motivos por los cuales contraté a la señorita Thompson, para que mantuvieras tus manos lejos de ella.

—No la he tocado de ningún modo inapropiado —se defendió vehemente—… Solo dimos un paso en la dirección contraria, tía… Es difícil de explicar, ella y yo…

—¿La amas? —intervino Iris seria, antes de que Angus empezara a balbucear intentando explicar lo inexplicable.

Angus asintió y sonrió con timidez, jamás había imaginado sentirse así frente a su tía. De nuevo, esa sensación de ser un niño.

—Con todo mi corazón —admitió Corby para que no le cupiera duda alguna a Iris.

—¿Lo pensaste bien, querido? Ten en cuenta que ella no pertenece a la aristocracia, y dudo que su unión sea algo ventajoso para el título, ¿qué dirán de ti? —cuestionó severa.

Angus rio. Vaya ironía.

—Pienso que es peor que digan que soy un libertino vicioso y depravado, a que me difamen porque me voy a casar por amor con una mujer sin posición, del todo inconveniente para mí —replicó convencido, sin perder su sonrisa—. No me importa lo que diga la gente… solo me importa lo que piensas tú, porque eres como mi madre —declaró solemne—. ¿Me das tu bendición, tía?

Iris sonrió, al fin su amado sobrino entendía todo sobre el amor. Ahora podía decir, con toda propiedad, que él era un hombre.

—Oh, mi Angus. ¡Por supuesto, querido! ¡Felicidades! —Iris extendió sus brazos y Corby la abrazó fuerte—. Te deseo la mayor de las dichas. Tu elección no puede ser más inconveniente, pero Katherine es perfecta para ti, y tú para ella. Va a ser una magnífica condesa

—Lo sé, tía… Gracias por todo, eres la mejor. Te quiero mucho.

—Yo también te quiero, mi muchacho, como si hubieras salido de mis entrañas.

Ambos se separaron con amplias sonrisas, Iris se limpió la humedad de sus ojos, la emoción siempre la desbordaba hasta las lágrimas.

—Ahora, querido. ¿Has hablado con Adrien?

—¿Quién es Adrien? —preguntó Angus confundido.

—El señor Thompson, el padre de Katherine, por supuesto —aclaró Iris con naturalidad.

—Ahora que lo mencionas… —Angus se acomodó y se inclinó levemente hacia su tía—. ¿Qué relación tienes con él para referirte a su persona de un modo tan… familiar?

—Es un amigo de la infancia, de Brockenhurst… lo conozco desde que tengo uso de razón —explicó con ligereza, recordándose que no debía contar nada sobre el origen aristocrático de Adrien… ese era secreto de él, ella no tenía derecho de revelarlo—. Me reencontré de nuevo con él cuando te atacaron. No nos veíamos desde hacía treinta años.

—Vaya coincidencia... ¿Solo es un amigo? —interrogó con cierto recelo.

—Por supuesto, querido... En todo caso, no es de tu incumbencia, si es mi amigo o no —espetó ceñuda—. Tú, menos que nadie tiene derecho a juzgarme.

—Tienes razón, lo siento tía... —accedió azorado— Bien, voy a esperar a que Katherine se despierte... —Angus se levantó de la cama, aliviado de que todo saliera bien—. Tengo que ir a pedir su mano para poder cortejarla apropiadamente.

—Muy bien, me levantaré para desayunar. Los acompañaré a Whitechapel, Katherine debe llevar carabina, al menos hasta que fijen una fecha de matrimonio. No quiero saber de una boda apresurada con licencia especial, concédeme esa gracia...

—No te prometo nada. Si fuera por mí, me hubiera casado anoche.

Iris rio contenta. Ah, Angus estaba pagando cada uno de sus pecados.

—Nunca te había tocado esperar tanto por una mujer, ¿no?

—Jamás... —Angus le dio un beso en la frente a su tía, al tiempo que ella le acariciaba la mejilla y le arreglaba el cabello. No se dijeron nada más, sus sonrisas hablaban por sí solas. El conde dio media vuelta y la dejó a solas.

Al escuchar el sonido de los pasos alejándose, Iris rio; primero, bajito; luego, no lo pudo soportar más, empezó a reír a carcajadas.

Ella debería ser la bruja, su plan había funcionado tan a la perfección, que parecía que había conjurado un hechizo para unir a esos dos.

Ahora, su deber era apresurar un poco esa boda. Sentía que no había tiempo que perder.

Katherine estaba terminando de vestirse, anudando a ciegas, el cierre de su vestido de día. Se miró al espejo, el reflejo le devolvió la imagen de una mujer que no reconocía. No era la ropa, ni su peinado, era su rostro que reflejaba la felicidad que albergaba en su alma.

Angus la amaba, se quería casar con ella… una simple mujer que estaba muy por debajo de su escala social y, sin embargo, él quería dárselo todo… Y ella también.

Suspiró, solo esperaba que lady Ravensworth no se opusiera al enlace. Le tenía mucho cariño y respeto a la duquesa, no quería que ella pensara que era una cazafortunas.

Por su padre no temía, él siempre le decía que no importaba qué rumbo elegía para su vida, mientras fuera feliz, él estaría a su lado, jamás le daría la espalda al último vestigio de la familia que había formado. Adrien era un hombre humilde, pero conocía muy bien el honor y el valor de una promesa.

Salió de su cuarto y bajó por la escalera de servicio para dirigirse a los aposentos de la duquesa, sentía la necesidad de hablar con ella lo antes posible. Al llegar al segundo piso, se encontró con Angus, quien la miró extrañado.

Se acercó a ella, le tomó la mano y le besó los nudillos.

—¿Por qué usas la escalera de servicio? —interrogó Angus con cierto tono de reprobación.

—Siempre las uso, soy parte del servicio de Pearl Palace —respondió Katherine con naturalidad.

—No quiero que uses nunca más las escaleras de servicio —decretó Angus con suavidad—. En poco tiempo vas a ser la señora de Pearl Palace.

—Pero sigo siendo la dama de compañía de la duquesa —replicó Katherine, no había pensado en cómo resolverían su situación.

Angus se quedó pensativo, y sonrió.

—No veo que sea malo que sigas siéndolo hasta que nos casemos, creo que las dos se verán beneficiadas. Pero algunas cosas cambiarán, por ejemplo, el lugar donde dormirás.

—¿Dónde pretendes que duerma?

—Si fuera por mí, ya sabes dónde —respondió alzando sus cejas y esbozando una depredadora sonrisa.

El rostro de Katherine se plagó de un rojo acusador.

—Oh, eres un desvergonzado, Angus Moore.

—Lo sé, pero me amas de todas formas… Le dejaré esa decisión a mi tía, si te parece.

—Ella es mucho más sensata que tú… —Katherine abrió sus ojos con sorpresa—. Entonces, ¿ya hablaste con ella? —Angus asintió tranquilo—. ¿Qué te dijo? —preguntó con ansiedad.

—Está muy feliz por nosotros... Mi tía estaba desesperada por que me casara, pero tampoco iba a aceptar a cualquiera, tenlo muy en claro. Sus palabras exactas fueron que eras perfecta para mí.

Katherine suspiró de alivio y sonrió. Nada podía ser más perfecto, solo quería abrazar a esa sorprendente mujer, que conocía el verdadero sentido de la palabra nobleza.

—Y ahora, señorita Thompson, ¿sería demasiado el atrevimiento si le pido un beso de buenos días? —solicitó reverente, pero con evidentes segundas intenciones.

Katherine estaba contrariada, sabía que estaba jugando con fuego, pero también lo deseaba. Miró en todas direcciones para cerciorarse que no había alguna muchacha del servicio limpiando. Para su alivio, el lugar estaba desierto.

—¿Nunca dejará de ser así conmigo? —preguntó con flagrante coquetería, accediendo tácitamente a lo que él le pedía.

—Solo con usted seré incorregible.

Angus tomó entre sus brazos el cálido cuerpo de Katherine, que temblaba de anticipación. Ahora era su turno de reclamar esa boca como era debido.

Como si tuviera todo el tiempo del mundo, posó sus labios sobre los de ella y los acarició, al tiempo que estrechaba aún más el abrazo. Katherine jadeó con asombro, mas aquello no fue impedimento para seguir a Angus en ese beso, se aferró al fuerte cuello masculino, para atraerlo a ella todavía más. Sus respiraciones comenzaron a acelerarse y Corby avanzó más en ese sensual asedio. Seductor, comenzó a tentarla con la lengua, la incitaba a darle la entrada. Katherine, sin experiencia, pero ávida por aprender, abrió su boca con exquisita timidez, permitiendo que él la invadiera. Con gentileza, Angus lamió la lengua de ella, quien se dejó llevar y lo saboreó.

Angus gimió ante el fuego y el entusiasmo de Katherine, no cabía duda que ella aprendía con rapidez. Ahora, era ella quien lo besaba con pasión, como si por puro instinto lo estuviera poseyendo. Ah, las posibilidades eran infinitas con su bruja.

Tenía que casarse pronto. Él se jactaba de tener un envidiable autocontrol, pero esa mujer estaba haciendo que lo perdiera como arena entre los dedos. Sentía que, si cedía un poco más, le iba a quitar su virtud en ese mismo instante.

Y no era la idea... no en ese momento.

Poco a poco, comenzó a ralentizar el beso, a extinguir la pasión que los estaba consumiendo, hasta culminarlo con un casto e inocente beso en la frente. Se deshizo del abrazo hasta tener solo las manos unidas. Angus y Katherine sintieron frío.

La efervescente euforia recorría sus venas en una frenética carrera, ahora entendía tanto. El poder del deseo era mayor de lo que sospechaba, se sentía como si estuviera ebria y, para su enorme sorpresa, percibió un acelerado palpitar entre sus piernas, un cosquilleo que le clamaba por ser saciado de un modo que ella no entendía. Juntó sus muslos y notó una resbaladiza humedad. Su rostro se encendió, apenas podía comprender a cabalidad la respuesta de su cuerpo. La práctica, sobrepasaba por mucho a la teoría.

Y solo había sido un beso. Uno lleno de voluptuosas promesas.

Angus expulsó el aire de sus pulmones, y admiró a Katherine, sus labios rojos, sus mejillas encendidas, sus ojos vidriosos y empañados por la pasión.

—Eres muy peligrosa para mis buenas intenciones —declaró sincero.

—Lo mismo digo yo —convino tímida, pero, a la vez, cómplice de ese encantador libertino.

Su relación estaba muy lejos de ser común. Entre ellos existía algo más que el amor y el deseo, también había un sentimiento de compañerismo, de amistad y complicidad que hacía que se comprendieran más allá de sus diferencias de ser hombre y mujer.

—Mi adorada Katherine, ¿me haría el honor de acompañarme a tomar el desayuno? —Angus le ofreció el brazo.

—Será un placer, mi amado Angus —aceptó tomándolo firme.

Bajaron las escaleras, el día apenas estaba empezando.

Capítulo XVII

Adrien estaba frente a los estantes concentrado. Contaba frascos y botellas, haciendo el inventario de la botica con papel y pluma en mano. En su lista anotaba que debía abastecer pronto algunos jarabes, y aumentar el pedido de opio, planificó mentalmente el día siguiente para preparar ungüentos, láudano y jabones. Era sábado, probablemente, Katherine lo vendría a visitar al día siguiente, como era usual en su día libre, por lo que ella podría ayudarle en esa labor.

El sonido de la puerta abriéndose le hizo dar media vuelta y, al ver de quien se trataba, sonrió.

—¡Vaya, qué sorpresa! —exclamó dejando su lista de lado—. Lord Corby, ¿a qué le debo el honor de esta visita?

—Vengo a conversar un asunto muy importante con usted. —Al terminar esa frase, entraron Iris y Katherine tomadas del brazo.

Adrien estaba muy intrigado, saludó a su hija y a la condesa con cariño y familiaridad. Ellas no evidenciaban que nada extraño ocurriese.

—¿Ha sucedido algo malo? —preguntó Adrien a Angus con preocupación.

—Depende de su criterio —contestó Angus lacónico—. Necesito conversar en privado con usted.

—Deme un segundo. Kathy, por favor, guía a lord Corby a la sala de estar, mientras preparo un poco de té —solicitó, mientras se dirigía a la puerta de entrada del local y dio vuelta su letrero, anunciando, de este modo, que ya no habría atención al público.

Katherine asintió en silencio, se dirigió a la parte posterior del local y, tras una puerta un poco descuidada, se encontraba la sala de estar que contaba con unas poltronas, un sofá, y estantes llenos de libros. El lugar estaba frío, en la chimenea estaban los rescoldos del fuego de la noche anterior, por lo que, con diligencia, ella echó unos cuantos leños para reavivarlo de a poco.

Angus se sentó en una de las poltronas, se dedicó a observar a Katherine, quien con tanta naturalidad hacía algo que cualquier otra mujer de su clase no se atrevería a hacer —a menos que estuviera sola y encerrada en una cabaña en medio de un bosque—. Eso era lo que admiraba de ella, su determinación, no importaba lo que se le pusiera al frente, un fuego a medio morir o un hombre a medio morir, ella no era una damita desvalida, sino una mujer que encaraba todo lo que la vida la pusiera por delante.

Adrien irrumpió en la habitación portando una bandeja para preparar té, y la dejó sobre la mesita que estaba al centro de la sala.

—Bien, los dejo a solas —anunció Katherine con una sonrisa y miró de soslayo a Angus. Con un gesto imperceptible, le deseó suerte.

—Lady Ravensworth está en la cocina tomando una tisana de manzanilla —señaló Adrien a su hija—. Se quedó ahí por el fuego —agregó mirando a Angus, intentando explicar el por qué una duquesa se quedaba en la cocina.

Katherine no dijo más, salió de la habitación y cerró la puerta. Adrien se sentó en el sofá, frente al conde, lo miró brevemente, no lograba vislumbrar el motivo de la presencia de él en su casa.

—Me temo que solo le puedo ofrecer té, lord Corby, el único alcohol que tengo es para preparar el láudano —dijo Adrien—. Este tiene canela.

—Un té siempre es bienvenido —aceptó Angus—. Solo un terrón de azúcar, si es tan amable.

El padre de Katherine preparó las tazas y le sirvió a su inusual invitado, quien recibió la aromática infusión de buen grado. Angus bebió un sorbo, no tenía nada que envidiar al té de Pearl Palace.

—¿Cómo se ha sentido, lord Corby? —preguntó Adrien para iniciar la conversación.

—Muy bien, señor Thompson, he seguido al pie de la letra todas sus recomendaciones. Estoy casi como nuevo.

—Oh, excelente… —dijo Adrien. Con aquella respuesta descartó lo primero que pensó al ver al conde en su casa—. ¿Mi Katherine ha sido irrespetuosa con usted? —preguntó, pensando en la segunda opción que barajó al desechar la anterior.

—La señorita Thompson no pierde un ápice de su espíritu belicoso —ironizó Angus alzando sus cejas—. Y es, precisamente, ella, el motivo por el cual he venido.

—Oh, no me diga que se extralimitó…

—Creo que los dos nos extralimitamos —intervino Angus intentando aligerar el ánimo del padre de Katherine, aunque el resultado fue el opuesto, a juzgar por la cara de espanto del pobre señor Thompson. El conde se aclaró la garganta y se apresuró a decir—: Señor Thompson, he venido a pedir la mano de su hija para cortejarla como es debido… me quiero casar con ella.

—¿Qué ha dicho?

Adrien miró en silencio al conde, a quien no le costó intuir cómo se sentía el pobre boticario.

Estaba estupefacto. Atónito. Anonadado. Incrédulo y todos los sinónimos habidos y por haber.

Angus volvió a aclararse la garganta, con franca incomodidad.

—No ha sucedido nada que manche la reputación de su hija, se lo juro por mi honor. Yo amo a Katherine, ella me ama y deseamos casarnos lo más pronto posible —explicó empezando a sentirse nervioso. La cara de Adrien pasó de la incredulidad a la severidad.

—Va a disculpar mi mala educación, pero, ¿me puede explicar cómo diantres ustedes dos pasaron de apenas tolerarse a querer casarse? —interpeló escéptico.

—Es difícil de explicar... ella y yo… —Esa frase le supo a *déjà vu*—. Solo sucedió y, me atrevería a decir, que empezamos a amarnos al mismo tiempo… No es algo que he decidido por mero impulso, lo he pensado muy bien.

—Entonces, usted tiene claro que la sociedad e, incluso, parte de su familia, lo va a relegar al ostracismo por elegir a una mujer que no pertenece a su clase, ¿o no? —interpeló Adrien severo, volviendo de inmediato al pasado, a lo que él mismo vivió.

—Estoy muy seguro de que mi enlace afectará mi posición, tanto en la sociedad como en mi labor en el Parlamento. Pero tengo el apoyo de mi tía y otras amistades influyentes que pueden hacer más llevadero el rechazo de mis pares. Estoy seguro de que, en unos años, todo será olvidado —respondió Angus con firme convicción. Estaba preparado para esgrimir cualquier cuestionamiento por parte del señor Thompson.

Adrien rio flojo.

—No sea iluso, lord Corby, esta gente nunca olvida nada —aseveró con dureza—. Se hacen los tontos, pero, en el momento que lo vean con la guardia baja, no escatimarán en esfuerzos para recordárselo. Yo temo por mi hija... somos personas humildes, pero no por ello estamos dispuestos a ser humillados de manera gratuita. Tenemos dignidad.

—Katherine es fuerte, ella...

—Oh, sí que lo es —interrumpió Adrien—... Pero, incluso la fortaleza más robusta cae, cuando el asedio es sistemático y desalmado... —Se quedó unos segundos sin decir palabra. Angus no le bajaba la vista—. Por favor, vaya a buscar a mi hija, quiero hablar con ella en privado —demandó firme.

Angus, sorprendido y desconcertado, se levantó y fue a buscar a Katherine. Adrien se quedó solo y en silencio mirando las llamas que danzaban en la chimenea. Pensó en su hija, no deseaba para ella, las humillaciones que vivió su esposa en Brockenhurst, cuando se enteraron de que él la pretendía. La despidieron de su trabajo de institutriz, gracias a las habladurías que sembró su padre, la gente la menospreciaba. Rachel aguantó un año trabajando en una taberna, ocultaron su relación, hasta que él pudiera reunir el dinero y cumplir la mayoría de edad para huir y casarse sin impedimentos legales.

En el caso de su hija, en vez de ser despreciada por campesinos, burgueses y la aristocracia rural de un pueblo de Somerset, lo haría medio Londres. El único aliciente que sentía Adrien respecto a la situación, era Iris, conocía a la duquesa como la palma de su mano, ella nunca le daría la espalda a su hija.

Katherine entró en la habitación, estaba consternada, pensó que todo sería más fácil. Adrien no la miraba, estaba perdido en sus pensamientos.

—Padre... —llamó en un hilo de voz.

Adrien centró su atención en Katherine, sus bellas facciones exponían sus tumultuosos sentimientos. Suspiró al verla, quería estar seguro de la decisión de su hija.

—Kathy… ven aquí. —Dio unas palmadas al lado de donde estaba sentado él. Katherine obedeció sumisa—. Antes que nada, necesito que seas muy sincera conmigo. Debes saber que, si has hecho algo con el conde, que no debiste hacer, no importa qué, te prometo que no te juzgaré porque eres lo más sagrado que tengo en este mundo —advirtió sereno pero solemne—. Solo quiero saber, ¿por qué quieres casarte con lord Corby? ¿Por qué tanto apuro?

—Porque lo amo, padre —respondió segura—. Él y yo no hemos hecho nada inapropiado. —«Al menos dos besos no me quitaron la virtud», pensó—, eso te lo puedo prometer. Lord Corby me ha respetado aquí y en Pearl Palace. Solo es que estamos tan seguros de nuestros sentimientos que no queremos esperar tanto tiempo, sentimos que sería un desperdicio inútil si nos ceñimos a lo que se acostumbra.

—¿De verdad estás segura, Kathy? —Ella asintió vehemente—. ¿Sabes a lo que te estás enfrentando?

—Sé que será muy difícil, padre —admitió Katherine—. Estaré expuesta a mucho estando al lado de él… pero si no lo hago, me arrepentiré toda la vida. No concibo ya mi mundo sin este amor que estamos viviendo —declaró sintiendo que sus ojos se convertían en vertientes, le tomó las manos a su padre con fuerza, seguridad y cariño—. Nunca te he pedido nada, padre… pero esta vez te suplico que me des tu bendición para unir nuestras vidas.

Adrien vio en su hija, las facciones llenas de convicción de Rachel, transportándolo muchos, muchos años atrás, a esos momentos en los que ella lo alentaba a continuar cuando todo era difícil y estaba a punto de flaquear. Su esposa era su bastión, tal vez, Katherine era el bastión de Angus, un hombre que tenía un pasado reciente muy poco halagador y que, sin embargo, estaba empecinado a enmendar su rumbo. No conocía a ningún aristócrata que tomara a una mujer sin rango como esposa, solo las usaban como amantes. Debía, al menos darle crédito a eso.

También tenía que confiar en el criterio y en los sentimientos de su hija, al fin y al cabo, no era una mujer débil ni una tonta frívola y enamoradiza. Probablemente, era la única que enfrentaba al conde de igual a igual.

Debía tener fe. Y estar siempre para su hija, ser su padre en cualquier situación.

—Está bien, mi niña —claudicó al fin—. Dile a tu conde que tienes mi bendición.

—Oh, padre. —Katherine lo abrazó fuerte, sollozando de felicidad—. Muchas gracias.

Adrien cerró sus ojos, no pudo evitar derramar unas lágrimas. Pasó lo que nunca imaginó, su pequeña se iba a casar, iba a formar una familia y, si Dios la amparaba, tendría una vida feliz a pesar de las inexorables dificultades que se avecinaban.

—Tu madre y tus hermanos habrían estado felices con la noticia —murmuró Adrien con la voz embargada por la emoción.

—Sé que lo están, padre. Ellos siempre nos cuidan desde el cielo.

—Sí, mi Kathy… siempre. —Besó la frente de su hija con profundo amor y sonrió, sin avergonzarse de sus lágrimas que ya rodaban por sus mejillas, pues estas eran de absoluta felicidad—. Ahora ve con ese muchacho. Debe estar a punto de sufrir una apoplejía.

—Sí, padre. —Katherine se levantó y se dirigió a la puerta, miró unos instantes a Adrien—. Te amo, papá.

—Yo también, mi pequeña.

Katherine salió y cerró la puerta tras de sí. Descubrió que Angus estaba demasiado cerca, probablemente, estuvo espiando. Él la miró interrogante.

Ella solo asintió.

Angus sonrió, reflejando toda la felicidad de su corazón. Sin más, abrazó a Katherine y la alzó, haciendo que despegara sus pies del suelo y giró, haciéndole dar un gritito nervioso.

—¿Nos vamos a casar? —preguntó Angus.

—Nos vamos a casar —aseguró Katherine.

Con suavidad dejó que los pies de ella tocaran el suelo nuevamente y, sin pudor, sin importarle nada más, la besó. No fue un beso sensual e inocente como el primero, ni lleno de pasión y fuego como el segundo. El tercer beso fue una comunión de almas, el equilibrio perfecto de esa sociedad perfecta que ellos conformaban.

Ese era el beso que los unía y los fundía en un solo ser, antes de cualquier acto carnal o ceremonia, era un pacto, un compromiso, destinado a no ser quebrantado jamás.

Tres personas de alta sociedad salieron de la botica Thompson & Rivers. Era evidente, por el tipo de carruaje que los trajo, el blasón era conocido, ¿cuál era? Entrecerró sus ojos para agudizar su vista, tenía la sensación de que a la mujer mayor la había visto antes.

El sonido del látigo que fustigó a los caballos lo distrajo. El carruaje abandonaba el lugar. El letrero que decía «Cerrado» ahora estaba volteado.

Sacó su petaca de plata del bolsillo interno de su abrigo, y tomó un largo trago de brandy. El frío que hacía era horroroso. Mientras el alcohol le quemaba la garganta, hizo memoria por un buen rato…

¡Sí! Ya lo recordaba, a esa mujer la había visto el año pasado en la iglesia, se alojaba en la propiedad de lord Rothgar, High Oak Hall. ¡Eso! Era la hermana mayor del barón, Iris Montague, lady Ravensworth.

¿Por qué la duquesa visitaba el negocio de Adrien Thompson? ¿Acaso se conocían o solo era una coincidencia, y solo se trataba de una simple clienta?

Casualidad o no, el asunto no dejaba de molestarle.

Hacía pocos días, un investigador que había contratado, le dio la increíble noticia de que había encontrado al hijo —supuestamente muerto— de lord Grimstone. Hubiera preferido que el investigador lo hallase dos metros bajo tierra y coronado con una lápida, en vez de regentar un negocio en Whitechapel. El viejo vizconde nunca hablaba de él y, cuando su nombre era mencionado, solo vociferaba que estaba muerto y con ello zanjaba el asunto.

Tal parecía que era verdad que se había fugado por culpa de una mujer. No estaba tan muerto como aseguraban todos… ¡Maldición! Ni siquiera podía cuestionar el parentesco, Adrien Thompson era idéntico al viejo vizconde.

Y ahora todo se complicaba, la simple sospecha de que el hijo menor de lord Grimstone tuviera algún tipo de relación con el ducado de Ravensworth, le obligaba a apresurar sus planes. Lógicamente, no debía enterarse su padre, no lo iba a aprobar nunca. Pero solo se debía a su falta de ambición y debilidad de carácter. Una vez que el título estuviera en su posesión, él se olvidaría de toda esa inútil deferencia.

El vizcondado no era para los débiles. Se podían lograr muchas cosas, engrandecerlo y sacarlo de ese pueblucho perdido en medio del campo.

Solo tendría que vigilar unos cuantos días más, y buscar la mejor forma de eliminar a Adrien Thompson sin levantar sospechas. Ese barrio de mala muerte era ideal, iba a facilitar mucho sus planes. Luego, todo seguiría su curso normal.

Tal como debió ser.

Capítulo XVIII

Susurros de elite, 30 de marzo de 1819.

»*Ah, mis queridísimos lectores, la primavera está haciéndose presente, paulatinamente, en nuestro frío y cruel Londres, mostrando a los ciudadanos sus flores más preciadas, debutando en sociedad. Luego de los sórdidos escándalos vividos hacia finales del año pasado y hasta hace muy poco, nos parece ideal ocupar tinta en contarles asuntos más frívolos y ligeros.*

»*Hace dos semanas, informamos que a lord C, uno de nuestros solteros más codiciados —y uno de los más libertinos, después del marqués de B— se le había visto frecuentar numerosos bailes de nuestra buena sociedad, en apariencia, buscando una esposa.*

»*Hasta el momento, el caballero en cuestión, no había dado indicios de absolutamente nada, ni una pista que indicara predilección por alguna de nuestras jóvenes y bellas debutantes.*

»*Sin embargo, a mis oídos llegaron unos leves susurros que no he me he atrevido a ignorar como la mayoría lo hace. Dicen que quien ha estado acaparando la atención de lord C, es una joven desconocida para todos nosotros y que ha eclipsado a todas nuestras debutantes con su belleza. Apareció hace poco en la palestra social, bajo la protección de lady R, y ha provocado un insólito revuelo en el baile de los marqueses de O y, al día siguiente, en del conde de F. En dichos bailes, lord C solo bailó con ella y, sospechosamente, nadie más la invitó. He escuchado comentarios muy halagadores respecto a la señorita en cuestión, belleza, inteligencia y elegancia, tres características que ningún caballero en su sano juicio deja pasar sin motivo aparente.*

»*Este inusual comportamiento tiene una respuesta de lo más plausible, he sabido que lord C estuvo toda la velada persuadiendo, discretamente, a los caballeros en no tomarse la molestia de iniciar conversación con esta señorita que apareció de la nada.*

»*¿Y quién es esta misteriosa mujer?*

»*Según mis fuentes, se trata de la señorita T, una plebeya quien proviene de Somerset y es hija de amigos íntimos de la duquesa de R, y ahora está cumpliendo el envidiable rol de ser su dama de compañía. Aunque, a todas luces, más que compañía, lady R está buscándole esposo a su protegida.*

»*Pero, me atrevo a decir, que lord C es el que ha elegido. Y si ya es inconveniente esta supuesta elección, más escandaloso es que esta joven vive bajo el mismo techo que él, dado que esa también es la residencia de lady R. No se podía esperar menos del conde, dado a su nutrido e indecente prontuario amoroso.*

»*Ya veremos si lord C anuncia pronto su compromiso —o si nos enteramos de un sorpresivo matrimonio con licencia especial— o, de lo contrario, veremos la súbita desaparición de la joven señorita T de nuestros salones de baile.*»

—¿Por qué lees ese pasquín? —preguntó Angus ante el semblante serio de Katherine.

—Es… interesante —respondió al tiempo que lo doblaba y lo dejaba al lado de su taza de té.

—A veces lo es —convino y masticó su tostada—. Sobre todo, cuando el chisme no es sobre uno. Suele arruinar los desayunos… ¿no está arruinando el tuyo, o sí?

—En lo absoluto —respondió lacónica—. ¿Nunca te ha afectado lo que dicen de ti?

Angus reflexionó un par de segundos, nunca se había hecho esa pregunta. Pero la respuesta llegó pronto.

—No, es una pérdida de tiempo preocuparse por algo que nunca podré controlar.

—¿Tu comportamiento? —interrogó arqueando una ceja.

—No, el alcance de los rumores… La mejor forma de evitarlos es, prácticamente, solo respirar dentro de mi habitación. Cualquier cosa que haga o deje de hacer será publicada.

—Tienes razón… aun así, es extraño. Lo que dice aquí es una verdad adornada con especulaciones. He leído otros ejemplares y me he dado cuenta de que, si no estás involucrado, no sabes qué es real y qué no lo es —caviló en voz alta.

—Exacto. Bienvenida a mi mundo, mi adorada bruja.

Katherine esbozó una sonrisa. Ambos continuaron desayunando, en una tranquila cotidianeidad. Sin embargo, Angus ya podía interpretar cuando algo rondaba en la cabeza de su futura esposa.

—Un penique por tus pensamientos —dijo de pronto, conminándola a hablar—. Confía en mí.

Katherine miró de soslayo el ejemplar del pasquín y luego, con parsimonia, bebió un sorbo de té.

—¿Qué tanto de verdad hay en tu fama? —preguntó al fin.

—¿En serio quieres saber? —replicó Angus un poco desconcertado.

—Sé lo que sabe todo el mundo, pero, realmente, quiero saber. No soy ilusa, eventualmente, me encontraré con alguna mujer con la que te involucraste en el pasado. Quiero saber, si hay algo relevante respecto a ello —explicó Katherine solemne.

—¿Quieres que sea directo?

—Quiero que me trates como tu futura esposa, no como una niñita remilgada —contestó franca y segura.

Como toda una condesa que no está solo de adorno.

—Muy bien, entonces, seré directo. —Angus se aclaró la garganta y continuó—: Lo que sabe todo el mundo es que me gustan las fiestas, el alcohol, las apuestas y las mujeres… mejor dicho, el sexo que practico con ellas —subrayó mirando fijo a Katherine, midiendo su reacción, su decoro. Ella estaba imperturbable—. Todo eso es cierto. Ese estilo de vida era lo que me hacía sentir vivo en aquel momento… Lo único que puedo asegurarte, es que he tenido la precaución de no engendrar hijos, y que las damas con las que me relacioné obtuvieron lo que quisieron de mí, solo por un par de noches… De hecho, recién ahora me doy cuenta de que eres la primera mujer con la que he convivido más de cuarenta y ocho horas seguidas.

—¿Cómo estás tan seguro de que no tienes hijos por ahí? —cuestionó un tanto incrédula.

—Sencillo. Para evitar un embarazo, las damas tienen sus métodos, y yo tengo los míos. Aunque sé que no es por completo infalible, ha funcionado. Hasta el momento, nadie ha venido a golpear mi puerta con un vientre abultado.

—Y… ¿No extrañas esa vida? —interrogó cautelosa.

—Debo admitir que, ahora que soy un hombre que quiere ser respetable, algunos de mis gustos han cambiado. Por ejemplo, las fiestas no tienen gracia alguna si no estás ahí. Reconozco que me gusta el alcohol, pero en estos momentos no me apetece estar ebrio, digamos que me acostumbré a estar sobrio. Las apuestas nunca fueron un vicio, por lo que todavía las disfruto… y el sexo… pues, desde mi iniciación que no llevo tantos meses célibe. No obstante, espero que aquello sea remediado, cuando llegue el momento de practicarlo muchas veces contigo —susurró con malicia—. Sé que la espera valdrá la pena.

En ese momento, se acabó la inescrutable Katherine, el carmín tiñó el rostro de ella en cuestión de segundos. Los últimos días su imaginación comenzaba a hacerle muy malas jugadas. Corby solía provocarla constantemente a espaldas de la duquesa.

Ahora más, ya que su habitación era la que estaba en el extremo opuesto a la habitación de Angus. Lady Ravensworth lo decretó así, ella también estuvo de acuerdo con el conde en que la habitación de la niñera no era apropiada para la futura condesa, pero tampoco podía usar la habitación contigua a la de su sobrino, por lo que todas las mañanas Corby solía levantarse antes que todos, esperaba a Katherine y exigía su beso de buenos días.

Un fogoso beso de buenos días. Katherine siempre se preguntaba cómo sería el resto, llegar hasta el final…

—Muchas gracias por tu franqueza, Angus. Es algo que aprecio mucho —repuso intentado volver a calmarse.

—La confianza es lo primero, querida… —Angus estudió brevemente a Katherine, era una mujer singular, había momentos en que le parecía estar hablando con un camarada y, segundos después, afloraban esos detalles que los hacían diferentes pero que, a la vez, los unían como hombre y mujer—. La tradición en nuestra clase indica que, a pesar de amar a sus esposas, los caballeros prefieren conservar cierta distancia con ellas; camas separadas, vidas separadas, ocupaciones separadas. En un matrimonio así, no existe compañía, complicidad ni confianza. Mi concepción de un matrimonio exitoso, es ignorar todas esas tradiciones.

—Ya lo creo que sí, no esperaba menos de usted, lord Corby —señaló más relajada—. En mi caso, la tradición fue ver a mis padres colaborando en equipo día y noche, amándose, y cuidándonos a mí y a mis hermanos. Lógicamente, no había espacio, tiempo ni ganas para estar separados. Debo admitir que prefiero mil veces la tradición de Whitechapel.

—Indudablemente, es la mejor.

El ritual de Iris, antes de desayunar —como el de todas las mujeres que sabían leer y escribir—, era acudir al «Salón Verde» para revisar la correspondencia. Tarea que ella disfrutaba mucho. Pero, esa mañana, tenía varias cartas sin leer y que estaba posponiendo desde el sábado.

Se quedó un momento pensativa, y sonrió. Era muy feliz el motivo por el cual estaba retrasando la correspondencia. Desde que ese par había sincerado sus sentimientos, el aire que se respiraba en Pearl Palace era menos melancólico y silencioso… Ahora era vivaz y ajetreado, organizar un matrimonio no era un tema sencillo.

Lo mejor de todo, era que Angus compartía el desayuno con ellas, ya no las evitaba como si tuvieran la peste negra. Eso era lo que más le gustaba de ese cambio, tenía cerca a las personas que más apreciaba y eran felices… A excepción del estúpido hijo que todavía no se disculpaba con ella.

Todo empezaba a avanzar. Angus no perdió el tiempo el domingo y, después del servicio dominical de la catedral de San Pablo, fue a fijar la fecha del enlace para el 28 de mayo. Ella y Katherine tenían dos meses para planificar la boda —demasiado tiempo para su gusto, conocía muy bien a su sobrino—. Ese día empezarían a redactar el anuncio del compromiso para el periódico, después tendrían que visitar el taller de *madame* Collier para el vestido que usaría Katherine para la boda y, por último, escribir las invitaciones para la familia de Angus y la de …

Iris suspiró.

Por parte de Katherine, su familia solo era conformada por Adrien. Si supiera esa muchacha que tenía muchos primos, un abuelo casi inmortal y un tío que jamás olvidó a su hermano menor.

Se preguntó cuánto tiempo más su amigo iba a seguir ocultando su pasado.

—Eres un testarudo insufrible, renacuajo —masculló.

Con más fuerza de lo esperado, rompió el sello de la carta que tenía en sus manos, rasgando un poco el papel sin querer. El remitente era su hermano menor, Daniel Cross, barón Rothgar, quien le escribía con regularidad, y la ponía al día con los pormenores de familiares y conocidos del lugar donde nació y se crió la duquesa.

«Brockenhurst, martes 19 de marzo de 1819.

»Mi querida Iris:

»Los días han sido fríos y lluviosos, tornando eternas estas últimas semanas. Al parecer, la primavera no quiere hacerse presente en los verdes campos de Brockenhurst. Tus cartas llegan con más retraso de lo habitual y, debo asumir, que esta llegará a ti en unos siete días, tal vez más.

»Celia te envía sus cariños y quiere invitarlos —más bien es una exigencia por el tono en que me lo dijo— a que pasen la Pascua aquí en High Oak Hall. Hace tiempo que no vienes y queremos ver a ese par de bribones que tenemos por sobrinos. Estaremos esperándolos con ansias.

»Aparte del mal clima, todo está tranquilo en la familia, a excepción de Emma, está a punto de cumplir veintidós años y no hay forma de que acepte ir a Londres para que la presentes en sociedad. Creo que no eres la única que tiene problemas con hijos díscolos, y ahora lo estoy sufriendo en carne propia. Emma es un verdadero dolor de cabeza, lleva mucho tiempo encaprichada con un muchacho, que no apruebo para nada. Él, afortunadamente, no la toma en cuenta y he tenido la "suerte" de escuchar de su propia boca lo que piensa de mi hija. ¿Puedes imaginar que la llama "babuino salvaje"? No sé qué hacer con toda esta desagradable situación, Emma no cree en mis palabras, según ella, "un señor como él no se refiere en esos términos, hacia una señorita". Espero que algún día ella se desencante de ese desagradable sujeto.

»Cambiando de tema, ha sucedido algo muy serio, al parecer, el título de Grimstone pronto pasará a la otra rama de la familia, a su primo —uno de los pocos que quedan vivos—, Ronald Thompson. El viejo vizconde todavía goza de buena salud, pero ayer nos enteramos de una terrible noticia; Wilfred falleció en la inmoral casa de madame Antoinette. Aún no sabemos cómo sucedió, pero esto se ha convertido en un verdadero escándalo, pues el comportamiento de él siempre fue intachable, y jamás se le había visto en un burdel. Su viuda, Nora, y sus hijas, están destrozadas. Ha sido una real lástima lo sucedido, esa familia ha sido golpeada por la desgracia, una y otra vez. Ya están empezando a surgir rumores de que el título está maldito, primero Adrien, luego Cedric, Elmer… el único que quedaba era Wilfred.

»*Espero que los caminos sean transitables para ustedes, y el viaje no tarde tanto para venir a pasar una pequeña temporada con nosotros. Necesito a mi familia, creo que me estoy volviendo demasiado viejo, o tal vez estoy paranoico con la muerte que ronda tan cerca de High Oak Hall.*

»*Tu hermano que te quiere y te extraña.*

»*Daniel.*»

—¡Santo cielo! —La carta se resbaló de las manos de Iris, quien comenzó a temblar. Entornó sus ojos, oh, Adrien. No sabía si el castigo de Dios era para lord Grimstone o para su amigo.

Debía informarle a Adrien lo antes posible, pero con discreción. Tenía que encontrar una excusa plausible para salir sola en el carruaje sin blasón, y a una hora adecuada. Tal vez si salía unos minutos después de que Angus partiera al Parlamento, podría dejar a Katherine, sin el peligro que significa tener a esos dos a solas. Podía conceder el beso matutino, pero estaban empezando a extralimitarse y, si seguían de ese modo, tendrían que casarse con licencia especial. Quería que ellos se apuraran, pero no tanto, deseaba, al menos, tener a la familia reunida para ver la caída del libertino.

¡Ah, qué complicación! Tenía que organizar sus prioridades.

Tomó un papel, entintó su pluma y escribió.

«*Londres, martes 30 de marzo de 1819.*

»*Mi querido Daniel:*

»*Esta será una carta muy escueta, pues tengo muchos compromisos que atender —ya te contaré de qué se trata, pero no te asustes, son buenas noticias—. Por lo pronto, te confirmo que iremos a pasar las Pascuas a High Oak Hall. Partiremos con Angus un poco antes del receso en el Parlamento, e intentaré llevar a mi dolor de cabeza particular, para que se le refresque la memoria acerca de lo que significa la familia.*

»*Te escribiré una carta más extensa en cuanto tenga todo dispuesto.*

»*Tu hermana que te adora.*

»*Iris.*»

Puso papel secante sobre la carta, luego la dobló y la selló. Miró por la ventana, algunos árboles ya estaban en flor. Esperaba que el tiempo hubiera mejorado en el sur, a juzgar por la fecha de la carta, había llegado antes de lo que esperaba Daniel. El viaje a Somerset no era tan largo, dos o tres días con las carreteras en buen estado.

—Mejor me voy a desayunar, ya les di demasiado tiempo a solas a esos dos. Solo espero no toparme con un espectáculo.

Iris salió del Salón Verde, llevando consigo, la única carta que pudo contestar, para que fuera despachada.

Capítulo XIX

Iris bajó del carruaje ataviada con el vestido más sencillo que encontró. Se sentía un poco culpable por mentirle a Katherine, la había dejado escribiendo invitaciones al matrimonio para sus familiares de Somerset. Ya le anunciaría que las entregarían personalmente durante la Pascua.

El pretexto que encontró fue ideal, llevar el anuncio del compromiso al editor del The Times. Asunto que no le tomó más de quince minutos. Podía justificar su tardanza con mil historias diferentes.

Estaba frente a la puerta de la botica, tomó una honda bocanada de aire y entró.

Adrien estaba atendiendo a un hombre y la miró de soslayo. Sin descuidar a su cliente, le hizo un gesto a su amiga para que esperara un segundo. Iris apenas esbozó una sonrisa nerviosa.

Tres minutos después, el cliente salía con su compra, mientras Adrien se despedía con amabilidad. En cuanto se quedaron a solas, él frunció su ceño. Sin dejar de mirarla suspicaz, fue directo a la puerta y dio vuelta el letrero.

—¿Qué pasó, Iris? —preguntó muy preocupado, evadiendo todos los buenos modales. Iris siempre iba con Katherine, que su amiga estuviera en su casa, sin todo el drama, era indicativo de que el motivo que la traía era importante.

Iris, sin decir nada, sacó la carta que le envió su hermano y se la entregó a Adrien, quien la recibía sintiendo que el corazón comenzaba a latirle más rápido.

—Lee a partir del cuarto párrafo, querido —indicó Iris con un tono de secretismo, como si las paredes tuvieran oídos.

Adrien abrió la carta, rápidamente ubicó el segmento que le indicaba Iris, y comenzó a leer.

Al cabo de treinta segundos, la hoja de papel comenzó a temblar.

—Wilfred… —dijo Adrien con la voz estrangulada. Se tapó la boca, como si no fuera digno de decir el nombre de su hermano en voz alta.

El silencio se instaló entre ellos como una pesada losa. Adrien releía las palabras de Daniel, él también fue su amigo, ambos tenían la misma edad.

—Adrien —murmuró Iris—… Sé que es muy lamentable lo que ha sucedido, sabes cómo era Wilfred, no era ese tipo de hombre. Soy testigo de la devoción que sentía hacia su familia. Todo esto es demasiado extraño —aseveró midiendo muy bien sus palabras—. Sabes que debes volver.

Adrien no respondió, era una pesadilla. Ir a Brockenhurst no era simple, era remover el dolor que vivió por tan solo amar a Rachel, comerse sus palabras y caminar sobre sus pasos hacia la casa que juró nunca más volver a pisar.

No sabía si Katherine lo iba a perdonar. Tampoco sentía que tenía el derecho de volver a tomar el lugar que le correspondía.

No quería volver a ver a su padre, los últimos años evitaba mirarse al espejo por lo mismo, su cruz era ser idéntico a lord Grimstone.

—Voy a ir a Brockenhurst para la Pascua —anunció Iris cautelosa.

—No puedo dejar el negocio por un viaje —rehusó por impulso, en ese instante, no deseaba siquiera escuchar una sugerencia de lo que debía hacer.

Pero Iris no podía evitar ser como era.

—Medítalo. Debes decidir, Adrien… Tarde o temprano los secretos emergen, y siempre es en el momento menos oportuno. Hazlo antes de que Katherine se entere de la peor manera, por medio de un pasquín de cotilleos o por comentarios malintencionados. Ya está en el ojo público, no tardarán en averiguarlo todo —aconsejó.

Adrien sabía que su amiga tenía toda la razón. ¡Maldición! Todas las mujeres siempre la tienen.

—Gracias por avisarme, Iris. Te prometo que lo meditaré a conciencia.

—Pretendo partir en dos días más, el viernes.

—Bien, para ese entonces… creo que habré decidido.

Iris abrazó a Adrien, dándole su apoyo, su pésame, su cariño. Su amigo la necesitaba, pero también necesitaba que le dijeran lo que no deseaba escuchar.

Adrien respondió a ese cálido abrazo, y suspiró en el hombro de su amiga. En cierto modo, le reconfortaba que ella estuviera en ese momento con él.

—Decide, Adrien, pero hazlo considerando qué es lo mejor para Kathy, no para ti. Han pasado veinticinco años, aunque no te guste, eres el último de los Thompson, el título ha estado diez generaciones en tu familia. Es tu deber proteger a las viudas de tus hermanos, su futuro es incierto si pasa a manos de Ronald… —insistió Iris, susurrándole a su querido amigo.

Adrien, ante esas palabras, entornó sus ojos y volvió a suspirar, el vizcondado era una carga pesada. De nuevo ella tenía razón.

—Oh, no te irás de aquí hasta que te prometa volver, ¿cierto? —dijo Adrien empezando a claudicar.

—Oh, cómo me conoces…

Adrien se separó de ese abrazo, y la tomó de las manos, acariciándole la piel con los pulgares.

—Te odio, eres insufrible —afirmó Adrien esbozando una sonrisa, sintiéndose un poco más liviano. Si iba con Iris, tal vez todo sería más fácil. La vida le estaba ofreciendo un nuevo bastión al cual aferrarse cuando se sentía perdido.

—Mañana habla con Katherine, para que podamos partir sin secretos —sentenció Iris serena.

—Sí, mamá.

—Muy gracioso… vendrás a cenar, a las ocho —invitó, o más bien, decretó, pensando en que debía hacer unos ajustes a su agenda social. Los Thompson eran prioridad.

—Como usted diga, su excelencia.

—Nos vemos, lord Adrien. Empieza a acostumbrarte a que te llamen de esa forma. Ahora eres el heredero aparente… Aunque no te guste.

—Nos vemos mañana.

Iris hizo una reverencia, se soltó de las manos de su amigo y salió. Acto seguido, Adrien dio vuelta el letrero, no había nada más que pensar, ya todo estaba decidido.

Katherine admiró la invitación que había escrito para el hermano de la duquesa. Después de varios borradores, la versión final le había quedado perfecta.

«*Daniel Cross, lord Rothgar y familia.*
»*Adrien Thompson tiene el inmenso honor de solicitar su placentera y gran compañía, para el matrimonio de su hija.*
»*Katherine Thompson, con su señoría, Angus Moore, conde de Corby.*
»*La ceremonia se llevará a cabo el día 28 de mayo del año en curso en la catedral de San Pablo a las once de la mañana.*»

Había dibujado filigranas florales para enmarcar el texto, debía admitir que su madre hizo bien en ser estricta con la caligrafía.

Katherine sonrió, jamás imaginó que algún día iba a escribir una invitación para su boda, y mucho menos con Angus. Su presente y su porvenir, habían cambiado de una manera tan radical como abrumadora, que a veces pensaba que todavía estaba soñando.

Se iba a casar, con el hombre que amaba, y ese hombre la amaba a ella. Ahora entendía más que nunca a sus padres, la devoción que se profesaban. El amor, cuando es recíproco, entre dos personas tan afines, al punto de congeniar a un nivel que va más allá de lo convencional, era algo maravilloso.

Se preguntó si de verdad hacer el amor era igual de maravilloso.

Cuando trabajaba de sirvienta, siempre escuchó a sus compañeras hablar sobre la pasión que desataba el acto amatorio, algunas eran muy detallistas en sus relatos. Las más desinhibidas, decían que el placer era adictivo, otras —la mayoría— decían todo lo contrario. ¿Qué era lo que afectaba para obtener opiniones tan disímiles respecto al mismo tema?

En ese instante, recordó la conversación que tuvo con Angus esa mañana. Él parecía tener grandes expectativas, pero no sabía si ella estaría a la altura, si iba a ser capaz de satisfacer su apetito… y el propio. Su rostro comenzó a enrojecerse, ya estaba empezando a imaginar. Sabía en qué consistía el acto en sí, pero no tenía idea de cómo se sentía. Apenas había experimentado un atisbo del deseo en unos besos llenos de fuego…

Un par de golpes en la puerta, y esta se abrió revelando la presencia de Angus. Katherine sonrió radiante, al tiempo que se levantó de su silla, y fue a su encuentro para recibirlo.

—¿Qué haces a esta hora, querido? —preguntó contenta y a la vez extrañada.

Angus le tomó la mano y le besó los nudillos.

—La sesión de hoy fue corta. El conde de Liverpool solo presentó la orden del día para ingresar el proyecto de ley para la regulación de la casa de su majestad. No sesionaremos hasta el lunes —explicó Angus natural.

—Vaya, qué interesante y, ¿a qué se refieren con la regulación? —preguntó Katherine animada, le gustaba que él compartiera con ella ese tipo de información.

—Digamos que el príncipe regente gasta demasiado dinero y hay que limitar sus fondos —respondió alzando las cejas y Katherine rio—… ¿Y tía Iris?

—Oh, ella salió una hora después de que te fueras. Dijo que iba a entregar el anuncio de nuestro compromiso al periódico.

—Entonces, estamos solos…

Katherine intentó replicar con sarcasmo, pero solo pudo asentir con la cabeza, Angus ya había reducido la decorosa distancia para besarla.

El deseo fue espoleado con tan solo el primer contacto de sus labios. Cada vez que lo hacían, necesitaban un poco más el uno del otro, rebasar un límite. Angus la abrazó, al tiempo que su lengua se entrelazaba lujuriosa con la de Katherine, quien ya no se sentía inexperta, sino que igualaba el mismo ardor de él, saboreándolo, tentándolo.

Perdiendo el juicio de a poco.

Las manos de Angus abandonaron la espalda femenina. Lentas pero inexorables, sus palmas se paseaban, perezosamente, hacia el sur, hasta llegar hasta esa provocativa curva que limitaba una caricia de ser recatada a osada. Él se rindió, no reprimió más su instinto, fue más abajo y abarcó con ambas manos, toda esa carne firme y abundante. Katherine, sorprendida, gimió, fue casi involuntario. Lo que él le hacía era lascivo, pero gentil... y le gustaba.

Y, si él se había atrevido a ir más allá del decoro, ella también tenía el derecho de hacer lo mismo. Estaba tan deseosa de sentir la tibia piel de él, que no dudó un instante. Desabotonó el chaleco... uno, dos, tres botones. La prenda se abrió lo suficiente como para deslizar su mano entre el pañuelo y la abertura de la camisa. Acarició toda la piel masculina, el pecho de Angus era sólido, una pared de músculos firmes. Con la palma de su mano, estimuló los diminutos pezones hasta volverlos duros. Angus rompió el beso, siseando impúdicamente.

Katherine se lamió los labios, sentía el atávico impulso de quitarle la ropa. Sus dedos exploraron hacia los botones del pantalón, pero él impidió su avance sujetándole la muñeca.

—Pequeña atrevida —murmuró Angus con voz grave—. Todavía no. —Apretó más la carne de ella y la atrajo su cuerpo para que sintiera su anhelante y dura pasión. Besó su cuello, desesperado por obtener más. Katherine echó su cabeza hacia atrás para permitirle el libre acceso.

La jadeante respiración de ella fue un dulce sonido erótico para los oídos de Angus. Había soñado tantas noches con un momento así, había imaginado la voz de ella preñada de deseo, pero la realidad era mucho más excitante.

Necesitaba escuchar más, darle más... No quería tomar su virtud todavía, pero deseaba demostrarle lo que su cuerpo era capaz de sentir.

Darle un preludio de placer.

Katherine estaba fuera de sí, perdida en las caricias y besos que él le prodigaba. Desfalleciendo, sumergida en las innumerables sensaciones que no acababa de identificar. Lo único que sabía, era que deseaba más, que necesitaba saciar un hambre que la estaba consumiendo. Su voluntad ya no le pertenecía. Era de él.

—Katherine —susurró Angus, su voz destilaba su excitación—. Mírame... —Tomó su cara entre sus manos, la besó dulcemente, con ternura—. ¿Confías en mí? —preguntó admirando los colores de los iris de ella, ese pozo de tonalidades que adoraba.

—Con mi vida —respondió sin vacilar.

Angus la besó de nuevo y le mordió el labio inferior con suavidad.

—Déjame enseñarte —continuó—... algo que puedes lograr... que sientas placer, sin necesidad de quitarte tu virtud. Si me dices que no, me detendré. Nunca haré nada sin tu consentimiento —aseguró solemne.

Ante esas palabras, Katherine confirmó uno de aquellos rumores, él no tomaba lo que no se le ofrecía libremente.

Y, libremente, ella aceptó.

Angus sonrió ante esa entrega. Pero, algo cambió en él, era sorprendente. Sí, estaba excitado, con sus sentidos a flor de piel, pero también estaba enternecido por la sensual inocencia de su prometida, que confiaba en él, al punto de arriesgarlo todo en ese juego voluptuoso y prohibido.

La tomó de la mano y la guio hacia la *chaise longue* que reinaba en la estancia. Instó a Katherine a que se recostara y, nerviosa, obedeció.

—Relájate, déjate llevar… y no te avergüences de nada, querida. Amo todo de ti y será un privilegio recibir lo que me darás —declaró Angus, al tiempo que se arrodillaba al lado de ella y volvía a encender el fuego de la pasión con un beso profundo que, con calma, fue arrastrando por el cuello. Su lengua fue siguiendo un camino lento y húmedo hasta llegar al estrecho valle que se formaba entre los senos, abrió la *chemisette* e introdujo su mano. Sin dificultad, expuso uno de los pechos de piel tan blanca como el alabastro, redondo, firme, coronado con un pezón rosado que se frunció en el preciso instante en que él lamió.

Katherine jadeó, juntó sus muslos como acto reflejo, la humedad palpitante entre sus piernas aumentaba con cada caricia propinada por la lengua perversa de Angus en su pezón. ¿Cómo era posible? Era como si cualquier estímulo, sin importar la parte de su cuerpo, convergiera en un solo lugar.

Angus continuó con la deliciosa tortura, expuso su otro seno, y ejerció el mismo el asedio, lamía y chupaba, al tiempo que, con su mano libre, amasaba, acariciaba y pellizcaba con gentileza el que había quedado huérfano de atenciones.

Katherine enterraba sus dedos entre el frondoso cabello castaño de Angus, inmersa en la oleada de delectación, sofocando gemidos y quejidos, que para él eran sus trofeos. El instinto femenino y primitivo se hizo presente, sin saber por qué, ella alzó levemente sus caderas, sus muslos se tensaron, buscando algo, un alivio a esa sensación que la estaba matando de la desesperación.

Esa fue la señal que Angus esperaba. La volvió a besar, mientras que una de sus manos tanteó por sobre el vestido, descendiendo por el vientre, hasta llegar al monte de venus. Sintió, satisfecho, el calor que emanaba el sexo de ella, la inequívoca muestra de su excitación. Continuó con su exploración hacia su muslo y, con sus dedos ligeros, comenzó a recoger el faldón del vestido, llevándose consigo las enaguas.

A Katherine no le importó el leve escalofrío que le recorrió la piel, cuando sintió que la mano de él estaba bajo sus enaguas, ascendiendo por la cara interna de su muslo.

—Abre tus piernas —murmuró Angus sobre la boca de ella—. Regálame la muestra de tu deseo.

Katherine acató la cruda orden, los tibios dedos de él se acercaban, inexorables, a ese lugar que jamás había sido tocado por nadie de ninguna manera.

Los largos dedos de Angus se abrieron paso entre los rizos y la tierna e íntima carne. Katherine ahora fue más consciente de cómo rezumaba su resbaladiza humedad y del deseo insatisfecho que se albergaba ahí.

Por un instante, se paralizó, estaba nerviosa, jamás se había sentido así. ¿Y si no era suficiente para él?

Angus se detuvo.

—Katherine —murmuró—. ¿Estoy haciendo algo que te molesta?

—No —respondió con un hilo de voz—. Es que no sé mucho de esto… de cómo se siente, no sé si todo esto es normal.

Angus sonrió con ternura y le besó la frente.

—Mi Katherine, no te preocupes, todo esto es absolutamente normal, es algo precioso. Lo que me estás dando es muy especial para mí y lo atesoraré toda mi vida. Quiero que la primera vez que estemos juntos, no sientas ninguna molestia. Esto es para que te acostumbres a mí, a mis caricias, a cómo reacciona tu cuerpo. Solo respira, relájate, querida. No olvides que te amo, que eres la mujer que amaré toda la vida, ambos aprenderemos en el camino, esto es solo la primera lección.

»¿Deseas continuar? —preguntó tranquilo.

—Sí, enséñame…

—Muy bien.

Angus siguió con su carnal misión. Acarició el centro femenino solo con un dedo, su toque era sutil pero firme. Katherine ahogó un quejido al sentir aquel masaje sensual. Su cuerpo se rebeló contra el recato, exigió más.

Y Angus le dio más.

De a poco, su dedo fue penetrando en la prieta y caliente entrada, y se retiraba, al tiempo que su palma presionaba su inhiesto y resbaladizo capullo. Katherine sentía cómo su feminidad se abría, no le importaba la extraña sensación de ser invadida, solo deseaba más de aquello. Sabía que había algo más.

Angus continuó. En cada acometida, entraba un poco más, hasta que encontró esa barrera, la prueba —que no necesitaba— para saber que él era el primero. Solo hasta ahí podía llegar.

—Ahora, mi dulce bruja, es hora de que me ayudes a buscar tu placer —anunció sin dejar de embestirla con delicadeza—… Tal vez no lo encontraremos en esta oportunidad. —Sonrió seductor—. Pero tenemos toda la vida para hallarlo… Tu cuerpo es sabio, obedece a tu instinto, él me guiará.

Angus se retiró e introdujo otro dedo más, sin perder ese lúbrico ritmo. Katherine abrió más sus piernas, se sentía más mojada y sus caderas comenzaron a moverse con más brío. La palma de Angus presionó el en el lugar preciso con la ayuda de Katherine, quien gimió al sentir esa chispa, esa efímera gloria.

Estaba cerca, era demasiado delicioso.

Se sentía colmada, quería tenerlo más profundo. Su cuerpo se retorció, buscando, nuevamente, ese punto de ignición. Angus entraba y salía, ella se movía y, de pronto, de nuevo, esa sensación.

Gimió…

Contrajo su interior… quería sentir aquello otra vez, más fuerte…

Angus presionó tan solo un poco más, el sexo de su bruja resbalaba lascivo y con abandono sobre su palma. Dejó que ella lo guiara.

Más fuerte… más rápido, más duro… más, más…

—¡Más! —suplicó Katherine—. ¡Angus!

Y estalló. Su espalda se arqueó en exquisita tensión.

En tan solo dos segundos, un calor glorioso abrasó su cuerpo. La sensación más indescriptible la catapultó por primera vez al placer. Se sintió fuera de sí, ingrávida, como si estuviera a punto de morir y, a la vez, estaba llena de vida. No podía controlar sus quejidos, ni quería dejar de moverse en ese océano de deleite.

Su corazón latía frenético… La vergüenza y el pudor abandonaron su cuerpo para siempre. La vida, en un solo instante, cambió, Katherine jamás volvería a ser la misma.

Sus piernas flaquearon, su cuerpo se relajó. No sentía nada más que serenidad, euforia, felicidad… un inmenso amor.

—Esto, mi querida Katherine, también se llama hacer el amor… Eres magnífica.

Katherine no podía hablar, estaba inmersa en otro plano, más allá de la razón. Acarició el rostro de Angus, sus varoniles facciones, que estaban endurecidas, pétreas, se suavizaron. Él debía estar horriblemente excitado, y sin embargo, solo se consagró a ella. Estaba segura de que, si él hubiera querido consumar su unión en ese instante, ella no habría dado ninguna negativa, se habría entregado sin vacilar.

—Te amo… Nadie es como tú, Angus Moore.

—Yo también te amo… Solo una mujer como tú puede con este granuja.

Su miembro, en eterna rigidez, estaba adolorido, pero no le importaba, prácticamente estaba acostumbrado a ese suplicio. Sacó un pañuelo de su bolsillo, suavemente limpió los rastros del placer de Katherine. Adecentó su escote, bajó el vestido.

Lo único que delataba el deleite vivido, eran sus mejillas sonrosadas y el leve aroma sexual que ella desprendía y que pronto se desvanecería.

—¿Qué puedo hacer por ti, Angus?... Sé que tú también necesitas… eso —susurró ella volviendo a la tierra, a esa habitación, a la realidad.

Angus sonrió, era irónico. Recordó los inquietantes baños secos que ella le dio cuando estaba convaleciente.

—¿Estás segura de lo que quieres hacer?

—Me gustaría aprender a complacerte, como lo has hecho conmigo.

—Me encantaría, pero si me tocas ahora, mi disfrute será tan breve que será bastante bochornoso —confesó ligero—. Será otro día… creo que por hoy es suficiente, nos queda poco tiempo, la duquesa puede llegar en cualquier momento.

—¡Cielo santo! —exclamó Katherine, y se levantó con brusquedad.

Sus piernas flaquearon, obligándola a sentarse.

—Tranquila —dijo mientras se sentaba al lado de ella y la abrazó—. Tus piernas recobrarán fuerza en unos minutos… suele suceder cuando es intenso. —Le besó la cabeza, obteniendo de inmediato una sonrisa de ella.

—Intenso es una palabra mezquina para describir aquello.

—Sí, debo darte la razón… —convino ufano, luego suspiró. Comenzó a abotonarse el chaleco, el reloj que estaba sobre la chimenea dio cinco campanadas. Angus se puso de pie—. Creo que es un buen momento para tomar el té. Así no especulará demasiado la servidumbre.

Katherine sonrió. Angus era un iluso, la servidumbre no tenía nada que especular, lo sabía todo, siempre era así.

Capítulo XX

Iris golpeó la puerta y esperó. Era la última escala en su salida de la tarde. Estaba un poco nerviosa, y empezó a juguetear con los guantes. El sonido del cerrojo le hizo dar un respingo y se puso en alerta.

El rostro de un sorprendido y desaliñado Gregory le dio la bienvenida, seguida de una sonrisa nerviosa y una tácita invitación para entrar a su santuario de soltero.

Iris entró digna, y recorrió visualmente el lugar, era austero pero masculino. Alzó una ceja al notar un vestido de color rojo sobre una poltrona.

—Creo que he venido en un mal momento —señaló Iris, mirando de soslayo la acusadora prenda. Gregory la recogió apresurado y la ocultó tras de él—. Mis disculpas por venir sin avisar, pero no te veo hace un mes. Quería saber si estabas bien, hijo.

—Estoy bien, madre… He estado ocupado —respondió incómodo.

—Sí, ya veo que lo estás. —Iris reprimió el impulso de darle un sermón por centésima vez, pero desistió. En cambio, dio un suspiro y continuó—: Vengo por tres motivos, el primero ya lo sabes, y estoy conforme de comprobar que estás con muy buena salud. El segundo, es para avisarte que Angus se va a casar.

—¿Se va a ca…? —Gregory se interrumpió, anonadado, como si la palabra estuviera maldita—. ¿Cómo?, tan… ¿tan rápido?, ¿acaso lo hace por conveniencia? —interrogó casi balbuceando.

—Será una boda por amor… —respondió Iris orgullosa—. Oh, por favor, cambia esa cara. No sé por qué te aterra el matrimonio, creo que tu padre y yo no te dimos un mal ejemplo… Pero, eso no es lo importante, no he venido a discutir por tu aversión al sagrado vínculo. Solo quise venir a avisarte antes de que te enteraras por el periódico, mañana saldrá publicado el compromiso.

—Entonces, va en serio —murmuró—… ¿Y quién es la elegida? —preguntó intentando aparentar que no le afectaba toda la situación.

—La señorita Katherine Thompson.

Gregory alzó sus cejas con franca sorpresa.

—¿Tu dama de compañía? —interpeló con cierto tono de incredulidad.

—Ella misma —confirmó ufana—. ¿Cómo lo sabes?

—Todo el mundo habla de ella —respondió, ocultando deliberadamente que la conoció en el baile en Morland Hall. Angus no perdía su gusto exquisito a la hora de elegir compañía femenina. La señorita Thompson era una verdadera joya, demasiado desenfadada para su gusto, pero ideal para su primo.

—Ya lo creo, ella no pasa desapercibida —convino Iris—… En fin, te advierto que no puedes faltar a la boda de tu primo, es posible que te nombre su padrino. Pronto te entregará la invitación.

—No faltaré, madre, te lo prometo… Vaya… Thompson… ese apellido me es familiar. —Durante unos segundos caviló, haciendo memoria—. Oh, sí, ya lo recuerdo. ¿Es la misma mujer que salvó a Angus en Whitechapel?

Iris asintió, no había nada más que agregar. Katherine no solo le había salvado la vida a Angus, también lo había librado de su desdichada y malsana soltería que, tarde o temprano, lo iba a matar de todas maneras.

Gregory se quedó en silencio, todavía procesando que Angus se iba a casar, ¡y enamorado! Jamás pensó que su primo hablaba en serio cuando estaba convaleciente de sus heridas.

—Bien —continuó Iris—, el tercer asunto que vengo a tratar contigo, es que nos acompañes a Brockenhurst para pasar la Pascua de Resurrección con tu tío Daniel y su familia. Nos ha invitado a High Oak Hall y ha exigido la presencia tuya y la de tu primo. Partiremos el viernes.

—¿Tan pronto? Debo atender unos asuntos y…

—Y puedes alcanzarnos allá cuando termines. Así que, por favor… —Iris se quedó callada un segundo y rectificó—: No, te exijo que no le hagas un desaire a tu tío. Puedo tolerar que no me hables, que hagas lo que desees con tu vida, pero no que rechaces una invitación de la familia... A la que no ves desde hace más de un año, por cierto.

—Está bien —cedió Gregory—. Haré lo posible por llegar el día martes.

—Bien, se lo diré a tu tío... No te seguiré importunando... —Iris no soportó la frialdad de la visita y abrazó a su hijo—. Por favor, cuídate... no deseo que enfermes a causa de tu estilo de vida... Es lo único que te pido, hijo mío.

Gregory, suspiró. Dejó caer el vestido al suelo y respondió al abrazo de su madre, dejando atrás su ridículo orgullo y egoísmo. Estaba preocupado, sospechaba que algo le estaba pasando a Iris, no hubo sermones, críticas, drama... No era la misma de siempre.

—Lo haré, madre. Descuida. —Le besó la mejilla, como si estuviera firmando un armisticio con ella. Dejarlo por la paz, al menos, en ese momento.

—Bien, debo volver a casa —concluyó Iris separándose de su hijo, y se dirigió a la puerta—. Nos vemos en Brockenhurst, querido.

—Nos veremos allá, lo prometo.

Gregory se quedó mirando la puerta, recogió el vestido y suspiró.

Adrien estaba terminando de sacar las cuentas de la ganancia obtenida ese día, una buena suma de dinero que iba directo a su cuenta de banco. Cerró el cajón conforme con un buen día de trabajo. Miró su reloj de bolsillo, las siete y diez de la tarde. Según el mensaje que le envió Iris esa mañana, Angus iría a buscarlo en el carruaje, por lo que llegaría a las siete y media. Le quedaban veinte minutos para asearse y cambiarse de ropa, tiempo más que suficiente para él.

Dos hombres entraron, Adrien levantó la vista y sonrió amable.

—Disculpen, señores, pero ya está cerrado —señaló indicando el letrero de la puerta. Era algo obvio, tal vez los clientes no sabían leer, no tenían apariencia de ser hombres letrados, pero tampoco los conocía, no eran del barrio.

Los sujetos no dijeron nada. Sin mediar amenaza alguna, uno de ellos le apuntó la cabeza con una pistola y el otro, rápidamente, rodeó el mostrador.

Adrien no sabía qué hacer, había vivido la mitad de su vida en Whitechapel, y nunca fue víctima de algún robo. Era un secreto a voces que, en esa zona de la ciudad, los delincuentes tenían un código de no cometer atracos en los negocios de los vecinos.

Nervioso, Adrien alzó las manos y miró de reojo el cajón donde estaba el dinero, no importaba que se lo llevaran, tenía que ir a Pearl Palace, confesar su verdad a Katherine... Tomar el rol que el destino le había impuesto a la fuerza.

Estaba desconcertado, los sujetos no hablaban, no buscaban dinero, ¿qué querían, entonces?

No logró continuar con el hilo de sus pensamientos, un golpe seco en la cabeza lo dejó inmerso en las tinieblas.

Katherine miró ansiosa el reloj que estaba sobre la chimenea. Ya no podía soslayar el hecho de que Angus y su padre estaban tardando más de la cuenta. Ya no era un simple retraso de unos cuantos minutos. Eran las nueve y media de la noche y ya llevaba media hora paseándose en la sala de estar como si fuera una leona enjaulada.

Iris estaba sentada, la preocupación se reflejaba en su rostro, y mucho. Había pedido una taza de té, pero estaba tan intranquila que ya se había enfriado sin siquiera haber bebido un sorbo.

Sin poder evitarlo, recordó el día que Charles falleció, un ataque al corazón en plena sesión del Parlamento. Tenía la misma sensación de esa vez, que aquel retraso no era normal.

En las mentes y corazones de ambas mujeres se bregaban por predominar la esperanza y la sensación de una inminente desgracia.

—¡No puedo esperar más! —gruñó Katherine rompiendo el lúgubre silencio de la habitación—. Necesito ir a casa, esto es insoportable, no puedo quedarme sin hacer nada.

Iris no replicó, miraba a Katherine como si fuera una especie de alucinación. Parpadeó y se puso de pie.

—Ordenaré que preparen el carruaje, el ayudante de Roger nos puede llevar.

Katherine asintió, al tiempo que ambas mujeres salían de la estancia sabiendo qué hacer, mas sus pasos se detuvieron en seco al escuchar golpes desesperados en la puerta que les provocaron escalofríos.

Los desconocidos dejaron a Adrien en el suelo. Uno de ellos tomó unas botellas de alcohol y empapó el mostrador, las cortinas y el cuerpo.

—Ve a buscar el fuego, ¡rápido! —ordenó el que tenía el arma, mirando hacia la puerta, vigilando que no hubiera testigos.

El sujeto rápidamente halló la cocina, donde el fuego ardía en la chimenea. Con cuidado, tomó unos leños encendidos y volvió al frente.

—Aquí —dijo ofreciendo el fuego.

—Prende fuego en el segundo piso —ordenó el hombre de la pistola, mientras recibía el leño encendido por parte de su secuaz. Sin más dilación, inició el fuego en los muebles y las cortinas, que se encendieron en el acto, dando llamaradas furiosas por la acción acelerante del alcohol. Solo transcurrieron unos segundos y todo estaba consumiéndose.

El humo y el calor comenzaron a invadir el ambiente, tornándolo sofocante e irrespirable. En poco tiempo, todo estaba hecho. Los dos hombres se reunieron en el centro del local al mismo tiempo, faltaba el último paso, quemar vivo al viejo. El que daba las órdenes, enfiló sus pasos hacia el cuerpo de Adrien.

—¡Fuego! ¡Fuego! —Escucharon unas voces que alertaban a lo lejos, y aquello los paralizó un instante. Se miraron y hubo un acuerdo tácito, por nada del mundo debían ser descubiertos.

Nuevos gritos de alerta les obligaron a abandonar el lugar sin finalizar su tarea que, de todos modos, iba a suceder inexorable, ya fuera por el humo o por las llamas.

Salieron por la puerta trasera de la cocina, ya no podían hacerlo por la principal, afuera, ya estaban reuniéndose los infaltables curiosos.

Todo debía parecer un accidente.

Angus estaba ensimismado mirando por la ventanilla del carruaje, debía reconocer que estaba un poco ansioso. Quería que el tiempo pasara rápido para poder desposar a Katherine. No sabía si había sido un error o no, haber sucumbido a inducir a su hermosa bruja en las delicias del juego erótico, ahora necesitaba más de ella. ¿Cómo infiernos iba a soportar casi dos meses? Cuando sus miradas se cruzaban, podía ver el fuego de la pasión en ella, sabía que estaba pensando en aquello, lo deseaba.

—¡Condenación! —masculló reacomodándose en el asiento. Molesto pensó que ni siquiera la autosatisfacción le brindaba algo de alivio.

El carruaje se detuvo. Angus de inmediato se extrañó, faltaba, al menos, una cuadra para llegar a la casa de Adrien.

Se asomó por la ventanilla intrigado, en ese instante Roger coincidió con él.

—Hay problemas, milord —explicó el cochero—. No podemos avanzar, hay mucha gente en la calle que impide el tránsito, hay un incendio más adelante… —Volteó para ver de nuevo y confirmar—. ¡Por todos los santos, es en la botica del señor Thompson!

Angus bajó de inmediato del carruaje, y vio las llamas emerger como si fueran el mismo infierno desde el segundo piso.

—¡Espera aquí, Roger! —ordenó Angus, mientras emprendía una carrera hacia el sitio del siniestro.

Al llegar, se abrió paso entre la gente que solo observaba, sus rostros eran iluminados por el dantesco espectáculo. La propiedad no tenía la placa del seguro[10], por lo que no vendría nadie a apagar el fuego. Solo quedaba esperar a que todo fuera destruido. Lo único bueno de la situación, era que no había otras propiedades comprometidas por el incendio.

—¿Dónde está el señor Thompson? —preguntó Angus en voz alta, a quien quisiera responder.

—No lo sabemos —respondió una mujer a sus espaldas, Angus dio media vuelta para prestarle atención—. No se escuchan gritos de auxilio, ni nadie intentó salvar objetos de valor. El fuego ya había empezado cuando llegamos.

—¿Hace cuánto que usted está observando?

---

10 *A principios del siglo XIX se desarrolló la marca de fuego. Estas eran unas placas, a veces pintadas con colores brillantes, y que señalarían qué propiedades estaban protegidas por las compañías de seguros. Cada brigada de bomberos tenía su propia placa única, por lo que si se carecía de ella, no se acudía a apagar el fuego.*

—Serán unos diez minutos. El fuego ha avanzado rápido, sobre todo en el segundo piso, va a colapsar en cualquier momento.

Angus miró cómo el fuego consumía feroz todo lo que encontraba a su paso. La mujer tenía razón en su pronóstico. Un sentimiento de pesar embargó su corazón, en tan solo unos minutos, estaba convirtiéndose en cenizas el trabajo de los Thompson, el hogar de Katherine y de Adrien, los recuerdos de toda una vida construida con el esfuerzo de una familia completa.

Tuvo un muy mal presentimiento, Angus no sabía si Adrien estaba en el interior del fuego, se suponía que debería haberlo estado esperando. No quería quedarse ensimismado sin hacer nada, era su deber, al menos, intentarlo y comprobar que el padre de Katherine no estaba en el interior, no podría dormir tranquilo nunca más si el resultado del incendio era fatal. Solo echaría un vistazo.

Se quitó el abrigo y la levita, al tiempo que se acercaba a la puerta de entrada. Usó la levita para proteger su mano, e intentó tomar el picaporte, pero el calor estaba atascando la puerta, y le fue imposible abrirla. Retrocedió, lo mejor era dar una patada fuerte al lado del cerrojo. Tomó impulso y dio un golpe con el talón. La madera crujió y los cristales de la misma estallaron.

Otra patada, la puerta se movió.

Una más y se abrió de golpe, las llamas le dieron la infernal bienvenida, pero no le cerraron del todo la entrada. Angus sacó su pañuelo, se cubrió la boca y la nariz, e intentó protegerse con el abrigo colocándolo sobre su cabeza como una capa. Apenas podía ver, todo era humo y fuego.

Miró hacia las escaleras, era imposible subir. El fuego había quemado la estructura y ya se estaba derrumbando, solo se podía ver el espantoso fuego lamiendo la entrada a los dormitorios.

Se dirigió hacia a la sala de estar. Las llamas todavía no llegaban a ese sector, todo estaba lleno de humo, pero no había indicios de que hubiera alguien. Angus comenzó a toser, le costaba respirar, estaba ahogándose y los ojos le ardían.

Un ominoso quejido de la madera le anunció que tenía poco tiempo. Salió de la sala de estar en dirección a la parte central del local. La escalera se derrumbó y cerró el paso tan solo unos segundos después de que Angus pusiera un pie fuera de la estancia.

—¡Señor Thompson! —llamó como último recurso. Tenía que salir pronto, el calor ya estaba empezando a quemarle la piel—. ¡Adrien! —exclamó más fuerte y empezó a toser.

De súbito, el mareo se apoderó de él, se sentía enfermo.

Angus trastabilló y cayó al suelo, frente al mostrador. Pero por increíble que pareciera, aquello fue casi un respiro, en el suelo el aire no estaba tan viciado por el humo. De pronto, escuchó un quejido grave, desde muy cerca. Pertenecía a un hombre.

Adrien.

Angus se arrastró con fuerzas renovadas y rodeó el mostrador, y ahí lo halló, boca abajo e intentando moverse con torpeza.

Tenía que actuar ya. Inspiró hondo y se levantó.

Tomó el cuerpo de Adrien por las axilas y lo empezó a arrastrar hacia la salida. El señor Thompson era un hombre delgado, pero en su estado de semiinconsciencia, su peso ofrecía una inoportuna resistencia a Angus, quien tironeaba de él como si fuera un saco de papas demasiado pesado.

Poco a poco, fue acortando la distancia, la puerta de acceso estaba a tan solo unos pies. Un sonido horroroso emergió desde las entrañas de las llamas, un plañido gutural de madera ardiente anunció el inminente colapso de la estructura.

Angus sacó fuerzas de flaqueza, solo necesitaba hacer un esfuerzo más y haló…

Haló…

Haló…

Aire…

Al fin ya podía respirar, el aire fresco del exterior le dio la bienvenida. Unos hombres ayudaron a Corby, liberándolo de su carga, y él se desplomó, mas no alcanzó a tocar el suelo, unos brazos desconocidos impidieron su caída.

Unas mujeres gritaron anunciando la desgracia, la segunda planta se derrumbó por completo, trayendo consigo chispas, humo, fuego y destrucción.

En ese preciso instante, Adrien comenzó a cobrar la consciencia de a poco, unos desconocidos lo sostenían. Desorientado, contempló cómo todo se convertía en cenizas.

No podía decir nada, su mandíbula tembló, las lágrimas inundaron sus ojos y cayeron sin piedad mojando sus mejillas. Su vida construida en casi veinticinco años, se había extinguido para siempre. En las llamas se fueron los preciados recuerdos de su esposa e hijos fallecidos que atesoraba en su habitación. Lamentaba, desde el fondo de su alma, perder todos los objetos con valor emocional, cartas, libros y juguetes. El resto, ya no importaba, tal vez se podría recuperar algún día.

Se sentía viejo y exhausto. Una parte de su corazón se había quemado junto con su casa.

Una mano se posó en su hombro.

—Señor Thompson —dijo la serena voz de Corby—. Lo siento mucho…

Adrien asintió cabizbajo, un dolor punzante en la cabeza le hizo volver en sí. Se tocó la sien, tenía un corte, la sangre ya había coagulado. Recordó a los sujetos que lo atacaron, su silencio, ni siquiera parecía ser un robo… ¿Por qué no lo mataron de un tiro en la cabeza? Era mucho más simple y rápido.

Necesitaba a Katherine, abrazarla y sentir que no lo había perdido todo.

—Llévame con mi hija, muchacho —pidió sin importarle el rango superior de su futuro yerno. No tenía ánimo de ser considerado, estaba devastado—. Aquí ya no me queda nada.

A Lady Ravensworth y Katherine se les heló la sangre ante el insistente sonido de la puerta. Sin decir una palabra, corrieron en esa dirección. Al llegar, Buttler ya estaba abriéndola, revelando la silueta llena de claroscuros de dos hombres cabizbajos y desaliñados.

—¡Papá, Angus! —exclamó Katherine en el instante en que los reconoció, y fue a su encuentro.

Iris suspiró de alivio, mas no podía hablar, su voz estaba estrangulada, no se sentía capaz de decir ninguna palabra. Solo pudo seguir los pasos de Katherine, quien ya estaba abrazando a su prometido y a su padre al mismo tiempo, rompiendo en un llanto que no fue capaz de contener por más segundos. La duquesa, sin perder tiempo, también se unió a ese abrazo tan lleno de sentimientos.

Todos se quedaron quietos un instante, abrazados, llenándose de una sensación inefable que los revitalizaba, les daba consuelo y los impulsaba a seguir respirando.

—Necesito un buen trago —declaró Angus intentando ser el mismo pícaro de siempre. Quería sacarse la pesadez del alma, borrar ese cruel sentimiento de que todo era efímero y frágil. Si no lo hacía, no sería capaz de vivir en paz—. Ustedes conocen mi aversión a llegar atrasado. El señor Thompson y yo tenemos mucho que contar y explicar —anunció, asumiendo que lo primero que debían hacer era tranquilizar a las mujeres más importantes de su vida.

Iris y Katherine sonrieron entre lágrimas, asintieron y todos se dirigieron a la sala de estar. Sí, Angus tenía razón, había mucho que contar.

Capítulo XXI

Adrien, con una taza de té en la mano, relató a todos lo que sucedió antes de recobrar el conocimiento. Luego, Angus —con un vaso de escocés— continuó contando su parte de la historia, y de su providencial caída que le hizo dar con el señor Thompson. Ambos hombres, al narrar los hechos usaron un tono de voz sereno, comedido, pero que, de todas formas, fue inútil para serenar a Katherine e Iris, quienes escucharon atentas y tomadas de las manos. En sus rostros se reflejaba lo horrorizadas que estaban por la espantosa experiencia que ellos habían vivido. No obstante, estaban agradecidas a la Divina Providencia de que solo había que lamentar el daño material. La vida de esos hombres era más que valiosa para ellas.

Iris miró de reojo a Adrien, quien estaba ensimismado mirando la nada, perdido en sus pensamientos e interceptando con discreción unas lágrimas que amenazaban con salir.

—Bien —dijo Angus al cabo de unos segundos de silencio—, le indicaré al Buttler que haga los arreglos necesarios para que el señor Thompson esté cómodo. Mañana iremos a ver los daños —decretó con amable autoridad, luego dirigió su atención a Iris—. Tía, me temo que vamos a retrasar el viaje unos días, es inevitable.

La duquesa asintió y miró de nuevo a Adrien, quien seguía callado. Estaba sucio, con el cabello entrecano apelmazado por el hollín, sin embargo, su postura conservaba cierta entereza, no era un hombre que estaba del todo derrotado. El dolor, la tristeza por perder su casa no lograba derrumbarlo.

—No hay nada qué rescatar en ese lugar, salvo la estructura sólida del primer piso —rebatió Adrien de súbito, logrando la atención de todos—. No quiero que retrasen más de la cuenta el viaje, puesto que yo también los iba a acompañar —agregó mirando fijo a Iris y suspiró—. De hecho, el motivo de la cena aquí, era para revelarles que no solo íbamos a Brockenhurst por Pascua, sino que hay otro motivo muy importante que debo atender y que es insoslayable.

Katherine, sorprendida por aquellas palabras, miró a la duquesa, quien tenía su atención puesta en Adrien. Luego miró a Angus quien, al encontrarse con sus ojos, solo se encogió de hombros, él estaba tan intrigado como ella.

Adrien dejó la taza de té en la mesita y se puso de pie, se sentía inquieto, necesitaba dar unos cuantos pasos, se masajeó la nuca que la sentía tensa. Ya no podía seguir posponiendo ese momento.

—¿Cuál es el motivo, papá? —interrogó Katherine evidenciando su preocupación.

—Primero tengo que contarte una historia que explicará el motivo… Hace unos veintisiete años, en un pueblo de Somerset, trabajaba una joven institutriz educando a las hijas de un terrateniente de apellido Lowell —comenzó Adrien su relato—. Un día, esta joven, en su paseo por el campo junto con las niñas, conoció a un muchacho. Él era el menor de cuatro hermanos y pertenecía al exclusivo círculo de la pequeña aristocracia rural del condado. Ella había oído hablar de él, pero jamás habían tenido la oportunidad de ser presentados.

Katherine escuchaba en silencio, sin saber qué pensar, no entendía qué tenía que ver esa historia con el viaje. No pudo evitar asociar el oficio de institutriz con su madre, siempre pasaba lo mismo cada vez que alguien mencionaba esa palabra.

—Con el paso del tiempo, este joven se enamoró perdidamente de la institutriz, quien, a pesar de corresponderle, no confiaba al principio en él, ni en sus palabras de amor. Pero, todo cambió un día, cuando él la llevó ante su padre para pedirle autorización para casarse con ella. —En ese momento, Adrien esbozó una triste sonrisa, casi imperceptible, el recuerdo aún era vívido en su memoria. Se aclaró la garganta, las horribles palabras de su padre todavía resonaban en su cabeza—. El vizconde humilló a la joven institutriz por ser una hija ilegítima. La acusó de ser una meretriz, una cazafortunas, le propinó un sinfín de insultos que ella no merecía y que echaron por tierra las aspiraciones matrimoniales del joven. Como si fuera poco, él fue amenazado de ser repudiado y desheredado si continuaba con la relación o si tenía un bastardo con ella.

Adrien se quedó en silencio por unos segundos... Rachel, su rostro surcado de lágrimas, pero digna, erguida, sabiendo que no merecía aquel atroz escarnio.

—¿Y qué pasó después?, ¿ellos se separaron? —preguntó Katherine con curiosidad, ávida por saber más.

Adrien sonrió.

—No... Ninguna amenaza fue suficiente para ellos, estaban muy enamorados. Se comprometieron de todas formas, lo hicieron en secreto y acordaron esperar un año para que él fuera mayor de edad. De esta manera, ellos se podían casar sin ningún impedimento legal. Ese año no fue nada fácil para ninguno de los dos. Al poco tiempo, a ella la despidieron de su puesto de institutriz cuando empezaron los rumores sembrados por el vizconde, por lo que le costó mucho obtener otro trabajo. Su reputación fue manchada de la peor forma, el viejo la acusó de intentar forzar un matrimonio con un supuesto embarazo. Al único trabajo al que pudo optar, fue como mesera en una taberna, donde lo pasó muy mal. Por su parte, él comenzó a reunir dinero como pudo. Tenía un especial talento con las apuestas de caballos... Una carrera en Newmarket le dio una gran cantidad de dinero.

»Al amanecer del día en que él cumplió veintiuno, se fue de Brockenhurst con su prometida. Dejó solo una carta de despedida a su padre y hermanos, y se fue lejos. Se casaron en Londres un mes después, compraron una pequeña propiedad con el dinero que ahorraron, e instalaron una botica en Whitechapel, llamada Thompson & Rivers.

Katherine, solo con los últimos hechos relatados, comprendió que la historia que contaba su padre hablaba de él mismo y su madre... Estaba conmovida, y un par de lágrimas rodaron por su rostro. Ella sabía cómo terminaba esa historia de amor, pero no conocía el verdadero génesis de la misma, solo retazos imprecisos y breves anécdotas. Sabía que su madre era hija ilegítima de un médico que se preocupó de educarla y mantenerla hasta que este falleció. Del origen de Adrien solo sabía que... en realidad, no sabía nada más allá de que su padre siempre se opuso al enlace.

Era como si Adrien hubiera sido un huérfano. En ese momento, se dio cuenta de que su padre, en realidad, tenía una familia. Le emocionó el hecho de que él dejó absolutamente todo por su madre. Dinero, posición y privilegios.

Y ambos fueron felices, independiente de los tiempos difíciles, ellos se amaron con absoluta devoción.

En cierto modo, todo aquello le recordó a Angus, él, por casarse con ella, iba a perder muchos privilegios sociales y políticos. Un conde que se casa con una sirvienta…

Una sirvienta que, en realidad, es la nieta de un vizconde en un pueblo perdido de Inglaterra. Nadie lo iba a creer, pero no le importaba. Miró a Angus, que solo alzaba las cejas, al parecer había llegado a la misma conclusión que ella. Luego dirigió su atención a Iris, sin duda, ella lo sabía todo. Se preguntó si solo por el hecho de tener algo de «sangre azul» en las venas, la había aceptado en su relación con Corby.

Pero lo que más le intrigaba, era por qué su padre le revelaba todo ello. Sabía que todo tenía un motivo.

El evidente gesto interrogante de ella, exhortó a Adrien a seguir con su historia, quien ya estaba más aliviado. Al menos, no había reproche en los ojos de su hija, sino todo lo contrario, mucha comprensión.

Había sido un verdadero estúpido por temer una mala reacción de Katherine, cometió el grave error de haber subestimado la sensatez de su hija.

—Cuando nos volvimos a encontrar con Iris, me contó que el vizconde todavía vive, pero dos de mis hermanos mayores habían fallecido —continuó Adrien, llegando al fondo del asunto—. Lo que me convertía en el segundo en la línea de sucesión del vizcondado, situación que no me importó, hasta hace algunos días, cuando el hermano de Iris, lord Rothgar, le escribió contándole que mi único hermano que continuaba con vida, había fallecido en una situación más que sospechosa. —Se rascó la cabeza en un incuestionable gesto de incomodidad—. Lo que significa que me convertí en el heredero aparente de lord Grimstone, dado que mi padre todavía vive… Este título es muy especial, es uno de los más antiguos de Inglaterra; al momento de ser otorgado, el vizconde de ese entonces, no tenía un heredero, solo mujeres, y no había posibilidad de engendrar más hijos, por lo que se estableció que el título podría pasarse también a las hijas para que no se perdiera la sucesión.

Angus alzó más las cejas y miró a Katherine, que tenía la misma expresión que él, evidenciando una franca sorpresa. Ella también podía heredar el vizcondado, siempre y cuando, Adrien no muriese antes de obtener el título.

En el instante en que esa idea cruzó por la cabeza de Angus, su ceño se contrajo al punto de formar una línea vertical entre sus cejas.

El incendio.

—Si hoy su suerte hubiera sido adversa —intervino Corby, dirigiéndose a Adrien—, ¿quién se hubiera convertido en el nuevo heredero aparente de Grimstone?

—El siguiente es Ronald Thompson, un primo de mi padre. —Al terminar de decir esas palabras, Adrien supo cuál era el punto del conde al hacerle esa pregunta.

—Este primo, ¿reside en Londres o en Somerset?

—No lo sé a ciencia cierta, supongo que vive en Brockenhurst, dado que lord Rothgar lo conoce.

—¿Sabe qué tan ambicioso es este primo? —cuestionó el conde, suspicaz.

Adrien entreabrió la boca, pero no pudo decir nada. Era como si las palabras para desestimar la hipótesis de Angus, se atascaran en su garganta. En realidad, apenas lo conocía, debía ser mayor que él por unos siete años, más allá de eso, no tenía idea.

Pero se negaba a la posibilidad de que quisieran matarlo... era absurdo... era... era...

Era inútil. Adrien, no podía esgrimir una justificación más lógica que refutara lo que Angus insinuaba. A raíz de los últimos hechos, no podía decir que un intento de asesinato era imposible.

—¡Santo cielo! —exclamó Iris—. Pero, es imposible. Debe ser una muy mala coincidencia, lord Grimstone siempre ha asegurado que Adrien murió. Nadie sabe, hasta ahora, que Adrien vive, y mucho menos que reside en Londres.

—Prefiero no ser tan confiado en este caso, tía... A estas alturas, puede ser cualquier cosa —contradijo Angus, comenzando a pasearse por la estancia como un animal enjaulado. No podía estar quieto, necesitaba moverse—. De haber sido un simple robo, ¿por qué tomarse la molestia de quemarlo todo si ya tienes el dinero? ¿No crees que hubiera sido más fácil huir sin más? —elucubró mordaz—. Señor Thompson… digo, lord Adrien —corrigió, usando el trato que le correspondía por ser el heredero de Grimstone—. Estos sujetos que lo atacaron, ¿eran de Whitechapel?

Adrien negó con la cabeza, conocía, prácticamente, a todos en ese barrio.

—Jamás los había visto en mi vida… Actuaron en silencio, ni siquiera me exigieron que entregara el dinero de la caja. Se limitaron a golpearme y solo recobré la conciencia cuando ya estaba fuera de peligro.

—Me atrevería a decir que ni siquiera se llevaron el dinero… Pero eso sería especular demasiado sobre algo que no puedo comprobar —señaló Angus.

—Adrien debe reclamar su lugar —intervino Iris—… Aunque no le guste al vizconde, no puede quitarle su derecho. Si antes era importante que lo hiciera, ahora, me temo que es imperativo.

El silencio reinó en la estancia, después de esa sentencia, no había nada más que agregar. Solo había un camino por el cual seguir.

Katherine estaba sorprendida. De la noche a la mañana, su padre se había convertido en un heredero y había una posible confabulación en su contra. Maldijo internamente; los títulos no traían más que problemas en situaciones delicadas como esa. Solo bastaba que una persona tuviera mucha ambición y nada de escrúpulos.

—Bien, entonces, ¿qué haremos? —preguntó Katherine a cualquiera que quisiera responder.

—Cenaremos —decidió Iris poniéndose de pie—. Luego, buscaremos entre las pertenencias de Angus y mi difunto esposo algo de ropa para Adrien. No pretenderás ir en esas fachas ante un viejo cascarrabias como lo es lord Grimstone, un hijo resucitado debe estar presentable —desafió mirando a su amigo de arriba abajo, su apariencia era lamentable—. Mañana iremos a Whitechapel, y verificaremos si podemos rescatar algo entre las cenizas. Partiremos a Brockenhurst al alba del día sábado —decretó como si fuera el mismo duque de Wellington impartiendo órdenes a sus soldados. Olfateó el aire en dirección a Angus y luego hacia Adrien—. Pero primero, ustedes dos vayan a tomar un baño, apestan como perros mojados.

—Nada… —murmuró Angus en medio de los escombros de la botica. Esa mañana de viernes tenía un sabor amargo.

Lo que más le impresionó a Corby, fue que no había señales de que alguien hubiera intentado robar algo de valor entre los restos, todo estaba, irónicamente, en su lugar. Era verdad lo que le había comentado Katherine, los vecinos se protegían unos a otros cuando una catástrofe sucedía, ni tampoco era bien visto que alguien esculcara en los restos hasta que el dueño lo hiciera primero.

No se había salvado nada de las llamas, todo era cenizas y muebles carbonizados. Tal como lo había dicho lord Adrien, solo la estructura del primer piso sobrevivió. Angus alzó la vista, su futuro suegro se encontraba un poco más allá, donde estaba la sala de estar, mirando ensimismado lo que quedaba del mobiliario. A Corby no le costó imaginar lo que el padre de Katherine estaba sintiendo, lo embargó una tristeza inmensa. Independiente de lo disímiles que eran sus vidas, lo podía entender a la perfección. Los hombres sentían el valor de su existencia en lo que lograban, en lo que construían, en lo que podían tocar y ver…

Y ver todo eso destruido, era desolador.

¿Tanto valía un título? Angus sabía que a Adrien aquello no le importaba. Es más, estaba seguro que él hubiera preferido mil veces no heredar nunca nada, a cambio de seguir con la vida que había elegido.

Angus se sintió afortunado, a él nunca nadie le había obligado a nada, todas sus decisiones fueron tomadas con libertad. Tuvo siempre el apoyo de sus tíos, sin importar el rumbo que había tomado su vida.

Miró hacia donde estaba el mostrador, había botellas quebradas que cayeron donde estaba la estantería. Un brillo metálico le llamó la atención. Con el pie, removió la madera quemada y se agachó. Era una moneda, un chelín.

Buscó si había más, debía ser lo que quedaba del cajón donde se guardaba el dinero. No tardó demasiado, el dinero estaba ahí, muchas monedas de diferentes denominaciones.

Angus, hasta ese momento, tenía la esperanza de que sus especulaciones fueran erradas, pero ese hecho sepultaba la hipótesis del robo.

Era, a todas luces, un intento de asesinato.

¿No podría ser otra opción? Tal vez celos profesionales, Thompson & Rivers no es la única botica de Whitechapel, ¿o no? Solo rogaba que no fuera por el título.

Al día siguiente partirían a Brockenhurst. Era lo mejor, que el padre de Katherine reclamara su derecho, aunque eso significara meterse en la boca del lobo.

Capítulo XXII

Katherine jamás había salido de Londres. El viaje a Brockenhurst se transformó en una experiencia que no olvidaría nunca. A lo largo del camino, la primavera se asomaba tímida, iluminada gracias al tibio sol que coloreaba los prados con intenso verdor, ayudaba a florecer geranios, dientes de león, flores silvestres, cuyos colores y fragancias daban vida al paraje por doquier. El campo no se podía comparar en nada con Londres, que era una mole de casas, calles, neblina, olores fuertes y humo.

Todo era bello, apacible. No importaba que durante el viaje hiciera frío en algunas ocasiones, o que ella tuviera que sufrir algunas incomodidades en el carruaje, porque, comparado con aquel paisaje, todo valía la pena…

Olvidar por dos días la amenaza que se cernía sobre su padre, y reemplazarla por aquella experiencia, era invaluable para su espíritu.

Angus estaba sentado a su lado y observaba enamorado la radiante sonrisa de Katherine. Ella en ningún momento se quejó y siempre les hacía preguntas sobre esto o aquello. Le hizo recordar cuando era niño y disfrutaba con otros ojos más inocentes, cuando todo era novedoso. Ahora se sentía así, asombrado y maravillado, respecto a su prometida, cada cosa nueva que descubría en ella, le hacía amarla más.

Por otra parte, para Adrien, ese trayecto había sido un viaje al pasado. Salvo algunas casas nuevas, todo era igual, nada había cambiado. En primavera huyó con la mujer que sería su esposa, y en primavera volvía con su hija.

Muchos años habían pasado, casi no recordaba que se acercaba su cumpleaños cuarenta y seis.

—Tranquilo, Adrien —le susurró Iris de pronto, logrando que él la mirara—. Falta poco.

Él, como única respuesta, le sonrió, tomó su mano entre las suyas y suspiró. Miró de nuevo por la ventanilla del carruaje, y volvió a sus recuerdos.

—¿Daniel se verá tan viejo como yo? —preguntó Adrien al cabo de un minuto.

—Para mí, ustedes dos siguen siendo un par de renacuajos.

Lord Rothgar estaba en el jardín mirando hacia el horizonte. Su hermana le había enviado dos cartas seguidas, las cuales habían llegado justo en el tiempo habitual, por lo que calculaba que ya no había retrasos en la carretera. Iris debió haber estado en High Oak Hall en Domingo de Ramos, pero eso no sucedió.

Estaba preocupado, era el mediodía del lunes. La lógica dictaba que, si las cartas habían llegado sin retrasos, su hermana también debía hacerlo.

—¡Papá! —llamó Emma, su hija menor. Su querido y rubio «dolor de cabeza», era el último vestigio de su prole que aún vivía con él y su esposa—. ¿Qué haces aquí solo?

Daniel dio media vuelta, Emma estaba vestida con el mismo vestido que llevaba puesto desde hacía una semana, estaba hecha un verdadero desastre. Se preguntó cuándo dejaría de ser tan descuidada, siempre despeinada y con la piel llena de pecas, al paso que iba jamás se casaría.

Daniel sonrió, descuidada o no, adoraba a Emma.

—Estoy esperando a tu tía iris y a tu primo Angus. Debieron haber llegado ayer —respondió, volviendo a mirar hacia donde empezaba el camino que daba la bienvenida a la gran casona.

—Sí, están retrasados. Pero no llegarán más rápido si estás parado aquí. Seguramente sufrieron algún tipo de percance inesperado, si hubiera sido grave, ya nos habríamos enterado —explicó Emma con tranquila seguridad.

—Sí, creo que tienes razón… —La volvió a mirar y frunció el ceño—. Tienes barro seco en la cara, al lado del mentón.

Emma alzó las cejas y se tocó, era cierto. Rio despreocupada.

—Estuve en el jardín —explicó lacónica, sin perder su buen humor.

—Deberías ir a cambiarte, tu ropa está sucia. Si tu tía te ve en esas fachas, creerá que eres una criada —ordenó Daniel con un leve tono de censura.

Emma, rebelde, puso sus ojos en blanco, y Daniel bufó.

—Agradece que no soy de los padres que golpean a sus hijos, de lo contrario, te habría quitado ese maldito gesto de una bofetada —reprendió Daniel pellizcándole con suavidad la mejilla a su hija.

—Soy una mujer agradecida de tener el mejor padre del mundo… —Emma besó efusivamente la mejilla de Daniel—. No puedo evitarlo, lo hago cada vez que me… —«Me tocan las pelotas», pensó soez, encontraba muy apropiado ese improperio que usaban los mozos de cuadra, pero no podía decirlo frente a su padre, solo pensarlo—, harto. Pero no te preocupes, de todas formas, me iba a cambiar de ropa, ya lo tenía previsto.

—Y te bañas…

Emma abrió su boca, asombrada con aquella tácita acusación.

—Me baño con completa regularidad, señor, solo mi ropa es la que está un poquitín sucia —se defendió vehemente—. Te encanta provo… —Emma no terminó la frase, en cambio, sonrió radiante y comenzó a hacer señas—. ¡Llegaron, papá! ¡Llegaron! —Dio media vuelta, levantó sus faldas y emprendió una carrera hacia la gran casa—. ¡Avisaré a mamá!

—¡Aprovecha el viaje para que tomes un baño y te cambies!

—¡No lo haré! ¡Estaré ocupada ayudando a mamá!

Daniel resopló. No le quedó más alternativa que sonreír. Estaba contento, no veía a Iris desde el año anterior. En su última carta le comentó que tenía una gran sorpresa, estaba muy intrigado por saber de qué se trataba.

No pasaron muchos minutos y el carruaje se detuvo frente a Daniel, quien no quiso esperar a que el lacayo abriera la puerta, y lo hizo él mismo.

—¡Daniel! —exclamó Iris contenta, extendiendo su mano, para que su hermano la tomara—. ¡Al fin!

Daniel ayudó a su hermana a bajar del carruaje, le dio un cariñoso abrazo y le besó la mejilla.

—¡Qué alegría tenerte en mi casa, mi reina del drama! —exclamó tomándola de las manos—. Por ti no pasa el tiempo.

—En ti tampoco, querido —replicó riendo ufana.

—Tío Daniel —intervino Angus bajando del carruaje.

—¡Muchacho! —Daniel saludó a su sobrino con un fuerte abrazo y palmadas en la espalda—. No te ves nada mal, para haber estado a un paso de la muerte —bromeó al ver a Angus sonriente. Se le notaba en el rostro, algo profundo había cambiado en él, no era el mismo del año pasado, era verlo más maduro, más hombre... Tal vez estaba hilando muy fino, pero era evidente y abrumador el cambio en su sobrino.

—Usted tampoco se ve mal, tío, el campo detiene el tiempo en vuestra merced... —respondió Angus separándose del abrazo, se acercó al carruaje y extendió su mano—. Permítame presentarle a mi prometida. —Ayudó a Katherine a bajar del carruaje. Ella sonreía, reflejando toda su felicidad, lo que le hacía verse preciosa—. Lord Rothgar, le presento a la señorita Katherine Thompson, la persona que me ha hecho el honor de ser mi futura esposa.

—¡Vaya, esto sí que es una sorpresa! —exclamó Daniel palmeándole la mejilla a su sobrino. He ahí el motivo del cambio, se notaba que esa linda muchacha le hacía bien—. Pensé que morirías soltero, bribón —bromeó socarrón—. Es todo un placer conocerla, señorita Thompson —dijo dando una regia inclinación que ella respondió con elegancia.

—El placer es todo mío, lord Rothgar. Brockenhurst es un lugar bellísimo, ya quiero pasear por donde me quieran llevar —halagó Katherine con notable sinceridad.

—Se llevará de maravilla con Emma, mi hija menor, le encanta pasear todo el día —aseguró Daniel complacido, la prometida de Angus era una mujer de gustos sencillos—. La conocerá en breve.

—Esta es la primera sorpresa, querido Daniel —señaló Iris contenta—. La segunda aguarda... oh, ya está bajando.

Daniel desvió su mirada hacia el carruaje, y vio a un hombre mayor bajar con energía... En cuanto vio su rostro, no pudo evitar quedar boquiabierto.

Era el vivo retrato del viejo Grimstone. Si no fuera porque lo había visto más viejo el día anterior, juraría que era el vizconde, pero un poco más joven.

Adrien se acercó a Daniel, quien todavía no salía de su estado de estupefacción, le extendió la mano, pero el barón no reaccionaba.

—No estoy muerto, Daniel. Soy Adrien Thompson —saludó con sentimientos encontrados, volver a ver a viejos amigos le alegraba de un modo que no previó. Si bien tenía una relación más cercana con Iris, él había sido un buen amigo de todos los hermanos Cross.

—Adrien —susurró Daniel, le tomó la mano y se la apretó—. ¡Dios Santo! —Miró a su hermana con los ojos desorbitados, y ella solo asentía con su cabeza y sonreía con suficiencia. Tiró de la mano de Adrien y lo abrazó—. ¡Estás hecho un desastre, amigo mío!

—Lo sé… —convino Adrien con emoción—. No le creas a Iris, es una mentirosa, te ves igual de viejo que yo.

—Los años no pasan en vano —afirmó de buen humor, era como volver al pasado. Se quedó un momento quieto, «Thompson» resonó en su cabeza, ese año en que todo el mundo se enteró del escándalo de la institutriz, apenas la recordaba, ¿cómo se llamaba?—… Oh, esperen… —Miró a Katherine, esa sonrisa… esos ojos—. ¿Te casaste con la institutriz? —interrogó alzando las cejas.

Adrien esbozó una sonrisa triste. Solo asintió.

—Hui, me casé, formé una familia, hice mi vida feliz… perdí dos hijos, enviudé —resumió conteniendo las emociones. Respirar el aire limpio de Brockenhurst, había sido un golpe que apenas pudo tolerar. El pasado volvía más nítido, pudo ver la colina en la que se le declaró a Rachel y le propuso matrimonio, pasó por el frente de la casa de los Lowell y recordó ese día en que la conoció. La escoltó hasta la casa de sus patrones—… Pero, tenemos tiempo para ponernos al día, por el momento te confirmaré lo que sospechas, la señorita Katherine es mi hija.

—No sé cómo ustedes dos se encontraron, pero, sin duda, esto confirma que el mundo es demasiado pequeño. Por favor, vamos, entremos a casa —invitó palmeando la espalda de Adrien, se sentía contento y emocionado. Miró a su hermana y, sin palabras, articuló «¡increíble!».

Lo que siguió a esa calurosa bienvenida, fueron más presentaciones, abrazos, bromas y risas. Emma, no le hizo caso a su padre —para variar— y se presentó sin siquiera sacarse el vestido sucio. En cierto modo, a ella le gustaba provocar a cualquiera que fuera demasiado remilgado. Iris y Angus le lanzaron chanzas sobre su apariencia, pero sin mala intención, mientras que Adrien y Katherine, acostumbrados a ver cosas peores que un vestido sucio, ignoraban este hecho y solo reían de buen humor. En el campo había menos reglas, más libertad, todo podía ser un poco más espontáneo y distendido.

Emma estaba contenta, la prometida de Angus no era una mujer en extremo refinada, ni tampoco era de aquellas que esperaba que le rindieran pleitesía. Era… normal, tal como ella. Se preguntó qué tanto le gustaban los paseos y la jardinería. No se quedó mucho tiempo con la duda, Katherine ya demostraba tener intenciones de salir a estirar las piernas en cuanto pudiera.

Entretanto, Daniel y su esposa, Celia, como anfitriones eran insuperables. En cuestión de una hora, ya tenían todo dispuesto para un opíparo almuerzo al aire libre; carnes frías, fruta, pan, queso y vino. El día lo ameritaba, a esa hora, el sol estaba en todo lo alto brindando su agradable calor.

Sentados a la mesa, hicieron una breve oración, agradeciendo a Dios por la familia, el amor, la amistad y el buen augurio que significaba el reencuentro de viejas amistades.

La familia, en un largo almuerzo, se puso al día. Angus relató los pormenores respecto al artero ataque que sufrió a manos de lord Somerton, y las felices consecuencias que trajo. Iris y Katherine intervenían de vez en cuando en su relato, Adrien también lo hacía con detalles graciosos y comentarios sarcásticos.

Después, fue el turno de Adrien, habló de lo que realmente sucedió después de que su padre le prohibiera su enlace con Rachel. Era imposible resumir veinticinco años en un almuerzo, pero Daniel pudo hacerse la idea de que la vida de su amigo fue como la de cualquier otra persona, momentos dulces, difíciles, tristes y felices. Pero que aprovechó sus años siendo inmensamente feliz a pesar de todo.

—Lord Adrien, ¿por qué se enroló en la guerra? Todo iba bien en su vida, una esposa, una hija, un negocio que les daba lo suficiente para vivir tranquilos. Eso es lo que no entiendo, ¿por qué arriesgarse? —preguntó Celia intrigada cuando ya llevaban un par de horas haciendo sobremesa saltando de un tema a otro.

Adrien alzó sus cejas y sus labios se curvaron en algo similar a una sonrisa.

—Uno de nuestros clientes más fieles de la botica era también cirujano y nos contó que pretendía ir como profesional para ayudar a los heridos, sentía que, si bien no era un soldado, podía hacer su aporte con sus conocimientos sin correr demasiado peligro. En aquella época, el espíritu patriota estaba en un punto álgido, me propuso que lo acompañara como su ayudante, yo también compartía el sentimiento, de querer servir de algo en la guerra. Pero no deseaba correr el riesgo de dejar a Rachel viuda, luchando en el frente. Estuve unos cuatro años sirviendo, volví un año antes de que Napoleón fuera vencido en Waterloo.

—Imagino que fue duro para usted ver todo aquello —comentó Emma.

—Digamos que aquello terminó con mi espíritu patriota. Fue duro para todos como familia, pero Kathy y Rachel demostraron ser más fuertes que yo. Cuando volví, fue como si no me hubiera ido.

—Vaya, creo que has tenido una vida bien vivida, siento que no tienes nada de lo que arrepentirte —concluyó Daniel, recibiendo una mirada por parte de Adrien que confirmaba sus palabras—. Cuando nos enteramos de la noticia de tu huida, nos impactó a todos, hubo innumerables rumores, de todo tipo. No obstante, al tiempo después, lord Grimstone decía que habías muerto, pero nunca reveló el cómo o el cuándo. —Daniel rio flojo—. Iris nunca lo creyó cuando se enteró, siempre supo que estabas bien donde fuera que estuvieses. Los años pasaron y, con el tiempo, yo sí creí que habías muerto… Sobre todo, después del fallecimiento de Wilfred. Una verdadera lástima.

—Yo no hubiese regresado jamás, si no fuera por ello —declaró Adrien—. Aunque no le guste a mi padre, no tiene más alternativa, soy lo único que le queda.

—Precisamente ayer lo vi. La muerte de Wilfred fue un golpe que él no esperaba, estaba en cama, no se sentía bien.

—Yo creo que nadie lo esperaba —terció Iris—. La situación que describiste en tu carta… todavía no lo puedo creer, la conducta de Wilfred era intachable.

—Así es, Brockenhurst es un pueblo demasiado pequeño, aquí los secretos no se mantienen por mucho tiempo —afirmó Daniel—, si Wilfred hubiera tenido ese tipo de costumbres, no nos hubiera sorprendido que hubiera fallecido en aquel lugar.

—En esto tienes razón, Daniel —terció Adrien—. Mañana mismo iré a ver a mi padre —anunció—. Si lord Grimstone ha soportado la muerte de tres hijos, bien puede tolerar la resurrección de uno.

—Esta noche haré una visita a la casa de *madame* Antoinette —declaró Angus, ganándose las miradas reprobadoras de todos, menos de Katherine, quien solo le alzó una ceja inquisidora. El conde hizo una mueca burlona—. Por favor, no iré a usar los servicios de las señoritas de esa casa, soy un hombre que se va a casar, y no diría semejante cosa frente a mi prometida. Quiero averiguar un poco más sobre lo sucedido, siento que esto no se puede quedar así… Lord Adrien, creo que ahora es un momento conveniente para que le contemos a mi tío lo que sucedió el viernes.

—Y así me ponen al día a mí también —interrumpió Gregory sorprendiendo a todos. Iris dio un gritito y se levantó contenta para recibir a su hijo.

—Oh, viniste, pequeño bribón —fue el tierno saludo de ella, lo abrazó fuerte. Gregory respondió besándole la cabeza a su madre.

—Terminé antes con mis asuntos. Y bien, ¿de qué están hablando? Tienen unas caras como si hubieran ido a un funeral.

Todos en la mesa se miraron unos a otros. Tal parecía que había que empezar a contar todo de nuevo.

Capítulo XXIII

Gregory estaba frente a la puerta de la casa de *madame* Antoinette, una elegante propiedad de tres plantas que ostentaba una moderna arquitectura. Era el único burdel de la región que tenía algún atisbo de clase.

A sus espaldas estaba Angus, pensando en qué momento se le había ocurrido aceptar que su primo lo acompañara. Después de ponerlo al corriente de toda la situación, Gregory se empecinó en unirse a la causa para develar el misterio de la muerte de Wilfred Thompson, y si esta tenía alguna relación con el ataque del que fue víctima Adrien.

Un hombre enorme, que oficiaba de vigilante, los miró de pies a cabeza con su semblante inexpresivo. Cuando los reconoció, solo se limitó a asentir y les abrió la puerta sin hacer preguntas.

Entraron con propiedad al lugar —no era la primera vez que lo hacían—. Siempre que visitaban Brockenhurst, pasaban a la conocida casa para divertirse, principalmente; música, alcohol, tabaco, conseguir condones, y recrear la vista con las señoritas en distintos grados de desnudez.

«Si vas a yacer con una mujer, más te vale que no sea una prostituta. Un burdel solo es para divertirse y obtener condones, de lo contrario, lo único que conseguirás será que se te caiga el pene», fue la única enseñanza de esa índole que pudo dejarles Charles Montague a Angus y a Gregory antes de morir.

Angus siempre siguió ese consejo al pie de la letra.

En cambio, Gregory, si bien usaba un condón de vez en cuando, solía pagar por los servicios de las señoritas profesionales,

207

cuando una noche de fiesta no resultaba a su favor. Sin embargo, desde hacía un tiempo había aprendido que lo que decía su padre era cierto. Varios amigos de juerga habían sido diagnosticados de sífilis casi al mismo tiempo. Uno ya había fallecido en menos de un año. Fue horrible ser testigo de cómo la enfermedad le devoraba la vida.

Gregory estaba aterrado, llevaba meses en un limbo de paranoia, todos los días se revisaba exhaustivamente los genitales por si aparecían las primeras llagas, esas que todos les quitaban importancia porque desaparecían... Lo que más temía, era despertar un día con el terrible sarpullido, aquello sería su inexorable sentencia de muerte.

Ya ni siquiera se sentía capaz de tocar una mujer. Ya lo había intentado todo, pero al llegar al momento decisivo, simplemente, no podía. La última vez que lo hizo, su madre lo salvó de no tener que dar ninguna bochornosa explicación a su falta de pasión.

Estaba impotente. Literalmente.

Ante todos, él actuaba como el indolente libertino que solo se dedica a vivir la gran vida. Lo hacía por orgullo, principalmente, pero también, para no preocupar a su madre y evitar que ella le recetara el remedio infalible a todos los males de la humanidad: la monogamia marital. No quería aceptar ante nadie —ni siquiera ante sí mismo— que la estaba considerando como una opción viable.

No obstante, cuando las fiestas acababan al acercarse el alba, y se hallaba en su solitaria intimidad al cerrar la puerta de su departamento, esa máscara de inmadura despreocupación, se desvanecía. Todo se había vuelto un tormentoso desastre. No importaba lo que le dijeran los médicos, que, a juzgar el tiempo transcurrido, no se había contagiado. Él todavía no se convencía.

Mientras tanto, se iba a distraer, concentrarse en algo que no fuera él y su lucha interna.

—Vaya, vaya, ¡pero qué visitas más ilustres tengo el día de hoy! —saludó efusiva *madame* Antoinette. Una bella mujer de sinuosas y maduras curvas, ataviada con una exótica bata roja de seda con dibujos de dragones entrelazados. Probablemente, tenía unos cuarenta años. A Corby le parecía que ella siempre tenía la misma edad, por lo menos, desde hacía una década, época en la cual él y Gregory visitaron por primera vez el lugar.

—*Madame* —saludó Corby, con una respetuosa inclinación al igual que Ravensworth—. Como siempre, vuestra merced luce hermosa.

—Oh, usted es un adulador, milord —replicó la *madame,* complacida por el cumplido—. ¿Qué les puedo ofrecer esta noche a los señores?, ¿lo mismo de siempre?

—Digamos que esta noche es especial, pronto me casaré, por lo que quiero disfrutar de una última gran fiesta —solicitó Angus—. Su mejor champaña, vino, música, apuestas, tabaco y bellas señoritas que amenicen la noche.

—Sus deseos son órdenes, milord.

—«*Las criadas desprecian al pretendiente tímido*» —canturreaba Gregory con la voz traposa, con una botella de vino en la mano, liderando un grupo de hombres ebrios—. ¡Corby, esta parte va para ti!... «*Cuando ella esté más fría, presiónala con más descaro; cariñosamente apodérate de ella, abrazándola, apretándola. Besa sus labios, su cuello, sus pechos. Y pronto, pronto serás bendecido[11]*». ¡Con el derechazo de tu prometida en el ojo! ¡Salud! —exclamó, tomó un largo trago de vino y, acto seguido, eructó grave y rio a carcajadas poco caballerosas.

—¡Eres un idiota, Ravensworth! —Angus alzó su copa de vino, reía con el espectáculo y aplaudía. Si supiera su primo, él ya había sido bendecido—. ¡Salud por los amorosos derechazos de mi futura esposa!

A lo largo de esa noche de juerga, Corby se había dedicado a observar con discreción a cada una de las personas que estaban en el lugar. Pero nada parecía indicar que una muerte había ocurrido ahí doce días atrás.

¿Habrá sido todo solo el fatal destino?

Angus seguía incrédulo.

—Ah, ustedes fueron tan oportunos esta noche —dijo de pronto *madame* Antoinette, situándose al lado de Angus, estaba un poco ebria, se notaba porque hablaba más lento de lo habitual—. Desde el accidente, muchos caballeros dejaron de venir. Creo que con el bullicio que tienen hoy se animaron a pasarlo bien un rato, olvidar lo que pasó.

---

11 Extracto de la canción «*Kitty, tender, gay*» (en español «*Gatito, tierno, alegre*») perteneciente a la *tradición popular inglesa.*

—Me alegra darle una ayuda a una vieja amiga. ¡Larga y próspera vida a *madame* Antoinette! —Alzó su copa para brindar con ella, el sonido del cristal chocando, fue una señal para él. Después de beber un trago, decidió que era un buen momento para hacer preguntas—. Pero no entiendo a qué accidente se refiere, solo llegué hoy a Brockenhurst.

—El último heredero de Grimstone falleció aquí —reveló la mujer sin ningún tipo de decoro. Se había esfumado en la anterior copa de vino.

—¿Lord Wilfred? —interpeló Corby, frunciendo el ceño como gesto de incredulidad.

—Él mismo —confirmó la *madame* con suficiencia.

—Vaya, estoy muy sorprendido. Él tenía una fama de ser un hombre muy conservador y de moral intachable. Me parece sumamente extraño que haya muerto aquí.

—A mí también me pareció extraño verlo aquí —coincidió—, pero negocios son negocios… Entró borracho y apenas podía sostenerse en pie, lo acompañaba un hombre joven que jamás había visto por aquí. Este hombre pidió una habitación para que una de las señoritas animara a lord Wilfred. Pagó muy bien y se quedó aquí abajo para esperar a que él terminara. Media hora después, lord Wilfred estaba muerto. Se armó un escándalo que ni se imagina.

—¿Y el hombre que lo acompañaba? —preguntó Angus intentando recabar toda la información posible.

—Cuando el revuelo se calmó, nos dimos cuenta que ya no estaba. Nadie supo si se fue antes o después de que se diera la alarma.

—Vaya, seguramente él quiso evitar preguntas incómodas —elucubró fingiendo ingenuidad—. Me imagino que la pobre muchacha que lo estaba atendiendo quedó muy consternada con aquel suceso.

—Susan ya no quiere atender a caballeros que sobrepasen los cuarenta años. Teme a que mueran en el acto —subrayó alzando las cejas. Angus hizo lo mismo, comprendiendo lo que ella insinuaba.

—Oh… entonces, ella lo estaba atendiendo cuando él…

—Murió en el acto —recalcó la *madame* susurrando.

—¿Literalmente? —preguntó en el mismo tono de secretismo.

—Literalmente.

—Válgame Dios. ¿Susan está aquí? —interpeló curioso.

—Es la muchacha que está al lado del duque.

Angus dirigió su atención hacia su primo. Susan era una joven pelirroja que llevaba sus turgentes pechos al descubierto. Angus tosió, de inmediato recordó a Katherine, y sintió el impulso de largarse de ese lugar. Deseaba correr hasta donde su amada bruja y tener otra sesión erótica. No había podido concretar ninguna otra desde la primera vez que cruzaron el límite de lo apropiado, y se sentía famélico de su contacto.

Definitivamente, Katherine lo había hechizado, si miraba a otra mujer, solo le recordaba a ella, la anhelaba solo a ella, las demás no servían. Estaba condenado.

—Es muy hermosa —Angus comentó imparcial—, pobre muchacha, tener que vivir una experiencia de ese tipo.

—Usted sabe que intentamos cuidar mucho a nuestras chicas. Pero estas cosas están fuera de nuestro control.

—*Madame* Antoinette, no me cabe duda que usted sí sabe llevar un negocio. La Providencia nos ha traído a este lugar por un motivo, y si nuestra presencia ha contribuido a que sus clientes retornen, me siento más que satisfecho —aseguró como todo un caballero—. Ya es tarde, si me disculpa, tengo que llevarme a ese rufián a casa. Ha sido una gran última fiesta, le estaré muy agradecido.

—Oh, milord, su futura esposa se llevará una auténtica joya. Lo conozco bien, sé que esta será la última vez que visite esta casa. Como muestra de mi admiración por vuestra merced, le quiero dar un regalo de bodas —ofreció la *madame* con cierta picardía.

—Oh, no se moleste, es muy generosa, *madame* —se negó Angus sintiendo cierta incomodidad, que intentó disfrazar con humildad.

La mujer rio ladina.

—En realidad,, estaba pensando en un regalo para su prometida. Si gusta, la puede traer un día a mi privado y le puedo dar un par de consejos que pueden serle útiles en el futuro —ofreció sin dar ninguna señal de estar bromeando.

—Es muy amable de su parte. Le preguntaré a ella si desea recibir sus consejos —respondió pensando en que sí lo haría, le gustaría ver la reacción de su bruja, ante ese tan indecente regalo.

Madame Antoinette rio a carcajadas femeninas.

—Hágalo, si ella es inteligente, aceptará mi presente —aseguró misteriosa.

Angus asintió, le tomó la mano y le dio un beso en los nudillos.

—Ha sido un placer conocerla, *madame*.

—Ha sido todo mío, lord Corby.

Angus esbozó una sonrisa y se dirigió hacia donde estaba Gregory cantando otra canción —más atrevida que la anterior— arriba de una mesa y bebiendo vino, era como el director de un coro de borrachos desafinados. Todos los hombres cantaban abrazados y alegres al son del duque.

En un momento dado, ambos se miraron, Corby hizo un gesto y Gregory le guiñó el ojo.

—¡Si me disculpan, damas y caballeros… y no tan caballeros! ¡La madre *narutaleza* me llama! —anunció arrastrando las palabras y haciendo un gesto indecoroso que indicaba de qué se trataba el mentado «llamado» y, tambaleando, bajó de la mesa.

Se acercó al lado de Corby, quien caminaba hacia unos biombos que se encontraban en un rincón de la estancia, y que proporcionaban la suficiente privacidad para aliviar ciertas necesidades.

En cuanto llegaron y, sin cruzar palaba alguna, se aliviaron.

—¿Averiguaste algo? —preguntó Gregory, mientras se adecentaba. Sus palabras eran mucho más fluidas.

—Lo suficiente —respondió escueto—. Necesito que la chica pelirroja que estaba al lado tuyo, te relate cómo murió lord Wilfred, ella lo estaba atendiendo cuando le dio el ataque. Necesito detalles… —Miró a su primo, un tanto incrédulo ante la capacidad de este para llevar a cabo esa misión—. ¿Qué tan ebrio estás?

—Solo achispado, hasta puedo cantar «Dios salve al rey» sin desafinar. Déjamelo a mí, dame quince minutos. —Se quedó unos momentos dubitativo y rectificó—: mejor que sea media hora.

—Te espero afuera. Necesito aire fresco.

Angus maldijo por enésima vez el frío que le calaba los huesos. No llevaba más de veinte minutos a la intemperie y ya se sentía casi congelado, ni siquiera el guardia de la casa estaba afuera, ya no llegarían más caballeros, probablemente, medio pueblo estaba dentro cantando, bebiendo y fornicando.

Angus calculó que debían ser las tres de la madrugada, no quiso sacar su reloj para ver la hora.

¿Qué era lo peor de la situación? La densa neblina que no permitía ver nada a más de veinte yardas. Lo único que lo consolaba, era que sabía en qué habitación dormía Katherine, estaba en el extremo del ala derecha de High Oak Hall. Tenía muy malévolos planes después de haber fantaseado durante horas. No llegaría muy lejos con ella, pero por Dios que necesitaba poseer algo de esa rubia hechicera de artes sensuales y oscuras.

La puerta principal se abrió con brusquedad, Gregory salía tambaleando y despidiéndose alegremente.

—¡Angus! ¡Prrrrrimo! —gritó como si fuera un capitán pirata, uno muy ebrio—. ¡¿Dónde está mi caballo?!

—En las caballerizas, obviamente —respondió Angus impertérrito.

—¡Vamos, milorrrrrd! —ordenó, al tiempo que se dirigía hacia el lugar señalado.

Angus sacó a los caballos sin dificultad, le entregó las riendas a Gregory, quien, entre risotadas escandalosas, falló tres veces antes de poder subirse al animal con algo de dignidad.

—¡Arrrrre, *Napoleón*! —Gregory agitó las riendas, el caballo relinchó e inició un lento trote.

Angus lo siguió en silencio y Ravensworth conservó la compostura en cuanto se alejaron lo suficiente de la casa de *madame* Antoinette. Ambos tenían sus reticencias de hablar, con la perturbadora información recabada no se sentían seguros de nada, era como si alguien invisible estuviera acechando.

Después de unos largos minutos de inquietante marcha en medio de la neblina, consideraron que era un buen momento para conversar. No se escuchaba que nadie los siguiera, al menos, a veinte yardas a la redonda.

—Lord Wilfred, no estaba borracho —susurró Gregory—. Susan me contó que él no olía a alcohol, cuando lo dejaron en la cama. El amigo que lo trajo le dijo que ella hiciera su trabajo, sin importar si él estaba semiinconsciente o no, que cualquiera despertaría feliz si ella estaba montada.

—Raro.

—Mucho —convino—. Wilfred despertó y tenía a esta chica desnuda sobre él. Lógicamente, no reaccionó de la mejor manera, estaba desorientado y asustado. Susan, avergonzada, empezó a vestirse, le ofreció vino y, esto es lo interesante, ella no recordaba haber llevado una copa. Él se tomó todo el vino, y se quedó sentado en la cama, dos minutos después le dio el ataque.

—¿Te describió cómo fue?

—La muchacha estaba aterrada y gritó por ayuda, lord Wilfred no podía hablar, era como si le faltara el aire. Para cuando fueron a auxiliarla, él ya estaba muerto.

—¿Veneno? —preguntó Angus, quería confirmar si su primo pensaba lo mismo que él.

—Es lo más probable. El simple hecho de que un hombre que jamás había pisado un burdel muriera en uno, hace que sea una situación sospechosa para encubrir algo más grande —dijo Gregory, coincidiendo con la sugerencia de Angus.

—¿Por qué *madame* Antoinette me habrá dado otra versión? —se cuestionó—. Ella dijo que él había muerto mientras estaban teniendo sexo.

—Susan, no quiso que la acusaran de asesinato. La muchacha no es tonta, también llegó a nuestra misma conclusión. Por eso contó a todo el mundo una versión muy diferente a los hechos. La muchacha lo hizo para protegerse.

—Lo que más me sorprende es que te haya dicho la verdad. Me da miedo preguntar cómo lo lograste.

Gregory, despreocupado, se encogió de hombros.

—Me lo confesó porque soy un tipo con dinero, encantador y filántropo —dijo con exagerada arrogancia. Angus alzó una ceja escéptica. Gregory puso sus ojos en blanco y bufó—. Está bien, la verdad es que le prometí un puesto de trabajo en Londres, uno decente… ¿En Pearl Palace hay alguna vacante para doncella?

—Infiernos —masculló, entrecerró sus ojos y miró a Gregory con reprobación—. Es posible que Katherine necesite una, hasta el momento, la doncella de mi tía le ayuda.

—¿Ves? Asunto arreglado. Susan será la mejor doncella del mundo.

—Ojalá sea la más discreta del mundo… Tenemos que encontrar al tipo que llevó a lord Wilfred —decretó Angus retomando el tema que los tenía cabalgando en medio de la neblina—, es obvio que él orquestó todo para poder envenenarlo y conseguir que se guardaran el secreto. Después de todo, ¿quién confía en la palabra de una prostituta?

—Todo está contra ella, un tipo fantasma, vino envenenado, una viuda dolida exigiendo justicia. La habrían mandado a la horca —conjeturó Gregory el posible veredicto.

—Debemos tener mucho cuidado. Necesitamos armar un plan. Si en este instante se llegan a enterar de que lord Adrien está aquí, no me cabe duda que será el próximo.

Capítulo XXIV

Katherine estaba inmersa en una inquieta duermevela. Angus había salido con Gregory a investigar sobre la muerte de lord Wilfred a la casa de *madame* Antoinette. Aquello no le permitía conciliar un sueño profundo, no porque ellos hubieran ido a un prostíbulo, sino porque toda la situación la tenía intranquila. Ya casi no tenía dudas de que la amenaza hacia la vida de su padre era muy real.

Lo sucedido en el último tiempo no eran coincidencias ni casualidades, simplemente, ella no podía tomárselo a la ligera, era un hecho.

Y también era un hecho que Angus se arriesgaba si se entrometía demasiado.

No desconfiaba de su prometido, no le provocaba celos que él mirara a otras mujeres, no le molestaba que bebiera. Ella temía por él.

Un sonido la sacó de súbito de ese sueño ligero, mitad consciente, mitad ensueño. Se quedó despierta, mirando el techo de su habitación. El fuego de la chimenea estaba dando sus últimos estertores de calor. Katherine sintió frío, se levantó y echó un par de leños para reavivar las llamas.

Agudizó su oído, no se escuchaba nada más que el crepitar del fuego y su propia respiración. Suspiró, se fue a acostar y se acurrucó para volver a conciliar el sueño.

Angus abrió la puerta sin emitir ninguna clase de ruido. Desde que había salido de la casa de *madame* Antoinette, solo tenía una idea en mente. Necesitaba a Katherine, no podía seguir siendo un caballero asexuado. Era imperativo subir otro peldaño en esa escalada de deseo que lo estaba sacando de su eje, despedazando su cordura.

Y, ahora más que nunca, necesitaba todos sus sentidos puestos en el peligro que estaba sobre su familia, porque sí, eso eran el señor Thompson y Katherine, aún sin la bendición de Dios y sin actas firmadas. Ellos eran parte de su familia, y su deber como conde, hombre y futuro espos,o era proteger a los suyos.

Con extremo sigilo, cerró la puerta tras de sí, las llamas del fuego danzaban briosas dando luz y calor a la estancia. En el acto, Angus se sintió bienvenido y reconfortado. Y en la cama estaba ella, quieta, dándole la espalda. A Angus le provocó una inmensa ternura cuando notó que estaba acurrucada, encogida, como si estuviera intentando contener el calor.

Él quería darle mucho calor.

Pero no quería ganarse un derechazo, se acercó a la cama y la rodeó. Observó a Katherine, que dormía pero tenía su ceño contraído, como si su sueño fuera cualquier cosa menos placentero. Ese deseo que lo impulsó a entrar en la habitación de ella, se fue disolviendo hasta quedar relegado en un rincón apartado de su cerebro, no era el momento. Se sentó a su lado y, con sutileza, acarició los rubios cabellos para despertarla.

Katherine susurró su nombre, y su gesto de preocupación se difuminó. Lentamente, parpadeó y, perezosa, le dio la bienvenida con una sonrisa.

—Buenas noches, mi adorada bruja —susurró Angus continuando con sus caricias.

—Buenas noches, mi señor —respondió Katherine con su voz todavía adormilada. Sabía que él estaba ahí, que no era un sueño, mas no le inquietaba que él estuviera en su habitación en medio de la noche. Su rostro evidenciaba cansancio, estaba desaliñado, pero, de todas formas seguía siendo arrebatador—. ¿Cómo les fue?

—Obtuvimos respuestas, pero creo que nos deja en una situación no muy alentadora...

Katherine se incorporó y abrazó a Angus. Ella lo presentía, temía la confirmación de todos los terribles sucesos que rodeaban a su familia. Inspiró el aroma de él, había rastros de la fragancia que usaba, también vino y humedad. Aquello le daba una tibia sensación de tranquilidad y esperanza.

—¿Qué haremos? —preguntó ella al cabo de unos segundos, en los que solo se recreó en lo bien que se sentía tener a Angus rodeándola con sus fuertes brazos.

—Lo que sea para proteger a tu padre... y a ti —declaró convencido—. Quien sea el que esté orquestando todo esto, hará lo que sea para quedarse con el título. Todo parece indicar que el primo del vizconde está demasiado interesado en ser el único heredero. De momento, contamos con la ventaja de que nadie sabe que ustedes están aquí. Debemos ser precavidos y adelantarnos a la siguiente jugada —dijo Angus con serenidad para darle un poco de seguridad a Katherine—. Todo saldrá bien...

—Confío en que así será, si no lo hago, enloqueceré.

—Muy bien dicho, señorita Thompson. —Angus la abrazó más fuerte y suspiró—. Te amo.

—Y yo te amo a ti... —Katherine se deshizo del abrazo con suavidad, dejando solo sus manos unidas.

—Bien —Angus acarició las manos de su bruja—. Me iré a mi habitación. —Hizo el ademán de levantarse, pero Katherine se lo impidió.

—Quédate conmigo esta noche, Angus... —pidió perdiéndose en la profundidad cobalto de los ojos de su prometido.

Aquella petición fue un golpe a su volátil voluntad que él no previó. Con ella, no sabía qué esperar.

—No sé si sea correcto... Estás preocupada y...

—Necesito que me hagas sentir aquello que me diste ese día en la biblioteca, quiero que termines lo que empezaste. Haz desaparecer de mi cabeza todo esto, no quiero pensar, solo deseo sentirte, sentirnos... —suplicó Katherine, pero de inmediato se arrepintió—. Lo siento, estoy pidiendo demasiado... No es un buen motivo para hacerlo —bajó la vista avergonzada, tenía mucho que aprender.

Angus esbozó una sonrisa, Katherine, en cierto modo, era como él. Tomó la femenina barbilla con suavidad para que lo mirara.

—Cualquier motivo es bueno para hacer el amor. Siempre y cuando lo desees, mi preciosa bruja —aseguró dándole un breve beso—. Sabes cómo soy, quiero pasar cada noche contigo y, aunque sé que me iré al infierno, no me privaré de hacerlo contigo, ya sea por amor, por placer, por felicidad, tristeza, insomnio, aburrimiento… por tener hijos. Mientras sea contigo, no importa la razón.

Katherine sonrió, no necesitó más argumentos. Besó a Angus, despertando al libertino en el preciso instante en que sus lenguas comenzaron a entrelazarse en una voluptuosa batalla. Desde que experimentó el placer, ella se había convertido en un verdadero volcán que vertía densa lava cada vez que estaban juntos.

No habían tenido muchos momentos de intimidad, por lo que era un volcán muy frustrado.

Angus siempre imaginó que su primera vez con Katherine sería algo suave, tierno, casi con miedo a romperla. Pero estaba equivocado, muy equivocado. Sin saber cómo, ella estaba tomando el control de la situación como si fuera una leona que ansiaba saciar su hambre. Y eso iba a hacer, se iba a dejar devorar para ella, la iba a satisfacer.

Angus interrumpió el beso con brusquedad, se levantó y mirándola, casi desafiándola a que intentara moverse, comenzó a desnudarse. En menos de un minuto, el pañuelo y el abrigo estaban en el suelo.

—No dejes de mirar —ordenó él mientras la levita ya acompañaba el resto de las prendas—. Aunque no sea la primera vez que lo haces —agregó burlón.

—Pues no voy a negar que me he divertido mucho mirándote —respondió belicosa, con una sonrisa de femenina soberbia.

—¿Lo hacías a propósito? —interpeló, sus ojos eran un par de rendijas escrutadoras.

—Al principio no —reconoció—. Pero después sí.

Angus rio bajo.

—Siempre tan sincera, eso es lo que amo de ti. Yo tampoco voy a negar, que tus baños secos eran en exceso estimulantes —dijo quitándose la camisa por encima de la cabeza, despeinándose en el proceso. Su desnudez ya estaba a medio camino, Katherine se lamió los labios, sin ser consciente de ello. El torso de Angus era sublime, musculado, sólido, ahora podía pensar libremente lo atractivo que era Corby, deleitarse con saber que era solo suyo.

Angus se quitó las botas con cierta dificultad que, lejos de ser un inconveniente, le dio una relajante pausa a esa tensión que los estaba matando, Katherine dio una risita burlona, y él la reprendió alzando una ceja.

—Ya que te divierte tanto mi pequeño problema con las botas, dejaré que termines tú. Quíteme los pantalones, señorita Thompson —ordenó con una maliciosa sonrisa, acercándose a ella.

Katherine, en venganza, acarició aquel promontorio que tensaba los pantalones de Angus, para, acto seguido, comenzar a desabotonarlo. Sus dedos vacilaron por un instante, estaba un poco nerviosa, pero también, ansiaba unirse a ese hombre que entró a su vida de una manera tan inverosímil que, a veces, ella no creía posible.

Sin más ceremonia, bajó los pantalones revelando su anhelante y pesada erección. Angus terminó la tarea pateando la prenda, dejándola a un lado, y quedó completamente expuesto. Katherine tragó saliva, no podía dejar de mirar aquel miembro que apuntaba hacia ella, se veía mucho más imponente de lo que recordaba.

Angus la instó a que se levantara de la cama, ofreciéndole su mano. Katherine la tomó y quedó frente a él.

—Da media vuelta. —Fue la nueva orden dada por él y que ella obedeció sin cuestionar.

Angus desató la cinta que amarraba la larga trenza de ella y la deshizo, liberando el rubio cabello de su confinamiento. Acarició las onduladas hebras y, con parsimonia, las dejó reposando sobre un hombro para desatar el cuello del recatado camisón que ella vestía, la única prenda que separaba el contacto de sus pieles.

Katherine sintió un escalofrío por el roce de la tela que se convertía en un charco de algodón en el suelo. El calor de la piel masculina se propagó en su espalda y, un poco más abajo, la dureza de él reposando, impúdicamente, sobre su hueso sacro.

En un perverso y erótico abrazo, Angus tomó sus pechos. Se llenó las manos de ellos, apretó con gentileza, al tiempo que él inhalaba de su cuello, el natural aroma que ella desprendía, a hembra, a deseo. Una de sus manos descendió, recorriendo la sinuosa cintura, paseando sobre su vientre, tropezando con el ombligo, enredándose en sus rizos claros ya húmedos. Acarició ese capullo escondido, lo embadurnó de esa lúbrica miel, y un jadeo entrecortado fue la señal que le indicó que iba por buen camino.

Katherine abrió las piernas, pero para Angus no era suficiente, susurró una orden que ella acató, y puso su pie sobre la cama. Satisfecho, continuó con su seducción, la penetró con un dedo, con lentitud y delicadeza, y notó que aquella barrera ya no ofrecía resistencia como la primera vez que lo hizo. Se atrevió a ir más allá, el interior femenino estaba apretado, pero, sin duda, preparado.

No quería provocarle dolor en su primera invasión. Durante sus años de libertinaje, había tenido muchas conversaciones de alcoba con sus amantes, siempre le interesó saber qué sentían, consideraba la sexualidad de las mujeres mucho más compleja y con más potencial que la de los hombres. La satisfacción para ellos era casi instantánea, pero para las ellas era otro cantar. Casi todas le relataron que sufrieron un dolor indescriptible en su iniciación en el sexo, pero, muy pocas, le contaron que era posible reducir, notablemente, el trauma, todo dependía de innumerables factores. «Si tan solo él hubiera ido más lento», «si tan solo él hubiera esperado a que me relajara», «si tan solo me hubiera excitado un poco más».

Angus estaba nervioso, jamás había desflorado una mujer y sentía que debía, al menos, darle una buena experiencia a Katherine.

—Dime, ¿te sientes preparada para recibir algo más? —susurró Angus.

—Sí —respondió en apenas un hilo de voz.

—Voy a ir poco a poco… —anunció intentando introducir otro dedo más—. Me gusta sentir que estás excitada… ¿sabías que mientras más mojada es mejor?

Katherine negó con la cabeza, al tiempo que sentía cómo los dedos de Angus apenas penetraban un poco y se retiraban, provocándole unas irrefrenables ansias de moverse y buscar ese placentero roce que la llevaría al dorado deleite.

Angus notó que, poco a poco, Katherine se abría y le daba la bienvenida, penetró un poco más con sus dos dedos y los separó levemente. Ella ahogó un gemido. Él se detuvo.

—¿Duele? —preguntó con temor.

—Solo un pinchazo extraño —respondió sincera y tranquila— Pero estoy muy bien.

Angus soltó el aire de sus pulmones. Aliviado, besó el cuello de Katherine y luego lamió para saborear la leve salinidad de su piel. Abandonó el interior de ella y la giró para que quedara frente a él.

La besó profundo, casi había olvidado lo excitado que él estaba, si no fuera porque Katherine había empuñado su miembro arrancándole un quejido dentro de la boca de ella. Sin dejar de besarla, tomó su mano para enseñarle cómo volverlo loco.

Katherine estaba sorprendida, esa inhiesta virilidad era tan suave, tan dura y caliente. La enorme mano de Angus sobre la de ella, enseñándole, ese movimiento que lo tensaba y excitaba, que lo hacía respirar acelerado, que lo obligaba a empujar a un ritmo más acelerado que el que ella le estaba dando.

Angus soltó su agarre y Katherine continuó con aquel lascivo sube y baja que lo estaba matando de placer.

—Tu otra mano —murmuró Angus tomando la que estaba libre—. Aquí, acaricia y rasguña suave —indicó, al tiempo que su mano sintió la pesadez de sus testículos. Katherine, ávida por aprender, obedeció dándole lo que él pedía—. Eres deliciosa —elogió entre siseos y la volvió a besar.

Katherine siguió con el sensual estímulo, recreándose en la dureza y calor del miembro en sus manos, en el placer que estaba proporcionando, en el aroma que él emanaba. Pensando cómo se sentiría tenerlo enterrado hasta lo más profundo de su intimidad.

Angus no soportó demasiado ese sensual asedio del que era víctima, con voz estrangulada, rogó por una tregua, la cual fue concedida, no sin antes, recibir una última caricia que lo dejó al borde de la perdición.

—Te costará caro tu insubordinación, bruja perversa —advirtió Angus sujetándole las muñecas—. Recibirás tu castigo ahora —anunció, al tiempo que en sus labios se dibujaba una sonrisa maliciosa—. Acuéstate en medio de la cama.

—Si no me suelta las muñecas, es imposible que pueda obedecer, lord Corby —respondió Katherine, feliz de seguirle el juego. Siempre pensó que, si un día perdía la virginidad, sería atemorizante y poco satisfactorio, muy diferente a la sensual y lúdica forma en que la estaban llevando. Ambos conformaban una sociedad sin igual, nada parecía ser prohibido o antinatural, sino todo lo contrario.

Angus la dejó ir, Katherine se acostó sin sentir vergüenza por su desnudez. Él la miraba como si fuera la mujer más hermosa de la tierra, y así lo sentía, le creía. Él la siguió, se cernió sobre ella, le besó la frente, los labios, el cuello, chupó sus pechos, lamió su vientre y mordió gentil su monte de venus. Ella le abrió de nuevo sus piernas, sin imaginar que él la besaría ahí, justo en su…

—Oh, Angus… qué… Ohhhhhh. —Katherine no podía hilar ni una palabra con coherencia.

Angus tomó por asalto su feminidad con su lengua. Ella no sabía si aquello era correcto, si él podía hacer eso, pero se sentía pecaminosamente delicioso. Cerró sus ojos, no dejó que la vergüenza le susurrara que aquellas caricias eran algo sucio. Solo se limitó a disfrutar de esa pérfida boca que la estaba enloqueciendo con lamidas, mordidas y chupadas en partes que ni ella sabía de su existencia.

El atávico instinto natural le hizo exigir más de esa indescriptible y voluptuosa fruición, sus caderas se alzaron y sus manos bajaron hacia su monte de venus, desesperada por sentir más, por alcanzar ese esquivo éxtasis. Apretó su propia carne, como si su sexo fuera una ofrenda a ese demonio que la estaba devorando descaradamente. Su interior clamaba por ser llenado, se contraía y relajaba intentando retener la nada.

De pronto, el asedio cesó, Katherine abrió sus ojos y Angus la miraba con algo muy parecido al orgullo y la devoción. Él se limpiaba la boca con su antebrazo, como si fuera un bárbaro que acababa de darse un festín divino.

—Voy a entrar —anunció con su voz grave—. Iré lento, si no te gusta, si duele, no temas en decirme. ¿De acuerdo?

Katherine asintió. Angus tomó su pene y lo guio a la entrada. Sin soltarlo, comenzó a penetrarla, lento y firme, sin forzarla. Ella sentía cada milímetro de esa extraña pero anhelada invasión, fue consciente de cómo su interior se abría y albergaba esa gruesa erección.

Angus respiraba con dificultad, controlando la fuerza de su primera embestida. Solo en su primera vez no había usado un condón, había olvidado cómo se sentía esa resbalosa y caliente humedad de estar piel con piel. El interior inmaculado y prieto de Katherine le estaba haciendo perder la cordura, estaba a punto de eyacular sin remedio. Se detuvo por unos segundos. Inspiró hondo, miró a su preciosa bruja, que estaba a la expectativa. Decidido, continuó hasta sentir que había entrado por completo.

Se quedó quieto, convenciéndose, era suya.

—¿Ya está? ¿Eso es todo? ¿Ya hicimos el amor? —preguntó Katherine respirando agitada, tener a Angus completamente en su interior era abrumador, extraño y, a la vez, glorioso. No quería que eso fuera el final. Debía haber algo más.

Angus se lamió los labios y negó con la cabeza.

—Es solo el comienzo… Me empezaré a mover y tú también, tal como hace un momento. —Se inclinó sobre ella, apoyando sus manos a cada lado de la cabeza, se retiró un poco y embistió.

Entró y salió, delicioso.

Katherine probó con seguir ese ritmo; cada segundo que pasaba se iba acostumbrando más a ese lascivo vaivén. Sentía que volvía a envolverla esa sensación de gloria, que le endurecía los pezones y le erizaba la piel. Todo lo que provenía de él le excitaba; el sonido de su respiración, el peso de su cuerpo, el roce de sus pieles, el aroma del deseo.

Necesitaba más. Su cuerpo le exigía más… Tensó su intimidad y, sin vergüenza alguna, se aferró a las estrechas caderas de Angus, imponiéndole un ritmo de estocadas cortas, casi sin separarse, restregando, por mero instinto, su pubis, encontrando ese punto de ignición a la conflagración de voluptuosas sensaciones, que ya estaba siendo familiar experimentar en su cuerpo.

Angus la sentía, por Dios que la sentía. Ella estaba cerca, todo su cuerpo se lo gritaba, esa presión que ella ejercía, esa ardiente marea espesa que lo rodeaba, las uñas que se enterraban en su piel, los gemidos de gozo que emitía sin pudor. Solo debía aguantar un poco más…

Solo un poco más…

—¡Angus! —exclamó Katherine con la voz entrecortada, gimiendo, acelerando el ritmo, convirtiendo ese constante ritmo en algo salvaje, casi violento, lleno de placer.

Y por fin, libre, ella estalló.

Todo su cuerpo tembló y se rompió como una ola contra las rocas, el gozo se apoderó de ella, gigante, implacable. La transformó en mujer, en una que sentía, que entregaba, que recibía.

Saciada, feliz y sosegada, se quedó quieta, inmóvil.

Angus se retiró dando un jadeo tenso, empuñó su miembro y se estimuló para catapultar su propio placer. No tardó ni tres segundos en derramar con furia su simiente sobre el vientre de Katherine. Jamás se había sentido un orgasmo tan poderoso, que no acababa, que lo dejaba vacío, casi sin alma. Porque todo se lo había llevado ella, la única mujer que era capaz de complementarlo, quien lo observaba como si él fuera una especie de dios pagano y sexual, que se convertía ante ella en un simple mortal, un humano hermoso y vulnerable, que le revelaba un sinfín de secretos inconfesables. A ella, a su compañera, a la mujer que había elegido solo por ser quien era.

Angus ya no tenía fuerza, se derrumbó al lado de Katherine. Apenas respirando, la besó, la abrazó como si se le fuera la vida en ello, enredando sus piernas con las de ella. Necesitaba descansar, quedar inmerso en esa sensación de paz que jamás había sentido. En ese instante, se hizo una promesa, él no iba a permitir que su amor muriera, iba a luchar para que su bruja se quedara a su lado por todo el tiempo que les quedaba de vida.

Katherine acariciaba el cabello castaño de Angus, no necesitaba decir nada, solo disfrutar ese instante en que eran solo un hombre y una mujer. Al fin se habían unido y se sintió agradecida de haber vivido esa experiencia con él. Ahora todo tenía sentido, el poder del deseo y del amor, que consagraba a sus almas a estar juntas. En ese instante, se hizo una promesa, ella no iba a dejar que su amor se marchitara, iba a hacer lo mismo que sus padres, amar sin límites, sin egoísmo, siendo compañeros, amigos, amantes. Marido y mujer.

La respiración regular de Angus le indicó que el cansancio había tomado a su primera víctima. Katherine se acomodó y cubrió sus cuerpos con las frazadas. Él, entre sueños, se aferró nuevamente a ella, murmurando «bruja deliciosa». Ella sonrió, se dejó abrazar y cerró sus ojos.

No sabían si había sido el destino, la casualidad o la suerte lo que los había unido. Solo sabían que se pertenecían, y que ya nada podría separarlos, ese amor estaba condenado a ser imperecedero.

Capítulo XXV

Angus salió de la habitación de Katherine antes del alba. Fue todo un desafío; en su afán por salir temprano, la despertó y ninguno de los dos pudo contener la compulsión. Hicieron el amor otra vez, se repitió aquella entrega desmedida. Él entró en su cuerpo nuevamente, la disfrutó mucho más, dejó que ella estuviera sobre él y descubriera nuevas formas de alcanzar el placer. Katherine era puro instinto, ancestral, primitivo. Para Angus, verla así, por primera vez, era como la etérea visión de lady Godiva, vestida solo con su cabello, montando con lúbrico abandono a su hombre, hasta alcanzar el éxtasis abrumador.

Aquello fue demasiado para Angus, apenas logró controlarse lo suficiente para expulsar su simiente fuera de ella. El día de su matrimonio se veía lejano, pero no podía embarazarla en ese instante, lo que menos quería, era exponerla con un sospechoso alumbramiento de siete meses, que todos sacaran cuentas y notaran que la concepción había ocurrido faltándole el respeto a toda la familia.

Angus suspiró, debía ser paciente y llevar su autocontrol al límite.

Todo estaba en penumbras, ni siquiera la servidumbre estaba en pie. Angus soltó el aire de sus pulmones con alivio. Con cuidado de no hacer ruido, siguió avanzando. La figura recortada de un hombre saliendo de la habitación de su Emma le hizo alzar las cejas sorprendido.

Sin pensarlo dos veces, Angus se acercó con sigilo y, atacando por la retaguardia, capturó al desconocido, sujetándolo del cuello.

—¿Quién eres y qué haces saliendo de la habitación de la señorita Emma? —inquirió Angus, severo y amenazante, sin soltar su agarre.

—Soy yo, idiota —confesó una voz femenina y familiar—. Suéltame.

—¿Emma? —Angus la soltó de inmediato. Ella dio media vuelta y apenas se podían distinguir sus formas femeninas en aquella oscuridad matutina—. ¡Infiernos! ¿Qué haces vestida de hombre?

—¿Qué haces tú saliendo de la habitación de la señorita Katherine? —contraatacó para desviar el tema y a sabiendas de que la habitación de Angus estaba en el extremo opuesto de High Oak Hall.

—Llegué hace poco, fui a desearle buenas noches —excusó con una mentira a medias.

—Aunque sea tu prometida, sabes perfectamente que no es apropiado que vayas a su habitación, ni siquiera para algo tan inocente como unas «buenas noches» —cuestionó Emma, evidenciando que no creía en la honorable historia de su primo—. Es más, ya imagino qué hicieron —acusó desenfadada—. No me mires así, Corby, no tengo cinco años, por si no te has dado cuenta.

—Sí, ya veo que no eres una niña. Tienes un par de evidentes razones para suponer eso —señaló, bajando la vista hacia los generosos pechos de su prima. Emma abrió la boca, para intentar replicar, pero, en vez de ello, le dio un rodillazo en la entrepierna que Angus apenas logró esquivar.

Lo que no pudo esquivar, fue el agudo dolor. Se llevó las manos a sus testículos y propinó una palabra malsonante.

—Eres un zafio, Corby… y agradece que no te di más fuerte, exagerado.

—Pobre del que se case contigo, Emma —maldijo con la voz entrecortada.

—Nunca me casaré —declaró vehemente—. No porque no quiera, sino porque los hombres no toleran que una mujer sea igual o mejor que ellos. Y yo no tolero a los hombres que se creen superiores a mí, solo por el hecho de tener ese apéndice de carne colgando entre las piernas.

—Tal vez has tenido la mala suerte de conocer solo a los equivocados —repuso Angus todavía quejándose. Ah, en qué momento su prima se había convertido en una mujer tan peculiar. Era una versión más mordaz y masculinizada de Katherine, sin embargo, aquello no le provocaba rechazo—. O, tal vez, la mayoría son tan obtusos que no te van a entender ni ver cómo eres.

—Quién sabe… Mientras tanto llega el hombre indicado, si es que llega, me iré a montar un maldito caballo a horcajadas sin que nadie me fastidie con que es inapropiado para una señorita. Tú harás como que no me viste, y yo no diré nada acerca de las visitas nocturnas que le haces a tu prometida… Menudo par de sinvergüenzas. —Chasqueó su lengua con una sonrisa burlona—. No me perderé tu matrimonio por nada del mundo, aunque eso signifique ir a Londres.

—Sinceramente, lo lamentaré si no vas. Ahora que estoy re-descubriendo a mi interesante prima, no me sorprendería verte con levita.

—No me provoques, que iré vestida de hombre. —Rio ima-ginando a todas las mujeres desmayándose si la vieran entrar así a la iglesia—. Bien, me voy —anunció al tiempo que enfilaba sus pasos hacia la escalera

—Emma… —llamó Angus, ella lo miró por sobre el hom-bro—. ¿Llevas algo con qué defenderte?... No voy a impedir que no salgas, pero nunca se sabe qué clase de personas están afuera.

—No me alejaré mucho. Vestida de hombre es suficiente pro-tección para mi honra. —Esculcó su bota y, con destreza, apuntó al cuello de Corby—… Y esta navaja también es de ayuda.

—Muy bien —accedió conforme. Vestida de hombre, cono-ciendo puntos débiles y armada, Emma era de temer—… Nos ve-mos, señor Cross.

—Nos vemos, señor Moore.

Angus miró al cielo, ay del pobre y triste miserable que ose se fijarse en ella. Era demasiado para un hombre común y corriente. Si existía ese hombre en Inglaterra, capaz de soportar todo lo que era ella, sin duda se llevaría la más extraña de las joyas.

Katherine fue la última en sentarse a la mesa. El desayuno estaba preparado para satisfacer hasta al comensal más exigente; pan, pastas, bollos, tocino, huevos, gachas, té, café, mantequilla, mermelada, entre otras variadas exquisiteces. Si bien se acostumbraba la frugalidad en Semana Santa, Daniel no escatimó en agasajar a su familia que veía solo una vez al año.

Katherine sonrió, lo bueno de estar en el campo y en familia, era que el protocolo casi no existía. El ambiente era ruidoso, distendido y cercano. A pesar de todas las dificultades que estaban atravesando, también había tiempo para desentenderse unos momentos del peligro inminente que corría su padre.

Se sentó en el espacio que había entre Gregory y Emma, frente a ella estaba Angus, quien le sonrió y le guiñó el ojo. Intentó en no pensar en lo que habían hecho, pero todo su cuerpo la traicionaba, todavía podía sentir que él estaba dentro de ella. Al despertar esa mañana, buscó manchas de sangre en las sábanas, pero no halló rastro alguno. Solo al asearse, se evidenció en apenas un descolorido rastro rojizo. Sí, ya no era virgen, pero Corby se había encargado de hacerlo memorable, en el mejor sentido de la expresión. Se desprendió de ese pensamiento, comenzaba a sentir que sus mejillas se calentaban.

Saludó a todos los comensales con educación y simpatía. La mesa era encabezada por lord Rothgar, al lado de él estaba su esposa Celia. En el otro extremo, estaban Iris y su padre conversando alegremente.

Se sentía famélica, se sirvió gachas, té y pan tostado embadurnado en mantequilla. Todo sabía a deliciosa ambrosía campestre.

—El campo suele abrir el apetito a los londinenses —comentó Emma mirando de soslayo a Angus, recibiendo un puntapié en el tobillo por parte de su primo—. Y aquí, disponemos de la mejor cocinera de Brockenhurst para saciarlo —repuso con su rostro imperturbable.

—Todo está muy delicioso —coincidió Katherine, ajena al intercambio entre Angus y su prima.

—En el campo también aumentan mis ganas de montar a caballo, habría salido antes del amanecer —terció Angus en un velado contraataque a Emma, recibiendo un puntapié de regreso—… Pero estaba muy trasnochado. Greg, ¿por qué no me acompañas a cabalgar después del desayuno?

—Cuando se me pase la resaca —respondió quejumbroso y con el rostro ceniciento—. Estoy hecho un desastre, bebo una botella de vino y me siento como si hubiera bebido veinte. ¿Dónde está mi maldita juventud?

—Ese vocabulario, duque —reprendió Iris seria—. Hay damas y señoritas a en la mesa, no estás en la casa de *madame* Antoinette.

—Lo siento —respondió Gregory haciendo una mueca.

—Hablando de *madame* Antoinette… —intervino Adrien—. Creo que es buen momento para que nos cuenten el resultado de su investigación. Aparte de la monstruosa resaca de lord Ravensworth…

—En efecto, es un buen momento ya que estamos todos —convino Angus, miró a su alrededor, se inclinó hacia su tío y le susurró—: Tío Daniel, ¿puede dispensar a la servidumbre?, creo que mientras menos personas manejen esta información, será mejor para todos.

Lord Rothgar, asintió y solicitó que los sirvientes se retiraran hasta que fueran llamados de nuevo.

Angus, conforme, se aclaró la garganta y el ruido cesó.

Todos pusieron atención al detallado relato de Angus y Gregory sobre lo sucedido en casa de *madame* Antoinette. El rostro de Adrien era estoico, firme, incluso en el momento en que argumentaron sus sospechas de que lord Wilfred fue víctima de un envenenamiento.

Para Katherine, esa afirmación fue peor de lo que imaginó.

—A todas luces, esto es un complot para quedarse con el vizcondado —concluyó Angus estudiando a Adrien—. Tenemos a favor, el hecho de que la persona que lo quería ver muerto, no sabe que está usted aquí, y mucho menos vivo. Debemos ser cuidadosos y establecer un plan que nos permita descubrir al criminal, para llevarlo ante el magistrado. Me temo que un hecho así, no podrá resolverse entre caballeros.

—Entonces, ¿qué hacemos? —preguntó Adrien—. Yo no me puedo esconder, debo visitar a mi padre y reclamar mi derecho.

—Y eso es lo que creo que debe hacer. Me parece que usted es ideal para ser la carnada para el criminal. Tarde o temprano cometerá un error.

—¿Estás sugiriendo que Adrien se arriesgue de esa forma? —cuestionó Iris.

—Todo el mundo estará pendiente de él. Es como tener decenas de testigos a donde quiera que vaya —respondió Angus a su tía, luego dirigió su atención a Adrien y dijo—: Después de visitar a lord Grimstone, mientras más gente sepa que usted vive, mejor. Tengo una idea de cómo actuar, pero creo que todos debemos afinar mi plan y trabajar en conjunto. —Miró subrepticiamente a Katherine, quien lo observaba atenta, solo bastó un gesto, había mucha comprensión y confianza en lo que su prometido iba a proponer—. Bien, lo que podríamos hacer es lo siguiente…

Adrien bajó de la calesa que le facilitó lord Rothgar para transportarse y extendió su mano para ayudarle a Katherine a descender. Un mozo de cuadra fue a su encuentro para recibir las riendas, al tiempo que padre e hija admiraron la gran casa llamada La Granja.

—¿Por qué se llama así? Es incluso más grande que la casa de lord Rothgar —preguntó Katherine impresionada de la grandeza de la construcción.

—Nuestros antepasados eran unos humildes terratenientes cuando se les concedió el título. Aquí había una granja que, con el paso de las generaciones, fueron ampliando, construyendo y reconstruyendo a medida que aumentaba la prosperidad del vizcondado. Cuando me marché, mi padre tenía una renta anual de diez mil libras, una suma bastante considerable para la época. —Suspiró, recuerdos enterrados emergieron como si siempre hubieran estado ahí. Apenas recordaba a su madre, quien falleció cuando él tenía cinco años, pero logró rememorar su aroma suave y femenino—. Por lo que veo, sigue siendo próspero.

—¿Estás bien, papá? —preguntó Katherine preocupada.

—Sí, tú eres el motivo por el cual estoy aquí. —Le ofreció el brazo y ella se aferró a él, comenzaron a avanzar lento—. ¿Por qué me has vuelto a llamar «papá»?

—Creo que me alejé de ti de un modo innecesario. No quería dañarte por ser igual a mamá —respondió Katherine en voz baja mirando el suelo, sintiendo vergüenza.

—Hiciste lo que creías correcto, hija mía. No te culpes por ello, mi debilidad fue lo que te alejó. Ese error no volveré a cometerlo. —Le besó la mano y sonrió—. Llegó el momento.

Tocó la aldaba, no debieron esperar mucho cuando la puerta se abrió. Un hombre de mediana edad era, en apariencia, el mayordomo. Al mirar a Adrien, no pudo evitar alzar sus cejas con sorpresa.

—Buenas tardes —saludó el mayordomo cuando recobró la compostura—. ¿Quién es usted y a quién busca?

—Buenas tardes, buen hombre —respondió extendiendo su tarjeta de visita—. Soy Adrien Thompson, hijo menor de lord Grimstone. La señorita que me acompaña es mi hija, Katherine Thompson. Solicito una audiencia con el vizconde.

El mayordomo leyó la tarjeta y asintió, abrió más la puerta, permitiendo que ingresaran al vestíbulo. Pensó que, aunque la inesperada visita no hubiera presentado una tarjeta, él le habría creído de todas maneras, el parecido con el vizconde era impresionante.

—Espere aquí un momento, por favor, señor Thompson. Iré a consultar si lord Grimstone desea concederles una audiencia —dijo el mayordomo. Adrien y Katherine hicieron un gesto afirmativo y el hombre los dejó a solas.

Adrien inhaló el aroma familiar. Era increíble, como si el tiempo no hubiera transcurrido. Pero en el ambiente se notaba esa energía densa, pesada y lúgubre, producida por la muerte de sus hermanos. Se preguntó si el vizconde vivía solo o con sus nueras y nietos, esa mansión era demasiado grande para un hombre solo y viejo.

El mayordomo volvió, interrumpiendo las cavilaciones de Adrien y se aclaró la garganta para llamar su atención.

—Lord Grimstone los espera. Síganme, por favor.

Padre e hija avanzaron hasta llegar a las escaleras, subieron al segundo piso, donde se encontraban los dormitorios. Llegaron hasta la habitación del vizconde, la más grande de toda La Granja.

El mayordomo anunció su presencia golpeando la puerta y la abrió. Adrien no pudo evitar retener el aire en sus pulmones. Era la primera vez que entraba a esa estancia.

—El señor Adrien Thompson y su hija, la señorita Katherine Thompson, milord —presentó el mayordomo.

—Gracias, Murphy, puede retirarse —dijo la voz grave del vizconde.

Adrien y Katherine entraron en la enorme habitación, al mismo tiempo que miraban el lugar de reojo, era, sin duda, un santuario masculino; enormes ventanales permitían que la luz entrara a raudales, la chimenea estaba encendida, y el fuego proporcionaba la temperatura ideal dada la altura de la estancia. Muebles tan antiguos como la casa, brindaban todas las comodidades para el vizconde, y al centro reinaba la gran cama del patriarca de la familia.

—Por un momento pensé que se trataba de algún estafador. Pero eres idéntico a mí. —Fue la inusual y gélida bienvenida del vizconde, como si Adrien solo se hubiera ido por una semana. No parecía impresionado por el retorno de su hijo, su semblante era imperturbable—. Y tuviste el atrevimiento de nombrar como tu madre a la hija que tuviste con esa mujer —reprochó con acidez.

—Tuve el atrevimiento de hacer mi vida junto a la persona que más amé en este mundo, señor —respondió Adrien en el mismo tono.

—¿Has venido a reclamar tu lugar? —inquirió el vizconde sin delicadezas.

—Me vi en la obligación de hacerlo. Casi por casualidad me enteré del fallecimiento de mis hermanos. Yo no estaría aquí de no haber sufrido un atentado contra mi vida, quemaron mi propiedad conmigo adentro. Y usted ya debería estar sospechando de la inusual muerte de mi hermano…

—Wilfred murió por su debilidad.

—¡Wilfred fue asesinado, señor! —exclamó para acallar las palabras llenas de amargura de Grimstone—. No se atreva a ensuciar su memoria.

—No estuviste los últimos veinticinco años, no conocías a tu hermano.

—No, es cierto. Pero sé que él era un hombre correcto, intachable y temeroso de Dios, tuvo infinidad de oportunidades en su juventud para ir a cualquier burdel, no lo hizo y me consta. Para su información, Wilfred fue despojado de su voluntad, lo drogaron, lo metieron a esa casa y lo envenenaron —reveló Adrien, severo y convencido.

—Eso lo estás inventando —siseó el vizconde.

—Si usted hubiera tenido, al menos, la voluntad de averiguar lo que sucedió, sabría que lo que estoy diciendo es cierto. Afortunadamente, a mi lado tengo a personas que harían lo que fuera por mí y por mi hija. Incluso meterse a un burdel para investigar la verdad. No siga intentando ignorarla, usted lo sabe, es padre, puede presentir eso…

—No presentí que te marcharías… jamás lo imaginé.

Aquella sentencia desconcertó a Adrien, esas palabras se sentían llenas de culpa. Pero lo hecho, hecho estaba.

—Hice lo que debía hacer, había elegido una mujer que usted no aprobaba para el linaje de esta casa. Hui con ella para no odiarlo más, para protegerla de lo que usted hizo para separarnos, para no ser un hombre amargado e infeliz. Tal vez Dios me castigó con la muerte de mis dos hijos por haber deshonrado a mi padre... Pero no me arrepiento de nada. Viví a plenitud lo bueno y lo malo. Y, al igual que usted, solo me queda una persona en este mundo, mi Katherine es el único vestigio de mi sangre con la mujer que amé que aún conservo.

Grimstone se quedó en silencio. Había imaginado de miles de formas el retorno de su hijo menor, pero ninguna se acercaba a ello. Tras veinticinco años, Adrien ya venía de vuelta en la vida, y traía consigo la verdad sobre el deceso de Wilfred.

Las palabras de Adrien, reverberaban en su cabeza como si mil campanas tañeran al mismo tiempo. Odiaba admitirlo, pero su hijo menor tenía razón. Wilfred era un hombre intachable, un esposo fiel, un padre ejemplar...

Un repentino mareo le dio vueltas la cabeza. Se llevó la mano a la frente en un vano intento de frenar el vértigo. Grimstone, no se sentía bien, desde hacía días eran constantes esas repentinas molestias, además de dolores de cabeza. Esa mañana, despertó asustado con una opresión en el pecho y le costaba respirar...

Estaba demasiado viejo, demasiados hijos enterrados. Estaba exhausto.

Y ya no sabía qué sentir respecto a Adrien. La furia que sintió durante décadas cada vez que su nombre era mencionado, desapareció. Durante años, nunca esperó su retorno, de verdad pensó que había muerto. Pero, tras la muerte de Wilfred, esperaba que volviera. Y ahí estaba, un hombre ya mayor, que hizo su vida tal como quiso, sin la ayuda de nadie. Era evidente que lo hizo bien, la muchacha que lo acompañaba, su nieta, irradiaba admiración por él.

Era su hijo, maldita sea. No podía odiarlo, lo hirió en su orgullo como cabeza de la familia con su rebeldía, sintió como una traición su desobediencia. Pero no podía reprocharle nada, cuando se fue, lo hizo solo con lo que le pertenecía. Había vuelto e hizo lo que debió hacer él como padre, no creer en lo primero que le decían.

Estaba cansado. Solo necesitaba un minuto de tranquilidad. Pero no tenía derecho a ello, habían asesinado a Wilfred y Adrien casi corrió con la misma suerte. Necesitaba poner todo en orden. Debía priorizar.

—Dile a Murphy que mande a buscar a mi abogado —decretó el vizconde sin querer dar explicaciones—. Baja con mi nieta al salón matinal, es probable que tu presencia ya sea una noticia en esta casa. Ahí debería estar Nora, la viuda de tu hermano, junto con mis otras nietas… preséntate y cuéntales la verdad, se la merecen.

—¿Y qué hará respecto a quien intenta quedarse con el título? —interpeló Katherine mirando a lord Grimstone—. Es lógico que alguien quiere poseer todo esto, de otro modo, tendría a sus hijos vivos o, al menos, a mi tío Wilfred.

—¿Así que mi nieta tiene las agallas para hablarme en ese tono? —interpeló burlón—. ¡Vaya atrevimiento!

—Mi único afán es proteger a mi padre, milord —declaró Katherine impertérrita.

—Y con ello, también proteges tu herencia —añadió el viejo con sorna.

—El vizcondado es lo que menos me importa. Usted no me conoce, no sabe cómo soy ni lo que me motiva. No permitiré que me mire en menos solo por ser la hija de una mujer que no quiso admitir en esta familia por su origen. Mi madre era una mujer íntegra, brillante, inteligente y muy fuerte, trabajó codo a codo con mi padre. Lo apoyó en todo, lo amó más que a nada en este mundo. Estoy orgullosa de ellos, de lo que me dieron. Así que, con mucho respeto, le exijo que sea muy cuidadoso con sus palabras, porque yo no seré condescendiente, considerada ni educada la próxima vez para defender mi honor o el de mis padres.

—Pobre del hombre que se case con ella —bufó el viejo.

—Yo diría todo lo contrario —terció Adrien orgulloso de su hija—. Su nieta es la futura condesa de Corby.

—¿Domó a ese granuja vividor? —El viejo Grimstone rio a carcajadas—. Vaya mujercita que has criado… —Miró a Katherine, le simpatizaba la condenada, tenía carácter, como él. Se aclaró la garganta con dificultad, y dijo—: Le responderé su pregunta, señorita Katherine. Después de ordenar mis asuntos legales, mandaré llamar a mi primo y lo interrogaremos. Después de todo, es el único que se beneficia con que Adrien estire la pata. ¿Está conforme?

—No, pero es un comienzo.

Capítulo XXVI

—¿Sabes quién es ese hombre que está al lado del lord Rothgar? —susurró una mujer a otra en medio del servicio religioso de Jueves Santo.

—¿Cuál, el joven o el mayor? —respondió simulando que prestaba atención al vicario de la iglesia Saint Nicholas.

—El mayor.

—No lo había visto jamás… pero su rostro me es familiar. No logro recordar a quién se parece.

—Es Adrien Thompson… El hijo menor del viejo Grimstone.

La mujer ahogó un jadeo y abrió desmesuradamente sus ojos ante la increíble sorpresa, ganándose un par de miradas de reproche.

La mujer dejó pasar unos segundos para asegurarse de que ya no le prestaban atención y seguir con la conversación que era mucho más interesante que el desapasionado sermón del vicario.

—¿No estaba muerto? —susurró a su amiga.

—Al parecer no —respondió con suficiencia en el mismo tono—. No hay duda que es hijo del viejo Grimstone, ambos son idénticos, pero él es mucho más amable que el vizconde. Ayer estuvo paseando con su hija en el pueblo, visitando viejos conocidos. Según me dijeron, hace veinticinco años, él se fugó con una mujer que su padre no aprobó, se casó y vivió todo este tiempo en Londres.

—Ah, qué romántico.

—Sí, mucho… Incluso fue a la guerra. Y su hija es la prometida de lord Corby.

—¡No! —Se tapó la boca al alzar demasiado la voz. Nadie la miró esta vez y susurró—: ¡Ese granuja vividor se va a casar!

—Pero eso no significa que va a dejar sus costumbres. Nada más al llegar al pueblo hizo una fiesta en esa casa inmoral con lord Ravensworth. ¡Y en Semana Santa! Esos granujas no respetan nada.

—Lord Corby es incorregible, pobre de ella que se va a casar con él.

—Nada de pobrecita, ella lo autorizó, como una última travesura del conde.

—¡No!... Vaya, no sé qué pensar.

Las dos mujeres siguieron conversando animadas sobre el sinfín de historias que se habían esparcido en tan solo tres días, sin imaginar que eran escuchadas con mucha atención por un hombre.

En las últimas horas del día anterior, llegaron a sus oídos los primeros rumores de que algo importante había sucedido en La Granja, pero nadie decía nada en concreto. La iglesia siempre era un buen lugar para escuchar la historia completa; la señora Sylvia y la señora Lily eran su fuente informativa. Siempre estaban al tanto de cualquier chisme. Manejaban toda la información social de Brockenhurst como si fueran el más afamado pasquín de cotilleos londinense.

Con tan solo escuchar el nombre de Adrien Thompson, sintió que todos sus planes se habían desplomado. Maldijo a ese par de ineptos que contrató para eliminar al último hijo del viejo Grimstone. Esos idiotas le habían asegurado que había muerto en el incendio.

Y eso no era todo, resultaba que también tenía una hija, un escollo más para sus planes.

Ahora su trabajo se iba cuesta arriba. Debía hallar un modo de eliminarlo sin levantar sospechas, aprovecharse de que la maldición de Grimstone estaba en boca de todos. Estaba descartado envenenarlo, como a Wilfred. Adrien Thompson ya no era un anónimo ciudadano en Londres, se había convertido en casi una celebridad en Brockenhurst y era casi imposible acercarse a él.

Volvió a maldecir su suerte, estaba tan seguro de que Adrien había muerto que ya estaba envenenando al viejo vizconde. Pero ya no podía dejar ese plan en pausa, ya estaba en marcha desde hacía varios días, el viejo estaba sentenciado…

Contuvo su rabia y apretó los puños hasta que sus nudillos se pusieron blancos. El tiempo se estaba convirtiendo en su enemigo.

Cuando el mayordomo anunció su visita, Ronald Thompson entró a la habitación del vizconde portando su maletín de cuero. Grande fue su sorpresa al ver que no estaba solo, como era habitual. De soslayo, vio a tres personas que lo acompañaban, dos hombres y una mujer, que se encontraban de pie a una distancia prudente de la cama.

Centró su atención en su primo, su rostro estaba pálido y ojeroso.

—Buenas tardes, Malcolm —saludó Ronald con una inclinación hacia su primo, el vizconde, con la desagradable sensación de que cada movimiento era observado con rigurosidad—. Recibí tu mensaje anoche, pensé que deseabas que revisara tus avances, pero creo que me he equivocado.

—Retrocesos, debería decir, cada día que pasa me siento peor —refunfuñó el vizconde, provocando que el desconcierto de Ronald aumentara—, pero no es el motivo por el cual te cité. —Grimstone miró subrepticiamente a su hijo, y Ronald dirigió su atención hacia Adrien—. Creo que ya debieron haberte contado.

—Por supuesto, me sorprendió mucho saber que tu hijo menor estaba vivo —comentó relajado, y enfiló sus pasos hacia el nuevo heredero aparente—. La última vez que te vi eras apenas un jovencito. Es probable que no me recuerdes. —Le ofreció la mano con una expresión amable—. Seas muy bienvenido, primo.

Adrien respondió el gesto con naturalidad y seguridad, sin darle importancia al hecho de que todos los observaban con más que una simple curiosidad. El agarre de Ronald era firme, pero sin exagerar.

—Muchas gracias. —Adrien esbozó una sonrisa de simpatía y apuntó el maletín—, no sabía que usted era médico.

—Por eso apenas me conociste. La mayor parte del tiempo lo pasé fuera de Brockenhurst estudiando. He sido el médico de cabecera de tu padre desde que falleció su otro médico, hace al menos unos quince años.

—Eso explica mucho… Le presento a mi hija, Katherine. —Ella saludó e hizo una leve inclinación de respeto—. Y el joven aquí presente, es su prometido, Angus Moore, conde de Corby.

—Vaya, mis más sinceras felicitaciones —dijo Ronald haciendo una digna inclinación hacia su prima en tercer grado y su prometido, famoso por su libertinaje.

—Bien, ya que están hechas las presentaciones —intervino el vizconde—, quisiéramos hacerte unas preguntas sobre algunos asuntos importantes. Toma asiento, si eres tan amable, por favor.

Ronald se sentó en una silla que estaba al lado de la cama de Grimstone y puso su maletín sobre sus rodillas. Tenía mucha curiosidad sobre aquellos «asuntos» que debían tratar.

—Ustedes dirán.

—El conde de Corby estuvo haciendo averiguaciones en la nefasta casa donde mi hijo Wilfred encontró la muerte —comenzó a relatar Grimstone—. Según el testimonio de la «señorita» que lo atendió, podemos inferir que mi hijo no sufrió un ataque fulminante, como todo el mundo presume, sino que fue drogado para internarlo en ese lugar, para luego ser envenenado.

—¡Santo Cielo! Eso es una acusación muy grave, Malcolm —exclamó Ronald francamente consternado.

—Lo sabemos, Ronald, pero no te lo estaríamos diciendo si no estuviésemos seguros de los hechos. No obstante, eso no es todo, curiosamente —enfatizó—, la semana pasada, Adrien casi sufre el mismo destino en un incendio intencional. Un par de sujetos lo golpearon y quemaron su propiedad con el objetivo de que falleciera calcinado… Son demasiadas coincidencias, muy macabras, para diezmar lo que queda de mi estirpe. Lo peor de todos, es que tú eres el principal sospechoso.

Ronald enderezó su espalda, un perturbador escalofrío se la recorrió.

—¿Yo?... Pero, pero… ¿Por qué? —interpeló, alzando sus cejas y aferrándose a su maletín como si fuera un escudo.

—Por el simple hecho de ser el único que se ve beneficiado con la muerte de los hijos de lord Grimstone —intervino Angus con voz monocorde—. Ahora nos enteramos de que usted es médico. Algo que es muy conveniente para llevar a cabo ese tipo de planes, tiene el conocimiento y acceso a cualquier tipo de veneno que sea indetectable, incluso fabricarlo.

—Yo regento… regentaba una botica en Londres —rectificó Adrien—. Es muy fácil conseguirlo si se es médico, ni siquiera se les cuestiona cuando van a comprar. Basta con tener algunos conocimientos básicos para matar poco a poco, o súbitamente.

Todos se quedaron en silencio, ya estaban las cartas sobre la mesa. Ronald no soportó demasiados segundos esa tensa pausa, se aclaró la garganta para poder hablar.

—Viéndolo desde su punto, es muy lógico que piensen de ese modo sobre mí —comenzó con su defensa—. Pero, a decir verdad, no me agradaba mucho la idea de recibir el título, para mí es un alivio que Adrien haya vuelto. El vizcondado significa hacerse cargo de demasiada responsabilidad, y jamás me preparé para ello. Tengo una vida sencilla, no tengo cabeza para preocuparme de cosechas, inquilinos ni propiedades. No sabría por dónde empezar —respondió Ronald con una tranquilidad que pasmaba a quien lo viera. Pero, en su fuero interno, una inusitada inquietud comenzaba a corroerle las venas.

Katherine estaba sorprendida, mas su expresión no lo demostraba. Ella esperaba una reacción más dramática por parte de él, que alzara la voz, que se ofendiera ante la velada acusación. Angus y Adrien, pensaban parecido; Ronald era un muy buen mentiroso, o bien, era un chivo expiatorio.

Y, si ese era el caso, ¿quién más podría ser?

—¿Y qué hay de tu hijo? ¿Qué tan ambicioso es él? —inquirió Grimstone sin ningún tipo de sutileza.

—¿Ian? —Ronald, por un segundo, pensó que pasarían por alto a su hijo mayor. Fue un iluso—. La verdad, lo he visto muy indiferente respecto al título, está más preocupado de otras cosas. No hemos conversado mucho sobre el tema.

Un silencio plúmbeo inundó la estancia por eternos segundos, un leño de la chimenea crepitó, provocando que Ronald diera un respingo.

—Entonces, ¿qué harán, me llevarán ante el magistrado? —interpeló el primo del vizconde, evidenciando su incomodidad.

—Solo tenemos conjeturas y circunstancias. Ninguna prueba concreta —respondió Adrien con aplomo—. De momento, no podemos hacer nada, tampoco se trata de acusarle sin que tenga derecho a defenderse, más bien, nuestra intención es ponerle al tanto de la situación, que de por sí es bastante delicada y que le afecta, quiera o no.

—Bien, al menos me están dando el beneficio de la duda, por lo que aprecio que tengan esta deferencia conmigo y por los años que he estado al lado de Malcolm como familiar y médico. —Ronald se puso de pie—. No está de más asegurarles que les informaré de cualquier antecedente que sea de utilidad para su investigación. Aunque espero que estos terribles sucesos hayan sido una horrible coincidencia.

—Eso esperamos todos, Ronald, que todo esto sea una horrenda equivocación —dijo Grimstone con cierto tono de benevolencia—. Dale mis saludos a Araminta y a tus hijos.

—Se los daré. —Hizo una digna inclinación hacia el vizconde y todos los demás—. Que tengan buenas tardes.

Ronald se retiró de la habitación, dejando tras de él, las miradas inquisidoras que se clavaban en su espalda.

—Padre, ¿estás tomando algún jarabe o tónico que te haya prescrito Ronald? —preguntó Adrien en cuanto la puerta se cerró.

Grimstone frunció el ceño ante esa repentina pregunta, de pronto, un muy mal presentimiento se cernió sobre él.

—Se supone que estoy tomando unas gotas para los malestares del resfrío que estoy padeciendo desde hace una semana —respondió y, en el acto, miró con desconfianza el frasco que reposaba sobre la mesa de noche.

Adrien, sin pensarlo dos veces, dio largas zancadas, tomó el frasco y lo abrió. Olfateó el contenido y entrecerró sus ojos.

—Kathy, querida, por favor —ofreció Adrien a su hija el frasco—. Dime a qué huele, necesito que me lo confirmes, tus sentidos son mucho más agudos que los míos.

Katherine hizo la misma prueba que su padre, tardó un poco más en identificar el aroma que se confundía por el alcohol. Probó unas gotas que, acto seguido, escupió en el orinal que estaba bajo la cama de su abuelo. Luego, tomó un sorbo de agua, se enjuagó la boca y volvió a escupir. Repitió esa acción dos veces más.

—Estoy casi segura que esto es cianuro —dictaminó severa y conocedora del tema. Se secó la boca con un pañuelo que le proporcionó su padre—. El olor a almendras amargas y el sabor son característicos de ese veneno… No te preocupes, Angus, no lo he tragado y la dosis que probé apenas me hubiera provocado unos malestares… Esto es para matar a mediano plazo —aseguró a su prometido en cuanto notó su cara horrorizada—. ¿Cuántas veces al día consume estas gotas? —preguntó a su abuelo.

—Cinco gotas, dos veces al día, en la mañana y en la noche.

—¿Y usted dijo que su condición ha empeorado? ¿Cómo se ha sentido los últimos días? —interrogó Katherine, intuyendo la respuesta del vizconde.

—Dolores de cabeza, mareos, el corazón se me acelera... ayer empecé a sufrir diarrea —respondió con el pudor rezumando en su voz, a la vez que temía lo peor.

—Esos son síntomas de un envenenamiento leve, no de un resfrío agravado, padre —señaló Adrien, sintiendo que la piel se le erizaba y un pesar se derramaba en su corazón—. Lo están matando lentamente, de no haber notado el cianuro en el frasco, en unas dos semanas, probablemente, ya estaríamos enterrándolo.

El vizconde miró incrédulo a su hijo.

—¿Voy a morir? —preguntó lacónico.

—No lo sé, padre. Depende de la capacidad de su cuerpo para recuperarse, si es que lo logra. No hay un antídoto para esto, el daño ya está hecho.

—¿Cuánto me queda? —murmuró Grimstone estoico.

—No lo sé, semanas, meses... Si tiene suerte, puede sobrevivir un largo tiempo... es relativo —pronosticó Adrien con franco pesar—. No voy a darle falsas esperanzas, no volverá a tener la misma salud de antes.

—Casi le creí —intervino Angus con una molesta sensación de que todo apuntaba a Ronald sin piedad, pero intuía que algo importante se le escapaba—. Creo que debemos continuar con el plan, pero haremos unos ajustes.

—¿Qué tipo de ajustes? —preguntó Katherine.

—Suponiendo que Ronald está detrás de todo esto, intentará desesperadamente eliminar a lord Adrien, antes de que lord Grimstone fallezca. En estos momentos, debería estar asumiendo que le quedan apenas unas semanas antes de que eso suceda. Tu padre deberá seguir exponiéndose, mostrándose, podríamos sembrar el rumor de que tu abuelo está agonizando, para acicatear sus acciones. Lograr que cometa un error, ha tenido bastante tiempo para llevar a cabo su plan. El factor sorpresa lo va a desconcertar.

—El rumor que pretende esparcir no está muy lejos de la verdad, lord Corby —refunfuñó lord Grimstone, resignado a su mortal suerte. Sabía que la muerte era algo inevitable, sin embargo, estaba tranquilo; aquello era extraño, no tenía dudas de que el título quedaría en buenas manos, confiaba en Adrien, su hijo era muy diferente al muchachito impulsivo que abandonó Brocken-hurst para hacer su vida a su modo—. Pero es lo más sensato, a quien quiera este título, no le sirvo muerto.

—No, su objetivo se irá a la basura si eso sucede, en cuanto se entere que su muerte es inminente, irá por lord Adrien. La misa de Domingo de Resurrección va a ser el momento ideal para que se entere de su mal estado de salud, le solicitaremos al vicario que eleve una plegaria para pedir a Dios un milagro —determinó Angus, mientras su cabeza conjeturaba todos los posibles escenarios, causas y efectos de las decisiones que iban a tomar.

—Déjeme decirle que usted es muy astuto, Corby. A pesar de esa horrenda fama que ostenta, mi nieta es una mujer que ha elegido bien —aseveró el vizconde en un inusual halago.

Adrien alzó sus cejas, Malcolm Thompson, vizconde Grim-stone, jamás halaga a nadie. Tal parecía que la senectud cambiaba incluso al hombre más obtuso de Inglaterra.

—Oh, yo diría que su nieta no tuvo opción desde el instante en que decidió salvarme la vida —replicó Angus mirando a Katherine de ese modo en que se lo decían todo, sin necesidad de gritarlo a los cuatro vientos.

—¿Ah sí? Creo que ustedes dos me deben una muy buena historia. Adrien, dile a Murphy que traiga té, creo que tengo el derecho de saber cómo el granuja más grande de Londres fue cazado por mi nieta.

Capítulo XXVII

—Estoy aburrido —rezongó Gregory entrando al salón donde estaban las mujeres tiñendo y pintando huevos de Pascua.

—Siéntate a pintar huevos con nosotras, entonces —respondió Iris concentrada en un detalle de su pintura, ignorando el berrinche de su hijo.

—No tengo talento para el arte, lo sabes, madre —respondió mirándola de una forma que solo reflejaba su incredulidad ante una propuesta de ese tipo. Iris solo se limitó a encogerse de hombros, restándole importancia a la falta de entusiasmo artístico de su hijo.

—Tú tienes suerte, primo —terció Emma—. Yo no disfruto mucho de pintar, pero insisten en que lo haga, sabiendo que, sin importar cuánto empeño ponga, será una ofensa visual —declaró mirando de soslayo a Celia, su madre—. Tú solo dices «no tengo talento para el arte» y se te deja en paz.

—¿Y para qué tienes talento, primita? —preguntó Gregory dando vuelta una silla frente a Emma, y la montó apoyando sus codos en el respaldo.

—Las armas se me dan de maravilla, pistolas, arquería, navajas. Disfruto montar a caballo, jardinería, matemáticas... Elije cualquier cosa que te guste hacer a ti y, probablemente, yo también la disfrutaré —declaró Emma, provocando que su primo alzara las cejas con interés. Aunque Gregory dudaba que ella disfrutara de las mismas cosas, puesto que a él le encantaba el sexo y su prima, probablemente, era virgen.

245

—Siempre le dije a Daniel que no le permitiera a Emma jugar de ese modo con sus hermanos, ahora es una salvaje, solo disfruta de actividades y aficiones masculinas —acotó Celia sumergiendo un huevo en un agua de color rojo—. Incluso la he visto usar ropa de hombre.

—Es solo ropa, mamá. No soy menos señorita por ponerme un par de pantalones para ensuciarme. Estamos en Brockenhurst no en Londres —replicó, restándole importancia a las críticas de su madre.

—De todos modos, si te vieran vestida de esa forma…

—Hablarían durante una década e inventarían atrocidades de mí, me quedaré soltera para toda la vida, no seré respetable… lo sé, lo sé.

—Tía Celia, no sea tan dura con Emma, por experiencia le digo que los hijos siempre terminamos dándoles la razón a ustedes —declaró Gregory convencido. Iris lo miró de soslayo y se encontró con los ojos verdes de su hijo, quien le sonreía con cierto tinte de timidez—. No del modo que esperan, eso sí. Prima, estoy muy interesado en probar tus habilidades con la pistola, ¿hay algún lugar seguro para practicar?

—Por supuesto. Mamá, ya terminé con esto. —Dejó su huevo pintado con un diseño digno de una niña de cuatro años. Celia lo miró, intentando disimular lo feo que era—. Ve a sacar los caballos, Greg, y espérame. Mientras tanto, me voy a cambiar.

Emma se puso de pie, y se dirigió a la puerta

—¡Ponte tu vestido de amazona, Emma! —ordenó Celia sin dejar de pintar.

No hubo respuesta, Emma ya no estaba. Celia resopló.

—¿Y Angus, dónde está? —preguntó Iris a su hijo.

—Hace una hora fue a la vicaría con lord Adrien. No quise ir, ese lugar podría derrumbarse si entro —bromeó haciendo una mueca burlona.

—Espero que no sea por una licencia especial —señaló Iris terminando de pintar una flor. Miró de soslayo a Katherine, que estaba concentrada en lo suyo.

—Pues creo que fue por otro motivo… —Gregory se puso de pie y sonrió—. Bien, ya que encontré una buena compañía, las dejo con su emocionante labor. Nos vemos más rato.

Iris, Celia y Katherine se despidieron de él y continuaron pintando.

—¡Ah! No hay caso, este huevo es igual de horrible que el de Emma. Definitivamente, el arte no es lo mío tampoco… —Suspiró dramática—. Yo solía ser como ella. Con Adrien solíamos competir por todo, quién lanzaba la piedra más lejos, quién aguantaba más tiempo debajo del agua, quién corría más rápido —rememoró de pronto con dulce nostalgia, dejando el pincel sobre la mesa—. Por eso me llevaba bien con él, mientras mis hermanos me hacían a un lado, Adrien, por ser el menor, se quedaba «cuidándome». Creo que al final lo pasaba mejor conmigo que con mis hermanos y los suyos… o aprendió a tolerarme.

—Yo no entiendo por qué ustedes no se casaron —intervino Celia poniendo atención a Iris. Katherine también, pero con discreción.

Iris, con una beata sonrisa, apoyó su cabeza sobre sus manos, su postura le hacía ver más jovial.

—Cuando tenía dieciocho años, Adrien apenas estaba empezando a afeitarse. Nuestros padres pensaron que primero debía ir a Londres a buscar un mejor partido, tal como Rose. Ellos lo vieron como algo más práctico… Ahí conocí a mi Charles. —Volvió a suspirar—. Él decía que me amó desde que me vio, yo tardé un poco más, desconfiaba de él. Su fama era un poco más halagadora que la de Corby… En fin, las cosas pasaron por algo, Adrien se casó con Rachel, y fueron muy felices. Puedo decir, sin ninguna duda, que ella fue lo mejor que le pudo pasar a mi querido amigo. La prueba más tangible del tipo de mujer que ella fue, es mi querida Katherine. Estoy segura de que, si la hubiera conocido, la habría adorado —declaró con convicción mirando a su futura sobrina política, quien le sonrió y le tomó la mano a la duquesa—. Desde el primer momento en que la vi, supe que sería importante para mi Angus. Y lo que nunca imaginé, fue que también me devolvería al mejor amigo que tuve en la vida. Reencontrarme con él fue como redescubrir una parte de mí que se había perdido todos estos años —confesó con emoción, sin una cuota de drama.

—Insisto, yo todavía no entiendo por qué no se casan, después de todo, todavía gozan de buena salud —terció Celia ya dejando de lado la pintura y el huevo. Era más interesante la vida amorosa de su cuñada.

Iris rio nerviosa. No se había planteado cambiar su relación con Adrien desde que era una niña que no comprendía los reales alcances de un matrimonio. Pensar en aquello a los cuarenta y nueve, era muy diferente.

—Oh, no sé. No es lo mismo ser amigos que amantes. Adrien es mi mejor amigo, pero no me lo puedo imaginar como un amante —se justificó, al tiempo que comenzó a imaginar cómo sería su vida con Adrien. No pudo evitar esbozar una sonrisa.

—Yo no me opondría —aseguró Katherine dejando de pintar, y la miró—, incluso los entiendo, mi relación con Angus comenzó como una extraña camaradería. Pero depende de ustedes dos si quieren cambiar el tenor de su relación.

—Sí, depende de muchas cosas —admitió Iris un tanto distraída porque, por primera vez, se planteó mirar a Adrien con otros ojos y hacerse la gran pregunta, qué era lo que sentía, verdaderamente, por él.

En ese instante, entraron Angus y Adrien a la estancia. Al parecer, estaban llevando una conversación cordial a juzgar por sus rostros relajados y sonrientes.

—Buenas tardes, mis preciosas damas —saludó Angus halagüeño, se acercó a Katherine, y le dio un casto beso en sus nudillos y le guiñó el ojo—. Vengo a secuestrar a mi prometida para dar un paseo por el campo.

—Hace un momento Gregory fue a sacar a los caballos, saldrá con Emma a disparar —informó Celia, con un velado intento de no permitir demasiado tiempo a solas de la pareja—. Podrían acompañarlos.

—Será interesante de ver a esos dos, Greg es muy competitivo. Estoy seguro que Emma será una digna rival —convino Angus para darle en el gusto a su tía. Después de todo, lo que tanto intentaba evitar Celia, ya era un delicioso hecho que se repetía todas las noches—. ¿Vamos, querida? Será un espectáculo ver cómo ellos se sacan los ojos.

Katherine rio, no le costó imaginarlos como cuervos furiosos dándose picotazos.

—Será un placer, yo ya terminé. —Katherine dejó su huevo pintado con mucho esmero y talento, rosas y filigranas decoraban la pequeña obra de arte. Se levantó de su asiento y se aferró al brazo de su apuesto prometido.

—Oh, le ha quedado maravilloso, señorita Katherine. Lo conservaré en un lugar de honor para que todo el mundo lo vea. Me tendrá que visitar el próximo año para que me haga otro —sentenció Celia admirando el huevo exquisitamente decorado—. Lo que es yo, iré a buscar a Daniel, apuesto que se quedó dormido en la biblioteca.

Angus, Katherine y Celia, dejaron a Adrien y a Iris a solas, lo que le provocó a la duquesa la incómoda sensación de ser víctima de un improvisado plan casamentero.

Como pecas, pagas.

—¿Por qué fueron a la vicaría? —preguntó Iris con interés.

—Fuimos a pedir por la salud de mi padre, para seguir con el plan de Angus —respondió Adrien estudiando relajado uno a uno los huevos que estaban pintados. Tomó el que Emma pintó, alzó sus cejas y lo dejó en su lugar.

—Ayer llegaron tarde de la casa de tu padre. Angus me comentó a grandes rasgos lo que pretenden hacer. Lamento mucho lo que le está sucediendo a lord Grimstone.

Adrien sonrió apesadumbrado y se sentó al lado de Iris.

—Fui a visitarlo esta mañana, conversamos… —Tomó el huevo que su amiga estaba pintando e hizo gesto de infantil rechazo hacia esa muestra de «arte», dejándolo donde estaba— Está viejo el hombre, ha cambiado mucho con la pérdida de sus hijos… y yo lo entiendo, es duro atravesar por ello, yo también cambié cuando mis hijos fallecieron. —Inspiró hondo y soltó el aire—. No ha habido mejora en su estado de salud, pero tampoco empeora, lo que ya es algo más alentador. Dejamos el frasco de veneno tal como estaba para aparentar que todavía se toma las gotas. Ya no se puede dejar nada al azar, no sabemos en quién confiar.

—Ahora que estás aquí, creo que debes aprovechar el tiempo que les queda. Conoces tan bien como yo la desdicha de no poder despedirse de un ser querido —aconsejó Iris tomándole la mano a su amigo, siempre las tenía tibias.

—Como siempre, tienes la razón, pequeña Iris. Pero hoy quiero hacer otra cosa. —Adrien sonrió más animado—. ¿Hace cuánto que no pescas?

—Desde el último verano que pasamos juntos —respondió rememorando con alegre nostalgia —. La Iris que era silvestre se quedó aquí cuando me fui a Londres.

Adrien se entusiasmó más todavía. Si bien, al principio, volver a Brockenhurst le provocaba una profunda melancolía, también le hizo rememorar los días más fáciles y felices. Desde que tenía memoria los pasaba con Iris.

—¿Vamos a ver si pescamos algo? —propuso como si tuviera quince años—. Cuando te fuiste fue aburrido hacerlo solo y no volví al estanque.

—¿Quieres recordar cómo era la humillación de ser el peor pescador del mundo? —interpeló Iris con una sonrisa ufana.

—Siempre fuiste un desafío, Iris… Si no te hubiera conocido, no habría aprendido a ser lo suficientemente humilde para aprender de Rachel todo lo que sabía.

—Si no te hubiera conocido, jamás hubiera podido darme mi lugar con Charles.

—Sin duda alguna, fuimos una buena escuela para ser mejores compañeros con nuestros cónyuges.

Ambos se quedaron en silencio y sonriendo, se miraban como si no se hubieran visto antes. A Iris todavía le daba vueltas lo que acababa de conversar con su cuñada y Katherine. Mientras que Adrien, ya llevaba unos días con la idea en la cabeza. Desde el día del incendio, para ser más preciso, estaba reflexionando sobre sus sentimientos que tenía muy guardados en su corazón; se dio cuenta de que necesitaba a Iris. Cuando estaba con ella, todo era más sencillo; dejar de beber, aceptar que él estaba vivo y agradecido de sus años vividos con su esposa, dejar de lamentarse, de estar amargado. Se estaba perdiendo ser parte de la vida de su hija, solo por su dolor. Su amiga había vuelto a su vida para abrirle los ojos, la versión de Iris adulta era impresionante, comparada con la que recordaba.

Ella le hacía sentir que faltaba mucho por vivir.

—¿Vamos, entonces? —preguntó Iris rompiendo el silencio.

—Vamos. —Adrien le ofreció el brazo y ambos enfilaron sus pasos hacia la puerta—. ¿Estarán las cañas en el mismo lugar?

La madrugada del Domingo de Resurrección fue ajetreada en High Oak Hall, la misa pronto iba a comenzar. Una efervescente energía recorría cada rincón de la gran casa. Las mujeres se pondrían sus vestidos nuevos y los varones lustrarían sus botas e irían con su mejor atuendo para recibir la resurrección de Jesucristo. Después del servicio religioso, los esperaba un banquete en el que toda la familia se reuniría.

En dos berlinas, se dirigieron a la iglesia Saint Nicholas para recibir la tradicional misa que daría por terminada la Semana Santa. El ambiente estaba cargado de alegría de los feligreses que llenaron la iglesia sin importar que estuviera a punto de amanecer.

Pero aquella emoción en el ambiente, era solo una fachada para el nuevo heredero aparente del vizcondado de Grimstone y sus acompañantes. Al llegar a la iglesia, toda su atención estaba centrada en Ronald Thompson y su familia, compuesta por su esposa Araminta, su hijo mayor, Ian, y las hermanas, Alicia, Clarice y Letitia; quienes, al ser presentados, saludaron con una respetuosa, pero distante cordialidad a Adrien y a Katherine.

—No podía esperar a que lo recibieran con besos y abrazos —satirizó Angus en un susurro a Adrien, quien no pudo reprobar el comentario, su humor era similar al de su futuro yerno.

Todos los feligreses también estaban curiosos y al pendiente del encuentro entre el que fue el heredero hasta hace pocos días, y el nuevo que había vuelto entre los muertos como el mismo Lázaro. Para ellos, fue una decepción no atestiguar ningún tipo de escándalo entre las familias involucradas.

El servicio religioso se estaba llevando a cabo con absoluta normalidad y júbilo. El Domingo de Resurrección era la fecha más importante del año en el calendario cristiano —incluso más que Navidad—, pues era el triunfo de Jesucristo sobre la muerte. El vicario, a diferencia del jueves, ofreció un esperanzador sermón que conmovió a todos los asistentes, llenando sus corazones de fe, perdón, esperanza y optimismo.

Pero toda la algarabía fue interrumpida, de súbito. Un joven entró en pleno desarrollo del servicio y llamó la atención de la mitad de las personas. Buscaba con la mirada, desesperado, hasta que halló a Adrien. Se dirigió a él, pasando a llevar a algunas personas, susurrando disculpas ante las miradas de reproche.

—Milord, tengo un mensaje urgente de La Granja —murmuró el joven con suma humildad, ofreciéndole un sobre lacrado—. El señor Murphy me indicó que debía leerlo sin importar dónde estuviera.

Adrien no necesitó más instrucciones, con premura, Adrien rompió el sello y desplegó el mensaje, Katherine estaba al lado de él y pudo leer…

«Estimado Lord Adrien:

»Con mi más profundo pesar, lamento informarle que lord Grimstone fue hallado muerto en sus aposentos hace unos pocos minutos. Ha dejado sobre la mesa de noche una carta dirigida a usted, y otra a la señorita Katherine.

»Apenas notamos lo sucedido, he enviado a Rick para informarle. Como personal de servicio hemos tomado la decisión de no hacer nada más hasta su llegada, para que para que usted determine cómo debemos proceder. De momento, le puedo asegurar que nadie fuera de La Granja conoce este fatídico hecho.

»A vuestro servicio.

»Bryan Murphy, mayordomo.»

Adrien y Katherine no fueron capaces de decir nada. Estaban impactados, de una forma que jamás imaginaron. La muerte de Malcolm era algo que no esperaban, y sus mentes se llenaron de una miríada de incógnitas que debían ser resueltas en el acto.

Adrien se puso de pie sin perder más tiempo, y Katherine, con la misma actitud, le siguió.

Angus, que no había alcanzado a leer la carta, se preocupó de sobremanera, le tomó la mano a su prometida, y ella, con los ojos vidriosos, se inclinó hacia él.

—Debemos irnos —anunció, se acercó al oído de Angus para que nadie más oyera y susurró—: Mi abuelo ha fallecido.

Angus, sin evidenciar su estupefacción, asintió.

—¿Deseas que los acompañe? —preguntó en el mismo tono, apenas podía digerir la aciaga noticia que acababa de recibir.

—Necesito que te quedes hasta que termine el servicio. De momento, infórmale a lady Ravensworth y a lord Rothgar. Después nos alcanzas, querido —respondió intentando contener sus emociones—. Debemos llegar hasta el final con el plan para poder vigilar a Ronald y su familia ante la noticia del supuesto estado agonizante de mi abuelo. Sobre su muerte, no sabemos mucho, salvo que dejó un par de cartas.

Angus asintió, le costaba dejar ir a Katherine, pero su consuelo era que iba con Adrien. Y ella tenía razón, debían estar pendientes e intentar obtener algún indicio de quién quería a Adrien muerto.

Irónico, todos los esfuerzos de quien deseaba el título fueron inútiles. Adrien Thompson, era el nuevo vizconde Grimstone….

Y Katherine la nueva heredera aparente.

Por algún motivo, los últimos acontecimientos no tranquilizaban a Angus, sino todo lo contrario.

Capítulo XXVIII

Katherine y Adrien atravesaron el umbral de la puerta que daba la entrada a la habitación del vizconde, detrás de ellos entró Murphy. El cuerpo inerte de Grimstone estaba cubierto con una sábana, y el lúgubre silencio parecía devorar todo sonido que intentaba penetrar en la estancia. A lo lejos, se oían sus respiraciones, el susurro de la tela de sus ropas, y el tictac del reloj.

Adrien, tensó la mandíbula intentando tragar el inmenso nudo que tenía en su garganta. No podía evitar sentir lamento, ni siquiera había estado una semana en Brockenhurst y ya debía enterrar a su padre, al cual ya había perdonado. Los dos habían cambiado, estaban empezando a reconstruir ese vínculo que alguna vez los unió como padre e hijo.

—Milord —llamó el mayordomo—. Sobre la mesa de noche están las cartas que le mencioné. Nadie ha tocado nada, solo nos limitamos a cubrir el cuerpo de lord Grimstone y a avisarle.

—Muchas gracias —murmuró Adrien, encontrando su voz. Se aclaró la garganta y preguntó—: Cuénteme cómo hallaron a mi padre.

—Los últimos días, lord Grimstone lo pasaba mal en las noches —comenzó a declarar Murphy con voz sosegada, contenida—, por lo que siempre había alguien en vigilia para poder atenderlo en sus necesidades. Anoche se le sirvió su cena, que apenas probó, y pidió que le trajeran su escritorio portátil. No solicitó la presencia de nadie hasta que vinieron a despertarlo para su aseo matutino. Lo único fuera de lo habitual era que la cama estaba bastante desarmada, pero no había señal de que alguien hubiera entrado.

—¿Ayer no recibió ninguna visita después de la mía? —interrogó intentando hallar una explicación lógica para todo.

—Solo la señora Nora y sus hijas. Tomaron el té con él, después de ello, nadie más vino.

—No vi a Nora ni a mis sobrinas en la iglesia, ¿dónde están ellas ahora? —preguntó Adrien preocupado.

—Sí fueron a la iglesia, pero se quedaron dormidas y salieron bastante tarde. Debieron haber llegado al servicio mucho después de usted, la iglesia de Saint Nicholas se suele llenar en estas fechas especiales, es fácil no encontrarse —justificó el mayordomo con aplomo.

Adrien asintió solemne. Junto a Katherine, se acercaron a la cama del vizconde y, como su heredero, descubrió su rostro. La máscara mortal que estaba en las facciones de Grimstone eran las de un hombre que estaba descansando en paz, no había nada en él que indicara que se fue de este mundo con deudas pendientes.

Katherine no pudo contenerse más y sollozó. Le dio un beso de despedida en la fría frente de su abuelo y le arregló un mechón de cabello que era tan blanco como la nieve.

Adrien volvió a cubrir a su padre y dirigió su atención hacia la mesa de noche. Ahí estaba el frasco de veneno, lo tomó y estaba vacío, lo cual confirmaba sus sospechas. La muerte de su padre debió ser un martirio, por eso la servidumbre encontró la cama deshecha. Morir bajo los efectos del cianuro era como morir ahogado, su padre debió aguantar mucho antes de ceder al impulso de moverse por aire. Adrien apretó más la mandíbula, no quería que su padre muriera, y mucho menos de ese modo.

—¿Por qué lo hiciste, padre? —murmuró con tristeza.

Tomó la carta que estaba dirigida hacia él, lacrada con el sello de Grimstone. Su mente gritaba «¡ábrela!» y su corazón se negaba a hacerlo, no quería saber el motivo de su decisión.

Katherine, al notar la duda en su padre, se acercó a él. Sin palabras, tomó el sobre de entre sus temblorosos dedos, en su gesto solo estaba la tácita pregunta, «¿lo hago por ti, papá?».

Adrien asintió.

—Los dejaré a solas —anunció Murphy con discreción. Ese era un momento íntimo, en el cual no era apropiado estar.

—Gracias, Murphy. Por todo —susurró Katherine con amabilidad. El mayordomo, en un gesto que demostraba su humanidad, le esbozó una sonrisa

—Estaré cerca por si me necesitan. —Acto seguido, salió de la estancia cerrando la puerta.

Ceremoniosamente, ella rompió el sello y desplegó la carta. Adrien pudo notar que la letra era un poco temblorosa, pero estaba seguro que era la de su padre, fue como una avalancha de repentinos recuerdos que estuvieron décadas escondidos. No tuvo dudas, la singular y cuidada caligrafía era la de Malcolm, la reconoció por las letras mayúsculas engalanadas con remolinos y curvas. Sus labios se curvaron, ahí estaba el talento innato que poseía su hija en ese arte.

Katherine estaba nerviosa y triste, con tan solo leer la primera línea, se le llenaron sus ojos de lágrimas y sintió que no podría tener la entereza de leerla en voz alta, pero era su deber, debía transmitirle a su padre las últimas palabras de su abuelo. Inspiró hondo para tranquilizarse y darse valor, y comenzó a leer con la voz apretada.

«A mi amado hijo Adrien:

»Sí, amado. Aunque sea difícil de creer para ti, siempre lo hice y siempre lo haré. Sé que hace veintiséis años te hice creer lo contrario al oponerme beligerante a tu felicidad junto a la muchacha que habías elegido.

»Eres padre, sabes que no somos perfectos y, por ello, no estamos indemnes de cometer errores con nuestros hijos. Y, de todos los errores que cometí, el peor fue contigo y lo pagué cada día de mi vida hasta que volviste.

»Sí, fui un hombre duro, inflexible, obtuso y siempre estuve convencido de tener la razón. Pero era así solo con el afán de querer lo mejor para ustedes. La vida me ablandó a base de golpes, el primero que me propinó fue con la muerte de mi Katherine, y con cada pérdida aprendí que todo lo que yo pensaba que era importante, ya no lo era.

»Con el pasar de los años y tu ausencia, creí que ya no volvería a verte y siempre aseguré ante todos que estabas muerto, el orgullo me hizo vociferar que jamás tu nombre fuera dicho. Tenía rabia contra ti, pero aún más hacia mí mismo. Cuando llegó el momento de los arrepentimientos, ya era demasiado tarde para los dos. Pero, en el fondo de mi corazón, sabía que estabas bien, haciendo tu vida, porque eres obtuso igual que yo, jamás

ibas a rendirte, jamás me ibas a dar la razón de que la mujer que habías elegido no era la apropiada.

»Y te debo dar la razón, me equivoqué, ella era la mejor para ti en ese momento de tu vida, te convirtió en un hombre que lucha hasta el final por lo que cree y lo que ama.»

Katherine se interrumpió, apenas podía seguir leyendo, su vista estaba empañada por las lágrimas. Adrien, en silencio, le dio un pañuelo. Era el mismo que él estaba usando para enjugar las propias. Lloraron abrazados un momento, porque lo necesitaban antes de continuar. Ninguno de los dos imaginó esa despedida, tan repentina. En su último momento, Malcolm abrió su corazón, liberó todos esos sentimientos que mantuvo herméticos durante su vida.

Katherine no quiso separarse del todo de Adrien, lo necesitaba cerca de ella, agradeció a Dios por haberle dado un padre que no repitió los errores de su abuelo, no había temas pendientes entre ellos y el amor siempre se demostraba. Enjugó de nuevo sus lágrimas y volvió a retomar la lectura…

«Renunciaste a todo, te fuiste con las manos vacías y volviste cuando las mías lo estaban, restauraste y limpiaste la memoria de Wilfred. Me devolviste el impoluto recuerdo de mi hijo, y nunca podré agradecerte lo suficiente.

»Hijo mío, no lamentes mi partida, estoy tranquilo. El acto que estoy a punto de cometer no es por cobardía, sino para protegerte a ti y a mi nieta. Un último sacrificio que redimirá mis errores. Yo estoy viejo, cansado, enfermo. A mis setenta y cinco años, siento que he vivido demasiado. Y quiero irme a mi manera, dando un último mensaje; eres el legítimo heredero de Grimstone y nada ni nadie podrá impedirlo.

»Ahora solo me queda decirte adiós, hijo mío. Sé que tú me has perdonado, no necesito que me lo digas, eres transparente como tu madre, lo veo en tus ojos, en tu forma de hablarme. Espero que el Todopoderoso también perdone mis pecados, incluso este, y me permita estar con tu madre y tus hermanos.

»Te amo.

»Malcolm Thompson, vizconde Grimstone.»

Katherine terminó de leer con apenas un hilo de voz. En pocos días, le había tomado mucho cariño a ese viejo gruñón que, pobremente, intentó ocultar su satisfacción de tener a su hijo cerca. Leer los motivos por los cuales Malcolm tomó esa decisión, le hizo respetarlo mucho más, y lo entendía. Si ella estuviera en esa situación, estaba segura de que haría exactamente lo mismo.

Adrien se secó las lágrimas con el pañuelo húmedo compartido. Poco a poco empezaba a sentirse tranquilo, porque él también comprendía a su padre.

Maldita sea, en muchos aspectos, eran iguales.

Katherine le entregó la carta a Adrien y, acto seguido, tomó la que su abuelo le había dejado a ella. Sonrió al ver la letra de su abuelo conformando su nombre.

El mismo ritual se repitió, romper el sello, desplegar y leer en voz alta.

«Mi Katherine:

»Me tomo la libertad de llamarte así, eres mi nieta. No importa si nuestro tiempo fue corto, eres hija de mi hijo, no puedo sentir menos cariño por ti que por mis otros nietos. Eres la única que lleva el nombre de mi esposa y, en cierto modo, eres parecida a ella; la voz, el gesto que haces cuando estás determinada, el amor que hay en tu mirada cuando miras a tu prometido. Él te mira con ese mismo amor. Les deseo de corazón, que vuestro amor dure eternamente y aprovechen cada día como si fuera el último.

»Me hubiera gustado conocerte más, pero mi tiempo se ha terminado, mi prioridad era protegerlos, solo espero que con mi muerte se acabe toda esta inútil lucha para quien esté detrás de todo esto.

»Ahora, tú eres la próxima heredera del vizcondado de Grimstone. Tienes el honor de ser la segunda mujer que heredará el título y sé que estarás a la altura cuando llegue el momento. Espero que eso suceda en muchos años más, y tu padre tenga la suerte de ser tanto o más longevo que yo.

»Estoy dichoso de haberte conocido, el único tema pendiente que tenía era con ustedes. Estoy tranquilo, estoy en paz.

»Soy un hombre feliz.

»Tu abuelo que te ama.

»Malcolm Thompson, vizconde Grimstone.»

Katherine esbozó una sonrisa triste y temblorosa. Lamentó, en ese momento, lo mismo que él, no tener más tiempo para conocerlo más, para disfrutarlo más.

Volvió a doblar la carta, la guardó en su ridículo y suspiró entrecortado.

El día estaba recién empezando. El destino de Adrien había vuelto a cambiar. En apenas una semana, pasó de perderlo todo, a ser el nuevo vizconde Grimstone.

Katherine le tomó la mano a su padre, había mucho que hacer para darle una despedida digna a su abuelo.

—Antes de finalizar este servicio —anunció el vicario—. Quisiera que me acompañen en la siguiente plegaria para uno de nuestros feligreses que no ha podido asistir ya que en estos momentos se encuentra muy, muy enfermo —enfatizó para señalar la gravedad de su condición—, y su familia me ha pedido que oremos por su alma y su recuperación.

Los asistentes se pusieron de pie en un respetuoso silencio, y el vicario comenzó su plegaria.

—«Oh, Padre de misericordias y Dios de todo consuelo, nuestra única ayuda en tiempos de necesidad: Te rogamos humildemente que mires, visites y alivies a tu siervo enfermo Malcolm Thompson, vizconde Grimstone, por quien nuestras oraciones son deseadas».

Al ser nombrado el vizconde, la mayoría de las personas que oraban junto al vicario, alzaron sus cabezas, perplejas, por lo que estaban escuchando. La longevidad de Grimstone era casi un atractivo turístico de la zona y, a pesar de que el viejo tenía fama de ser cascarrabias, siempre estaba presente en cualquier acto de caridad.

Angus comenzó a hacer un barrido visual a los miembros de la familia de Ronald, cada uno de ellos había reaccionado con auténtica sorpresa, repetían la plegaria casi por inercia.

El vicario seguía rezando la oración para los enfermos y los feligreses lo seguían. Sus voces hacían eco en los cielos abovedados de la antiquísima iglesia. El rostro de Ronald estaba descompuesto, muy afectado por aquella inesperada noticia.

—...En tu buen momento, devuélvele la salud y capacítalo para que guíe el resto de su vida en tu miedo y en tu gloria —continuaba el vicario—; y concede que finalmente pueda morar contigo en la vida eterna; a través de Jesucristo nuestro Señor. Amén.

—Amén —secundaron todos, y un barullo se elevó. Todos se preguntaban unos a otros sobre el vizconde, murmuraban que la maldición lo había alcanzado.

Angus siguió pendiente de Ronald y familia, al tiempo que el vicario oficiaba el último rito de la misa, el intercambio de paz y el ofertorio.

Entrecerró sus ojos al ver que el hijo mayor de Ronald, Ian, se marchaba antes de terminar la misa, mientras que su padre lo reprendía con la mirada. Angus no lo dudó un instante y lo siguió, sintiendo una ominosa sensación de *déjà vu*, que le provocó un escalofrío desde la nuca hasta las piernas. Debía ser cauto.

Con discreción, fue hasta la entrada, entreabrió la añosa puerta de madera y se quedó en el umbral. Vio que Ian se había alejado unas veinte yardas. Le daba la espalda, se encontraba al costado derecho del sendero de gravilla, entre las lápidas del cementerio que rodeaba la iglesia. Atusaba su cabello hacia atrás casi tironeándolo, luego esculcó el bolsillo de su abrigo. Angus no sabía qué buscaba, pero su interrogante quedó resuelta en el momento en que Ian echaba su cabeza para atrás. Estaba bebiendo de una petaca, lógicamente, no era, ni de lejos, agua bendita.

Bebió un trago largo, se limpió la boca con el dorso de su mano y se quedó con las manos en jarras mirando fijo hacia el suelo. Durante un eterno minuto se quedó quieto, como si fuera una estatua. Volvió a atusarse el cabello.

Angus tenía un muy mal presentimiento, ¿y si no era Ronald el artífice de todo? No tenía ninguna prueba, pero ese hombre y su comportamiento le daban muy mala espina.

Ya no sabía qué pensar.

En ese instante, la misa terminó y la gente empezó a dirigirse a las puertas de la iglesia, todos sonrientes de cara a las celebraciones de Pascua. Angus, sin más remedio, abrió para que pudieran salir.

Cuando Angus volvió a mirar hacia el cementerio, Ian ya no estaba.

¡Mil infiernos y condenación!

Inquieto y molesto, esperó a su familia. Debía informarles del trágico e inesperado cambio de rumbo de la vida de Adrien Thompson y su hija.

Capítulo XXIX

Angus abrazó a Katherine en cuanto él entró al salón matinal de La Granja, ahí estaba ella con su tía Nora y sus cinco primas, quienes ya estaban de luto desde la muerte de Wilfred. Sus rostros estaban congestionados por el pesar, se habían enterado hacía poco de la muerte de lord Grimstone, mas no la causa.

Adrien decidió, en conjunto con Katherine, que solo unas pocas personas debían saber que su padre se había suicidado. Iris, Angus, Gregory, Daniel, Celia y Murphy serían los únicos en conocer la verdad hasta que todo estuviera resuelto.

—¿Estás bien, cariño? —preguntó él sin soltarla.

—Sí… triste… —Suspiró entrecortado—, pero bien.

Se quedaron un buen rato abrazados, pero no estaban solos, el deber y el decoro les hizo separarse tras unos segundos.

—Señora Nora, señoritas, les ofrezco mis más sinceras condolencias —manifestó Angus con una sentida inclinación de respeto.

—Muchas gracias, lord Corby —agradeció Nora, secándose las lágrimas—. Estamos muy consternadas con los terribles sucesos que estamos viviendo el último tiempo… Lord Grimstone, a pesar de su mal genio, siempre fue bueno y nos apoyó en todo.

—No se preocupe, tía Nora —terció Katherine—. Mi padre continuará con el legado de mi abuelo, no dejará que usted, mis primas o la familia de mi difunto tío Elmer, queden desamparadas.

—Son muy generosos, jamás estaremos lo suficientemente agradecidas.

—Ya veremos cómo resolveremos todos esos asuntos, solo quiero que estén tranquilas. La familia siempre debe estar unida, sobre todo en momentos como este —declaró firme.

—Muchas gracias, señorita Katherine… Si no le molesta, iremos a nuestros aposentos a descansar un rato —solicitó Nora evidenciando estar exhausta emocionalmente.

—Por supuesto… descansen lo más que puedan para que nos turnemos en la vigilia —autorizó Katherine, que estaba mucho más firme. Era, en cierto modo, la nueva señora de La Granja.

Nora y sus hijas se pusieron de pie e hicieron una reverencia, a paso cansado, se retiraron del salón.

En cuanto se vieron a solas, volvieron a abrazarse. Su unión era sentida, llena de un calor que los confortaba y les llenaba el corazón. De ese modo, en medio de sollozos y largas pausas, Katherine le relató a Angus cómo falleció su abuelo y lo que decían las cartas. Él la consolaba con lánguidas caricias en la espalda o castos besos en su coronilla.

—¿Necesitan algún tipo de ayuda? —preguntó Angus en cuanto Katherine ya no tenía nada más que contar.

—Sí, queda bastante trabajo, ir a buscar las flores, conseguir las cortinas negras para el salón donde dejaremos a mi abuelo para su vigilia. El ebanista ya está en camino para tomarle las medidas para el ataúd. Papá lo está amortajando junto con Murphy.

—Definitivamente, tienen mucho trabajo. Aquí las cosas son a la antigua, no como en Londres que, prácticamente, nos dedicamos solo a llorar, mientras que otros hacen todo el trabajo.

—En Whitechapel no cambia mucho la forma en que despedimos a nuestros muertos en relación a Brockenhurst —señaló Katherine, recordando los funerales de sus hermanos y luego el de su madre. A su mente volvió la imagen de verlos envueltos en su mortaja sobre la mesa, rodeados de flores y velas.

No tenían demasiado dinero para pagar pompas fúnebres, pero intentaron hacer un funeral digno del amor que sentían por ellos. Al menos, tenían una lápida en el cementerio.

Katherine suspiró, necesitaba despejar sus recuerdos, se centró en el presente.

—¿Lograste hallar algo interesante con el anuncio del vicario? —preguntó ella. Casi había olvidado el motivo por el cual Angus se quedó en la iglesia.

—Una reacción bastante peculiar, a decir verdad, y no nece-sariamente por parte de Ronald —respondió Angus, todavía ana-lizando lo que presenció.

—¿De quién? —interrogó Katherine con avidez.

—Ian Thompson.

Angus le relató en detalle acerca de la abrupta y cuestionable salida de la iglesia por parte del hijo de Ronald, y su extraño modo de actuar. Bien podía ser una coincidencia, pero prefería sospechar hasta de la sombra que proyectaba cada miembro de esa familia.

—¿Qué haremos? No tenemos ninguna prueba contundente para enviar al magistrado a Ronald y ahora el hijo es el que actúa extraño. Ya no sé qué pensar.

—Ronald, tarde o temprano se va a enterar, propongo que seamos testigos de su reacción sobre la repentina muerte de lord Grimstone. Hay que propiciar que alguien cometa un error.

Katherine se quedó pensando en qué era lo mejor. Esperar o presionar. Ninguna de las dos alternativas le parecía que podían ser definitivas para terminar con la amenaza.

—Tienes razón. Necesitamos actuar, no podemos seguir a la defensiva —resolvió Katherine—. El tiempo se ha vuelto un bien escaso. Le informaremos a mi papá lo que haremos y partiremos a la casa de Ronald.

***

—Señor, lo busca lord Corby y su prometida, la señorita Ka-therine Thompson —anunció el ama de llaves de Ronald. Toda la familia estaba en pleno almuerzo en el comedor.

—¿Acaso no saben que las personas necesitan comer en paz? —masculló molesto. Cada vez que se cruzaba con alguien de esa familia se sentía acorralado.

—Se los hice saber, pero me dijeron que era imperativa la en-trevista —respondió el ama de llaves—. Están en la sala de estar.

Ronald frunció el ceño, miró a cada miembro de su familia, los cuales tenían una expresión interrogante. Dejó los cubiertos a cada lado de su plato y se limpió la boca con la servilleta, dejándo-la de mala gana sobre el mantel de lino.

—Si me disculpan —dijo levantándose de la mesa.

Dando largas zancadas, se dirigió a la sala de estar, abrió la puerta con brusquedad, encontrándose con la pareja, que estaba esperándolo de pie.

—Más vale que sea importante —anunció Ronald de muy mal humor.

—Lord Grimstone ha muerto —replicó Angus lacónico. Dada la belicosa actitud de Ronald, lo mejor era ser directo.

En cuestión de segundos, el rostro molesto de Ronald se transformó en sorpresa, incredulidad y estupefacción. Se aferró al respaldo de una poltrona, como si la necesitara para anclarse al piso.

—Cielo Santo, hace unos días él estaba… estaba… —comenzó a balbucear sin encontrar la palabra correcta.

—Enfermo, pero no grave —terció Katherine—. Pero no era así, debo informarle que mi abuelo estaba siendo envenenado con cianuro. Sus síntomas estaban muy lejos de ser un resfriado mal cuidado.

—¿Qué dice? —interpeló—. La primera vez que fui estaba con su garganta inflamada, romadizo y algo de temperatura. Solo era guardar cama y tomar un tónico para que descansara.

—Para descansar en paz —intervino Angus con acidez—. El tónico que usted le dio para su resfrío contenía cianuro.

—Cinco gotas en la mañana, cinco gotas en la noche… lo fueron matando de a poco, hace unos días se quejaba de dolor de cabeza, mareos y diarrea. Anoche tuvo un ataque y falleció —continuó Katherine, ocultando que la verdadera causa de muerte de su abuelo—… Ahora, dígame, ¿no cree que tenemos pruebas suficientes para acusarlo frente a un magistrado?

Los ojos de Ronald se desorbitaron, en ellos se podía ver el miedo, la culpabilidad. Se quedó un largo rato en silencio, no era capaz de hablar, de defenderse. No podía creer lo que estaba viviendo en ese momento.

—Y no es solo eso, como ya sabe, mi tío falleció, curiosamente, también envenenado. Hay testigos en la casa de *madame* Antoinette que pueden prestar declaración —aseveró Katherine con su voz gélida, carente de todo sentimiento—. No sé si sería demasiado especular que también está detrás del incendio que casi mata a mi padre y a mi prometido.

Ronald no dijo nada, se quedó aferrado al respaldo de la poltrona como si quisiera romper la madera de la misma. Sus nudillos estaban blancos, sin embargo, tras unos segundos, aflojó los dedos.

—Yo fui —admitió Ronald en un susurro, sentándose en la poltrona—. ¡Yo fui! —insistió un poco más desesperado agarrándose la cabeza con ambas manos—… Yo fui —repitió con un hilo de voz.

El silencio invadió el lugar. Angus y Katherine observaban implacables cómo Ronald empezaba a sollozar.

—El magistrado está fuera del pueblo, tardará una semana en llegar —anunció Angus severo—. Le advierto que no intente nada estúpido como escapar, todas las salidas de la casa están rodeadas por hombres armados. Lo confinaremos en el sótano de La Granja para esperar su llegada.

—¿Me puedo despedir de mi familia, al menos? —pidió con humildad, derrotado, como si ya hubiese sido juzgado y condenado por un juez.

—Por humanidad, se le concederá esa gracia que no tuvo con mi familia —accedió Katherine—. Tiene cinco minutos.

—Gracias.

Ronald salió de la estancia y se dirigió al comedor, a medida que avanzaba, la desesperación y derrota se transformaron en furia. Avanzó más rápido y, al llegar, abrió la puerta con violencia, provocando que su esposa e hijas dieran gritos de susto.

Sin decir una palabra, se acercó a su hijo mayor y lo tomó de las solapas de su levita, haciendo que se levantara de su asiento.

—¿¡En qué diablos estabas pensando, Ian!? —interpeló intentando no elevar demasiado su tono de voz—. ¿¡En qué, maldita sea!?

—¿De qué hablas, papá? —preguntó Ian con la voz nerviosa.

—¡Grimstone está muerto! —reveló en un gruñido furioso—. ¡Envenenado!

Ian abrió la boca, boqueaba como un pez… ¡Era imposible!

—¿M-muerto? —susurró vacilante.

—¿A qué fuiste a Londres hace una semana? —interrogó zamarreándolo y mirándolo a los ojos—. ¿A qué?

—Yo… yo…

—¿Dónde estabas la noche que murió Wilfred? —interrumpió la inexistente respuesta de su hijo.

—¿P-pero de qué hablas? —replicó ofendido—. Padre, te estás extralimitando.

—Adulteraste las gotas que le envié a Grimstone, ¡tú se las llevaste! ¡Mataste al vizconde y a Wilfred!... —acusó cansado de intentar obtener respuestas, respuestas que ya sabía desde el último día que vio a Malcolm con vida, respuestas que se confirmaron con la inexplicable salida de su hijo, en cuanto anunciaron la grave enfermedad de su primo en la iglesia.

—¡Ronald! ¡Es tu hijo! —intercedió suplicante Araminta sujetándole el brazo a su esposo.

—¡Tú eres la culpable de todo esto! —vociferó, soltando el agarre de su esposa con brusquedad—. Por instigar su ambición y meterle ideas estúpidas en la cabeza a este mocoso insensato desde la muerte de Elmer. Jamás quise el maldito vizcondado.

—¡Éramos los mejores para administrar el título, padre! —exclamó Ian, admitiendo con orgullo las acusaciones de Ronald—. ¿Qué saben de un vizcondado unos campesinos sin estudios?, ¿o un boticario de un barrio de mala muerte? —cuestionó altanero—. Nosotros somos mucho más que eso.

—¡No! No nos correspondía… Malcolm velaba por toda la familia, pagó mis estudios de medicina. ¿Así es cómo agradeces lo que tienes? —interpeló, empujando a Ian, quien retrocedió casi cayendo al suelo—. Ahora no tienes nada… Ustedes son los culpables de la desgracia que caerá sobre esta familia… ¡Ustedes me enviarán a la maldita horca! —sentenció severo, mirando a su esposa y a su hijo mayor—. Más te vale hacer algo provechoso con tu vida, Ian. Ahora eres el hombre de la casa, compórtate como tal —decretó con amargura.

—¿De qué hablas, Ronald? —interrogó Araminta con la voz chillona.

—Me he entregado, todas las pruebas me inculpan de la muerte de Grimstone y de Wilfred —declaró con la esperanza de que todo terminara ahí, miró a su hijo, que todavía no podía creer lo que estaba escuchando—, y si de algo valoras la vida que todavía gozas, no intentarás nada más en contra de esa familia. ¡Déjalos en paz, Ian! ¡Por el amor de Dios, obedéceme tan solo una vez en tu maldita vida! —rogó, al tiempo que se dirigía a la puerta. Al traspasar el umbral, dos hombres armados escoltaban la salida.

—¡No, Ronald, no! —gritó Araminta desesperada, corriendo hacia su esposo, lo tomó del brazo para que él la mirara.

—No lo intentes, Araminta —advirtió Ronald sin mirarla, si lo hacía se acobardaría—. Esto debe terminar, es el mal menor... No quiero que nadie intervenga, de lo contrario, esto se convertirá en una desgracia mayor.

Ronald ofreció sus manos y fueron atadas con celeridad. Arrastrando los pies y cabizbajo, dejó atrás el llanto de su esposa y salió de su casa consciente de su destino, sabía que nunca más volvería. Miró a su alrededor, para recordar el verdor de las colinas, el aroma puro de la primavera, la brisa fresca que le acariciaba el rostro.

Katherine y Angus lo esperaban afuera, al pie de un carruaje. Sus rostros eran máscaras inexpresivas. Ronald pensó que, al menos, a ellos no les alegraba someterlo a esa humillación, solo hacían lo que tenían que hacer. No tenía nada contra ellos, entendía su actuar.

Los hombres armados le ayudaron a entrar al carruaje y le ataron los tobillos, quedándose con él para custodiarlo. Cerraron la puerta, el sonido seco le hizo entornar sus ojos, ya no quería seguir viviendo aquel suplicio. Tal vez era una pesadilla, y pronto despertaría en su cama, conforme con su vida. Pero el cruel tintineo de una cadena le recordó que aquella era su realidad.

La puerta fue asegurada con candados. Dos custodios subieron a la parte trasera del carruaje, quienes golpearon el techo del coche para empezar su último viaje. Ya no era un hombre libre.

Angus ayudó a Katherine a subir en la calesa. Los caballos se movieron inquietos. Angus se sentó al lado de ella y controló al par de castrados grises que tiraban del coche.

Katherine dio una mirada de reojo, la familia de Ronald estaba en el umbral de la puerta principal. Su mujer e hijas lloraban sin consuelo, en cambio, Ian los miraba con furia.

Un escalofrío le recorrió la nuca a Katherine, no pudo sostener por demasiado tiempo el contacto visual, ese hombre tenía una mirada oscura y peligrosa... perturbada.

Se aferró al brazo de Angus, intentando expulsar esa horrible sensación de que la situación estaba muy lejos de llegar a su fin.

Capítulo XXX

Con el transcurso de los días, todo Brockenhurst se había enterado del escabroso plan del médico de cabecera del vizconde para hacerse del título, por lo que Araminta y sus hijos se fueron del pueblo a la casa de uno de sus hermanos en Southampton. A la esposa de Ronald le bastó solo una ida al pueblo y no resistió las miradas indiscretas que le daban, ni tampoco se le permitía visitar a su esposo en La Granja. La vida en Brockenhurst se volvió insoportable para ella.

Cuatro días después del Domingo de Resurrección, Malcolm Thompson, décimo vizconde de Grimstone, fue enterrado en la iglesia de Saint Nicholas. Tal como dictaba la tradición, las mujeres no asistieron a dar su último adiós, lo hicieron a la entrada de La Granja mirando cómo el ataúd se alejaba en una larga procesión masculina. Solo como una gran excepción, Katherine asistió al funeral escoltada por su padre y su prometido, dado que se había convertido en la nueva heredera aparente.

Durante los días de vigilia, todo el pueblo fue a entregar sus condolencias y respetos a la familia, que vestía de un riguroso luto. Katherine, quien nunca se preparó para ese escenario, debió desarmar uno de sus vestidos y teñirlo, mientras le confeccionaban uno nuevo en el pueblo. El negro debía ser su color en los próximos tres meses. Angus fue su inseparable bastión, tanto de día como de noche. Ambos aprendieron lo que era compartir una cama solo para dormir refugiados entre los brazos del otro, aunque solo fuera hasta antes del amanecer, a escondidas de todo el mundo.

Adrien, por su parte, permaneció estoico durante esos días, como todos los hombres; guantes negros y una cinta del mismo color en el antebrazo, era el símbolo de su duelo de seis meses. En su caso, Iris fue quien le dio su apoyo en todo lo necesario para atravesar ese duro momento. Cada vez eran más cercanos, más unidos, como en antaño cuando eran apenas unos jovencitos.

Al quinto día, nada ocurrió. Todo parecía seguir su curso, la vida continuaba, eso lo sabía muy bien Adrien, quien debía empezar a tomar las riendas de sus nuevas responsabilidades.

—¿Qué harás ahora, Adrien? —preguntó la duquesa tomando una taza de té en el salón de estar de High Oak Hall. Él y Katherine todavía eran huéspedes de lord Rothgar, al menos hasta que Ronald fuera juzgado y sentenciado.

Adrien tomó un sorbo de té con parsimonia. Desde hacía días que no dejaba de pensar en ello.

Suspiró largamente, estaba un poco cansado por todo el ajetreo del día. Pero, esa noche, sentía la extraña sensación de que su vida retomaba un cauce del que se había desviado por treinta años. Y era el momento de tomar importantes decisiones que afectarían su desempeño como nuevo vizconde.

—Estoy dividido entre el deber y el corazón —respondió sincero—. En Londres no tengo dónde volver, y aquí hay un vizcondado que necesita a su vizconde. Quisiera volver a mi antigua vida, pero sé que no es posible. Katherine se casará en poco tiempo más y tomará su lugar al lado de Angus. Creo que no tengo demasiadas opciones.

—¿Me extrañarás?

Adrien frunció el ceño, un poco desconcertado por la pregunta. La presencia de Iris había sido una constante los últimos meses, y nunca se cuestionó dejar de verla. Pero era obvio, ella sí tenía una vida en Londres.

—Te he dejado sin habla. —Rio Iris coqueta. No sabía si era un buen momento para conversar cierto asunto que meditó los últimos días, también ella estaba decidiendo qué hacer. No quería estar en medio de los recién casados en Pearl Palace, sabía muy bien lo necesaria que era la privacidad los primeros años. Tampoco quería ir a vivir fuera de Londres con alguna de sus hijas que llevaban pocos años de casadas, y mucho menos tenía un lugar en el departamento de su hijo mayor. Tal vez tenía algo en Brockenhurst. Adrien le daba señales, pero ella no se confiaba, necesitaba algo más seguro.

—Es habitual que me dejes sin habla —respondió Adrien esbozando una sonrisa, un suspenso se hizo entre los dos, él debía terminar con esa situación, pero no sabía cómo empezar—: Seguimos siendo amigos, ¿verdad? —pensó en voz alta. De inmediato se dio cuenta que sus cavilaciones habían sido verbalizadas, se reprendió por ello, pero ya no había vuelta atrás. Miró en todas direcciones, en aquel salón no estaban solos, pero los demás estaban en sus propios asuntos, Katherine conversaba con Angus, Daniel y Celia y, en un rincón, estaban Emma y Gregory.

—Creo que somos más que amigos, querido —respondió con sinceridad, esbozando una sonrisa. Ahí había otra señal, no sabía si estaba en el camino correcto para que ese hombre reaccionara.

—Es verdad —coincidió poniéndose serio, dejó su taza a un lado, se aclaró la garganta, se sentía muy nervioso—. Iris… Necesito preguntarte algunas cosas, pero antes de hacerlo quiero asegurarte que si las respuestas que me darás no son las que espero, haré como que estos últimos minutos no han sucedido. Nuestra amistad quedará intacta.

—Vaya, Adrien, con esa advertencia me estás asustando… Anda, dilo de una vez.

—¿Te has planteado casarte de nuevo? —preguntó ansioso, casi atropellándose con sus propias palabras.

Iris alzó sus cejas sorprendida, o más bien, actuando como sorprendida.

—Llevo trece años viuda, y sabes bien que mi matrimonio fue por amor. A estas alturas, no estoy dispuesta a repetir la experiencia por menos que eso. Sí, me lo he planteado, pero, francamente, ningún caballero me ha tentado en lo absoluto.

—¿Ninguno? ¿Nadie? —interpeló Adrien con cierta decepción en su corazón.

—Ningún caballero —enfatizó Iris, lo miró con cierta malicia en sus ojos, obteniendo la completa y definitiva atención de él—. Pero sí lo ha logrado un buen hombre que, hasta hace poco, regentaba una botica en un barrio bastante complicado.

A Adrien le costó dos segundos asimilar la respuesta de Iris y, acto seguido, sonrió abiertamente, desde hacía años que no lo hacía de esa manera. Era la respuesta que esperaba.

—Qué afortunado es ese hombre… —aseveró siguiéndole el juego a la duquesa.

—Mucho, pero es un poco lento, no me ha hecho ninguna propuesta —afirmó mirándose las uñas.

—Oh, eso lo vamos a remediar, mi querida reina del drama. —Adrien se levantó, le ofreció la mano y ella la tomó, sonriendo triunfal—. La invito a dar un paseo, y lo haré apropiadamente.

Iris y Adrien salieron del salón con el corazón acelerado y felices sonrisas dibujadas en sus rostros, y un par de ojos verdes los miró con cierta curiosidad.

—Gregory, no los molestes —reprendió Emma a su primo, sujetándolo de un brazo—. No seas infantil.

—Solo tengo curiosidad —respondió con un tono de inocencia que estaba lejos de convencer a Emma.

—Sí, claro… curiosidad. Es evidente que quieres importunar a tu madre y a lord Grimstone. —Entrecerró sus ojos suspicaz—. No me digas que estás celoso.

—No —contestó lacónico.

—Greg, tu madre es una mujer hermosa, saludable y joven. Tiene derecho a hacer lo que desee con su vida —argumentó vehemente.

—Lo sé, es que… —La miró con el ceño fruncido, estaba empezando a caer en su juego y decirle lo que sentía—. Eres una mujercita bastante entrometida.

—No lo soy, tú sí lo eres, porque quieres fastidiarlos —replicó resuelta.

Gregory se quedó callado, Emma era de esa horrible clase de mujeres que no saben cuándo guardar silencio. Resopló molesto.

—¿Ves? Tengo la razón —añadió Emma con suficiencia.

—Como sea —contraatacó queriendo ser el último en tener la palabra—. Pobre del hombre que se case contigo… Supe por ahí que cierto joven no te hace caso —disparó para importunarla.

Emma rio femenina, pero muy burlona, ganándose una mirada reprobadora de su madre, a la cual respondió con un asentimiento de disculpa.

—Ay, mi querido Greg, tú no tienes idea de nada. No hay ningún joven. —El duque arqueó una ceja de incredulidad—. La verdad inventé todo ese cuento de mi supuesto encaprichamiento, para que mi papá y mi mamá me dejaran en paz, y cesaran con sus infructuosos intentos de convencerme de ir a Londres para que tía Iris me presente en sociedad —confesó ligera—. Y espero que mantengas la boca cerrada respecto a este tema.

—Eres una pequeña Maquiavelo.

Gregory se quedó mirándola, Emma era una mujer muy peculiar. Era como un hombre en muchos aspectos, pero aquello no le quitaba un ápice de su femineidad, se preguntó por qué ella se estaba aferrando a su soltería como si fuera el más empedernido libertino. No dudó más y, simplemente, hizo la interrogante.

—¿Por qué no te quieres casar?

—¿Sabes cómo me dice el muchacho del que supuestamente estoy encaprichada? —dijo Emma sin intención de desviarse del tema en cuestión.

—No.

—Babuino salvaje —respondió, logrando que Gregory alzara sus cejas, formando surcos en su frente, Emma no tenía nada de babuino, aunque sí de salvaje. Pero debía reconocer que ella era una mujer muy linda, lejos de los cánones que imponía la moda; las pecas que salpicaban su cara, sus ojos grises llenos de vida, tu tez levemente tostada—. ¿Y sabes por qué ese idiota me llama así?

—No.

—Quiso cortejarme y yo me negué. Así que a él le pareció muy inteligente de su parte, como medida de presión, tocarme sin mi permiso y, cuando me estaba apretujando… —Hizo un gesto con el dedo índice para que se acercara y ella susurró—: le di un rodillazo en las pelotas por degenerado.

—¡Emma! —exclamó Gregory sorprendido, no por el rodillazo, sino por la expresión soez que provenía de esos labios rosados e inocentes.

Bueno, no tan inocentes.

—¡Shhhhhhh! Tú dices cosas peores cuando disparas y fallas. No te hagas el caballero bien portado. Conmigo no.

—Pero tú eres una…

—Una señorita… y por eso nunca me casaré. Cuando un caballero esté dispuesto a aceptar que tengo los mismos derechos y capacidades intelectuales que él, pues lo consideraré —argumentó Emma desafiante—. Ustedes los hombres tienen sus egos tan inflados que creen que cualquier mujer debería estar agradecida por ser elegida como esposa, y no es así. El privilegio es de ambos.

—Déjame ver si entendí… No te quieres casar con un hombre común y corriente. Pero si llega ese hombre tan liberal y de men-

te abierta, que te acepte tal como eres, considerarás una unión.
—Emma asintió firme, muy orgullosa de sí misma, pero Gregory sonrió malicioso—. Al fin y al cabo, da igual si el tipo te acepta o no, tú eres la que no desea casarse, solo me estás dando una excusa barata.

—No son excusas —replicó beligerante.

—Yo sé la verdad… No quieres casarte a menos que pierdas la razón por esa persona. Amarla a tal punto, que olvidarás lo que te hace adorar tu soltería. Y eso te aterra, porque no sabes si la otra persona podrá con todo lo que eres.

—No sé por qué creo que estás hablando de ti y no de mí —cuestionó Emma cruzándose de brazos.

—Somos iguales, primita… —Ahora fue el turno de Gregory de reír a carcajadas, ganándose la misma mirada de reproche de parte de su tía Celia—. ¿Ves?, soy el hombre de tu vida. Acabo de aceptar que eres igual que yo. Vas a tener que casarte conmigo. —Y, al terminar esas palabras, Gregory las sintió reales. En ese momento, supo que no sería tan terrible ser el hombre de la vida de esa insufrible mujer.

¡Pamplinas!

—Deja de hablar ridiculeces, por favor, o sufrirás el mismo destino del sujeto que me llama «babuino salvaje».

—¿Sabes qué es lo peor? No dudo de tu palabra, sé que me darás un rodillazo en las pelotas —aseveró burlón y ofreció su brazo. Al fin y al cabo, su estadía en High Oak Hall había sido mucho más divertida gracias a Emma y a la misión de investigación en la casa de *madame* Antoinette—. Mi estimada señorita, ¿me haría el honor de hacerme sufrir una monumental humillación en unas manos de *piquet*? Angus me ha dicho que lo desplumaste ayer en menos de una hora.

—Es cierto —afirmó con suficiencia y tomó el brazo de Gregory sonriendo—, será un placer hacer lo mismo contigo.

—No lo dudo, querida, no lo dudo.

***

Ian conocía La Granja como la palma de su mano. Desde que era un niño, siempre visitó la gran casona y quiso vivir en ella.

Escondido en las caballerizas, estuvo esperando durante horas hasta estar seguro de que todo el mundo dormía. Salió de su escondite y, sigiloso, atravesó el patio hasta llegar al gallinero. La noche estaba nublada y muy fría, pero no lograba ocultar del todo la luz de la luna que le permitía ver lo suficiente desde el rincón donde estaba oculto.

El sótano, contaba con dos entradas, una desde el interior de la cocina, y la otra, en el patio, justo frente a él.

A Ian le llamó la atención que no hubiera un alma vigilando esa salida. ¡Tontos! Seguramente pensaban que nadie se tomaría la molestia en ayudar a su padre para darse a la fuga.

Esbozó una siniestra sonrisa. Todos esos idiotas pensaban que él estaba en Southampton con su madre. Fue fácil engañarla diciéndole que buscaría un abogado para la defensa de su padre.

Ian sintió el triunfo corriendo por sus venas, al fin la suerte le sonreía, iba a ser muy fácil liberar a su padre de su improvisada prisión. Tenía dos caballos escondidos en medio de un bosque cercano, uno de ellos, listo para que él se marchara a Southampton con su madre hasta que fuera adecuado volver.

Maldijo cuando recordó cómo sus intentos fallaban uno tras otro. Su plan era sencillo, solo debía dejar el vizcondado en su rama de la familia, así aseguraría su futuro. Tarde o temprano, tendría el título en sus manos, estaba seguro de que tenía la capacidad de engrandecer las tierras, obtener más dinero, poder y adquirir estatus fuera de ese pueblo sumergido en anticuadas normas como si se hubiera detenido en el tiempo.

No comprendía por qué a su padre le faltaba ambición. Era un hombre tan inteligente y solo se contentaba con ejercer su profesión en el campo. Pudo haber elegido Londres, hacerse un nombre en medio de la elite, ¡pero no! Brockenhurst siempre había sido su elección.

No obstante, quería a su padre, a pesar de sus fallos.

Sigiloso, Ian se acercó a la puerta del sótano.

Sin candado.

Frunció el ceño, abrió y la puerta dio un chirrido. El interior era oscuro como la boca de un lobo y el silencio era como si no hubiera un alma.

Ian se quedó paralizado, no quiso entrar. Su padre no estaba ahí. ¿Lo habrían llevado ante el magistrado mientras viajaba con su familia a Southampton? Se suponía que eso no sucedería antes del próximo lunes, y era viernes.

Un escalofrío le recorrió la espalda. Había llegado tarde.

Una ira ciega lo sobrepasó, nuevamente fracasaban sus planes. ¡¿Hasta cuándo?! Ahogó un rugido, respiraba furioso, al tiempo que sus fosas nasales se dilataban. Todo era un maldito desastre.

Se alejó corriendo del patio de La Granja, en dirección al bosque para buscar su caballo. No podría salvar a su padre, pero a esos infelices les daría algo para recordar por el resto de sus vidas.

Tenía un último as bajo la manga.

Capítulo XXXI

Ian, era una sombra más en medio de la penumbra de aquella habitación, la cual era solo iluminada por la luz del fuego de la chimenea. Ensimismado, observaba cómo Katherine dormía apacible, su pecho subía y bajaba regular, era como ver a un ángel vulnerable. Tal indefensión solo logró espolear sus más bajos instintos, ese ángel iba a ser profanado. Se lamió los labios, y sacó su afilado cuchillo. Lo consideraba mucho más elegante y efectivo que una pistola, que era un arma para cobardes que no podían lidiar con el hedor del miedo.

Y necesitaba que ella estuviera paralizada por el miedo.

Inspiró profundo, avanzó hacia la cama y, de súbito, le tapó la boca a Katherine, quien abrió sus ojos al instante, intentando gritar. Comenzó a forcejear e intentar zafarse, daba gritos ahogados, pero la fría hoja afilada amenazó con cortar su cuello y fue suficiente advertencia para conminarla a quedarse quieta.

—Shhhhhhhhh… —El siseo tembloroso de Ian fue suficiente orden para silenciar a Katherine—. Voy a retirar mi mano, ni una palabra o será la última. —Sin quitar el cuchillo de su cuello, levantó la mano de su boca lentamente. Para sus planes, la necesitaba libre—. Ahora, serás una niña buena, si gritas, te mato —susurró amenazante—. Tu conde sufrirá mucho si mueres… Asiente si entendiste lo que dije.

Katherine asintió desesperada.

Con fuerza, Ian retiró las frazadas que cubrían el cuerpo de Katherine, provocando que el frío le erizara la piel al instante.

—Ustedes me han arruinado todos mis planes de tener el viz-condado... Pero ahora arruinaré los tuyos, te penetraré y meteré un hijo mío en tus entrañas —anunció subiendo el camisón de algodón hasta la cintura. Katherine, llena de vergüenza, intentó cubrir la desnudez de su pubis con sus manos y cruzó sus piernas—. El único modo de ocultar tu deshonra será casándote conmigo... Corby no te aceptará por haberme quedado con tu virtud. —Ian intentó separar las rodillas de ella, quien las mantenía cerradas—. ¡Ábrelas, maldita sea! —siseó clavando levemente la punta del cuchillo—. ¡Ábrelas!

Katherine sollozó y comenzó a hiperventilar, intentaba manotear, pero él tenía mucha fuerza y sintió un leve ardor sobre la piel de su cuello. Si se movía más, podría lamentarlo. Sin más remedio, aflojó las piernas en medio de un mudo llanto.

Ian sonrió perverso, se subió a la cama y, con las rodillas, separó las piernas de Katherine para poder penetrar su sexo.

—Sé que tu padre no mató a mi tío ni a mi abuelo, fuiste tú —aseveró ella al sentir que Ian intentaba sacar su miembro de sus pantalones, le costaba desabotonarlo solo con una mano—. No te saldrás con la tuya, cerdo asesino, te irás a la horca —amenazó, logrando que él se quedara quieto por un segundo.

—Y qué si lo hice, ¡volvería a hacerlo mil veces más! —afirmó, destilando soberbia—... y una vez que des a luz a mi hijo, seguirás su destino. Cada día te preguntarás si tu cena será la última o no, lo sabrás demasiado tarde cuando sientas el sabor del cianuro...

Para desconcierto de Ian, Katherine comenzó a reír a carcajadas. ¿Acaso estaba enloqueciendo?

—Estás acabado, pedazo de imbécil —dijo Katherine en medio de su risa—. No tienes idea de nada.

No pasó un segundo más de confusión para Ian, de la nada, sintió un frío metálico en su nuca y un ominoso clic le confirmó que una pistola le apuntaba a matar.

—Le exijo que quite sus sucias manos de mi esposa en este instante —ordenó la pétrea voz de Angus—. O me veré en la obligación de mancillar su delicada piel con tus sesos. A ella no le importará, ¿cierto, lady Corby?

—Podría hacer un ritual de brujería con su sangre —confirmó Katherine como si no tuviera a un hombre sobre ella amenazando su vida—, pero será inútil, está sucia de tanta codicia.

—Licencia especial, es una gran ventaja ser sobrino del Arzobispo de Canterbury, y el vicario sabe cómo mantener un secreto —explicó Angus con suficiencia—. Sospechaba que intentarías hacer esto, tu ambición es tan grande que incluso esperabas dominar a Katherine de ese modo tan vil. Nuestro matrimonio está consumado, pero necesitábamos que nadie lo supiera para que tu cayeras. De otra forma, tu padre hubiera pagado por tus pecados... Es un buen hombre, pero no un buen padre, te ha protegido en exceso y ha olvidado a sus hijas.

Ian entornó sus ojos y sonrió cínico. Maldijo cada segundo de su existencia, estaba en una calle sin salida. Pero iba a agotar todos sus recursos para salir airoso, jamás lo iban a ver suplicando.

—Todavía está el cuchillo en su cuello, Corby, ¿quieres apostar quién es más rápido? No tengo nada que perder, pero si tengo suerte, primero me llevaré a tu mujer al infierno —sentenció sin importarle el cañón que le apuntaba en la nuca.

—Es cierto, ya no tienes nada. El señor Marcus Finning de Bow Street, aquí presente, ha venido desde Londres especialmente por ti. Tiene las pruebas suficientes para llevarte ante el magistrado dado que asesinaste a un par del reino y a su heredero. Estarás colgando de la horca en menos de lo que canta un gallo —respondió Corby imperturbable, pero por dentro, estaba a punto de perder el control, ese malnacido estaba tocando a su esposa. Cada segundo que pasaba se arrepentía de haber mantenido su boda en secreto.

—Siempre es un placer colaborar, lord Corby. Tal parece que tiene una impresionante facultad para atraer problemas —aseguró el *runner*, quien salía de entre las sombras—. No lo haga más difícil, señor Thompson. Piense en su familia, la reputación de ellos está más que manchada por sus crímenes.

—¡Todo lo hice por mi familia! —refutó Ian, mirando en todas direcciones, ¿cuántas personas habían en esa habitación? Corby, Finning, Katherine y él—. Y ustedes no me llevarán a ninguna parte... ¡Levántate! —ordenó a Katherine, mientras él se levantaba sin aflojar su amenaza—. Serás mi seguro de vida.

Angus seguía todos los movimientos de Ian, solo buscaba ese instante en que él cometiera un error, pero debía ser precavido, también su esposa corría peligro si apretaba el gatillo en el instante equivocado. Katherine, al sentirse libre del peso que la apresaba, adecentó su camisón para no seguir exhibiéndose. Se levantó con mucho cuidado, el filo lo tenía pegado en su piel y ya le había hecho un segundo corte que ardía. Cualquier movimiento brusco le podría costar caro, si le cortaba la yugular, iba a ser mortal.

En cuanto estuvo de pie, alzó sus manos para no provocar la ira de Ian. Sabía que, si ella respiraba de un modo que a él no le gustase, la mataría.

—Si me tocan, ella se muere —amenazó, pensando en cuál sería su ruta de escape. La desesperación comenzaba a carcomerle los nervios. Ahora era tan obvio, todo fue una maldita trampa, seguramente, en cada rincón había un hombre armado. Entrar en la gran casona había sido muy fácil… demasiado, y encontrar la habitación de Katherine, solo fue una elección obvia si tomaba en cuenta que era la única mujer soltera que debía salvaguardar su virtud en manos de su prometido—. ¡Deja de apuntar mi cabeza, Corby! —ordenó casi en un chillido.

Angus cedió y se hizo a un lado, pero sin dejar de apuntar a Ian. Mentalmente, blasfemó, el plan no estaba saliendo tal como pretendía. Todos, desde las familias hasta el servicio doméstico, estaban colaborando entre La Granja y High Oak Hall. En cuanto sonó la campanilla que estaba atada a la puerta del sótano, y corroboraron que se trataba de Ian, enviaron un mensajero para dar el aviso y desplegar su estrategia.

Ahora estaban en medio de un problema, a causa de un factor que no anticipó lo suficiente. Ian era un ser maquiavélico, manipulador y, acorralado, era impredecible, impulsivo y no iba a dar su brazo a torcer. Ya estaba demostrando su infinita terquedad, se aferró a Katherine como si fuera su tabla de salvación, y comenzó a enfilar sus pasos hacia la salida de la habitación. Miró de soslayo a Angus, quien alzó sus cejas con sorpresa y entreabría su boca.

Ian no alcanzó a preguntarse el motivo de esa inexplicable reacción, un estruendo reverberó en la estancia, y un inenarrable dolor en la rodilla hizo que, en el acto, él soltara el cuchillo y cayera al suelo. Katherine dio un grito ante ese inesperado sonido y, al verse liberada, corrió hacia Angus, quien la estrechó fuerte entre sus brazos sin dejar de mirar, anonadado, a quien tomó esa intrépida y desesperada medida para acabar con la amenaza.

Emma.

Otro factor imprevisible. Jamás la incluyeron en sus planes… ni a su prodigiosa puntería con armas de fuego.

Estática e implacable, todavía con su brazo alzado y su pistola humeante, miraba con apatía cómo Ian se retorcía de dolor. Era semejante a ver un ángel de la muerte, descalza y vestida solo con su camisón de un blanco inmaculado y sus cabellos rubios desordenados. A su lado llegó Gregory, quien, con sumo cuidado, le tomó la mano con la que sostenía el arma, al tiempo que le susurraba al oído «ya pasó, querida, lo has hecho bien». Ella, al sentir las manos tibias de su primo, parpadeó y dejó que él se quedara con la pistola. Soltó el aire de sus pulmones, si bien la habían dejado fuera del plan para protegerla, no podía quedarse quieta en su habitación escuchando el maldito tono de voz de Ian. Horas antes y, por precaución, tomó el arma que escondía su padre en la biblioteca y la guardó en su habitación.

Por primera, vez no la iban a regañar por ser una señorita desobediente.

—Es todo suyo, señor Finning —dijo Angus severo—. Ravensworth, llama a Ronald para que se haga cargo de la herida de su hijo.

—De inmediato —confirmó Gregory, tomó de los hombros a Emma, la miró a los ojos y preguntó—: ¿Estás bien, puedes quedarte aquí unos minutos? —Ella asintió y esbozó una sonrisa, se quedó quieta sintiendo un inusitado escalofrío y se abrazó a sí misma por la falta de calor.

Entretanto, Ian, loco de dolor, se agarraba la rodilla ensangrentada —o lo que quedaba de ella— gritaba como un energúmeno, lloraba y se retorcía, sin lograr obtener algo de alivio. Hubiera preferido recibir un tiro en la cabeza, al menos, de ese modo, ya no estaría sufriendo lo indescriptible. Jamás había sentido algo semejante.

Katherine observaba ese lamentable y patético espectáculo. Enterró su cara en el pecho de Angus y se tapó los oídos para amortiguar el horrible quejido de Ian. Deseó con su alma que ese sujeto se quedara inconsciente para no seguir escuchándolo. Segundos después, para su sorpresa, Ian se desmayó de puro dolor.

Todos volvieron a respirar.

Marcus Finning miraba impávido el cuerpo de Ian, su herida ya estaba empezando formar un charco de sangre sobre el brillante piso de madera. En ese instante, entró Ronald portando un candelabro, en su rostro cansado y ojeroso se evidenció una especie de alivio, la pesadilla había terminado.

Verlo ahí le hizo comprender que su hijo era un ser peor de lo que imaginaba, francamente, no lo conocía, tal vez nunca lo hizo. Le dolía en el alma sentir ese arrepentimiento de haber intentado sacrificar su vida por él. Pensó en sus hijas, en su esposa, casi las arruina por completo de haber muerto en el lugar de Ian. Lo más triste, era que ya no podrían volver a casa y hacer como que nada había sucedido. La oscura y sórdida mancha que Ian estaba dejando en su reputación familiar, iba a calar demasiado hondo si continuaban su vida en Brockenhurst. Ni siquiera Southampton servía para empezar de nuevo, estaba demasiado cerca del pueblo, los rumores y habladurías los alcanzarían con facilidad. Escocia parecía ser un buen destino para iniciar otra vida. Esa oportunidad solo se la debía a Katherine, quien en el sótano de la La Granja lo interrogó y presionó sacándole la verdad con preguntas y conjeturas falsas. Ella lo persuadió sin piedad, hasta que le hizo aceptar que el culpable de todo había sido su hijo.

Lo peor de todo, Ronald sabía, en el fondo de su corazón, que Ian no se iba a dar por vencido, incluso cuando se enteró de que su familia había ido a Southampton por no soportar el ostracismo social. Nunca tuvo dudas, su hijo iba a volver.

Y fue mucho más temprano que tarde.

Revisó la herida de Ian, la rodilla estaba despedazada, posiblemente quedaría lisiado de por vida. Sus manos temblaron, tenía muy poca experiencia con heridas de ese calibre, ser médico en un pueblo pequeño era muy apacible, sin muchas experiencias extremas. Tomó una profunda bocanada de aire, primero debía detener con la hemorragia para evitar que muriera desangrado… Después tenía que… tenía que…

Miró a Ian… por un momento pensó en dejar que se desangrara. No era un iluso, después de todo, a su hijo le quedaba muy poco tiempo de vida. Sabía que el veredicto para los horrendos crímenes que él cometió sería uno solo, la horca.

En ese instante, entró Adrien, trayendo consigo un maletín de cirujano, un regalo que Iris le hizo cuando su negocio fue incendiado.

—¡Necesito sábanas limpias y agua caliente!—ordenó arrodillándose al lado de Ronald—. No puedo permitir que muera y que Emma lleve el peso de tu hijo en su consciencia —explicó escueto—. Que sea lo que tenga que ser, Ronald —sentenció al tiempo que revisaba la herida.

Frunció el ceño.

Era una herida expuesta, el hueso estaba roto, había una arteria comprometida. Podían salvarlo, aunque fuera por un tiempo. Ian debía responder por sus crímenes.

Ronald se espabiló y, con prestancia, intercambió su lugar y asistió a Adrien en la improvisada cirugía. Todo el mundo sabía que lord Grimstone había servido en la guerra asistiendo a los médicos cirujanos. Experiencia le sobraba.

—¡Necesito más luz! —ordenó.

—¡En seguida! —contestó Gregory, quien partió raudo a buscar un par de candelabros.

Todos los demás salieron de la habitación para no desconcentrarlos, pero se quedaron cerca y atentos a lo que ellos necesitaran.

Veinte minutos después, Adrien y Ronald se pusieron de pie. Salieron de la habitación muy cansados. El nuevo vizconde de Grimstone buscó con la mirada a Marcus Finning hasta que lo halló.

—Su herida es de cuidado, pero puede llevárselo a Londres si lo mantiene sedado con láudano. Su sobrevivencia dependerá de que la herida no se infecte —recomendó Adrien, al tiempo que Ronald asentía mirando el suelo, debía admitir que el desempeño de su primo fue notable—. Le podremos facilitar un carruaje de La Granja y algunos hombres para que lo escolten.

—Déjelo en mis manos, milord —respondió el agente de Bow Street, un tanto sorprendido de los giros que daba la vida, hasta hacía un par de meses ese hombre era un simple boticario—. Si me dispensa, prepararé todo para partir de inmediato, pronto va a amanecer.

Adrien asintió y dio su venia. Miró de soslayo a Ronald, el hombre estaba destruido en todos los sentidos posibles.

—Lo lamento mucho —dijo tomándole el hombro—. Si hay algo que pueda hacer por ti… —ofreció, sabiendo que era algo inútil.

Ronald negó con su cabeza. A él le quedaba un camino largo por recorrer. Reconstruir su vida, alejado de todo lo que conocía, era el precio que debía pagar por su debilidad como padre.

Una hora después, Ian viajaba inconsciente en una carreta hacia Londres. Ronald viajó al lado de él hasta que sus caminos se separaron.

Esa fue la última vez que lo vio con vida.

Capítulo XXXII

Susurros de Elite 25 de mayo de 1819.

«*Entre el año pasado y este, nos hemos visto plagados de relaciones escandalosas, indudablemente. Un vizconde que se casa con una dama repudiada por haber concebido un bastardo, un marqués que inicia una relación adúltera con una condesa tras ganarla en una apuesta, otra condesa en la ruina que ni siquiera espera un año de luto para casarse con un abogado.*

Tal parece que ser el centro de atención es de familia, dado que los protagonistas de estos escándalos comparten un lazo sanguíneo o político. Pensamos que todo acabaría —al menos en esta generación—, pero con el pasar de los meses, nos dimos cuenta de que esto no es exclusivo de ellos, sino de cualquiera que se relacione con esa familia. Peor aún, si se es amigo, inevitablemente, también terminarán siendo parte de los escándalos

»Por ejemplo, lord C, quien es amigo de lord B —el libertino reformado que ganó a su actual esposa en una apuesta— hasta hace algunos meses era de la misma calaña, vividor, apostador y mujeriego. No obstante, también se contagió de la fiebre por enmendar su camino. Hace un tiempo, anunciamos que estaba poniendo sus ojos en una joven plebeya, y pronosticamos que se comprometería.

»Y no nos equivocamos. Un poco antes de Semana Santa, ellos, en efecto, anunciaron su compromiso y desaparecieron de la faz de la tierra y, entretanto, nos enteramos de que la señorita T trabajó como sirvienta en la casa de lord T--ton, lo que provocó una ola de habladurías y mofas dentro de la buena sociedad que, incluso a mí, me causaron escozor oírlas y me

hizo cuestionar hasta dónde puede llegar la malicia humana. Francamente, me alegro de que la señorita T hubiera estado fuera de Londres durante ese tiempo, se ahorró demasiados dolores de cabeza, donde lo más inocente e inofensivo que se dijo, fue tildarla de ser una elección nada conveniente por parte del conde. Apuesto que su esposo opina todo lo contrario.

»Ah, pero la vida, mis queridos lectores, es una gran rueda. La señorita T, quien trabajó atendiendo enfermos y retirando orinales, se dejó ver ayer en la mañana, vestida de semiluto y del brazo de lord C siendo, nada más y nada menos, que la nueva condesa de C, en el sorpresivo e inesperado matrimonio de lady R y el vizconde G, quien es el padre de la nueva condesa.

»¡¿Cómo es posible de que no nos hayamos enterado de nada?! ¡¿Dónde estaban mis fuentes?! Bueno, he de reconocer que mis oídos están centrados en Londres.

»Desplegamos todas nuestras redes de información, y nos enteramos que el padre de la otrora señorita T, era el último heredero de un vizcondado de un pueblo del sur de esta isla, Brockenhurst, para ser más específicos, y el mes pasado tomó su título tras el fallecimiento de su progenitor. Dadas estas lamentables circunstancias, la pareja decidió adelantar el matrimonio y casarse en secreto con una licencia especial.

»Ahora, todas esas lenguas viperinas que se mofaron del nulo linaje de la señorita T, están muy quietas. Resulta que, aparte de ser la esposa de un conde e hija de un vizconde, también es la heredera aparente del último, puesto que su título tiene una cláusula especial en la cual el vizcondado se puede transmitir a una mujer en caso de no haber un descendiente varón. ¡Sí, señor! Muchas damas —en especial las aspirantes a amantes de lord C— están más que desilusionadas por perder motivos para seguir mofándose de lady C, la protagonista del "escándalo que no alcanzó a ser".

»En fin, estamos muy felices de que otro granuja se esté reformando y vuelva al redil. Un caballero menos en fiestas, casas y garitos de dudosa reputación, es un caballero más en nuestros salones de fiesta influyendo de buena manera a nuestra sociedad. Y, mejor aún, si lo hace de la mano de una dama —que, para muchos, sigue siendo una sirvienta—, que lo tiene todo para ser una gran aristócrata.

»Nuestros ojos están puestos en ella.»

—Indudablemente, nos ahorramos un gran dolor de cabeza inútil —sentenció Angus plegando el pasquín durante el desayuno. Su sonrisa era de satisfacción luego de leer en voz alta el último ejemplar—. Modificar las condiciones de horario de trabajo y salario a los sirvientes a cambio de su silencio, me pareció un trato más que justo.

—Siempre tengo la razón —replicó Katherine con arrogancia—. Pero, de todas formas, a mí me hubiera encantado poner en su lugar a unas cuantas damas demasiado ambiciosas.

—Me lo imagino. ¿En qué las habrías convertido, mi adorada bruja?

—En un pañal.

Si no fuera porque Angus había tragado su sorbo de té, habría escupido estrepitosamente su infusión. Lanzó una risotada que se escuchó hasta en el invernadero de Pearl Palace.

Después de cinco minutos de carcajadas, Angus pudo continuar con la conversación, pero prefirió cambiar de tema

—Es muy bonita la nueva residencia de tía Iris. Gregory se lució con su regalo de bodas.

—Fue toda una sorpresa, pero no era para menos, dado que mi padre y ella resolvieron que pasarán la temporada en Londres y el verano en Brockenhurst, debían tener un lugar donde vivir.

—Sí. —Sonrió—. No la veía así de feliz y enamorada desde que falleció mi tío Charles.

Katherine le tomó la mano y sonrió también.

—Yo debo decir lo mismo, desde hacía muchos años que no veía esa mirada enamorada en mi padre. Son muy felices, se ven incluso más jóvenes. —Suspiró—. Fue una boda muy especial.

Angus miró el rostro contento y satisfecho de su esposa, pero sabía que había una espina clavada.

—Debo compensarte por haber hecho la boda en secreto. No era como lo querías.

Katherine le sonrió y le tomó la mano, ah, cómo amaba a ese hombre. Rozó con sus dedos la sobria y masculina alianza de oro que lucía en su anular izquierdo.

—No, fue mejor de lo que imaginé. Nuestras familias y nosotros… y la cara del vicario cuando le pedimos que incluyera en la boda el intercambio de votos y anillos.

Angus rio nuevamente, le gustaba provocar reacciones en la gente conservadora.

—«¡Pero, pero, solo la novia recibe el anillo! ¿Cuándo ha visto que el marido use un anillo de matrimonio, milord?» —imitó Angus la balbuceante negativa del vicario ese día.

—«He visto a dos hombres honorables usar anillo de matrimonio. Me parece apropiado tener también uno que señale que estoy casado» —Katherine imitó a Angus y rio, rememoró los breves e improvisados votos que se prodigaron después de los votos del libro común de oraciones, los habían escrito apenas unos minutos antes de la boda. No podían ser más perfectos, porque era lo que les salía del corazón.

Katherine los tenía guardados en una caja, junto con su otro tesoro más preciado; la carta de recomendación que él le dejó. Cuando ella se fue a Pearl Palace para trabajar como dama de compañía, no pudo evitar llevársela con el resto de sus pertenencias, era una especie de amuleto.

La carta y los votos los había leído tantas veces que se los sabía de memoria…

«Ante Dios y nuestras familias, esposa mía, te declaro mi más profundo amor, mi eterna devoción, y mi incondicional compañía. Recíbeme como hombre y conviérteme en tu esposo, amigo, compañero, amante y futuro padre de tus hijos. Bendito sea el día en que te conocí y bendito sea este día en el que me uno a ti. Amén.»

«Esposo mío, recibe toda mi gratitud por ser como eres, por aceptarme tal como soy, y declaro ante todos, que tienes todo mi amor, posees toda mi existencia, mi presente y mi futuro. Me entrego libremente, porque tengo la certeza de que tus votos son tan verdaderos como los míos, honraré esta unión con mi alma y con todo mi ser, en esta vida, y en lo que haya más allá de mi muerte. Amén.»

—Si iba a ser una boda en secreto, que al menos fuera especial —se justificó Angus, admirando el anillo de Katherine, el cual era el mismo que, durante generaciones, llevaban las condesas de Corby; una esmeralda ovalada engarzada en un anillo de oro. A su mente llegaron los votos de Katherine cuando ya había deslizado su alianza de oro, tan claros como si hubiera sido el día anterior—. De todos modos, siento que debo compensarte.

—Bueno, ya que insistes, puedes hacer algo por mí —aceptó Katherine, logrando capturar el interés y curiosidad de su esposo—. Puede sonar frívolo, pero… Me gustaría que hiciéramos un baile. —Angus alzó sus cejas, escéptico—. Mientras fui la dama de compañía de tía Iris, conocí a gente muy buena, pero que es un tanto rechazada por su reputación. Creo que debemos unirnos a ellos y respaldar su inspiradora causa.

—¿Te refieres al proyecto que lleva lady Rothbury y su escandalosa e indecente familia? —preguntó sarcástico.

—Exactamente, querido. Somos de la misma calaña.

—Vaya grupo de díscolos que será ese baile —declaró aceptando tácitamente la petición de Katherine—. Hagamos la última gran fiesta antes de que acabe la temporada. Que sea de máscaras, la gente se vuelve loca pretendiendo ser otra cosa.

—Va a ser muy divertido —aseguró maliciosa—. Y después, como agradecimiento, pondré en práctica muchos consejos de *madame* Antoinette y de mi inusual doncella.

—A veces, creo que fue un error haberle hecho caso a Greg. Esas señoritas te han convertido en un monstruo… sobre todo tu doncella, Susan siempre me mira con cara de saber lo que me has hecho —afirmó serio, pero no pudo sostener demasiado esa farsa, sonrió de esa forma seductora que Katherine adoraba, era solo el preludio antes del éxtasis.

—Eres tú el que no sabe disimular, tu rostro nunca puede negar lo mucho que disfrutas de mis prácticas, querido.

—Oh, sí que lo disfruto. Hasta me siento culpable de ello. Soy un granuja con demasiada suerte, cada día que paso contigo, confirma que la elección que hizo mi corazón fue la más conveniente.

Katherine, feliz, se inclinó hacia él y lo besó. No había palabras para replicar esas declaraciones y hacerles justicia.

—Te amo, Angus Moore.

—Y yo a ti, Katherine Moore.

Adrien Thompson, undécimo vizconde Grimstone, caminaba por Wentworth Street buscando entre los puestos de ropa en Petticoat Lane, un camafeo. No era una pieza particularmente sobresaliente o costosa, pero su valor sentimental era incalculable para su adorada esposa Iris, vizcondesa Grimstone. A su lado iba su yerno, quien era el único que podía reconocer esa joya.

—Esto es como repetir una historia, me produce escalofríos —dijo Angus guasón—. Salvo que hoy es un hermoso día soleado de primavera en vez de ser uno frío de invierno.

—Este día tendremos suerte. —Adrien se detuvo en frente de uno de los puestos, donde vendían collares con cuentas de vidrio y una que otra sortija de plata—. Señora Hunt, buenos días —saludó con una inclinación.

—Vaya, vaya, pero si es nuestro ilustre boticario —saludó con una sonrisa—. Se le extraña mucho, señor Thompson... mejor dicho, milord.

—Solo señor Thompson, viví veinticinco años aquí, eso no va a cambiar.

—Tan humilde como siempre. Dígame, ¿qué lo trae a Petti-coat Lane?

—Hace unos meses, le robaron un camafeo a mi esposa, la doncella que lo hizo, confesó que lo vendió en este barrio.

—Pues si dijo que lo vendió, en realidad lo empeñó. Tendría que ver en la casa de del señor Twitterton.

—Muchas gracias, señora Hunt. Que tenga buen día.

—Lo mismo digo, milord. Que tenga buena suerte con su búsqueda.

Adrien dio media vuelta y se encontró con un sorprendido Angus.

—Si hubiera hecho eso, nunca habría conocido a Katherine —afirmó, imaginando cómo hubiera sido su vida si las cosas se hubieran desarrollado de otra forma. Eso no era vida, concluyó.

—No le des vueltas. Sus destinos estaban trazados, se habrían conocido de todas formas —refutó Adrien convencido—. Por allá está la casa de empeño.

Caminaron derecho, hasta llegar a Leyden Street, la casa de empeño no estaba lejos de ahí. Entraron al negocio y el señor Twitterton los recibió con una amable sonrisa. Pocos segundos tardó en reconocer a Adrien, prácticamente, se dio la misma conversación que se llevó a cabo unos minutos atrás con la señora Hunt.

—Hummm... camafeo... —El señor Twitterton se agachó y sacó una bandeja con una veintena de camafeos de diferentes diseños y materiales.

Angus los observó y, ahí en una esquina, estaba el camafeo robado. Una pieza sencilla de un ramo de rosas tallada en ópalo, sobre una base de ónix y plata.

—Ese —señaló Angus con el dedo índice.

—Qué curioso —señaló el señor Twitterton—. Este camafeo ha llegado dos veces a este lugar. Claro que, en ambas ocasiones, no fue la misma persona —acotó.

—¿Cuál es su valor? —preguntó Adrien sin mencionar que era una pieza robada, la mitad de las cosas eran robadas en esa casa de empeño.

—Cuatro guineas —respondió el señor Twitterton.

—Esto no vale cuatro guineas —regateó Adrien, conocedor del negocio—. Le ofrezco una guinea.

—Tres —replicó.

—Dos guineas y sería pagar demasiado dinero.

—Dos guineas serán, entonces —aceptó Twitterton contento.

Adrien pagó el importe y, junto con Angus, se retiraron del local con el camafeo.

—Yo hubiera pagado las cuatro guineas —admitió Angus todavía sorprendido de la habilidad de negociación de su suegro-tío.

—Yo también… Pero el señor Twitterton debió comprarlo por cuatro coronas. Así que de todas formas salió ganando… Todos salimos ganando, Iris se pondrá feliz.

—Es muy noble de su parte… —Angus se quedó pensativo, todavía estaba un tanto sorprendido del matrimonio de su tía con su suegro—. Lord Grimstone, ¿no se siente celoso por el recuerdo de mi tío Charles? —preguntó curioso.

—¿Por qué habría de sentirme así? —replicó natural.

—No lo sé… supongo que es por lo importante que él fue para mi tía.

—Creo que el destino estaba trazado de diferente manera para nosotros. No hay razón para sentir celos de él, la hizo feliz del mismo modo que yo lo hubiera hecho. Asimismo, Rachel me hizo feliz como lo hace Iris en estos momentos —reflexionó tranquilo.

—Es muy sabio, lord Grimstone.

—No, solo soy más viejo que tú. Vamos, ya quiero ver la cara de tu tía Iris, se va a poner muy contenta.

Emma estaba practicando con arco y flecha en el mismo lugar de siempre, lejos de la casa —y de cualquier pobre alma que osara cruzarse delante de ella—. Tensaba la cuerda hasta el pecho para dar un tiro preciso y controlaba la respiración.

Oyó un sonido, alguien se acercaba. Dio media vuelta y apuntó. Era su padre que alzaba sus manos, Emma volvió su atención a la diana, que en realidad se trataba de una especie de cruza entre muñeco y espantapájaros, y disparó.

En el blanco, justo donde debían estar los genitales del pobre muñeco. Daniel hizo una mueca sintiendo lástima y, a la vez, alivio por no ser él.

—Hola, papá —saludó Emma tomando otra flecha—. ¿Qué te trae por acá? —preguntó tensionando de nuevo el arco.

Daniel suspiró, se sentía incómodo, sabía que no era buena idea, pero Celia estaba empecinada y su hija solo le hacía caso a él.

—Hija… Tu madre y yo hemos estado hablando y…

Emma entrecerró sus ojos, pero no perdió la concentración.

—Me van a enviar a Londres —terminó la oración por su padre. Lanzó la flecha y le dio en el corazón.

—Irás con tu tía Iris —añadió Daniel, ya había pasado lo peor, al menos no tenía una flecha clavada en la cabeza.

—Está recién casada con lord Grimstone, no iré a importunarlos con mi presencia —negó ella tomando otra flecha, rápidamente apuntó y disparó de nuevo en el corazón.

—Celia le escribió, tu tía está encantada con la idea… Emma, sabes que aquí tu reputación, en vez de ser halagadora, empeoró con el asunto de Ian.

—No lo maté, lo colgaron por asesino —aseveró yendo hacia el muñeco para sacar las flechas—. Han pasado más de tres meses… —Arrancó una flecha—. Deberían olvidarlo. —Tiró de otra.

Daniel pensó que la diana parecía un alfiletero gigante. No debía distraerse. Se acercó a su hija y, con cariño, le tomó la barbilla.

—Eso lo tengo más que claro, pero ya sabes cómo son las habladurías, tú le disparaste y él desapareció junto con su familia. Por más que aclaramos el asunto, la gente sigue especulando. Tu madre quiere que vayas a Londres y esperes a que todo se calme —explicó con ese tono que siempre usaba para apaciguar a su pequeña salvaje.

—Sabes perfectamente que esa es una miserable excusa para que encuentre esposo en medio de todos esos dandis refinados —replicó rechazando la petición de su padre, dio media vuelta y se cruzó de brazos—. No lo encontré aquí, menos en Londres…

—Entornó sus ojos, y suspiró—. ¿Qué voy a hacer allá? Soy una campesina, no soy refinada, no soy una dama, soy una…

—Una mujer muy atípica. —Tomó los hombros de su hija e hizo que lo mirara de nuevo—. Sé muy bien que no quieres otra cosa que no sea por amor. Tal vez en Londres encontrarás a un hombre que sea de mundo, y lo suficientemente liberal para que te pueda comprender. Tú lo has dicho, aquí ese hombre no lo hallarás. Por favor, hazle caso a tu madre y sal de este pueblo a encontrar tu destino.

Emma suspiró, en realidad su padre tenía razón, después del asunto de Ian, y que sus primos se marcharan a la capital, la soledad ya no era tan atractiva como antes. Se sentía tan a gusto con Angus y Katherine, y disfrutaba mucho la compañía de ese granuja de Greg, el único que no la cuestionaba por su manera de ser, hasta parecía gozar alentándola a sobrepasar los límites.

Idiota.

—Está bien, me iré con tía Iris y lord Grimstone —accedió, sintiendo que su claudicación tenía sabor a derrota—. ¿Me iré cuando empiece la temporada?

—En noviembre. Te quedarás aquí todo el verano.

—Muy bien, al menos tengo unos meses para acostumbrarme a la idea…

Emma suspiró, por primera vez en su vida, ya no se sentía segura de tener su destino entre sus manos.

Sentía que volaba lejos, como una hoja de otoño a la deriva.

Epílogo

Londres, 10 de julio de 1819.

Katherine estaba nerviosa, era la primera vez que oficiaba de anfitriona en un baile, si bien Iris le había ayudado a que todo saliera perfecto, todavía tenía esa cosquilla de anticipación por lograr su objetivo; respaldar, ante todos, a lady Rothbury y reunir fondos para su iniciativa. La vizcondesa era una mujer digna de admirar, estaba a punto de dar a luz, pero no le importaba, seguía trabajando para que más mujeres siguieran educándose en sus distintas academias.

Angus y Katherine recibieron a la entrada de Pearl Palace a cada uno de sus invitados quienes, en su mayoría, no resistieron las ganas de ver a la pareja en su primer evento social, luego del período de luto de la nueva condesa de Corby. La curiosidad fue un elemento que los condes usaron a su favor para convocar a la crema y nata de todo Londres, se mostraban con orgullo, él como un libertino reformado casado con una aristócrata que toda la vida fue plebeya.

Cuando todos los invitados llegaron, los anfitriones, en lo alto de la escalera de Pearl Palace, alzaron sus copas de champaña, con sus rostros cubiertos por sus elegantes máscaras negras. Angus, de impecable traje negro y chaleco azul, llevaba orgulloso a su esposa vestida de exquisita seda roja. Eran una pareja perfecta, que irradiaba su felicidad a tal extremo, que echaba por tierra los vaticinios de fracaso en esa unión.

Eran una sociedad perfecta.

—Sean bienvenidos, damas y caballeros, al primer baile que otorgamos los condes de Corby —saludó Angus alzando su voz—. Mi padre, quien falleció hace muchos años, no disfrutaba de este tipo de eventos, pero como digno sobrino de mi tía, lady Grimstone, es un placer instaurar esta celebración del fin de la temporada con este baile de máscaras.

—El motivo principal de la celebración de este primer baile —continuó Katherine con seguridad— es para reunir fondos para la encomiable labor que está llevando a cabo lady Rothbury, en conjunto con sus cuñadas, lady Bolton y la señora Minerva Montgomery, para educar a mujeres que no tienen los medios para acceder a ningún tipo de instrucción. Es nuestro deseo, tener en el futuro, a mujeres que sean un aporte a la sociedad, mucho más allá de ser el pilar de una familia. Nuestro objetivo es que ellas puedan valerse por sí mismas sin tener que degradarse, en periodos difíciles, en los cuales no pueden contar con el apoyo de un hombre, ya sea por falta de trabajo, viudez, invalidez, abandono o soltería.

—Pero no se trata solamente de educación —prosiguió Angus—, nosotros, mis honorables parlamentarios, tenemos tareas pendientes. Los insto a apoyar causas que faciliten la vida de nuestras mujeres, creando leyes que las protejan. Sé que es un camino largo y difícil, pero en estos tiempos somos nosotros los que debemos dejar plantadas las semillas para las futuras generaciones.

»Alcemos nuestras copas, por las mujeres del reino y por el futuro. ¡Salud!

—¡¡Salud!! —brindaron todos los invitados, algunos emocionados, otros, francamente, perplejos.

La música empezó a sonar y varias parejas acudieron al salón de baile para el primer cotillón, al tiempo que Angus y Katherine se paseaban entre los invitados y conversaban con cuantos quisieran hablar con ellos.

Llegaron hasta el grupo que encabezaba Olivia, lady Rothbury, quien lucía radiante su avanzado embarazo, la lado de su esposo Andrew. Junto a ellos, estaban Michael y Margaret, marqueses de Bolton, y August y Minerva Montgomery. Todos ellos eran parejas unidas por lazos muy singulares.

—Oh, el baile ha sido perfecto —halagó Olivia a Katherine y Angus—. Muchas gracias a ambos por colaborar con esta iniciativa.

—Es nuestro deber —aseveró Katherine—, nosotras sabemos muy bien cómo es la vida si se vive en la ignorancia. Siempre estaremos apoyando causas como esta.

—Es lo que yo digo. Recién este verano veremos en Cragside los primeros resultados. Luego, en Richmond abriremos una academia más el próximo año y… ¡Ay, Cielo Santo! —se interrumpió Olivia llevándose las manos a su vientre.

A Andrew se le transformó el rostro, la tranquilidad se esfumó y fue reemplazada por severidad digna de un general de ejército.

—¿Estás bien, querida? —preguntó, ocultando pobremente su preocupación.

—Fue solo una patada, cariño… Estoy segura que será un varón muy vigoroso —tranquilizó Olivia y se aferró al brazo de su esposo, quien se relajó al instante.

—Tenemos todo un plan de acción para cuando llegue el día que tanto teme Rothbury —bromeó Minerva—. Yo soy la encargada de buscar a la partera.

—Y yo de llevarle el whisky al padre —añadió August riendo.

—Espero que su bebé nazca fuerte y sano —deseó Katherine con todo su corazón a Olivia y Andrew, quienes le sonrieron—. ¿Ya tienen un nombre?

—Si es niña, se llamará Patience, si es niño, Anthony —reveló Andrew con cierto orgullo. Ya estaba más tranquilo y su rostro era adornado por una sonrisa que suavizaba su aspecto atemorizante.

—Hermosos nombres, sin duda —aseveró Katherine, un tanto sorprendida por aquellas parejas tan abiertas y felices, Ellos, en conjunto, eran una gran familia y lograban que, cualquiera que comulgara con su forma de ver el mundo, quisiera ser parte de sus vidas. Todo lo contrario con otras personas, que eran mucho más rígidas y no aceptaban a nadie que cometiera errores y pecados.

—Muchas gracias… —dijo Olivia, pero luego su semblante se contrarió—. Nos quedaremos en esta hermosa fiesta solo una hora más… me canso con mucha facilidad últimamente. Me hubiera gustado estar toda la noche…

—Oh, no te preocupes, Olivia, es completamente comprensible —respondió Katherine restándole importancia al asunto—. Disfruta todo lo que puedas, con que hayas asistido estamos más que satisfechos.

Los acordes del primer vals de la velada, baile favorito de Katherine y Angus, empezaron a sonar, a Olivia se le iluminó el rostro y miró suplicante a su esposo.

—¿Podemos? —Fue la única palabra que a Olivia le bastó decir a su esposo.

—Por supuesto —accedió—. Si nos disculpan… —Y acto seguido, y con mucho garbo, llevó a su esposa a la pista de baile. En el vals hallaron una tranquila forma de bailar sin importar la cojera de Andrew, quien se animó a aprender para darle en el gusto a su esposa, que disfrutaba mucho de la danza.

—Nosotros también iremos —anunció August, llevando a su esposa con una sonrisa cómplice.

—Nosotros nos quedaremos un rato más —anunció Michael, marqués de Bolton y hermano de Olivia—. No es justo para nuestros anfitriones que acaparemos toda la atención con el primer vals. Vi en el programa que hay dos piezas más.

—Así es, no hay apuro —intervino Margaret, esposa de Michael—… nosotros dos tenemos peor reputación que mi cuñada y hermana juntas —satirizó. Ella también estaba embarazada, en unos cuantos meses también daría a luz.

—No te preocupes, Margaret —tranquilizó Katherine sonriéndole—. Si lo deseas, nos quedaremos con ustedes toda la noche —ofreció solícita.

—Nos manejamos bastante bien con los comentarios mordaces —respondió—. Además, sus lenguas viperinas se frenan ante mi estado de buena esperanza.

—Es cierto —confirmó Michael guasón—. Un bebé los detiene en el acto. —Miró a la pareja de arriba abajo con suspicacia—. Y ustedes, ¿a qué hora darán la noticia?, ¿o esperarán que lo anuncie un pasquín de cotilleos?

Katherine y Angus alzaron sus cejas.

—¿Cómo lo supiste, granuja? Nadie lo sabe, ni siquiera tía Iris —susurró Angus entre dientes.

—Oh, ustedes se ven demasiado radiantes… y no puedes contener el impulso de acariciar el vientre de tu esposa cuando piensas que nadie te ve —argumentó Michael, empujando sus gafas con suficiencia—. Recuerda que soy un observador y, gracias a ello, fácilmente vaciaba tus bolsillos en Eton y luego en Oxford.

—No me recuerdes esos vergonzosos episodios, Bolton —replicó con falsa vergüenza—. Tengo una reputación que guardar. Apostador sí, perdedor, no.

—Todos pierden contra mí, no es nada vergonzoso. Yo diría que eras un apostador sabio. Sabías cuándo retirarte…

Katherine no pudo evitar reírse ante esa afirmación. Vaya que su esposo sí sabía cuándo retirarse, gracias a ello, pudieron retrasar un poco la concepción de su primogénito, para evitar las malas caras de su familia en Brockenhurst.

—Como he sido el primero en descubrir su sucio secreto, reclamo en este instante el derecho de ser el padrino —declaró Michael en voz baja—. No hay otra forma de agradecer que Corby casi perdiera la vida por ayudarnos —sentenció solemne.

—Creo que el sentimiento es recíproco —dijo Angus—. Si no fuera por ese hecho, no hubiera conocido a mi salvadora, por lo que también, si es que no tienen un padrino asignado, también reclamo ese derecho para vuestro hijo.

Margaret y Michael se miraron y sonrieron.

—Trato hecho —aceptó Michael dándole la mano a Angus—. Tremenda fama que acarrearán estos niños —vaticinó de buen humor.

—No me cabe duda de ello —aseguró Angus. De soslayo, notó que su tía le hacía señas—. Si nos dispensan, mi adorada tía me llama. Por favor, sigan disfrutando de la velada.

Los marqueses de Bolton asintieron y se dirigieron a otro grupo de personas, al tiempo que Angus y Katherine acudieron hacia donde estaba Iris con Adrien y Gregory.

—¡Al fin pude captar su atención! —exclamó Iris contenta—. Oh, queridos, este baile ha sido un éxito rotundo —los felicitó contenta.

—Nada de esto habría sido posible sin ti, tía Iris —afirmó Katherine con cariño, y luego miró a su padre con una sonrisa orgullosa—. Te ves muy apuesto, papá.

—Ustedes dos son unas aduladoras, no se cansan de decir lo mismo —refutó Adrien con cierta timidez—. Solo es la ropa.

—Y la felicidad que trae un matrimonio por amor —añadió Angus guasón, alzando las cejas en un claro doble sentido. Su suegro había rejuvenecido al menos diez años, al igual que su tía—. Ahora solo falta Greg —declaró solo para provocar a su primo, quien sonrió con falsedad.

—Y Emma… —señaló Iris con la malicia rebosando en sus ojos—. Estoy muy feliz de anunciar que vendrá a vivir con nosotros durante la temporada, para alejarla de las habladurías de Brockenhurst. La mitad del pueblo la mira como si fuera una asesina.

—¡Pero si ella solo salvó a Katherine! —defendió Gregory vehemente, ganándose un cuarteto de cejas alzadas de su familia—. Es decir, hizo lo correcto —añadió más calmado—. ¿Qué hay en la cabeza de esa gente? Deberían entender que gracias a ella se libraron de un verdadero asesino.

—No hay nada que hacer ante las mentes ociosas, es más atractivo hablar de una mujer caída en desgracia que de un asesino cobarde —replicó Iris—. Por eso mismo vendrá a Londres y, si tenemos suerte, encontrará un esposo que la ame, la comprenda y acepte todas sus extravagancias… que no son pocas.

Gregory, no pudo evitar el pensamiento de que no consideraba extravagante a su prima, solo pecaba de ser demasiado inteligente y audaz, cualidades para nada aceptables para ser esposa de ningún hombre.

«Pero yo no soy cualquier hombre, y ella no es cualquier mujer», pensó e imaginó más de la cuenta, sintiendo un atisbo de deseo que no experimentaba desde hacía un año. Era una oleada familiar y espontánea, no esa actuación que intentaba forzar, para luego, quedar decepcionado y cabizbajo para evitar las miradas de reproche de sus amantes casuales. Durante meses intentó aplacar su frustrante impotencia, primero, obligándose a tener sexo, luego recurrió al alcohol, posteriormente, a apostar y, finalmente, cuando tocó fondo, optó por ocuparse de los asuntos del ducado para llenar su mente de otros pensamientos más importantes y productivos. Y vaya que fue productivo, dos administradores lo estaban estafando, tal como se lo había advertido su primo, algún tiempo atrás.

Gregory quedó petrificado por unos segundos, ¡infiernos!... ¿y si…?

—¿Estás bien, hijo? —preguntó Iris preocupada—. De pronto has palidecido.

—No es nada, creo que bebí más de la cuenta —mintió el duque con flagrancia. Apenas había tocado su copa de champaña.

—Allá están los vasos de limonada, te vendrá bien beber una —sugirió Iris inocente.

—Si me disculpan —obedeció Gregory y se dirigió al otro extremo del salón.

—¿Qué estás planeando, querida? —le susurró Adrien cómplice a su esposa—. Eres terrible, conozco esa mirada. —Se atrevió a besarle la coronilla en público, no le importaba ser el centro de atención.

Iris rio, ante el intrigado escrutinio de Angus y Katherine, quienes no pudieron reprimir el impulso de mirarse al mismo tiempo, e imaginarla ante un caldero humeante preparando alguna de sus pociones.

Sí, no sabían si era un hada madrina o una bruja. Lo que sí sabían, era que esa mujer merecía todas las bendiciones del mundo. En parte, ella fue un medio que usó el destino para llevar a cabo su cometido, unirlos en un lazo tan fuerte e indestructible, que eran la envidia de la mitad de los asistentes en ese salón.

Ambos rieron, iba a ser muy divertido no ser el blanco de las románticas intrigas de Iris.

Agradecimientos

Los agradecimientos son lo último que escribo. Al final de cada proceso, la lista es interminable de lectores, comunidades, colegas, amigos, familiares a los cuales debo dar las gracias. Pero heme aquí, en frente de una hoja en blanco, intentando expresar con palabras, toda la inmensa gratitud que siento en este momento; por estar en cada lanzamiento, lectura conjunta, lectura a solas, por difundir y recomendar mi trabajo, por votar y comentar en Wattpad o Facebook, por darle amor a mis historias y no dejar que sean solo palabras al viento.

Sin ti —sí, tú, quien está leyendo ahora— yo no estaría escribiendo esto ahora.

Gracias por hacer que este sueño sea una realidad.

Hilda Rojas Correa

Post Scriptum: Gracias, lord Alfrelailo por ser mi amado caballero y decirme siempre que sí, desde el primer día. Te amo, milord.

¿Qué sucede cuando tu esposo te dice de la noche a la mañana, que nunca te ha amado, y que para colmo te ha sido infiel con tu amiga?

Paola tenía toda su vida armada, llevaba cinco años de feliz matrimonio y una hija recién nacida cuando le cae esta horrenda, repentina e inesperada confesión.

A partir de ese momento, ella deberá lidiar con una nueva realidad: soledad, maternidad, manejar una separación, vivir con la culpa, descubrir terribles secretos, y recibir el impensado apoyo de un amigo, que le empujará a tomar decisiones desesperadas que cambiarán su vida para siempre.

Libertad es una joven de alma libre, alegre y optimista, con un prontuario amoroso que raya lo desastroso, y que no puede salir del círculo vicioso emocional que representa Marcos, su ex pareja.

Su vida es un constante tira y afloja hasta que conoce de golpe, literalmente, a un hombre solitario y misterioso, que lleva a cuestas una vida cargada de secretos, decepciones y vivencias tristes.

Juntos aprenderán a vivir la vida de otra manera, y nuevas experiencias los llevaran por el camino del amor, el romance, la tensión sexual y eventos inesperados que pondrán a prueba hasta qué punto su amor es verdadero.

Leonardo, es un joven profesional del área informática que vive y trabaja como cualquier persona normal. A sus veintisiete años tiene casi todo lo que un hombre de su edad puede ambicionar. Casi.

Lo único que le falta, es salir de la "friendzone". Ya no quiere ser parte de la población de ese lugar desolado.

Bueno, ese era el plan inicial.

Una confesión frustrada, cambios en el trabajo, amigos incondicionales, una mujer que le comienza a "mover el piso" e intentar recuperar el equilibrio, son las pruebas que deberá afrontar en su nueva vida. A veces sentirá que no avanza, otras que casi corre una maratón pero, a pesar de todo, él irá hacia adelante sin dudar, dando siempre un paso a la vez.

Cuánto tarda en cumplirse un deseo?, ¿un día?, ¿una semana?, ¿un mes, tal vez? En su cumpleaños número treinta, Isidora deseó tantas cosas para su vida que, en ese instante, pensó que eran casi imposibles de realizar... ¿o no?

Cuando soplas las velitas, los deseos sí se cumplen, pero no de la forma «automágica» que uno quiere. A veces, ni siquiera te das cuenta cuando todos ellos se van realizando uno por uno... Sobre todo, cuando el más grande de todos, está personificado en un hombre molesto, irritante, y con una estúpida y sensual voz. ¿Qué será de Isidora?, ¿se resistirá a cumplir sus deseos con dientes y uñas, o se dejará llevar?

David es un hombre de veintinueve años, tiene dos trabajos, estudia de noche e intenta llevar su relación amorosa con Ingrid al siguiente nivel. Ainelen es técnico en enfermería cuya vida amorosa está llena de malas elecciones y parece que nunca rompe su patrón al momento de elegir pareja. Tanto, así, que acaba de descubrir que su prometido ya lleva un año de casado con otra.

Sus vidas están a punto de cruzarse inesperadamente. El destino le da la peor jugada a David y a la vez le ofrece a Ainelen una oportunidad para cambiar su rumbo.

¿Sabrán cómo utilizar las cartas que les ha entregado la rueda de la fortuna, o se rendirán sin siquiera jugar?

Ángel Larenas ha llevado una doble vida durante diez años, con el objetivo de enmendar errores y honrar una promesa... Una promesa que le ha costado demasiado caro; el cariño de su familia, el amor de una mujer, tener una vida normal.

Pero él es un hombre con honor y está resuelto de cumplir su palabra hasta el final... Al menos eso creía.

Un viaje a Italia será el comienzo del fin de lo que conocía. Recibe un inusual regalo, el cuerpo de una mujer, a la que, por sus principios, no podrá abandonar, la cual, inmediatamente, y sin querer, comenzará a debilitar lo cimientos de su vida, desencadenando una serie de peligrosos eventos, que lo pondrán en el conflicto de continuar por honor o dejar todo por amor.

Damián Cortés, es un hombre común y corriente que descubrió hace un par años que sus preferencias sexuales se inclinan hacia la dominación. Desde entonces, ha acumulado mucha teoría y nada de práctica. Está ansioso, frustrado, y necesita una compañera, pero, ¿quién se atrevería a ser conejillo de indias de un dominante sin experiencia?

Haidée González se atraviesa en su camino, una madre soltera y divorciada que vive encerrada en su incesante rutina y no se ha permitido disfrutar de su vida, juventud y sexualidad.

El destino coludido con el universo se empeña en unirlos.

Una propuesta cambiará la dirección de sus vidas para siempre.

Y, todo esto, con un solo objetivo para ambos, aprender, experimentar, descubrir y, tal vez, amar.

El señor Edmundo Cortés, no es como el común de los hombres, pero él no lo sabe. Hay algo singular en su forma de ser que no le permite mantener una relación duradera con ninguna mujer. El sexo lo arruina todo. Siempre.

Por accidente, encuentra un libro BDSM que será una gran revelación sobre su naturaleza, que ni él mismo imaginó y, todo esto sucede, al mismo tiempo que conoce a una mujer que no es lo que aparenta, y que se convierte en un regalo del destino; una amiga, que le hace romper todas sus creencias acerca de lo imposible que es la amistad entre un hombre y una mujer.

¿Qué sucede cuando descubres que lo único que te llena es la dominación sexual? Lo deseas practicar. Pero no con cualquiera, no todas tienen lo suficiente... Pero tal vez ella sí... ¿O no?

Buscar su destino. Ese fue el dictado de su corazón.
Yeison Barrios, detective infiltrado de la PDI, decide cambiar el rumbo de su existencia en el momento en que despierta herido en un hospital.
Usando el nombre que le corresponde por derecho, empieza una nueva vida como detective privado, en la cual un hombre le ofrece resolver un caso que le es imposible rechazar.
Cuando conoce a Ana, la hija de quien lo contrató, emerge entre ellos una innegable atracción. Él sabe que el destino, en cualquier momento se dejará caer de nuevo, recordándole que todo lo que anhela es inalcanzable para él... ¿O será que al fin esta vez el destino se apiadará de él y le otorgará la oportunidad de tomarlo con sus manos y cambiar para siempre su realidad?

Lady Olivia ha pasado los últimos tres años enclaustrada en un bosque, al norte de Inglaterra. Ha sido repudiada por su familia, y apenas le permitieron quedarse con lo más preciado de su vida, su hijo.
Andrew Witney, antes de ser el vizconde Rothbury, era veterano de guerra y tenía la vida de un hombre común. Nada hacía presagiar que obtendría su título gracias a una tragedia familiar, y junto con ello, hacerse cargo de un sinfín de responsabilidades, entre ellas, engendrar un heredero.
A la orilla de un lago comienza la verdadera historia. Un encuentro fortuito desencadenará la unión de sus vidas. Pero para el resto de la sociedad, ese amor solo podrá ser catalogado de una manera: como una total y absoluta relación inapropiada.

Margaret Croft, condesa de Swindon, ha sido apostada por su esposo, para poder recuperar el dinero perdido un juego de cartas.
Para escándalo de todo el mundo, lord Swindon, no ganó... Y ella no lo sabe.
Michael Martin, conocido granuja, truhan y libertino, ha construido su reputación y fortuna, jugando al whist en todas las mesas de juegos disponibles en Londres. Y su última adquisición es, nada más y nada menos, que lady Swindon.
Y, a pesar de que su fama lo precede, nada es lo que parece.
Dicen que el azar es el retorcido y caprichoso hermano del destino. ¿Qué se puede hacer cuando él, es quien baraja las cartas?
Pues, el deber de todo granuja es jugar y arriesgarlo todo por ganar la apuesta... Aunque sea indecorosa.

www.hildarojascorrea.com

@HildaRojasC

@hildarojascorrea

www.facebook.com/hildarojascorrea
‹Novelas y algo más - Hilda Rojas Correa›

www.ingramcontent.com/pod-product-compliance
Lightning Source LLC
Chambersburg PA
CBHW020228260626
47156CB00002B/590